Nicole Peters
Irisches Blut

Von der Autorin bisher bei KBV erschienen:

Letzte Ausfahrt Auerberg
Nacht über dem Campus

Nicole Peters wurde 1968 am Niederrhein geboren. Das Studium der Geografie führte sie nach Bonn, wo sie anschließend im Lektorat eines Verlages arbeitete. Heute lebt und arbeitet sie mit ihrem Mann, einem Rechtsanwalt, in Hennef. Sie ist Mitglied bei den *Mörderischen Schwestern,* der *Literaturwerkstatt Hennef* und beim *Syndikat.*

2018 veröffentlichte sie ihren ersten historischen Roman und begann ein Jahr später mit *Letzte Ausfahrt Auerberg* ihre Reihe um die Rechtsanwältin Helen Freitag.

www.nicolepeters-autorin.de

Nicole Peters

Irisches Blut

KBV

FSC
www.fsc.org
MIX
Papier | Fördert gute Waldnutzung
FSC® C083411

Originalausgabe

www.kbv-verlag.de
E-Mail: info@kbv-verlag.de
Telefon: 0 65 93 - 998 96-0
Umschlaggestaltung: Ralf Kramp unter Verwendung von
© Gabriel Cassan - stock.adobe.com
Lektorat: Nicola Härms, Rheinbach
Druck: CPI books, Ebner & Spiegel GmbH, Ulm
Printed in Germany
ISBN 978-3-95441-629-5

Namensregister

Im Rheinland

Helen Freitag.............................Rechtsanwältin
Marie Glücklich.........................Rechtsanwaltsfachangestellte
in der Kanzlei Freitag & Vettweiß
Matthias Vettweiß ....Rechtsanwalt
Friederike Vettweiß (Frieda)....seine Ehefrau und Büromanagerin der Kanzlei Freitag & Vettweiß
Ralf-Peter Voss (Rabe) ....Journalist, Helens Freund
Kathi Voss.................................seine Schwester, KHK bei der Bonner Polizei
Yuna Bäcker...............................Freundin und Mitbewohnerin von Marie
Cara Bäcker ....Yunas Cousine

Auf einem Reiterhof in Niederkassel

Paul und Dina van Deren, Charly (Charlene), Jenny und Anni

In Irland

Eilis Hogan	Halbschwester von Helen Freitag
Finn Hogan	ihr Ehemann, Tierarzt und Trainer im Ballyhonny-Rennstall
Fee und Rea	ihre Kinder
Horace Wellermann	Nachbar der Hogans
Dane O'Brian †	Helens vor Jahren verstorbener Freund
Kevin O'Brian †	Gestütsbesitzer und Geschäftsmann, Vater von Dane und Paddy
Sharni O'Brian	erste Ehefrau von Kevin O'Brian, Mutter von Dane
Dairine O'Brian	zweite Ehefrau von Kevin O'Brian, Mutter von Paddy
Padraig (Paddy) O'Brian	Sohn von Kevin und Dairine O'Brian
Farell Quinn	Bruder von Sharni O'Brian, bis vor Kurzem Haupttrainer im Ballyhonny-Rennstall
Mary Quinn †	seine vor Jahren verstorbene Ehefrau
James Quinn	Sohn von Farell, Jockey und Trainer
Emma Quinn	Tochter von Farell, Jockey
Danny Crab	Arbeitsreiter im Ballyhonny-Rennstall
Peter Shaw	Familienanwalt und Testamentsvollstrecker
DI Conor Bail	Kriminalkommissar von der Dubliner Polizei
DI Sean Tanner	Kriminalkommissar von der Dubliner Polizei

Prolog

Nach nur wenigen Schritten durch das irische Wetter war sie völlig durchnässt. Sie lehnte sich gegen Wind und Regen und folgte dem Weg, den Dane eingeschlagen haben musste. Der Adrenalinstoß, den die schreckliche Erkenntnis in ihr freigesetzt hatte, trieb sie voran. Auf dem Küstentrail angekommen, musste sie langsamer werden. Der Pfad lief eng an der Steilkante entlang.

Das Meer zweihundert Meter unter ihr peitschte zornig gegen die steilen Felsen, im Wettstreit mit ihrem pochenden Gewissen. Warum hatte sie es nicht kommen sehen?

»Dane!« Sie schrie gegen ihre wachsende Verzweiflung an, doch der Wind warf den Namen ungehört zu ihr zurück.

Über dem Hexenkopf, dem in das Meer hinausragenden Felsen, brachen für einen Moment die Wolken auf, und dort sah sie ihn stehen. Das musste er sein. Niemand sonst war bei diesem Wetter hier.

Sie rannte, stolperte, rannte.

Als sie den Felsvorsprung erreichte, war die Gestalt verschwunden.

Eisige Kälte legte sich um sie. Versiegelte die Risse in ihrem schützenden Panzer, die sich gerade erst geöffnet hatten.

Kapitel 1

Diesmal schmerzte das quietschende Geräusch besonders in Helens Ohren. »Mensch, Rabe!« Sie schaute von ihrem Laptop auf und warf ihrem Freund einen empörten Blick zu, den er allerdings nicht sah, da er ihr seinen langen Rücken zuwandte. Rabe kniete vor dem Schrank. Er versuchte vergeblich, etwas aus dem untersten Fach hervorzukramen. Die Schiebetür ließ sich nur einen Spalt weit öffnen, da eine größere Box über die benachbarte Schrankseite hinausragte.

»Du wirst nicht umhinkommen, das Sofa zu verschieben«, sagte Helen. Das eng am Schrank stehende Sitzmöbel machte es unmöglich, die Box herauszuziehen. »Was suchst du eigentlich?«

Rabe seufzte und richtete sich auf. »Dieses alte Buch mit den Fotos meiner Kindheit. Ich war so lange nicht mehr am Niederrhein, dass ich mich kaum an das Haus erinnere.« Er meinte das Elternhaus seiner Mutter. Die sang- und klanglos nach Indien verschwunden war. So hatte es nach dem Tod der Eltern ihre Schwester geerbt. Und nun war Rabes Tante Gerda ebenfalls verstorben.

»Ich dachte, du hast da einige Urlaube verbracht, nachdem ihr weggezogen seid.«

»Ja, aber das letzte Mal war ich ungefähr fünfzehn. Lange her.« Er schielte zu ihr herüber.

»Fishing for compliments? Du bist ganz schön eitel«, frotzelte Helen. »Da fischst du bei mir im Trüben.« Sie sagte es mit einem Lächeln auf den Lippen. Denn er sah wirklich nicht nach Anfang vierzig aus. Fahrradfahren hielt offensichtlich jung. Das brachte Helen auf ihre Internetsuche zurück.

»Du nimmst also dein Fahrrad mit?«

Er zog Entrüstung vorspielend die Augenbrauen hoch. »Der Niederrhein würde es mir sonst persönlich übel nehmen. Und meine Tante – Gott hab sie selig – hat mir mit Sicherheit ein altes Hollandrad hinterlassen, sodass du ebenfalls gerüstet bist.«

Helen seufzte. Trotz all seiner Bemühungen hatte ihr Freund es nicht geschafft, ihr das Fahrradfahren schmackhaft zu machen, geschweige denn sie zum Kauf eines eigenen Rads zu überreden. »Okay. Aber falls ich mit dir auf Fahrradtour gehe, spielst du mit mir Golf.« Sie drehte den Laptop zu ihm und zeigte das Ergebnis ihrer Google-Suche. Die Startseite eines Golfclubs am Niederrhein. »Wenn ich richtig recherchiert habe, müsste der Golfplatz ganz in der Nähe des Hauses von Tante Gerda liegen.«

Rabe beugte sich über sie und warf einen Blick auf den Bildschirm. Dann drückte er ihr einen Kuss auf den Kopf. »Versprochen. Wenn du dir wirklich sicher bist, den Urlaub damit zu verschwenden, mein Erbe zu entrümpeln.«

Helen zog ihn zu sich aufs Sofa. »Hey! Ich freue mich darauf. Außerdem lerne ich dich so besser kennen. Du hast einen Großteil deiner Kindheit in diesem Haus verbracht, oder nicht?«

Er setzte sich neben Helen. »Schon. Aber nach meinem letzten Besuch dort ist unser Kontakt fast ganz abgebrochen. Es kamen noch ein paar Geburtstagskarten. Aber auch die haben irgendwann aufgehört. Und jetzt ist Tante Gerda gestorben und hat mir ihr Haus vererbt, was ich überhaupt erst nach der Beerdigung erfahren habe. Ich habe wirklich ein ganz übles Gewissen.«

»Du warst ein Kind. Wenn, dann hätte sie den Kontakt halten müssen. Vor allem nachdem sie deine letzte Verwandte mütterlicherseits ist.« Helen legte den Arm um Rabe. Das Einzige, was er je wieder von seiner Mutter gehört hatte, war ein Postkartengruß aus Indien. Aber Rabe schien nicht darunter gelitten zu haben, nicht so wie Helen, als ihr irischer Vater sie verlassen hatte und in seine Heimat zurückgekehrt war.

Er zuckte mit den Schultern. »Vielleicht liegt das ja in den Familiengenen«, sagte Rabe. Er wandte sich Helen zu. »Aber nur auf der weiblichen Seite. Du kannst dir sicher sein, dass ich nicht davon betroffen bin.«

»Das will ich doch hoffen. Von diesem Fluchtgen haben die Männer in meiner Familie schon genug abbekommen.« Es überraschte Helen, dass sie es mit einer solchen Leichtigkeit aussprechen konnte. Sie hatte lange damit gekämpft, dass ihr Vater sie als Kind zurückgelassen hatte, um eine neue Familie in Irland zu gründen. Jahre später als erwachsene Frau hatte sie ihren Frieden mit ihm geschlossen und den irischen Teil in ihr bei einer Reise durch das Land kennengelernt. Und Dane. Der sie ebenfalls verlassen hatte, wenn auch auf eine ganz andere Art. Erst mit diesem mittelalten, aber gut erhaltenen Journalisten namens Ralf-Peter Voss mit dem treffenden Spitznamen Rabe hatte sie ihre Verlustängste hinter sich gelassen. Sie gab ihm einen Kuss auf die Wange. Den hatte er sich verdient. Denn von Beginn an hatte er ihr alles frei von sich und seiner Lebensgeschichte erzählt. Sie hatte sich spät geöffnet. Hatte ihm erst vor ein paar Monaten komplett ihr Herz ausgeschüttet. Über ihren Vater. Über Dane, ihren irischen Freund, der sich vor fünfzehn Jahren das Leben genommen hatte.

»Wofür ist der denn?«, fragte Rabe.

»Einfach so. Und nun lass uns dieses Sofa verrücken, damit ich die Fotos aus deiner Kindheit endlich mal sehen kann. Ich bin bereit dafür.«

»Wirklich?« Rabe erhob sich. »Gemeinsames Fotoalben anschauen ist ein großer Schritt in einer Beziehung. Das ist dir schon klar, oder?«

Helen lachte auf und gab ihm einen Klaps auf den Po. »Absolut bereit. Und danach gibt es kein Zurück mehr. Dann hast du mich an der Backe. Ob du willst oder nicht.«

Er drehte sich noch mal um. Sein Gesichtsausdruck plötzlich ernst. »Ich bin froh, dass du mitkommst und da bist, wenn ich mich den Dämonen meiner Kindheit stelle.«

»Du hast dich meiner und meines verkorksten Lebens angenommen. Hast dir meine Sorgen angehört. Jetzt bist du dran.« Helens Telefon klingelte. »Wenn man vom Teufel spricht. Das ist meine Schwester.« Sie hielt ihr Handy hoch und zeigte auf das Display, bevor sie ranging. »Hallo Eilis.«

Kapitel 2

Draußen war es dämmrig geworden. Die enge Gasse der Bonner Altstadt, auf die ihr Zimmerfenster zeigte, bekam nur morgens Sonne. Selbst im Sommer erreichte das Sonnenlicht am Nachmittag nur die Dächer und obersten Etagen der gegenüberliegenden Häuserreihe. Marie schaltete die Schreibtischbeleuchtung an. Vor ihr lagen aufgeschlagene Fachbücher, daneben die Notizen ihrer Abschlussprüfung zur Rechtsanwaltsfachangestellten. In der Küche hörte sie Yuna hantieren. Der Kühlschrank piepte protestierend, weil die Tür schon zu lange aufstand, und Besteck klirrte auf einem Teller. Ihre Mitbewohnerin, nein, ihre Freundin war in Eile. Prompt stand Yuna nach einigen Minuten mit einem belegten Brot in der Hand und mit der Sporttasche über die Schulter gehängt in Maries Zimmertür.

»Lernst du etwa schon wieder?« Yuna nahm einen Bissen, ihre nächsten Worte klangen daher etwas undeutlich. »Du … mm … hast die … mm … Prüfung doch bestanden?«

Marie drehte sich mit ihrem Schreibtischstuhl zu ihr um. »Ja. Schon.« Sie wusste selbst nicht genau, warum sie nicht einfach glücklich war. Denn sie hatte all das, was sie sich bis vor zwei Jahren nie hätte vorstellen können. Eine abgeschlossene Ausbildung. Und sie war von der Kanzlei Freitag und Vettweiß übernommen worden. Ihre Chefin hatte ihr nicht nur durch die Ausbildungsstelle das Leben gerettet, sondern wortwörtlich. Die Arbeit war für Marie gleichzeitig ein Zuhause. Ihr Privatleben lief ebenfalls in besten Bahnen, wie sie es sich nie hätte träumen lassen. Sie war der erstickenden Enge ihres Elternhauses entkommen, den Stimmungsschwankungen ihrer Mutter, der Fürsorglichkeit ihrer Großmutter. Und mit ihrem Vater, der im Gefängnis saß, stand sie in Briefkontakt. Immerhin. Das Verhältnis mit ihm würde nie wieder werden, wie es einmal gewesen war. Aber durch die Briefe näherten sie sich zumindest wieder an. Zu alledem lebte sie in einer eigenen Wohnung zusammen mit Yuna. Einer besten Freundin, die sie nie zuvor gehabt hatte.

»Was ist denn los? Warum gräbst du dich in die Bücher ein?«, fragte Yuna. Sie warf einen Blick auf ihre Armbanduhr.

Marie rollte mit den Augen. »Nicht auf die Schnelle. Aber ich muss wohl eine Entscheidung treffen.«

»Oha, das hört sich bedeutungsschwer an.« Wieder schaute ihre Freundin auf die Uhr. »Aber sorry. Ich muss weg zum Training. Wir sprechen heute Abend, okay?«

Das war noch so eine Sache, die Marie belastete. Zwar waren Yuna und sie vor einem halben Jahr in dieser WG zusammengezogen, das hieß aber nicht, dass sie sich oft sahen. Denn ihre Freundin hatte schon vorher ihr eigenes Leben gehabt, im Gegensatz zu Marie. Sie spielte hochklassig Badminton und war deshalb neben ihrem Studium und dem Job in der Campusbibliothek in Hennef ständig unterwegs. Training. Meisterschaftsspiele. Marie jedoch kannte niemanden in Bonn außer Yuna und den Arbeitskollegen. Sie hatte kein Hobby, das sie unter Leute brachte. Sie hielt losen Kontakt mit einem der Studenten aus Hennef, den sie im letzten Jahr kennengelernt hatte. Ferhats Familie lebte in Bonn, er selbst war in einer Versicherung in

Mainz tätig. Das beschränkte ihre Beziehung auf Nachrichtenaustausch und gelegentliche Treffen, wenn er zum Studium in Hennef weilte. Bald hätte er zudem seinen Abschluss, und seine Besuche in der alten Heimat würden nur sporadisch sein.

»Okay. Soll ich dann etwas zu essen machen?«, fragte Marie.

Yuna nahm einen weiteren Bissen von ihrem Brot. »Nein, neun Uhr ist mir zu spät. Das Sandwich muss für heute reichen.«

Das erklärte, warum ihre Freundin so schlank war. Kein Essen nach sieben Uhr abends und dann der viele Sport. Und dabei schien es ihr nicht mal schwerzufallen. In solchen Momenten schämte Marie sich wieder für ihren Körper. Im letzten Jahr hatten ihr die paar Wochen an der Hochschule in Hennef zwar gezeigt, dass die Hänseleien, die sie an der Schule wegen ihrer Fülligkeit hatte ertragen müssen, vorbei waren. Dort hatte sie Yuna und Ferhat kennengelernt. Und unter den Studenten war ihr nie ein komischer Blick zugeworfen worden oder eine abwertende Bemerkung gefallen. Marie hatte sich zugehörig gefühlt, obwohl sie eben gar nicht dazugehörte. Ihre Chefin Helen Freitag hatte sie dort nur eingeschleust, um Augen und Ohren offenzuhalten, nachdem ein Student ermordet worden war. Wie sich das anhörte! Aber eben wegen dieses Zugehörigkeitsgefühls war ihr die Idee gekommen. Sie musste es nur ihrer Chefin beibringen.

Yuna stellte ihre Sporttasche ab. »Weißt du was, Marie? Ich sage das Training ab. Wir kochen zusammen, und du schüttest mir dein Herz aus. Wie hört sich das an?«

Toll wäre das. Andererseits ärgerte sie sich über sich selbst. Darüber, welchen Eindruck sie offenbar erweckt hatte. »Quatsch, nein. Geh bitte zum Training. Wir können später reden.«

»Kommt gar nicht infrage.« Yuna nahm ihre Sporttasche wieder hoch und wandte sich in Richtung Küche. »Na los. Die

Bücher können warten. Und Badminton spiele ich jede Woche dreimal. Da kann ich ruhig einmal aussetzen. Außerdem habe ich dir ebenfalls etwas zu erzählen.« Damit ließ sie Marie perplex auf ihrem Schreibtischstuhl sitzen und verschwand aus ihrem Sichtfeld. Doch Yuna hatte sie neugierig gemacht. Sie stand auf und folgte den Geräuschen, die aus der Küche kamen.

»Was hältst du von vegetarischer Carbonara?«, fragte Yuna. Ein Topf mit Wasser köchelte auf dem Herd. Beide kochten und aßen sie gerne italienisch. Unschlagbar waren die vietnamesischen Rezepte von Yunas Mutter. Die brauchten aber mehr Vorbereitung. Und dieses gemeinsame Kochen kam spontan.

»Ist das okay mit dem Training? Musst du da nicht irgendeine Strafe zahlen?« Yuna hatte mal erzählt, dass sie in ihrer Mannschaft die Regelung hatten, pro Minute, die man zu spät kam, zehn Cent in die Mannschaftskasse zu zahlen. Und womöglich wurde es richtig teuer, wenn man ein ganzes Training ausfallen ließ.

»Geht aufs Haus«, scherzte Yuna. Als sie Maries besorgten Blick sah, setzte sie hinzu: »Echt, kein Problem.« Sie lächelte aufmunternd und sagte: »Also zuerst du. Was ist los?«

Marie schnitt derweil die Tomaten, allein schon um ihre Hände zu beschäftigen. »Wahrscheinlich bin ich sowieso nicht gut genug dafür.«

Yuna unterbrach sie sofort: »Völlig falscher Beginn. Fang noch mal an. Was möchtest du tun?«

Marie atmete durch. Sie hatte es bisher niemandem gesagt. »Ich würde gerne studieren. Jura.«

»Aber das ist doch eine tolle Idee. Was ist das Problem?«

»Ich will meine Chefin nicht im Stich lassen. Sie hat so viel für mich getan. Sie hat mir das Leben gerettet.« Durch Helen Freitag war sie überhaupt erst aus ihrem tiefen schwarzen

Loch gekrabbelt und hatte der Welt in die Augen geschaut. Wenn sie bedachte, dass sie, bevor sie die Ausbildungsstelle bei der Anwaltskanzlei bekommen hatte, sich nicht einmal getraut hatte, ohne Kopfhörer und Musik aus dem Haus zu gehen! Die Geräusche der Welt hätten sie sonst erdrückt.

»Und wieso würdest du sie im Stich lassen, nur weil du ein Studium anfängst?«

»Sie braucht jemanden, der ihr den Rücken freihält.«

»Das eine schließt das andere nicht aus. Ich arbeite ja auch neben meinem Studium. Ist ganz normal. Ein Studium ohne Job kann sich doch keiner mehr leisten. Und wie sieht es mit dem NC aus bei Jura? Möchtest du in Bonn bleiben?«

Marie nickte. Aber so weit wie bis zu einem NC hatte sie noch gar nicht gedacht. Sie hatte zwar mit einer glatten Zwei eine gute Abschlussnote geschafft, aber ob das ausreichte, wusste sie nicht.

Die Nudeln waren fertig. Yuna schöpfte sie mit einer Nudelkelle in die Pfanne, in der bereits Zwiebeln und Tomaten brieten. Marie fügte die gewürzte Eiermasse hinzu und vermengte alles.

Yuna schaltete den Herd ab und legte den Deckel auf. »Perfekt. Und während das Ganze ruht, kannst du mir erzählen, warum du dir darüber jetzt so einen Kopf gemacht hast. Ich habe Frau Freitag so kennengelernt, dass man mit ihr über alles reden kann. Ich sehe da überhaupt kein Problem.«

Yuna hatte völlig recht. Marie schloss ihre Freundin spontan in die Arme.

»Danke. Den Klaps habe ich gebraucht. Gleich nach ihrem Urlaub werde ich es mit Helen besprechen.«

»Wer Fische essen will, der muss angeln, wie meine Mutter immer so treffend sagt. Warum erst nachher?«

Marie stellte die Pfanne auf den Tisch, und sie setzten sich. »Sie macht so selten Urlaub. Und ich werde mich schlaumachen wegen des NC und so. Zwei Wochen mehr oder weniger machen jetzt auch keinen Unterschied.« Marie lud sich eine große Portion Nudeln auf den Teller. Sie hatte Appetit bekommen. »Und was hast du für Neuigkeiten?«

Yuna legte ein breites Grinsen auf. »Du glaubst mir nicht?«

Marie nickte. »Genau.«

»Tja, da liegst du falsch. Ich finde, wir beide müssen viel mehr Zeit miteinander verbringen. Wir sehen uns kaum, obwohl wir unter einem Dach wohnen. Und glaub mir, ich bin so froh, mit dir eine neue Mitbewohnerin gefunden zu haben. Nach all dem Scheiß im letzten Jahr würde mir hier sonst die Decke auf den Kopf fallen.«

Marie wusste, worauf ihre Freundin anspielte. Der ermordete Student auf dem Hennefer Campus war Yunas Freund gewesen.

Yuna fuhr fort: »Wir brauchen ein gemeinsames Hobby. Gerade jetzt im Sommer. Etwas unter freiem Himmel. Bei den Temperaturen ist es nicht angenehm in der Badmintonhalle.«

»Für Sport bin ich nicht zu haben.« Marie schüttelte den Kopf.

»Du vertraust mir doch?«, fragte Yuna.

Marie nickte.

»Gut. Ich muss noch etwas abklären, aber ich habe genau die richtige Idee für uns beide. Lass dich überraschen.«

Kapitel 3

»Hallo, Eilis. Der zweite Anruf in einem Monat. Ich hoffe, du hast es dir nicht anders überlegt mit mir als Patentante?« Eilis war mit dem dritten Kind schwanger und hatte Helen vor Kurzem gefragt, ob sie die Patenschaft übernehmen wolle. Helen hatte zwar gescherzt, dass Eilis die echten irischen Geschwister offenbar ausgegangen seien und sie auf ihre deutsche Halbschwester zurückgreifen müsse. Doch in Wirklichkeit überspielte Helen damit nur ihre Rührung. Für diese Entscheidung brauchte sie keine Zeit zum Überlegen. Sie hatte ohne zu zögern angenommen.

»Natürlich nicht, Helen. Darum rufe ich nicht an«, sagte Eilis mit belegter Stimme.

Helens Alarmglocken fingen an zu läuten. »Was ist passiert?«

Rabe, der begonnen hatte, das Sofa zu verschieben, hielt inne und schaute zu Helen herüber. Sie hielt die Luft an, um sich gegen die Antwort zu wappnen.

»Setz dich lieber erst«, sagte Eilis.

»Ich sitze die ganze Zeit. Los, sag schon.« Helen strich ihre Stirnfalte glatt, die sich immer bildete, wenn sie angespannt war.

»Der alte O'Brian ist ermordet worden.«

Es dauerte eine Sekunde, bis Helen einen Menschen mit dem Namen verbinden konnte. Angesichts der Erkenntnis wurde ihr eiskalt. »Danes Vater? Ermordet?« Sie hatte ihn nur einmal gesehen. Auf der Beerdigung von Dane. Damals hatte Dane schon mit ihm gebrochen gehabt. Das Gestüt verlassen. Ihr Freund hatte kaum über seinen Vater gesprochen.

»Ja. Finn hat ihn gefunden. O'Brian ist erstochen worden. Vor einer der Pferdeboxen.« Eilis' Stimme wurde immer piepsiger. Sie rang nach Luft. So hatte Helen sie noch nie erlebt. »Vielleicht verdächtigen sie ihn deshalb.«

»Langsam, Eilis. Ich komme nicht mit.« Tausende Gedanken schossen Helen durch den Kopf und sackten dann wie in einer Achterbahnfahrt hinunter in den Magen. »Finn hat den Toten gefunden?« Der Ehemann ihrer Schwester arbeitete für das Gestüt der O'Brians. Das, was Helen vom Ballyhonny-Gestüt wusste, kam hauptsächlich von Eilis und ihrem Mann. Dane hatte auch darüber nie viel erzählt. »Nur weil man einen Toten findet, wird man nicht gleich verdächtigt. Da steckt doch mehr dahinter?«

»Ach, Helen. In den letzten Wochen geht es hier drunter und drüber. Der Alte hat seinen Neffen gefeuert und Finn zum Leiter des Rennstalls gemacht. Seitdem ist die Stimmung mies. Jeder geht jedem an den Kragen. Also nicht wortwörtlich. Aber jeden Abend, wenn Finn nach Hause kommt, ist er völlig fertig, nicht nur körperlich wie sonst.« Ihre Schwester hatte Finn, der damals schon am Gestüt arbeitete, vor vielen Jahren kennengelernt. Sie war aus Nordirland gekommen, um Helen in Ballyhonny zu besuchen. Alles schien perfekt. Finn und Eilis, sie und Dane. Aber dann starb Dane, und Helen kehrte Ballyhonny und ganz Irland den Rücken. Ihre Schwester war geblieben. Sie und Finn hatten geheiratet.

»Haben sie Finn verhaftet?«, fragte Helen.

»Nein. Das nicht. Aber einer der beiden Kommissare hat ihn in die Mangel genommen. Und …«, Eilis stockte, »ich glaube, Finn erzählt mir nicht alles.«

»Du glaubst aber nicht, dass er etwas damit zu tun hat.«

»Gott bewahre, nein! Trotzdem ist jeder hier in Schockstarre. O'Brian hatte sich zwar größtenteils aus dem Gestüt zurückgezogen und sich seiner Firma gewidmet. Dennoch hat immer noch er die großen Entscheidungen getroffen. Und nun scheint keiner zu wissen, wie es weitergeht.« Eilis seufzte. »Außerdem habe ich ein komisches Gefühl. Wir wohnen direkt am Gestüt, die Kinder sind fast täglich drüben, wenn sie nicht in der Schule sind.« Wieder machte sie eine Pause. »Ehrlich gesagt habe ich ein wenig Angst.«

Helen sah ihre Schwester vor sich. Obwohl sie sogar etwas größer war als Helen, war Eilis zierlicher. Dazu im siebten Monat schwanger und jetzt solche Sorgen. »Oh, Eilis. Ich wünschte, ich könnte dich in den Arm nehmen.« Sie blickte zu Rabe, der vom Sofa abließ und sich neben sie setzte.

»Das wünschte ich auch. Es gibt noch etwas«, sagte Eilis und unterbrach sich gleich wieder. »Moment. Es hat geklingelt.«

Helen hörte, wie das Telefon abgelegt wurde, vernahm dann die Stimme ihrer Schwester und eine männliche. Alles unverständlich. In Helens Magen begannen die seit Beginn des Gesprächs heruntergeschluckten Gedankenfetzen zu rumoren, so als wollten sie sich bemerkbar machen, um zu Ende gedacht zu werden. Sie griff nach Rabes Bein, und er legte beruhigend die Hand auf ihre. »Was ist denn passiert?«, fragte er.

»Gleich, ich glaube, sie kommt zurück.«

Und dann war Eilis erneut am Apparat. »Entschuldige. Es war nur der Nachbar. Dem passt wieder etwas nicht. Das kann ich gerade gar nicht gebrauchen.«

Helen atmete in den Bauch hinein, um sich zu beruhigen. »Was wolltest du mir noch sagen?«

»Der Inspektor, der Finn so auseinandergenommen hat, DI Tanner, heißt er. Der ist nicht alleine aus Dublin angerückt.«

»Ja?«

»Der Kommissar, der damals gegen Dane ermittelt hat, war bei mir.«

»Conor Bail?«, fragte Helen. Den Namen würde sie nie vergessen. Er hatte ihren Freund so unter Druck gesetzt, dass er ihn damit in den Tod getrieben hatte. Zumindest war sein Vorgehen einer der Gründe für Danes Selbstmord gewesen. Daran zweifelte Helen nicht.

»Zum Glück ermittelt der nicht alleine. Damals lag er ja total falsch.« Bail hatte Dane beschuldigt, seinen kleinen Bruder entführt zu haben. Später hatte sich herausgestellt, dass der Junge einfach nach einem Streit mit seinem Vater ausgebüxt war. Zu spät für ihren Freund. Er hatte das nie mehr erfahren.

»Ich habe ihn damals nicht erlebt, erst bei Danes Beerdigung«, sagte Eilis.

»Da ist er aufgetaucht, weil er ein schlechtes Gewissen hatte.« Helen erinnerte sich, dass sie ihm aus dem Weg gegangen war. Wie allen, die gekommen waren. Sie hatte sich nur an Eilis' Arm geklammert und mit keinem mehr gesprochen. Gleich danach war sie zurück nach Deutschland abgereist. Aber beobachtet hatte sie den Kommissar. Sharni, Danes Mutter, hatte ihm den Handschlag verweigert. Sein Vater und dessen zweite Frau hatten ihm dagegen die Hand gereicht.

»Das mag sein, Helen. Aber er schien ganz nett. Er hat nach dir gefragt.«

»Hat er das?«

»Ja. Und er hat mir Fragen zu Dane gestellt«, erzählte Eilis weiter.

»Warum?«

»Es hat sich für mich so angehört, als ob er eine Verbindung zwischen Danes Tod und dem seines Vaters jetzt sieht.«

Helen verstand nicht. »Das ist fünfzehn Jahre her. Was sollte Danes Suizid mit dem Mord an Kevin O'Brian zu tun haben?«

»Helen! Ich glaube, was er mir deutlich machen wollte, ist, dass er nicht mehr an einen Selbstmord glaubt«, sagte Eilis. »Und er möchte dich zu den Ereignissen von damals befragen. Deshalb hat er nach dir gefragt.«

»Was?« Helen stöhnte auf. Rabe wollte fürsorglich den Arm um sie legen, doch sie stieß ihn fort. War sich ihrer Grobheit dabei bewusst, konnte den Reflex aber nicht unterdrücken. Sie hatte Jahre gebraucht, um über Danes Tod hinwegzukommen. Sie hatte gelernt, damit zu leben. Mit den Vorwürfen gegen sich selbst, weil sie seine Verzweiflung nicht erkannt hatte, und ihrem toten Freund gegenüber, der sich ihr nicht anvertraut hatte. Erst mit Rabe hatte sie ihre Angst überwunden, einer Beziehung nicht gewachsen zu sein. Dafür hatte sie so lange gebraucht, dass sie befürchtet hatte, ihn deshalb zu verlieren. Und jetzt, da sie so weit gekommen war, kam dieser Kommissar und stellte alles infrage?

»Was – willst – du – damit – sagen?«, fragte sie ihre Schwester, jedes Wort einzeln herausstoßend.

»DI Bail glaubt, dass Dane ermordet wurde, und zwar aus dem gleichen Grund wie sein Vater.«

Kapitel 4

Nachdem Helen das Telefonat mit ihrer Schwester beendet hatte, herrschte Stille im Wohnzimmer. Die Luft war so schwer davon, dass sie auf den Boden zu sinken schien und oben nicht genug Sauerstoff übrig ließ, um auch nur ein Wort zu sprechen. Helen stierte auf das halb verrückte Sofateil. Der Teppich darunter war zu einer Welle aufgebäumt. Rabe war ein Stück von ihr weggerückt. Sie spürte seinen Blick auf sich. Er erwartete eine Erklärung, doch sie wusste nicht, wie sie ihre Gefühle in Worte fassen sollte. Sie verstand sie ja selbst nicht. Fünfzehn Jahre war sie davon überzeugt gewesen, Dane habe sich umgebracht. Fünfzehn Jahre hatte sie versucht zu ergründen, warum sie es nicht hatte kommen sehen. Sie war jede Unterhaltung, jede seiner Bewegungen und Reaktionen in den letzten Wochen seines Lebens unzählige Male durchgegangen. Hatte sie analysiert, nach Spuren gesucht, die seine Tat angedeutet hätten. Fündig geworden war sie nicht. Sie hatte gelernt, damit umzugehen. Sie hatte Trost in der Arbeit gefunden, indem sie anderen half. Es war ein langer Prozess gewesen, der immer noch andauerte, der sie aber zu dem Menschen gemacht hatte, der sie heute war. Und nun stand diese Frage im Raum so aufgebläht wie der Teppich vor ihr. Sie konnte sich nicht rühren. Sie hatte das Gefühl, dass, wenn sie sich jetzt regte, ihre ganze Gefühlswelt zusammenbräche und nichts von ihr übrig ließe.

»Hey«, sagte Rabe. Seine Stimme klang lockend, so wie Musik aus einem Pub, der einen an einem klaren und kühlen irischen Abend willkommen heißt. Er würde es verstehen. Sie riss sich aus ihrer Erstarrung und blickte ihn an. Griff nach seiner Hand.

»So ist es besser.« Er atmete durch. »Und jetzt erklär mir bitte, was passiert ist. Mein Englisch ist etwas eingerostet, und deine Schwester hat schon einen sehr breiten irischen Akzent. Das Einzige, was ich deutlich verstanden habe, ist, dass du gesagt hast, du würdest kommen, und zwar sofort. Aber das kann ja nicht stimmen.«

Doch, das hatte sie. Und sie meinte es so. Es hieß, dass sie nicht mit Rabe zum Niederrhein fahren konnte. »Hast du mitbekommen, dass Danes Vater tot ist? Ermordet. Gestern.«

»Der alte O'Brian, habe ich verstanden. Das ist also Danes Vater?«

Sie nickte.

Rabe zog seine Hand unter ihrer fort und fuhr sich durchs Haar. »Und wie betrifft das jetzt deine Schwester?«

Er konnte es nicht verstehen. Bei ihren Erzählungen über ihre Schwester hatte sie immer ausgeblendet, dass Eilis jetzt dort lebte, wo Helen einst mit Dane zusammen gewesen war. »Finn arbeitet doch auf dem Gestüt vom alten O'Brian, und sie wohnen direkt nebenan.«

»Das hast du mir nie erzählt.«

»Das schien mir nicht wichtig. Dane hatte da schon längst mit seinem Vater und dem Gestüt gebrochen«, sagte sie entschuldigend, woraufhin Rabe ungläubig die Augenbrauen hochzog. Und recht hatte er. Helen hatte versucht, jeglichem Gespräch über Ballyhonny aus dem Weg zu gehen. Und sie hatte bislang erfolgreich verdrängt, dass sie beim Besuch, der anlässlich der Taufe geplant war, erstmals wieder den Boden von damals betreten würde. Finn hatte zwar schon vor fünfzehn Jahren auf dem Gestüt gearbeitet, aber dorthin gezogen waren Finn und Eilis erst, seit Fee, ihre Älteste, auf der Welt war. Zuvor hatten sie in einem Vorort von Galway gewohnt. Selbst bei ihren späteren Besuchen in Irland war Helen nie nach Ballyhonny zurückgekehrt, sondern hatte sich mit Eilis immer in Galway oder bei ihrer gemeinsamen Familie in Nordirland getroffen.

»Aber jetzt ist es wichtig, warum genau?«, fragte Rabe.

»Eilis hat gesagt, dass ihr Mann mit zu den Verdächtigen gehört.«

Rabe stand auf und lief im Zimmer umher. Mit seinen langen Beinen stakste er dabei eher wie ein Storch. Kurz setzte er an, das Sofa weiterzuverschieben. Ließ dann aber abrupt ab und wandte sich ihr zu. »Und wie sollst du da jetzt bitte helfen?«

Helen schrak ob der Lautstärke seiner Worte zurück und fiel sofort in den Verteidigungsmodus. »Ich soll gar nichts. Eilis braucht meine Unterstützung. Sie sitzt da mit zwei Kindern und ist schwanger.«

»Also haben sie ihren Mann verhaftet?«

»Nein. Haben sie nicht.«

Sie stumm anblickend, forderte er eine Erklärung ein.

»Es gibt im Zusammenhang mit dem Mord an Kevin O'Brian Andeutungen, dass Danes Tod kein Selbstmord war.«

»Andeutungen?«

»Ach Mensch, Rabe. Ich weiß es doch auch nicht genau. Einer von der Gardai, der irischen Polizei, hat eine Vermutung.«

»Also irgendein Polizist hat irgendetwas angedeutet, und das reicht aus, dass du unseren Urlaub platzen lässt, verstehe.« Er wandte sich ab und begann, das Sofa wieder zurück vor den Schrank zu schieben.

Helen ging zu ihm, griff nach seinem Arm. »Jetzt lass doch das blöde Sofa.«

»Warum? Das Fotoalbum brauchen wir ja nicht mehr.« Er schüttelte sie ab und schob weiter.

»Verstehst du denn nicht? Wenn Danes Tod kein Suizid war, würde das alles ändern.«

Das brachte ihn dazu, innezuhalten. »Alles?«

Das Wort stand im Raum zwischen ihnen. Änderte es etwas an ihrer Beziehung? An ihren Gefühlen für Rabe? Nein! Nur an denen zu sich selbst. Und eines hatte sie in den vergangenen fünfzehn Jahren gelernt: auf ihr Bauchgefühl zu hören. So erklärte man das in Deutschland oft. Das hatte sie schon ihr Leben lang begleitet, und sie hatte es sich nie erklären können. Nicht rational. Deshalb hatte sie diesem Gefühl nie getraut. Erst nach ihrem ersten Besuch in ihrer anderen Heimat Irland. Dort war die Existenz solcher »alten Kräfte« in aller Bewusstsein. Und manchmal brachen sie auch bei Menschen durch, die ansonsten kopfgesteuert waren. So wie sie. Und jetzt machten sich diese Kräfte in Form eines Bauchgefühls bei ihr wieder bemerkbar. Auch sonst zog irgendetwas sie immer auf die grüne Insel. Wie eine lockende Hintergrundmusik mit leichten Flötentönen. Aber nach dem Telefonat mit Eilis hatte sich dieser Ruf in den Vordergrund gedrängt, nicht durch Lautstärke, sondern wie ein Gesang mit eindringlicheren, melancholischeren Tönen, die tief in sie drangen. Es war fast wie ein körperlicher Schmerz, der erst nachlassen würde, wenn sie irischen Boden betrat.

»Es ändert nichts zwischen uns. Aber ich kann nicht mit dir kommen. Ich muss nach Irland.«

Rabe nickte langsam. »Da bin ich mir nicht so sicher. Gerade hast du noch gesagt, dass mal meine Sorgen dran wären. Aber irgendwas ist bei dir dann doch immer wichtiger.«

»Nein! So ist das nicht. Ich kann einfach nicht anders. Ich kann es dir nicht erklären. Aber bitte versteh es doch.«

»Oh, ich verstehe es ja. Und ich glaube, es ist besser, wenn du jetzt gehst. Du musst ja bestimmt umpacken. Ich nehme an, dass es in Irland kälter ist als am Niederrhein. Außerdem gibt es da wohl auch bessere Golfplätze. Kann der Niederrhein nicht mithalten.« Er ließ sie stehen und ging hinüber in die Küche. Durch die Durchreiche sah sie, wie er den Kühlschrank öffnete. Er schien sich hinter der Tür verbergen zu wollen.

Helen schluckte. So hatte sie ihn noch nie erlebt. Sie wollte zu ihm gehen, ihn umarmen und sagen, dass er ja recht hatte. Denn das hatte er. Sie hatte ihm in den letzten beiden Jahren so viel abverlangt, und er war immer für sie da gewesen. Jetzt sei er dran. Und sie hatte sich so darauf gefreut, mit ihm zusammen seine Kindheit am Niederrhein zu ergründen. All das wollte sie ihm sagen. Aber sie konnte nicht.

Ohne ein weiteres Wort verließ sie seine Wohnung.

Kapitel 5

Beruhigt schloss Dane das untere Tor zu Joys Box. Die Stute streckte ihren Kopf darüber, und der Junge streichelte ihr zum Abschied sanft den Hals. Ihr ging es gut. Es war bald so weit. Aber ein paar Tage würde es noch dauern. Trotzdem würde Joys Fohlen das erste in diesem Jahr sein, das auf dem Ballyhonny-Gestüt zur Welt kam. Er hatte ein Gespür dafür.

»Ich schaue morgen wieder nach dir. Versprochen«, sagte er und schob die Stute sanft zurück, um auch das obere Tor zu schließen. Dann lief er hinüber zum Wohnhaus, wo die gesamte Familie bereits versammelt war. Sein Vater hatte an diesem Abend alle zusammengerufen, selbst Tante Mary. Seitdem sein Onkel mit Frau und Kindern in eines der Häuser an der Straße gezogen war, sah er seine Tante nur noch an Feiertagen. Onkel Farell war schon wegen der Pferde immer auf dem Gestüt, und Emma und James sowieso. Dane überquerte den gepflasterten Hof und warf noch einen Blick zurück, um sich zu vergewissern, dass alle Boxen vollständig geschlossen waren. Es ging kaum ein Wind heute Abend. Das war außergewöhnlich. So nah am Atlantik wehte eigentlich immer ein Lüftchen. Deshalb waren die Ställe nach Osten hin geöffnet. Heute aber zog kalte Luft von dort herein. Dunst driftete von den angrenzenden Koppeln in den Hof, so als bewegte er sich aus eigenem Antrieb. Vielleicht gab es sogar Frost. Dennoch war der Stutenstall mit seinen fünfzehn Boxen gut geschützt, er lag unmittelbar am Wohnhaus. Er beherbergte neben Joy derzeit acht weitere trächtige Stuten und war das einzige Stallgebäude gewesen, als sein Vater seinerzeit das Gestüt übernommen hatte. Inzwischen schlossen sich dahinter zwei weitere an. Die waren für die Deckhengste bestimmt und für die Jungpferde, die nicht verkauft wurden.

Dane öffnete die hintere Tür zum Haus. Wärme schlug ihm entgegen. Er streifte seine Stiefel ab. Aus der Küche duftete es verlockend. Zur Vorbereitung der großen Ankündigung seines Vaters würde es erst einmal ein üppiges Essen als Grundlage geben. Außerdem hatte er vorhin das Auto von Mums Freundin kommen sehen, die seiner Mutter immer half, wenn es für viele zu kochen galt.

Als Dane nach kurzem Waschen und Umziehen ins große Esszimmer kam, saßen schon alle bis auf seine Mutter am Tisch.

»Da ist er ja«, sagte sein Vater, sobald er hereinkam. »Und wie geht es unseren Pferdedamen?« Ohne eine Antwort abzuwarten, wandte er sich an Onkel Farell. »Er macht am Abend immer eine Runde durch den Stall.«

Dane tauschte einen Blick mit seinem Onkel. Der wusste genau, was mit den Pferden los war. Als ob er eine Erklärung dazu von seinem Schwager benötigte! Onkel Farell hatte, seitdem er nicht mehr im Haus wohnte, Dane sogar die Weisung gegeben, in der Nacht auf die trächtigen Stuten zu achten. Sein Vater war der Besitzer des Gestüts, die Quinns aber waren es, die Ahnung und das Gefühl für die Pferde hatten.

»Es geht allen gut«, erzählte er dennoch und setzte sich neben seinen Vater.

»Das ist ja hervorragend. Neun Fohlen dieses Jahr. Ich bin sehr zufrieden.«

In diesem Moment kam seine Mutter mit einer großen Schüssel herein.

»Nichts da, bevor hier irgendwelche Verkündigungen gemacht werden, wird zuerst gegessen.« Sie stellte das Stew mitten auf den Tisch. Sein Leibgericht. Dane merkte erst jetzt, wie hungrig er war. Er musste sich zügeln, nicht sofort zuzugreifen. Seiner Mutter folgte ihre Freundin nach, die ein Tablett mit dampfenden Schalen trug. Emma ging ihr entgegen und half, die Schüsseln mit Kartoffeln und verschiedenen Gemüsen auf dem Tisch zu verteilen.

»Bleib sitzen, Mary«, sagte seine Mutter, als seine Tante sich mühsam aufrichtete. Ihr ging es in letzter Zeit nicht gut. Das hatte Dane von Emma gehört, die seit Neuestem früher als sonst nach Hause ging, um ihrer Mutter zu helfen. Das war ungewöhnlich. Emma war zwar erst acht, aber schon eine begnadete Reiterin. Sie half mit den Jungpferden fast ebenso viel mit wie Dane. Und sie wollte Jockey werden. Das sagte ihr großer Bruder James zwar auch ständig, aber bei ihm war sich Dane nicht so sicher, dass er es auch schaffen würde. Emma war taff. Wenn sie mal vom Pferd fiel, was selten genug vorkam, lachte sie nur und stand sofort wieder auf. Sie hatte keine Probleme, sich die Hände schmutzig zu machen. James war weniger draufgängerisch, obwohl er zwei Jahre älter war als seine Schwester. Beide hatten eine gute Statur, um diese Laufbahn einzuschlagen. Dane wusste von Anfang an, dass es nichts für ihn war. Schon jetzt war er zu groß und kräftig. Den Körperbau hatte er von seinem Vater geerbt. Aber er wollte sowieso enger mit den Tieren zusammenarbeiten. Die Rennen waren zwar die Krönung der Arbeit, doch für ihn war der größere Lohn die Zeit, die er mit den Pferden verbringen konnte. Mehr als jeder Pokal oder jedes Preisgeld. Seine Mutter sagte ihm ständig, dass sie alle ihre guten Gene bei ihm quasi aufgebraucht habe. Deshalb habe er keine Geschwister. Ihm war es recht. Denn es half ihm, seine Träume zu verwirklichen. Er würde Veterinärmedizin studieren. Mit Pferden als Schwerpunkt. Damit würde er seinen gefühlsmäßigen Umgang mit den Tieren mit medizinischem Wissen komplettieren. Er würde der Experte für die Zucht und das Training der Pferde von Ballyhonny und ganz Irland werden. Und vielleicht ja noch darüber hinaus. Und dabei würde er das machen können, was ihm das Liebste war: Zeit mit den Pferden verbringen.

»Also, seid ihr bereit, von meinen Plänen zu hören?«, fragte sein Vater. Der Tisch war abgeräumt, Tee aufgefahren. Sein Vater und Onkel Farell gönnten sich einen Whisky.

»Zuerst habe ich eine Aufgabe für euch Kinder.« Er blickte der Reihe nach Dane, dann die ihm gegenübersitzenden Emma und James an. »Die Geburten stehen kurz bevor. Was haltet ihr davon, wenn ihr Kinder die drei Namen für die Fohlen aussucht, die zuerst geboren werden? Und zwar in der Reihenfolge eures Alters.«

»Oh ja, ich weiß schon einen«, jubelte Emma. »Soll ich ihn sagen?«

»Nein, das bringt Unglück«, wandte Onkel Farell ein. »Du musst warten, bis es geboren ist.«

Danes Mutter stieß ihren Bruder an. »So abergläubisch kenne ich dich gar nicht.« Sie blickte dabei auf Mary. Im Gegensatz zu Danes Mutter und seinem Onkel war Mary sehr katholisch und ging jeden Sonntag in die Kirche. Emma versuchte immer, dem Kirchenbesuch zu entkommen, und schlich sich schon früh in die Pferdeställe. Aber seine Tante schien völlig unbeteiligt an dem Gespräch und nippte an ihrer Teetasse.

»Und, mein Junge«, wandte sich Sharni an Dane. »Hast du schon einen Namen im Kopf? Du weißt, dass es Joys Fohlen sein wird, welches zuerst auf die Welt kommt, nicht?« Seine

Mutter war jeden Morgen noch vor ihm im Stall, um nach den trächtigen Stuten zu sehen.

»Nein, nein, Sharni, diesmal hast du unrecht«, fiel ihr ihr Mann ins Wort. »Ich bin mir sicher, dass Blue Sea zuerst fohlt, sie wurde schließlich als Erste gedeckt.«

Dane schüttelte den Kopf. »Was Mum sagt, stimmt. Joy wird die Erste sein.« Er lächelte seine Mutter an. »Aber einen Namen weiß ich noch nicht. Dazu muss ich das Stutenfohlen erst sehen.«

»Hört, hört! Ein Stutenfohlen, sagt er!« Onkel Farell klopfte auf den Tisch. Dann wandte er sich an seine Schwester. »Sharni, wenn das stimmt, hat der Junge eine größere Gabe als du in diesen Dingen. Das Geschlecht eines Fohlens hast du uns bisher noch nicht vorhergesagt.«

Dane konnte nicht sagen, warum er es wusste, es fühlte sich eben so an, wenn er über Joys Bauch strich. Vielleicht lag es daran, dass er Joy am besten kannte. Seine Lieblingsstute. Ihre Geburt war die erste gewesen, die er miterlebt hatte. Er freute sich, den Namen zu vergeben. Das war eine Ehre. »Danke, Vater, dass wir die Namen wählen dürfen.« Auch Emma und James bedankten sich.

»Gerne. Das steht euch zu. Ihr seid eine große Hilfe für unser Gestüt. Wir haben es als Familie zusammen geschafft, es bis hierher zu bringen. Und damit sind wir schon bei meiner nächsten Ankündigung. Wir werden uns weiter vergrößern.« Er machte eine Pause. »Das geht aber nur, wenn ihr weiterhin alle mit anpackt.«

»Wie vergrößern?«, fragte Onkel Farell. »Wir haben letztes Jahr erst die neuen Ställe gebaut.«

»Richtig. Aber ich habe weiteres Land dazugekauft. Das ganze Gebiet von unserer östlichen Grenze bis zum Fluss. Das bedeutet, neue Koppeln und vor allem mehr Platz, um ein Trainingsgelände anzulegen. Wir werden einen eigenen

Rennstall aufbauen. Und du, Farell, wirst ihn leiten.« Er legte seinem Schwager die Hand auf die Schulter. »Wenn du willst. Ich würde ungern einen Trainer von außerhalb holen.«

Es war absolut still im Esszimmer. Als sei die Zeit einen Moment eingefroren, zusammen mit dem einsetzenden Frost draußen. Dane warf einen Blick durchs Fenster. Das Pflaster auf dem beleuchteten Weg, der die Einfahrt mit dem Hinterhof verband, glitzerte bereits.

»Kevin, ich weiß nicht, was ich sagen soll. Ich fühle mich geehrt«, begann Onkel Farell. »Aber ich war Jockey, kein Trainer. Ob ich genug Erfahrung ...«

Sein Vater unterbrach ihn. »Unsinn. Du bereitest unsere Pferde seit Jahren darauf vor, zu Rennpferden zu werden. Und dann geben wir sie weg in die Rennställe. Du weißt, wie teuer so ein Trainingsplatz in einem Rennstall ist. Das können wir selbst. Du kannst das. Wir sparen und verdienen noch daran, wenn wir auswärtige Pferde ins Training bei uns nehmen. Oder fühlst du dich dem nicht gewachsen? Dann müssen wir einen anderen Trainer engagieren. Denn bauen werde ich unbedingt.«

So war es jedes Mal. Sein Vater traf die Entscheidungen im Voraus, und die ganze Familie musste mitziehen. Bisher hatte das immer funktioniert. Sie hatten sich Jahr für Jahr vergrößert, mehr Pferde, mehr Ställe, Land. Aber was den eigenen Rennstall anging, da pflichtete Dane seinem Vater bei. Denn auch er bedauerte stets, dass ihre Pferde während ihrer Rennkarriere anderswo trainiert wurden. Aus ganz anderen Gründen als sein Vater, der dabei nur auf das Geld schaute. Bevor sein Onkel etwas sagen konnte, stand Dane daher auf.

»Du kannst das, Onkel Farell. Du hast ein gutes Auge für die Pferde. Und außerdem werde ich dir helfen.«

»Das ist mein Sohn«, rief sein Vater. »Damit ist es beschlossen. Ballyhonny bekommt einen eigenen Rennstall.«

Kapitel 6

Marie schlenderte durch die Altstadt. Es war spät geworden. Die Straßenbeleuchtung brannte schon. Aus den Lokalen schien warmes Licht. In den engen Gassen war nur wenig Platz, um Tische aufzustellen. Die wenigen Außenplätze waren im Sommer daher begehrt und dementsprechend voll besetzt. Es war ein angenehm warmer Abend, nicht so heiß wie in den letzten Tagen. Von dem schönen Wetter hatte Marie allerdings kaum etwas mitbekommen. Bis auf eine kurze Mittagspause, in der sie sich einen Burger vom Schnellimbiss geholt hatte, war sie in der Kanzlei gewesen, in die kein direktes Sonnenlicht fiel. In einem so heißen Sommer eigentlich ein Segen, weil die Kanzleiräume angenehm kühl blieben. Trotzdem fühlte man sich dann dort ein wenig abgeschottet von der Welt, während draußen die Studenten an den Geschäften vorbeischlenderten, ein Eis schleckten oder in irgendeinem Café einkehrten. Würde sie dazugehören, wenn sie den Schritt wagte und ein Studium anfing?

Marie hatte ihre Pläne an diesem letzten Arbeitstag ihrer Chefin nicht mehr angesprochen. Das war auch auf jeden Fall die richtige Entscheidung gewesen. Nicht nur wegen des normal hohen Stresslevels vor einem Urlaub.

Von der Kanzlei bis zu ihrer Wohnung war es nur eine Straße, aber Marie machte einen kleinen Umweg und holte sich eine große Portion Eis. Das Eislabor in der Maxstraße bot zwar eine breite Auswahl an Eisspezialitäten an, Marie entschied sich aber dennoch für das altbewährte Spaghettieis. Das hatte sie sich nach dem Arbeitstag verdient. Und es musste als Abendessen reichen. Yuna hatte heute ein Badmintonspiel, und für sich alleine hatte sie keine Lust, etwas zu kochen. Aber als sie in der Wohnung ankam, schlug ihr beim Öffnen der Tür würziger Essensgeruch entgegen. Eindeutig mit Knofi.

»Hallo? Yuna?«, rief sie vorsichtig. Man wusste ja nie. Yuna kannte einige verrückte Leute, und manchmal tauchten die unerwartet auf. Obwohl keiner einen Schlüssel hatte. Zumindest war Marie davon bisher ausgegangen.

»Da bist du ja endlich.« Yuna streckte ihren Kopf aus der Küchentür heraus. »Und beeile dich. Ich halte das Essen schon eine halbe Stunde warm. Ist nicht gut für den Reis.«

»Was machst du hier?«, fragte Marie erleichtert.

»Ich wohne hier. Schon vergessen?« Yuna lachte. »Komm, setz dich.« Der Tisch war gedeckt inklusive Tischdecke, die Yuna bisher nur ein einziges Mal hervorgeholt hatte. Als sie ihre Eltern eingeladen hatte, um ihnen Marie vorzustellen.

»Ich dachte, du bist heute Abend beim Badminton.«

Yuna brachte zwei voll gefüllte Schalen zum Tisch. »Das Spiel ist ausgefallen. Die gegnerische Mannschaft hat kurzfristig um Verlegung gebeten, weil die nicht genug Leute zusammenbekommen haben. Geht wohl eine Magen-Darm-Geschichte rum.«

»Na, dann guten Appetit«, scherzte Marie und nahm die Stäbchen in die Hand. Yuna hatte ihr das Essen damit beigebracht, vor dem besagten Besuch ihrer Eltern. Zu Beginn hatte sie sich nicht besonders geschickt angestellt. Erst als Yuna ihr die dickeren chinesischen Stäbchen gegeben hatte, hatte es besser geklappt, und mittlerweile machte es ihr sogar Spaß, die koreanischen Gerichte ihrer Freundin auf diese Weise zu essen.

»Genau. Ich hoffe, du hast Hunger. Ist reichlich da.«

Marie gestand Yuna, gerade noch ein Eis gegessen zu haben. »Ich hab ja nicht damit gerechnet, dass du hier bist. Aber ich hab trotzdem noch Hunger. War heute keine Zeit zu essen, zu Mittag nur einen schnellen Hamburger.«

»So stressig?«

»Mehr als gedacht. Nicht nur die ganzen Fristsachen vor dem Urlaub. Bevor wir überhaupt angefangen haben zu arbeiten, hat Helen erst einmal erzählt, dass es eine kleine Urlaubsänderung bei ihr gab.«

»Sie fährt nicht morgen?«

»Schon. Aber nicht mit ihrem Freund an den Niederrhein.«

»Sondern?«, fragte Yuna. Bei Geschichten über Maries Chefin hörte sie immer gern zu. Yuna war ebenso wie Marie vernarrt in Bücher, sie träumte sogar davon, eines Tages selbst eines zu schreiben. Und sie fand, Helen Freitags Leben tauge hervorragend als Vorlage.

»Sie fliegt nach Irland. Und zwar alleine ohne ihren Freund.« Marie berichtete von dem Anruf der Schwester ihrer Chefin, dem Mord und dem Streit mit Rabe, genauso wie Helen es im Schnelldurchlauf am Morgen erzählt hatte. »Die Stimmung war deshalb nicht die beste.«

»Dann hast du deinen Plan nicht erwähnt?«, fragte Yuna.

»Nein. Hatte ich auch nicht vor. Außerdem kann ich so noch überlegen.«

»Davon will ich nichts hören. Es ist eine tolle Idee. Genau das Richtige für dich. Du musst Neues probieren. Auf eigenen Füßen stehen. In deiner Kanzlei hast du es dir eingerichtet wie in einem schönen Nest.«

Marie war eigentlich ganz zufrieden damit.

Yuna blieb dran. »Wo wir gerade von Neuem reden: Ich habe eine Überraschung.«

Marie schlug der Bissen, den sie eben heruntergeschluckt hatte, auf den Magen. Sie mochte warme kuschelige Nester, keine Überraschungen. Sie hatte schon einige in ihrem zwanzigjährigen Leben erlebt, und die waren heftig genug gewesen. Angefangen damit, dass sie vor drei Jahren erst erfahren hatte, dass sie adoptiert war.

Yuna beruhigte sie sofort. »Keine Angst, ist nichts Lebensveränderndes. Und wenn es dir nicht gefällt, lassen wir es eben wieder sein. Aber du liebst doch Tiere aller Art. Und meine richtige Cousine ...« Yuna lachte, und Marie ließ sich anstecken. Im letzten Jahr am Campus in Hennef hatten sie sich als Cousinen ausgegeben.

»So ist es besser«, sagte Yuna. »Cara ist da so ähnlich wie du. Oder übertriebener. Sie ist sogar Mitglied in einer Tierschutzorganisation. Außerdem hat sie mittlerweile zwei Hunde und eine Katze. Und ... «, sie machte eine bedeutungsschwere Pause, »sie ist regelmäßig beim Reiten. Mehr noch, sie arbeitet in einem Reitstall.«

»Du machst Scherze.« Ja, Marie liebte Tiere. Und Pferde zeichnete sie gern. Sie fand sie wunderschön. Aus sicherer Entfernung.

»Komm schon. Lass es uns probieren. Der Reiterhof von Cara ist in Niederkassel. Ich habe mit ihr gesprochen. Wir können morgen vorbeikommen.«

»Um zu reiten?« Marie riss die Augen auf.

»Cara sagt, die haben prima Anfängerpferde.«

»Ich weiß nicht.«

»Gib dir einen Ruck. Du musst ja nicht gleich aufsteigen. Wir können uns erst einmal nur umsehen.«

»Na gut«, sagte Marie nach einer weiteren Gabel Reis. »Aber nur gucken und nicht anfassen.«

»Jeder so, wie er mag«, sagte Yuna. »Ich hab mir vorgenommen, es sofort zu probieren. Ich kenne da ein Sprichwort.«

Marie verzog den Mund. »Das größte Glück der Erde liegt auf dem Rücken der Pferde.«

»Genau! Ich werde ab jetzt Sprichwörter auf ihren Wahrheitsgehalt überprüfen. Und mit dem fange ich an«, sagte Yuna, die Bibliothekswissenschaftlerin. »Wäre kein schlechtes Thema für meine Abschlussarbeit.«

Damit brachte sie Marie zum Lachen. »Dann lass uns mal Hals über Kopf in dieses Abenteuer stürzen.«

Kapitel 7

Helen stand am Gepäckband des Dubliner Airports und wartete auf ihren Koffer. Rabe hatte recht gehabt, sie hatte umgepackt und ihr Reisegepäck um Pullover und Regenjacke ergänzt. Sie hatte den deutschen Hochsommer hinter sich gelassen. Hier war es mindestens zehn Grad kühler und bewölkt.

Sie seufzte. Ihre Gedanken waren schon wieder bei Rabe hängen geblieben. Doch plötzlich musste sie schmunzeln. Er war noch nie geflogen. Einen Vogel-Spitznamen haben, aber nicht fliegen. Helen hatte ihm schon angedroht, dass er das angebliche Nichtvorhandensein seiner Flugangst bald beweisen müsse, wenn er Helen im Herbst nach Irland zur Taufe ihres Patenkindes begleitete. Doch würde er dann überhaupt noch dabei sein? Er hatte sich nicht mehr bei ihr gemeldet, seit sie seine Wohnung verlassen hatte. Und sie sich nicht bei ihm. Sollte sie ihn jetzt anrufen? Sie zog ihr Handy aus der Tasche. Scrollte durch die Namen und blieb an dem seiner Schwester hängen. Während sich das Gepäckband mit einem Ruck in Bewegung setzte, wählte sie die Nummer von Kathi Voss.

Nach dem zweiten Klingeln ging diese ran. »Du hast dich verwählt.«

»Kathi? Helen hier«, meldete sie sich etwas perplex.

Kathi stöhnte theatralisch. »Ich weiß. Ruf ihn an, nicht mich.«

Sie war also im Bilde. Rabe und seine Schwester waren sich nahe und erzählten sich alles.

»Ist er sehr sauer?«, fragte Helen.

»Das musst du ihn fragen.«

»Aber du weißt Bescheid?«

»Dass du nicht mit ihm an den Niederrhein fährst, sondern nach Irland. Ja. Das hat er erzählt.«

»Und in welcher Stimmung war er?«, fragte Helen vorsichtig.

»Ehrlich, Helen. Ich will da nicht zwischen hängen. Das müsst ihr unter euch regeln.«

»Ich weiß nicht, wie.«

Kathi stöhnte wieder, und Helen sah sie bildlich vor sich. Sicher rollte sie ihre Augen, ließ dabei ihren Pferdeschwanz tanzen, der sie so viel jugendlicher wirken ließ. Nicht wie die taffe Polizistin, die sie war. »Bis du schon auf der grünen Insel?«, fragte sie schließlich.

»Ja. Gerade angekommen.«

»Und hast du Zweifel, ob es die richtige Entscheidung war?«

»Nein.«

»Also, da hast du es. Tue, was du tun musst.«

Das machte sie ja. Aber was bedeutete das für ihre Beziehung? »Soll ich ihn denn anrufen?«

Wieder machte Rabes Schwester eine Pause. »Vielleicht gibst du ihm ein bisschen Zeit.«

Helen nickte. Die brauchte sie ja ebenfalls. Ohne die Gewissheit über die Vorgänge in Irland und darüber, was damals falsch gelaufen war, konnte sie sich nicht mit ihrer Beziehung zu Rabe auseinandersetzen.

Ihr Koffer lief auf dem Band ein. Sie bedankte sich bei Kathi, verabschiedete sich und hastete zum Laufband.

Etwas später saß sie im Leihwagen. Es begann zu regnen. Über die Autobahn, die M 4 und M 6, würde sie gut zwei Stunden bis nach Galway brauchen. Und noch einmal eine von dort bis Ballyhonny. Aber sie würde sich Zeit nehmen, um sich an den Linksverkehr zu gewöhnen. Unterwegs eine Pause machen. Das richtige Gefühl für ihr Irland bekam sie nur, wenn sie den Boden unter ihren Füßen spürte. Während die Landschaft an ihr vorbeiflog, ließ sie ihre Zeit mit Dane Revue passieren. Die Gedanken drängten sich ihr auf, wie in den ersten Jahren nach seinem Tod, als sie sie in Dauerschleife durchgegangen war. Alles hatte mit dem Verschwinden von Danes kleinem Bruder Paddy angefangen. Der Beginn einer Veränderung, die ihn in den Abgrund gedrängt hatte. Wortwörtlich. Denn ihr Freund wurde verdächtigt, seinen Bruder entführt zu haben. Gleichzeitig hallten Eilis' Worte in ihren Ohren. Das, was der Kommissar gesagt hatte. Er glaubte, dass der Mord am alten O'Brian irgendwie mit dem Tod von Dane zusammenhing.

Bei Athlone verließ Helen die M 6, aber der durchaus sehenswerte Ort am River Shannon war nicht ihr Ziel. Sie folgte der Landstraße, und nach etwa einer halben Stunde war sie angekommen. Clonmacnoise. Sie hatte den Ort und vor allem das Kloster mit Dane einmal besucht und konnte sich genau an die Stimmung dort erinnern. Es war eines der ältesten Klöster Irlands, gegründet im fünften Jahrhundert. Und wenn man zwischen den Ruinen und den vielen keltischen Kreuzen umherlief, die wie Mahnmale in den Himmel ragten, spürte man die Geschichte. Und auch wenn es eine christliche Stätte war, Helen meinte hier dem ursprünglichen Irland näher zu sein. Einer Zeit, in der die Menschen enger mit der Natur verbunden gewesen waren. Es mochte daran liegen, dass die Iren in früheren Zeiten stärker von ihren heidnischen Wurzeln geprägt gewesen waren. Diese waren nie völlig verdrängt worden, nur vom christlichen Weltbild überlagert. Selbst Dane hatte manchmal danach gehandelt, ohne es zu merken. Sie erinnerte sich an einen milden Sommerabend, als Dane zu ihrer Verwunderung vor dem Schlafengehen noch einmal hinausgegangen war, um die Pferde in den Stall zu bringen. Er hatte Helen erklärt, dass der Wind auf Osten gedreht hatte und es über Nacht einen Kältesturz geben würde. Die Wettervorhersage in den Nachrichten hatte nichts dergleichen erwähnt, doch er hatte recht behalten. Am nächsten Morgen waren die Wiesen sogar von leichtem Raureif bedeckt gewesen.

Helen folgte einer engen Straße. Es war düster, und der Nieselregen legte einen feinen Schleier über die Landschaft. Nichts bereitete einen darauf vor, dass man sich ganz in der Nähe einer bedeutenden historischen Stätte befand. Vereinzelte Häuser abwechselnd mit hohen Büschen säumten den Weg, sodass man während der Fahrt keinen Blick auf die Klosterruine werfen konnte, obwohl Helen wusste, dass sie sich dort befinden musste. An einer Abzweigung erschien endlich ein Wegweiser zum Kloster. Sie folgte der Straße, und nach hundert Metern war die Erinnerung schlagartig da.

Der kleine enge Parkplatz war etwa zur Hälfte besetzt. Helen überlegte, ob sie überhaupt ein Ticket kaufen sollte, entschloss sich aber dann doch dazu. Sie wollte alles so machen wie damals, als sie mit Dane diesen Ort besucht hatte. Außerdem erinnerte sie sich, dass es in dem Komplex ein kleines Café gegeben hatte, wie überall an solchen Sehenswürdigkeiten in Irland. Eine Einrichtung, der Helen nur in den seltensten Fällen widerstehen konnte. Ein Tee mit einer süßen Leckerei brachte Entschleunigung. Und sie hatte das Gefühl, dass sie, wenn sie erst einmal in Ballyhonny ankam, davon nicht mehr viel bekommen würde.

Alles war genau so, wie sie es in Erinnerung hatte. Der einzige Unterschied zu ihrem letzten Besuch hier war das Wetter. Damals mit Dane hatte die Sonne von einem blauen Himmel geschienen. Dazu das Grün der Wiese. Ein lebhafter Kontrast mit den hellen Ruinenmauern und keltischen Kreuzen, die überall verteilt waren. Heute im Nieselschleier verwandelten sich die Kreuze in Krieger, die mit hochgestreckten Waffen auf dem Schlachtfeld angespannt, aber unnachgiebig den Feinden entgegenblickten. Manche hielten sich gerade noch aufrecht, wenngleich schon in gefährlicher Schieflage. Aufgeben würden sie nicht.

Vereinzelt schlenderten Touristen über den Rasen zwischen den keltischen Kreuzen und durch die bröckelnden Gemäuer des alten Klosters. Helen schloss sich ihnen nicht an, sondern lief zum einsam aufragenden Wehrturm. Sie ließ ihren Blick über den Shannon streifen, der direkt neben der Anlage seine breite Bahn zog. Seine Oberfläche leicht gekräuselt. Wegen des Dunstes war das andere Ufer kaum auszumachen. Der Horizont verschmolz mit dem Wasser. Dennoch schien alles weichgezeichnet, trügerisch. An ebendieser Stelle hatte Dane ihr erzählt, dass er ihr einmal diese milde Seite seines Heimatlandes zeigen wollte. Dass er genau diese Unterschiede liebte. Die Wildheit, wenn Stürme an die Atlantikküste prallten und sie zu verschlingen drohten. Der Kampf Meer gegen Land. Und die sonnigen Tage, in denen die grünen Hügel mit dem tiefblauen Ozean um die Gunst des Betrachters wetteiferten. Dane hatte das alles geliebt, war tief mit der Natur verbunden und hatte versucht, es mit ihr zu teilen. Abrupt wandte Helen sich ab. Sie hatte lange gedacht, dass zumindest die Art, wie er sich das Leben genommen hatte, zu ihrer Vorstellung von ihm passte. Dass er es überhaupt getan hatte, widersprach dem eklatant und machte es so unfassbar. Er hatte Helen davon überzeugt, von ihrem damaligen Lebensentwurf abzulassen. Alles, wonach sie zuvor gestrebt hatte, war der Erfolg im Studium und später im Beruf. Er hatte ihr andere Ziele aufgezeigt.

Helen wandte sich vom Shannon ab und schlug doch den Weg durch das Feld mit den Kreuzen und Grabplatten ein. Der Rasen war weich, und sie sank bei jedem Schritt leicht ein. Mit einem schmatzenden Geräusch gab der Boden ihre Füße nur widerwillig wieder frei. Sie überquerte die gesamte Fläche, ließ die Klosterruine rechts von sich liegen und strebte auf die hintere Mauer des Platzes zu. Das kleine Wohnhaus war noch da, genauso wie vor so vielen Jahren, als sie mit Dane hier gewesen war. Ebenso die angrenzende Pferdekoppel. Der Schimmel, den er damals bewundert hatte, nicht. Dane war über die Mauer gesprungen und hatte sie mitgezogen.

»Komm, lass uns herausfinden, wer sie ist. Ihre Statur ist fantastisch.«

Es war Helen unangenehm gewesen. Die deutsche Seite in ihr begehrte auf. Sie hatte ein Schild gelesen, das es untersagte, auf die Mauern zu klettern. Doch ehe sie Einwände erheben konnte, war Dane schon vorausgeeilt und zur Koppel gelaufen. Der Schimmel war ihm entgegengekommen, und er hatte über seinen Körper gestrichen.

»Komm her, Helen, ich möchte wissen, was du von ihr hältst.« Sie sträubte sich. Doch er nahm ihre Hand und legte sie auf den Hals der Stute. Dann stand plötzlich die Besitzerin hinter ihnen. Schnell zuckte Helen zurück. Es war ihr furchtbar peinlich, sie entschuldigte sich. Nicht so Dane. Er kam sofort mit der Frau ins Gespräch. Sie fachsimpelten. Helen konnte nicht mitreden. Nachher kam Dane begeistert auf sie zugelaufen und nahm ihre Hand. »Sie war nie ein Rennpferd, aber genau deshalb ist sie das, was ich suche. Ich will weg von den hochgezüchteten Tieren.« Er hatte etwas wehmütig zurück zur Koppel geblickt. »Sie ist nicht verkäuflich, sagt die Besitzerin, aber so leicht gebe ich nicht auf.«

Jetzt, in diesem Moment, spürte Helen Danes Hand, wie er die ihre gehalten hatte. Und seine Begeisterung von damals. Er hatte Pläne. Wollte eine eigene Zucht aufbauen. Obwohl er dem Familiengestüt den Rücken gekehrt hatte. Warum, hatte er ihr nie erzählt. Tat es ihm leid? Wollte er es rückgängig machen? Auch das wusste sie nicht. Und nach Clonmacnoise war Dane nie wieder zurückgekehrt.

Als sie weiterfuhr, hatte es aufgehört zu regnen, aber die Straße war feucht, und tief hängende Wolken bildeten eine graue Decke über der Landschaft. Die Bäume bogen sich, ihre Kronen abgeflacht, um dem stetigen Wind, der vom Meer wehte, möglichst wenig Angriffsfläche zu bieten. An den Stellen, wo der Blick nach Westen frei war, reihten sich Wiesen aneinander bis zum Horizont, unterbrochen von Natursteinwällen und Reihen von Büschen. Ein hellerer Saum markierte das Zusammentreffen von Wolkendecke und Meer und zog den Blick in die Ferne. Der Atlantik lockte, auch wenn er nicht zu sehen war.

Es folgte die graue steinige Landschaft des Burren Nationalparks. Karg wie eine Steinwüste, besaß die Landschaft eine raue Schönheit und war dennoch reich an Leben. Danach schloss sich die Steilküste an. Helen verdrängte das in ihr aufsteigende Bild. Sie war noch nicht bereit.

Bald kam Helen in die Nähe des Ortes, der über zwei Jahre ihre Heimat gewesen war. Ballyhonny. Alles war ihr gleichzeitig vertraut und dennoch fremd. Er unterschied sich nicht von den vielen kleinen Ortschaften, die sie auf dem Weg hierin schon durchfahren hatte. Vereinzelt tauchten Häuser oder Farmen an der Straße auf. Und Schafe grasten zu beiden Seiten, manche mit blauen Farbklecksen. So hatte Dane damals seine

Schafe markiert, nachdem sie geimpft worden waren. Er hatte zwar Pläne für eine eigene Pferdezucht gehabt, besaß aber zu dieser Zeit nur zwei Pferde, einen Hengst, den er aus dem Gestüt seines Vaters mitgenommen hatte, und eine Stute, die er später erworben hatte. Weniger, um mit den beiden eine Zucht zu beginnen als vielmehr, damit sie dem Hengst Gesellschaft leisten konnte. Die Schafe waren das, was ihm seinerzeit sein Einkommen beschert hatte.

Die Einfahrt zu Danes ehemaliger Farm schien sie verpasst zu haben, denn schon tauchte das Gestüt von Ballyhonny auf. Neben der Straße türmte sich die Hecke auf, die den gesamten Gestütskomplex vor neugierigen Blicken abschirmte. Eilis wohnte mit ihrer Familie im ersten Haus nach der Einfahrt zum Gestüt. Als Helen auf den Parkplatz fuhr, öffnete sich die Haustür und ihre Schwester kam ihr entgegen.

»Wow, du bist groß geworden«, sagte Helen, als sie sich aus Eilis' Umarmung löste, und deutete dabei auf deren Babybauch.

»Oh ja. Dein Patensohn ist ein Brocken.«

»Es wird ein Junge?« Das hatte Eilis ihr bisher nicht erzählt.

Eilis schlug sich die Hand auf den Mund. »Habe ich das jetzt gesagt? Es sollte doch eine Überraschung für dich werden.«

»Was sollte eine Überraschung werden?«, fragte Eilis' Mann, der hinzugekommen war.

Helen hielt Finn ihre Hand zur Begrüßung hin. Doch der nahm sie direkt in den Arm. Bei ihrem letzten Besuch hatte sie Finn gar nicht getroffen, und sie hatte vergessen, wie groß er war. Fast so wie Rabe.

»Mir ist rausgerutscht, dass der Kleine hier drin ein Kerl ist. Und er ein langer Lulatsch wird, wie du«, erklärte Eilis.

»Ja, das ist meine Befürchtung«, meinte Finn. »Dabei habe ich gehofft, dass er es mal zum Jockey bringt, aber er scheint genauso in die Höhe zu schießen wie Fee und Rea. Egal. Hauptsache gesund. Ich bin froh, dass du hier bist, Schwägerin. Vor allem für Eilis«, sagte er, bevor er Helens Koffer und den Rucksack aus dem Auto holte und ins Haus trug. Er schien es eilig zu haben.

»Entschuldige noch mal, dass wir es nicht geschafft haben, dich vom Flughafen abzuholen«, sagte Eilis.

»Unsinn. Bin gerne gefahren. Außerdem brauche ich ja den Leihwagen. Ich bin schließlich hier, um zu helfen, und nicht, um euch zur Last zu fallen.«

»Das tust du doch nicht. Und die Kinder freuen sich riesig auf dich.«

»Wo sind sie denn überhaupt?«

»In der Schule. Kommen gleich, rechtzeitig zum Tee. Genau wie du. Du hast wie immer alles perfekt getimt.«

Eilis lachte zwar bei der Neckerei, aber Helen erkannte, wie angespannt ihre Schwester war. »Und, wie ist es in den letzten beiden Tagen gelaufen? Gibt es etwas Neues?«

Helen folgte Eilis' Blick hinüber zum Nachbarhaus. Dort stand an der die Häuser trennenden Hecke ein grauhaariger Mann, der eine Heckenschere in der Hand hielt, jedoch nicht wirklich mit Gartenarbeit beschäftigt schien. Dafür wäre er auch unpassend gekleidet – eine Weste über einem karierten Hemd und eine Cordhose. Als Helen ihn mit einem Kopfnicken grüßen wollte, schaute er schnell weg und konzentrierte sich auf einen hervorstehenden Ast. Eilis nahm Helens Arm und zog sie mit sich. »Komm erst mal mit hinein.«

Kapitel 8

Ihr Bauch grummelte immer noch. Marie saß neben Yuna auf dem Beifahrersitz und schaute aus dem Fenster. Wie schnell man doch aus Bonn heraus war. Schon nach ein paar Kilometern sah es so aus wie auf dem Land. Felder und Wiesen zogen vorbei, wo eben noch Häuserreihen die Straße gesäumt hatten. Marie war kein Stadtmensch, und deshalb mochte sie Bonn so sehr, da man im Handumdrehen raus aus den Betonfluchten und wieder in freier Natur war. Nicht dass sie das bisher ausgenutzt hatte. Das war schon in Ruppichteroth so gewesen, wo man praktisch mit einem Schritt durch die Tür im Wald war. Aber auch dort hatte sie die Natur am liebsten aus ihren sicheren vier Wänden heraus beobachtet. Im Winter konnte sie stundenlang aus dem Fenster den Vögeln an der Futterstelle zuschauen. Dabei ein Buch auf dem Schoß. Manchmal näherte sie sich der Natur künstlerisch, malte die Szenerie am Vogelhäuschen. Oder konzentrierte sich auf nur einen der Besucher mit schillernden Farben. Eines dieser Bilder, das eines Gimpels, dessen rote Brust vor einem dunkelgrünen Hintergrund leuchtete, war mit ihr in die Stadt umgezogen. Es hing in ihrem Zimmer in Bonn und versah die ansonsten triste weiße Wand mit einem Farbtupfer.

»Marie, alles in Ordnung? Du bist so still«, fragte Yuna.

Sie zuckte mit den Schultern und antwortete, ohne ihrer Freundin den Blick zuzuwenden. »Schon. Aber ich bin eben am liebsten zu Hause.«

»Ach komm. Das wird toll. Du wirst sehen.«

Im Prinzip freute sie sich ja. Und ohne Yuna würde sie das ganze Experiment überhaupt nicht durchziehen. Sie wäre nicht mal auf die Idee gekommen. Es war nicht nur eine irrationale Angst – jede ungewohnte Aktivität führte bei ihr zu einer körperlichen Reaktion. Nicht nur zu dem sprichwörtlichen Bauchgrummeln, sondern zu einem ganz konkreten. Bevor sie losgefahren waren, hatte sie mehrfach die Toilette aufgesucht. Und bei der Vorstellung, an einen unbekannten Ort zu kommen, potenzierte sich diese Aufregung.

»Warst du eigentlich schon mal auf dem Reiterhof?«, fragte sie Yuna.

Yuna nickte. »Vor ein paar Jahren mal. Warum?«

»Wie ist es denn da so?« Marie druckste. Sie musste immer wissen, wo das nächste stille Örtchen war. »Haben die Toiletten?«

Yuna prustete. »Na klar haben die Toiletten. Das ist echt nett da. Neben den ganzen Ställen gibt es einen Aufenthaltsbereich, so eine Art Clubhaus. Ich erinnere mich an eine kleine Bar mit Sitzgelegenheiten für drinnen und draußen. Sogar Duschen. Meine Cousine hat da vor ein paar Jahren mal ihren Geburtstag gefeiert. Das ist schon ein Luxusreitstall.«

Luxus war Marie egal, Hauptsache, zivilisiert. Sie entspannte ein wenig.

»Schau, die Pferde«, rief Yuna und deutete nach links auf eine Weidefläche, auf der eine Herde von etwa zwanzig Tieren angaloppiert kam. Die Mähnen und Schweife flogen umher, die Sonne spiegelte sich auf ihren Körpern. Pferde in verschiedenen Brauntönen, ein oder zwei Schimmel und einige

Schecken. Kurz vor dem Gatter, das die Weide zur Straße hin abgrenzte, hielten sie an. Marie war überwältigt. So eine riesige Herde hatte sie noch nie gesehen. Es kam ihr fast vor wie in freier Wildbahn. »Das ist ja Wahnsinn. Dass die hier so frei rumlaufen.«

»Habe ich auch nicht gewusst«, sagte Yuna. »Und schau mal, der Hof. Das ist alles viel größer, als ich es in Erinnerung habe.«

Sie fuhr durch ein offen stehendes Tor auf einen gepflasterten Hof und parkte neben einem Pferdetransporter, vor dem weißen Zaun, der den Reiterhof umgab – ein Komplex aus verschiedenen Gebäuden und Ställen. Marie konnte eine Reithalle erkennen und einen Reitplatz, der von Pferdehufen durchpflügt war. Hinter den Gebäuden schlossen sich die Wiesenflächen an.

Sie waren kaum ausgestiegen, da kam ihnen eine blonde schlanke Frau in Reitkleidung entgegen.

»Das ist Cara«, sagte Yuna und umarmte ihre Cousine kurz, bevor sie Marie nach vorne schob und sie vorstellte.

»Hallo, Marie. Schön, dich kennenzulernen.« Marie kam nicht zu einer Entgegnung. Schon hatte sich Cara umgedreht und winkte ihnen zu folgen. Sie schien die gleiche Energie zu besitzen wie ihre Cousine.

Marie und Yuna folgten ihr zunächst in Richtung Stall, ein lang gezogenes helles Gebäude, mit Boxen zu beiden Seiten der Stallgasse. Sie ließen den Stall jedoch links liegen. »Da ist momentan keiner drin«, erklärte Cara. »Die meisten Pferde sind auf den Weiden. Oder unterwegs mit ihren Besitzern, ideales Reitwetter heute.«

»Wir haben eben die große Herde gesehen. Laufen die immer so frei rum? Und so viele zusammen. Und wem gehören die Pferde?«, fragte Marie. Sie war so begeistert, dass sie ihr Bauchgrummeln komplett vergessen hatte.

Cara lachte. »Du willst es aber genau wissen. Einige der Tiere gehören tatsächlich zum Hof. Für den Reitunterricht. Wir vermieten auch Boxen, allein zur Finanzierung. Auf der Weide gibt es da keine Unterscheidung. Da sind sie alle zusammen. Und das ist auch gut so, denn Pferde sind Herdentiere. Den Sozialkontakt brauchen sie.«

»Ist dein Pferd bei der Herde?«, fragte Yuna.

Wieder lachte Cara. »Theo ist nicht nur dabei, sondern spielt gerne den Boss.«

»Bleiben die nachts draußen?«, fragte Marie.

Sie waren am Reitplatz angekommen. In einem abgetrennten kleinen Bereich standen zwei Pferde bereit, eine braune Stute und ein gescheckter Wallach. Dahinter lag die Reithalle.

»Die meisten im Sommer bei so gutem Wetter ja. Manche mögen es aber auch die Nacht über lieber, in ihrer Box zu stehen. Da sind sie alle unterschiedlich. Jedes Pferd hat seine eigene Persönlichkeit, genau wie ihre Besitzer.« Cara deutete zu den beiden Pferden. »Flecki und Daisy da sind lammfromm. Die habe ich mir für euch ausgesucht. Was meint ihr?«

Marie schluckte. Sie und Yuna blickten sich kurz an.

Auch Yuna schien überrumpelt. »Die sind ja groß«, sagte sie.

»Na ja, so riesig sind sie nicht. Aber erfahren und sehr gelassen. Die beiden bringt nichts aus der Ruhe. In kleiner gibt es nur die Ponys. Aber die sind eher etwas für die Kinder.«

Marie ging das zu schnell. »Cara, wo sind denn hier die Toiletten?«

Cara deutete zurück. »Am Stall vorbei. Im Clubhaus.«

»Danke.« Marie machte sich auf den Weg. Ihr Bauchgrummeln war zwar momentan verschwunden, aber sie wollte für den Fall der Fälle wissen, wohin sie sich wenden musste. Außerdem konnte sie sich so ein wenig mehr Luft verschaffen.

Lammfromm oder nicht, sie konnte sich nicht vorstellen, sich sofort auf ein Pferd zu setzen.

Marie betrat die Toiletten und drehte am Waschbecken den Wasserhahn auf, doch dann hörte sie ein Pferd wiehern. Und den Schrei eines Kindes. Sie zuckte zusammen. Mit nassen Händen lief sie zurück nach draußen. Und blieb erleichtert stehen. Niemand schien vom Pferd gefallen zu sein. Die hellen Rufe kamen von einem Jungen, der auf dem untersten Balken des Gatters stand. Er hielt eine Möhre in der Hand und versuchte, mit seinem Geschrei ein pechschwarzes Pferd anzulocken, das in einiger Entfernung auf der Weide trabte. Von ihm kam das Wiehern.

Obwohl nichts passiert zu sein schien, fragte Marie: »Alles in Ordnung?«

Der Junge sprang vom Zaun herunter und hielt Marie die Möhre hin. »Er will nicht kommen«, raunte er ihr zu, drehte sich um und verschwand in den angrenzenden Stallbereich.

Marie schaute von der Möhre in ihrer Hand zu dem Pferd. Es beäugte sie misstrauisch. Schüttelte wild mit dem Kopf und wieherte wieder lautstark. Ziemlich gesprächiges Pferd. Sein schwarzes Fell leuchtete in der Sonne. Seine Beine wirkten in Proportion zu seinem Körper extrem lang, was es anmutig erscheinen ließ. Gleichzeitig war es voller Temperament. Es kam nicht näher. Gut so, dachte Marie. Ich bin auch lieber vorsichtig, wenn ich jemanden nicht kenne. Sie hob kurz die möhrenlose Hand, um sich von dem Pferd zu verabschieden, und kam sich im gleichen Moment dumm vor. Sie drehte sich um, aber niemand hatte sie beobachtet. Trotzdem kehrte sie dem Pferd den Rücken, bevor sie sich doch noch blamierte.

Als sie zu Yuna und Cara zurückkehrte, waren die beiden schon einen Schritt weiter. Sie befanden sich innerhalb des umzäunten Bereichs. Yuna hielt den Führstrick von Daisy.

»Da bist du ja«, sagte Cara. »Wo hast du denn die Möhre her?«

Marie erzählte, wie sie in Besitz des Gemüses gekommen war.

»Das muss Peter gewesen sein. Richtig, dass du dazwischengegangen bist. Flying Wilde darf keine Möhren bekommen. Das hab ich Peter schon tausendmal gesagt.«

»Das Pferd heißt wie?«, fragte Marie.

»Flying Wilde.«

Marie nickte »Der Name passt. Der wirkte ziemlich wild.«

Cara lachte. »Nicht wild wie wilde Hühner, sondern Wilde wie Oscar Wilde. Der Gute stammt aus einer irischen Zucht. Und der Name passt super zu ihm. Hast du seine helleren Vorderbeine gesehen, wie Socken? Er sieht aus wie Oscar Wilde in seinen Knickerbockerhosen.« Sie öffnete das Gatter und ließ Marie eintreten. »Komm, gib Flecki die Möhre. Der darf sie gerne haben.«

Vorsichtig näherte sich Marie dem Schecken, den Cara offenbar für sie ausgewählt hatte. Er streckte ihr erwartungsvoll sein Maul entgegen. Mit weit ausgestrecktem Arm hielt sie ihm die Möhre hin. Er nahm sie so schnell, dass sie kaum die Hand zurückziehen konnte. Dann kaute er genüsslich.

»Prima«, meinte Cara. »Und nun komm näher. Er tut nichts. Wirklich!« Marie seufzte, näherte sich dem Tier von der Seite, legte vorsichtig die Hand auf seinen Hals. Flecki schien das gar nicht zu bemerken. Er war mit seiner Möhre beschäftigt.

Cara hielt es offensichtlich für ein gutes Zeichen. »Siehst du? Er mag dich.«

»Ich muss heute aber noch nicht wirklich schon reiten?«, fragte Marie.

»Och, ich könnte mir es vorstellen«, meinte Yuna.

»Jeder zu seiner Zeit. Ihr könnt auch erst einmal nur striegeln und üben, sie zu satteln und zu trensen.«

»Das würde mir für heute vollkommen reichen«, sagte Marie. Gedanklich ließ sie der schwarze Wilde dagegen nicht los. »Was ist denn eigentlich mit diesem Flying Wilde? Warum darf der keine Möhren haben?«

»Er war bis vor Kurzem ein Rennpferd. Ein Galopper. Jetzt ist er in Rente. Wir haben ihn hier bei uns aufgenommen.«

»Und die Möhren?«

»Seine Karriere hat ihm schwer zugesetzt. Er hat Magengeschwüre, und mit dem Futter muss ich ziemlich vorsichtig sein. Deshalb keine Möhren.«

Der Arme, dachte Marie und fühlte sich sofort mit ihm verbunden. Sie hatte zwar alles andere als eine Karriere als Sprinterin hinter sich, aber mit Magen- und Darmproblemen kannte sie sich aus. Trotzdem wunderte sie sich. »Rente? Der sah jetzt gar nicht so alt aus.«

Cara nickte, während sie ihr den Führstrick von Flecki entgegenhielt. »Das ist er auch nicht. Er ist erst sechs. Frühzeitig ausrangiert worden. War nicht erfolgreich genug. Züchten kann man mit ihm nicht, er ist nämlich ein Wallach. Das Leben als Rennpferd ist hart. Aber der Stress hat jetzt ein Ende.«

»Und was heißt das für ihn? Was macht ihr hier mit ihm?«

»Ich werde versuchen, ihn zum Reitpferd umzutrainieren. Aber da haben wir einen langen Weg vor uns. Momentan denkt er nämlich noch, er wäre auf der Rennstrecke. Er muss erst mal resozialisiert werden und sich erholen.«

»Ist er verletzt?«, fragte Yuna, die inzwischen mit einer Bürste über das Fell ihrer Daisy strich. Marie hielt zwar jetzt den Führstrick von Flecki, war nach dem Streicheln aber wieder von ihm abgerückt.

»Nicht akut, aber neben den Magengeschwüren hat er Probleme mit seinen Hufen.«

Marie seufzte. Wieso behandelte man Tiere so? »Wie hilfst du ihm?«

»Es ist viel Arbeit, und es braucht Geduld. Bei einem anderen Rennpferd, ein Traber, war nichts mehr zu machen. Der ist selbst auf seiner kleinen Koppel wie besinnungslos im Kreis gelaufen. Bis er eines Tages dann wirklich umgefallen ist. Herzinfarkt. Aber es gibt positive Beispiele«, schickte Cara schnell hinterher, als sie Maries entsetzten Gesichtsausdruck sah. »Mein Theo. Der war ein ehemaliger Galopper wie Flying Wilde.« Sie grinste. »Jetzt sollten wir uns lieber mal um diese beiden Lämmer kümmern. Wer traut sich zuerst?«

Kapitel 9

»Wer war das denn eben?«, fragte Helen. Ihre Schwester hatte sie in die Wohnküche geführt. Finn brachte derweil ihr Gepäck nach oben.

»Der Wellerman?«, entgegnete Eilis. »Nur unser bekloppter Nachbar. Einfach nicht beachten den Mann.«

Helen blickte sich um. Sie war vom Zuhause ihrer Schwester angetan. Das Haus hatte schon ein paar Jahre auf dem Buckel, aber innen wirkte alles freundlich, hell und großzügig. Eine Wand war herausgebrochen worden; sie war noch halb hoch stehen geblieben und trennte das Wohnzimmer optisch von der Küche ab. Ansonsten bildeten Küche, Ess- und Wohnzimmer einen einzigen großen Raum nach hinten heraus. Außer in der Küche waren die Fenster bodentief und boten einen Ausblick auf den Garten, an den sich unmittelbar die ersten Koppeln des Gestüts anschlossen. Von hier aus war allerdings nur das Dach des Haupthauses zu sehen, da die Gebäude von derselben hohen Hecke verborgen waren, die sich schon an der Straße entlanggezogen hatte. Nur eine große Halle rechts war zu erkennen, mit denselben rötlichen Dachziegeln wie das Haupthaus.

Der Esszimmertisch war fertig gedeckt. Eine große Platte mit Scones und verschiedenen Marmeladen stand bereit, ebenso eine Glasschale voller Clotted Cream. Ein Traum. Wie auf Kommando begann der Teekessel zu pfeifen. Helen ließ sich mit einem wohligen Seufzer auf einen Stuhl sinken. Finn kam dazu und gesellte sich zu ihr.

»Schön habt ihr es hier«, sagte sie.

Eilis kam mit der Teekanne an den Tisch. »Uns gefällt es auch. Und endlich siehst du es mal. Wir wohnen schon fünf Jahre hier, und da muss erst so etwas Schreckliches passieren, dass du herkommst.«

Eilis' Bemerkung klang locker dahergesagt, aber sofort war allen drei wieder bewusst, warum Helen gekommen war.

»Weiß man denn schon etwas Neues?«, fragte Helen.

»Erst mal Tee trinken«, sagte Eilis und beugte sich über die Teekanne.

»Lass mich das doch machen.« Finn übernahm das Einschenken. Dabei fing er an zu erzählen.

»Nichts Neues. Die Gardai haben den Tatort gestern wieder freigegeben. Hatten fast das ganze Gestüt abgesperrt. Was ja gar nicht ging, schließlich mussten die Pferde versorgt werden. Und was wollten die denn überhaupt finden, frage ich mich. Todesart und Ort waren ja offensichtlich.« Finn nahm einen Schluck Tee und seufzte.

»Er ist erstochen worden, nicht wahr?«, fragte Helen.

»Richtig«, bestätigte Finn. »Genau vor der Box von Texas, einem der Zuchthengste. Es muss in den frühen Morgenstunden passiert sein. Ansonsten ist dort den ganzen Tag viel los. Die Pferde sind im Sommer bis in den Abend hinein auf den Weiden. Nur nachts kommen sie wieder in die Ställe. Also zumindest die Deckhengste und die Mutterstuten mit ihren Fohlen.«

»Warum das?«

»Zur Sicherheit.«

Helen grinste. »Wölfe habt ihr hier aber nicht?«

»Ich meinte eher die menschlichen Bestien«, sagte Finn.

Helen verstand nicht, was er meinte, und ihr Schwager lachte freudlos. »Sie könnten gestohlen werden. Manche von ihnen sind wertvoll. Die Decktaxe bei Texas beträgt zum Beispiel fünfundzwanzigtausend Euro.«

»Wie bitte?«, fragte Helen. »Für jedes Mal?«

Eilis lachte und streichelte über ihren Bauch. »Unglaublich nicht? Der Traum aller Männer. Wenn Finn so einen Lohn für einen erfolgreichen Schuss bekäme, hätten wir weniger Sorgen.«

Helen kam nicht dazu, sich Gedanken darüber zu machen, ob die Hogans in Geldsorgen waren, denn Finn erzählte weiter: »Nicht jede Decktaxe ist so hoch. Aber Texas hat es sich verdient. Er hat eine tolle Abstammung, und er hat das Irish Derby zweimal gewonnen. Und nicht zu vergessen den Arc.«

»Den Arc? Was ist das?«, fragte Helen.

Finn lachte auf. »Du weißt wirklich nicht viel vom Pferderennen. Der Prix de l'Arc de Triomphe.«

»In Frankreich?«

»Genau, auf der Rennbahn Longchamp in Paris.«

»Ich dachte, eure Pferde laufen nur in Irland oder mal in England.« Eigentlich hatte Helen bisher nie darüber nachgedacht. Von Ascot hatte sie schon mal gehört, allein wegen der Queen, die eine begeisterte Pferderennliebhaberin war. Aber sie hatte nie gedacht, dass die Pferde des Gestüts von Danes Vater in dieser Kategorie mitliefen.

»Wir gehen weltweit an den Start. Sogar in Australien waren wir schon. Eines unserer Pferde ist gerade in Deutschland. Ihr habt euch knapp verpasst. Es ist just an dem Tag ausgeflogen, als O'Brian gestorben ist.«

Finn war in seinem Element, das merkte man. Die Anspannung wich von ihm, während er erzählte. »Ich trainiere zurzeit

Roller Coaster, ein Pferd, das im Oktober beim Arc mitlaufen soll. Es gehört einer alten Dame aus Kildare. Sie hat es geerbt. Ich fühle mich total geehrt, dass sie auf mich zugekommen ist und nicht einen der renommierten Rennställe gleich in ihrer Nähe gewählt hat. Dort liegen der Curragh-Rennkurs und das berühmte Gestüt von Coolmore.«

Eilis unterbrach ihn. »Jetzt ist aber gut. Die Pferde gehen mit dir durch im wahrsten Sinne des Wortes.« Sie legte eine Hand auf seine Schulter. »Helen sagt das doch alles nichts.«

Es stimmte zwar, Helen verstand nicht viel von Finns Erzählung, aber es bereitete ihr Vergnügen, ihm zuzuhören. Sie sah bei ihrem Schwager das gleiche Leuchten in den Augen, das sie immer bei Dane gesehen hatte, wenn er über seine Pferde gesprochen hatte. Vielleicht würde sie ja jetzt lernen, es nachzuvollziehen. Sie wünschte, sie hätte damals besser zugehört, sich mehr interessiert. Und wenn es um das Gestüt gegangen war, hatte Dane das Gespräch immer abgeblockt. Sie hätte insistieren sollen. Damals hatte sie nicht im Entferntesten geahnt, dass so viel Geld beim Pferdesport im Spiel war. Und Geld zog Verbrechen an.

»Hat dieser Kommissar sich noch mal gemeldet? DI Bail?«, fragte sie.

Eilis schüttelte den Kopf. »Nicht bei mir. Aber Finn, du hast doch gesagt, er sei gestern wieder auf dem Gestüt gewesen?«

Finn schüttelte den Kopf. »Nicht Bail. DI Tanner hat mich in die Mangel genommen. Ich sollte alles haarklein wiederholen, was ich schon an dem Morgen erzählt habe, als ich O'Brian gefunden habe.«

Eilis verteilte Scones auf die Teller. »Meinst du, er glaubt dir nicht?«

»Keine Ahnung.« Finn stützte die Arme auf den Tisch und vergrub sein Gesicht in den Händen.

Eilis hatte Helen erzählt, dass sie überzeugt war, ihr Mann würde ihr etwas verschweigen. Bisher war im Verhalten der beiden nichts zu erkennen, was darauf hindeutete. Helen musste mehr erfahren. »Ich will dich nicht nerven, aber kannst du mir erzählen, wie du ihn gefunden hast?«

Finn blickte auf. Verzog den Mund zu einem schiefen Lächeln. »Ich bin früher als sonst zur Arbeit. Es wurde gerade erst hell. Normalerweise bin ich gar nicht oft im Gestüt. Mein Arbeitsplatz ist der Rennstall. Aber einer der Jährlinge sollte an dem Tag zu uns wechseln, und ich wollte ihn früh am Morgen herüberholen, vor dem großen Trubel. Die Pferde sind sehr sensibel bei Veränderungen. Besonders die jungen. Die Jährlingsställe liegen ganz hinten auf dem Gestütsgelände, deshalb hätte ich es fast nicht bemerkt. Aber die Pferde in den Boxen im vorderen Hof waren unruhig. Vielleicht haben sie das Blut gewittert.« Er unterbrach sich und schüttelte den Kopf. »Nein, da war gar nicht viel Blut. Ich bin stehen geblieben, hab geschaut, ob etwas ungewöhnlich ist, was die Pferde aufregen könnte, und dann hab ich ihn da liegen sehen. Er hatte mir eigentlich gesagt, er sei an dem Tag geschäftlich in Dublin. Aber das war er wohl nicht. Ich dachte zuerst, er hätte einen Herzinfarkt, bin hingerannt, um ihm zu helfen. Er hat nicht mehr geatmet, also habe ich zu einer Herzmassage angesetzt, und erst dann habe ich die Feuchtigkeit gespürt. Direkt unter seinem Herzen. Als ich meine Hände auf seine Brust gelegt habe, habe ich in kaltes Blut gefasst.«

»Das heißt, er ist direkt ins Herz gestochen worden?«, fragte Helen.

»Ja. Wohl ein einziger Stich. Das hat man mir später erzählt. Ich habe auch keine anderen Wunden gesehen. Er lag ausgestreckt auf dem Rücken, so als hätte der Blitz ihn getroffen und er wäre einfach umgefallen. Als mir klar wurde, dass er getötet worden sein musste, bin ich panisch geworden.«

»Was hast du gemacht?«

»Ich bin zum Haus gelaufen. Hab an die Hintertür gepocht. Seine Frau kann ihm vielleicht noch helfen, war mein Gedanke. Seine Exfrau. Völliger Blödsinn, aber wenn ich bei den Pferden mal medizinisch nicht weiterweiß, hat Sharni immer noch einen Trick parat.«

»Du hast unterbewusst reagiert«, meinte Helen. In Panik schaltete sich der Verstand aus. Denn nicht nur ein Veterinär wusste, dass bei einem Stich direkt ins Herz jede Hilfe zu spät kam.

»Paddy hat die Tür geöffnet. Im Morgenmantel. Ich habe gebrüllt, er soll Sharni rufen. Er sagte, sie sei nicht da. Dafür kam Dairine. Sie wurde direkt hysterisch. Man konnte die Leiche vom Haus aus sehen. Mich hat ihre Hysterie ruhiger werden lassen. Gemeinsam mit Paddy konnte ich Dairine davon abhalten, sich auf ihren Mann zu stürzen. Paddy war recht gefasst. Hat die Gardai gerufen und sich dann um seine Mutter gekümmert. Ich habe den beiden gesagt, sie sollen im Haus auf die Polizei warten, und bin selbst zu O'Brian zurückgegangen.«

»Warum?«, fragte Helen.

»Der Tag im Gestüt beginnt früh, die Pferde müssen versorgt werden. Die Arbeiter standen quasi schon im Hof. Ich dachte, es wäre besser, wenn niemand mehr den Tatort betritt.«

»Das heißt, du bist bei O'Brians Leichnam geblieben, bis die Polizei kam?«

»Ja. Und ich habe alle Arbeiter rüber in den Rennstall geschickt. Und gesagt, sie sollen dort warten.«

»Dann sollten die Kommissare dir dankbar sein«, stellte Helen fest.

»Das habe ich auch gesagt«, wandte Eilis ein. »Stattdessen behandeln sie ihn wie den obersten Verdächtigen.«

Helen dachte laut nach. »Ja, das ist komisch. Eine Tatwaffe hat man nicht gefunden, oder?«

Finn schüttelte den Kopf. »Wenn doch, dann hat es mir niemand erzählt.«

»Und meinst du, es existieren irgendwelche Spuren am Tatort, die auf dich hinweisen könnten, außer denen, die bei der versuchten Herzmassage entstanden sind?«

Finn überlegte. »Nein, das glaube ich nicht. Aber es gibt etwas, das mich verdächtig macht.«

Eilis' Blick schnellte zu Finn. »Was denn?« Auch für sie war diese Information offenbar neu.

»Es gab am Tag vorher einen Streit zwischen mir und O'Brian«, sagte Finn.

Bevor er sich weiter erklären konnte, stürmten die Kinder das Haus, rannten sofort auf Helen zu, um sie zu umarmen. Fee, die Ältere, drückte ihr sogar einen Kuss auf die Wange und konstatierte feierlich: »Tante Helen, es ist so schön, dass du da bist. Darum darfst du auch in meinem Zimmer schlafen.«

Kapitel 10

»Bist du bereit? Ich muss los. Die Pferde warten nicht«, sagte Finn. Er stand schon an der Tür und warf Helen einen ungeduldigen Blick zu.

»Sofort. Hole eben meine Regenjacke.« Helen rannte die Treppe in den ersten Stock hoch. Sie hatte die meiste Kleidung noch im Koffer. Eilis hatte ihr zwar zwei Fächer im Kleiderschrank ihrer Tochter freigeräumt, aber sie hatte bisher nichts eingeräumt. Und ihre Jacke steckte tief im Koffer. Sie beeilte sich, sie herauszuziehen, um Finn nicht länger warten zu lassen, und hinterließ ein mittleres Chaos.

Als sie zurückkam, brummte Finn: »Na endlich.« Gemeinsam verließen sie das Haus.

»Wann fängt dein Tag normalerweise an?«, erkundigte sich Helen.

»Meist um sechs in der Früh. Kommt darauf an, was ansteht. Der Erste im Stall ist unser Futtermeister. Vor dem Training gibt es was in den Magen.«

»Ihr habt jemanden extra für die Fütterung?«

»Allerdings. Und für jedes Pferd wird das Futter abgestimmt.«

Von hinten näherte sich ein Fahrzeug. Finn wich zur Seite und zog Helen mit sich. Sie lehnte sich an den Zaun, der die

Straße säumte. Finn erwiderte beim Passieren den Gruß des Fahrers. »Das ist einer unserer Arbeitsreiter, ist aber auch spät dran heute.« Er blickte auf seine Armbanduhr.

»Wie viele Angestellte habt ihr denn überhaupt im Rennstall?«, fragte Helen. Sie ließ ihren Blick über die Koppeln schweifen. Nur auf der linken Seite, weiter hinten, grasten ein paar Pferde.

»Das wechselt mit der Anzahl der Tiere, die ich im Training habe. Dauerhaft habe ich acht reine Arbeitsreiter angestellt. Und die beiden Jockeys. Wobei James derzeit ausfällt, aber Emma ist ohnehin unser Starjockey.«

Helen horchte auf. Finn sprach von Danes Cousine und Cousin. Soweit sie es in Erinnerung hatte, mütterlicherseits. Ihr Vater war ein Bruder von Sharni.

»Emma trainiert vornehmlich die Pferde, mit denen sie in die Rennen geht. Also im Wesentlichen die vom Ballyhonny-Gestüt«, fuhr Finn fort. »Sie ist mittlerweile so erfolgreich, dass sie viele Anfragen von Auswärtigen erhält. Da ist sie aber zurückhaltend, um es wohlwollend auszudrücken. Sie hat es sogar abgelehnt, Roller Coaster beim Arc zu reiten.«

»Der von der alten Dame, die ihn geerbt hat?«, fragte Helen.

»Ja genau. Und Lady Dunningham hatte explizit nach Emma gefragt. Jetzt wird ihn ein Jockey reiten, der nicht aus unserem Rennstall kommt.«

»Warum, glaubst du, macht sie das nicht?«

Finn zog die Schultern hoch. »Sie sagt, sie möchte sich auf die Pferde des Gestüts konzentrieren.«

»Und warum fällt James aus?«

Finn lachte freudlos auf. »O'Brian hatte ihn suspendiert. Für unbestimmte Zeit. Es ist ein Chaos. Denn er fehlt uns im Training. Wir haben derzeit dreißig Pferde im Stall. Wenn einer ausfällt, müssen die anderen doppelt ran. Das fängt beim

Ausmisten an. Wir haben zwar auch ein paar reine Pfleger, die sind aber offiziell im Gestüt angestellt und werden da gebraucht. Nach seiner Suspendierung ist James erst einmal gar nicht mehr aufgetaucht. Aber seit O'Brians Tod spielt er sich auf, als wäre es nur eine Frage der Zeit, bis die alten Verhältnisse wiederhergestellt sind.«

»Wie heißt sein Vater noch mal?«, fragte Helen.

»Farell. Farell Quinn.«

Helen erinnerte sich. »Das ist Sharnis Bruder, nicht? Und er ist krank?«

Finn nickte. »Kann kaum noch laufen. Ein Leben als Jockey fordert seinen Tribut.«

»Das heißt, du hast von Farell Quinn die Leitung des Rennstalls übernommen, nicht von James?«

»Faktisch war James schon am Ruder, sein Vater nur noch nominell.«

»Und beides hatte sich erledigt nach der Entscheidung von O'Brian, dich zum Chefcoach zu machen?« Für Helen waren die Strukturen undurchsichtig. Überhaupt die Familienverhältnisse. Dane hatte ja nie darüber gesprochen.

»Ja. So kann man es sagen. Aber James geht wohl davon aus, dass nach der Testamentseröffnung alles wieder beim Alten ist.«

»Was würde mit dir passieren?«

»Dann würde ich auf meinen alten Posten zurückfallen. Einfacher Trainer plus medizinische Versorgung. Insofern werde ich gebraucht. Also hoffe ich, dass James mich schon allein wegen meiner medizinischen Expertise nicht rauswerfen wird.«

Finn war seinerzeit mit Dane auf das Gestüt gekommen. Sie hatten sich im Studium kennengelernt. Finn hatte neben dem Studium im Rennstall gejobbt. Dane hatte ihm, wo es ging, unter die Arme gegriffen. Finn kam aus einfachen Verhältnissen.

Nachdem Dane das Gestüt verlassen hatte, war Finn trotzdem geblieben. So einen guten Job konnte er nicht sausen lassen.

Helen und Finn erreichten den Hof des Gestüts. Das Haupthaus sah prächtig aus, wie ein altes Herrenhaus. Ein zweigeschossiges Gebäude aus hellem Sandstein. Hohe Fenster mit grünen Rahmen und ein großes geschwungenes, mit Efeu umranktes Eingangstor. Rechts schloss sich ein moderner Wintergarten an. Helen war beeindruckt. Sie blieb stehen. »Ich wusste nicht, dass das Gestüt so alt ist. Das sieht ja fast aus wie der Sitz eines alten Landadelsgeschlechts.«

Finn lachte. »Nicht ganz. Das Gebäude war ursprünglich mal ein Pfarrhaus. Als die O'Brians das Anwesen übernommen haben, war es schon in ein Gestüt umfunktioniert. Die ältesten Ställe, die sich direkt an das Haus anschließen, sind über hundert Jahre alt. Alles andere hat O'Brian später angebaut.«

»Wohnt die gesamte Familie dort?«

Finn schüttelte den Kopf. »Farell und seine Kinder wohnen in einem der Häuser vorn an der Straße, wie wir, nur auf der anderen Seite der Einfahrt.«

»Großes Haus für …«, Helen überlegte, »vier Bewohner?«

Finn lachte trocken. »So können sie sich prima aus dem Weg gehen. Aber jetzt komm erst einmal mit zum Rennstall. Das ist der neueste Komplex der ganzen Anlage. Und der ist da drüben.« Er zeigte auf die Gebäude rechts vom Gestüt, die Helen schon vom Haus der Hogans aus gesehen hatte. Neben einem lang gezogenen Stallbereich gab es eine große Reithalle, rundherum führte eine Bahn aus Sand. Als sie dort ankamen, waren mehrere Pferd-Reiter-Gespanne in der Runde unterwegs.

»Das erste Lot ist schon beim Aufwärmen«, erklärte Finn. »Das sind unsere erfahrensten Pferde. Sie werden um den Schrittring geführt.«

»Lot?«, fragte Helen.

»Eine Trainingsgruppe.«

Helen nickte. »Und von hier aus bist du an diesem Morgen rüber zum Gestüt genau den Weg entlang, den wir eben gekommen sind? Und hast O'Brian gefunden?«

»Das zeige ich dir später. Guck dich doch etwas um. Ich muss nach einem Pferd schauen.« Er verschwand im Stallgebäude.

Helen beobachtete die Reiter, die aufsaßen und auf eine weitere lang gezogene Bahn ritten, wo sie ein schnelleres Tempo aufnahmen. Auch ansonsten herrschte rege Betriebsamkeit für diese frühe Morgenstunde. Pferde wurden gestriegelt, Ställe ausgemistet. Wie in einem Ameisenhaufen.

Dann kam Finn wieder. Er führte eine dunkelbraune Stute mit sich. Auf der Stirn eine Blesse. Sie erinnerte Helen an jene, die bei Dane im Stall gestanden hatte, um seinem Eastern Storm Gesellschaft zu leisten.

»Kommst du mit, Helen?«, fragte Finn. »Das Mädchen hier muss ich mal auf das Laufband führen, um sie mir anzuschauen.«

Sie folgte ihm in einen Teil des Gebäudes weiter hinten, nach den Pferdeboxen. Als Helens Blick auf ein überdimensioniertes Gerät direkt neben dem besagten Laufband fiel, staunte sie nicht schlecht. »Ist das etwa ein Pferdesolarium?«

Finn nickte. »Ja, ist aber nicht zur Bräunung, sondern für die Wärme.«

»Ich fass es nicht. Das ist ja wie in einem Wellnesshotel.«

»Na ja. Das stimmt auf gewisse Weise, ist aber hauptsächlich dazu da, um die Pferde nach Verletzungen wieder fit zu machen. Eher eine Art Reha also.« Finn führte die Stute auf das Band und schaltete das Gerät ein. Das Pferd schien das schon zu kennen, denn es passte sich sofort der Geschwindigkeit an. Im Schritttempo ging es los. Finn beobachtete jeden Schritt genau, erhöhte dann langsam das Tempo.

»Ist das Tier verletzt?«, fragte Helen.

»Sie hatte einen Virus. Ich will schauen, wie gut sie sich erholt hat, unser Diamond Girl.«

»Das ist ihr Name?«

»Ja, genau. Sie stammt aus der Ballyhonny-Zucht. Eine der größten Hoffnungen des Gestüts. Wenn sie gesund bleibt.«

»Ist das das Pferd, das du an dem Morgen in den Rennstall holen wolltest, als du O'Brian gefunden hast?«

Finn schüttelte den Kopf. »Nein, Diamond Girl ist fast drei und hat schon einige Rennen hinter sich.«

Das Band lief inzwischen so schnell, dass die Stute anfing zu traben. Ein leichter Schweißfilm hatte sich an ihrem Hals gebildet.

»Na also«, erklang eine Stimme von hinten. Finn und Helen drehten sich um. Ein Mann in Reitkleidung, die blonden Haare unter einem hellgelben Reithelm verborgen. Helen schätzte ihn auf Mitte dreißig. Ein verschmitztes Lächeln auf den Lippen. »Sie läuft ja schön rund.«

»Was willst du hier, James?« Finn schaltete das Laufband langsamer und dann ganz ab. Er führte die Stute herunter. »Sie geht noch nicht zurück ins Training. Außerdem wird Emma sie reiten.«

»Das Rennen ist in zwei Tagen. Du musst Tempo aufbauen.«

»Noch nicht, habe ich gesagt.« Finn wurde lauter.

»Das ist nicht deine Entscheidung.«

»Wessen Entscheidung sollte es denn sonst sein? Ich bin hier der Trainer. Schon vergessen? Und du hast hier gerade gar nichts zu suchen.«

Helen erkannte den Mann nicht wieder. Sie hatte ihn nur einmal zuvor gesehen, vor fünfzehn Jahren auf der Beerdigung von Dane. Und da war sie allen Blicken ausgewichen. Aber Finn hatte ihn James genannt, also war das James Quinn,

Danes Cousin. Er fuchtelte ungeduldig mit einer Peitsche. Die Stute wurde unruhig. Sie wich vor dem flatternden Leder zurück, sodass sich die Zügel, die Finn in der Hand hielt, spannten.

»Sagt wer?«, fragte James.

»Du weißt genau, wie die Anweisungen von Kevin waren.«

James verschränkte seine Arme, wobei die Gerte immer noch zuckte. »Kevin ist aber nicht mehr hier, und über den Start des Pferdes entscheidet der Besitzer, in dem Fall das Ballyhonny-Gestüt. Außerdem ist mein Vater der leitende Trainer hier, nicht du.«

Finn legte beruhigend die Hand auf den Nacken der Stute. »Und genau da liegst du falsch.«

»Wie bitte?«

»Ich bin Haupttrainer. Dein Vater ist nur noch beratend tätig. Und bevor du wieder davon anfängst, dass das ja jeder behaupten könnte: Ich habe das alles schriftlich.«

»Seit wann?«

»Lange genug«, antwortete Finn.

James nahm den Helm ab. Fuhr sich durch die blonden Locken, die ihn jungenhaft erscheinen ließen. Dann deutete er mit dem Helm auf Finn. »Jetzt verstehe ich. Kevin hat seine Meinung nach eurem Streit wieder geändert. Er wollte den Vertrag rückgängig machen.«

»Das ist Blödsinn.« Finn reichte Helen die Zügel des Pferdes und ging einen Schritt auf James zu. Die Stute schien die Spannung zu spüren und begann nervös zu tänzeln. Wenn die beiden sich jetzt prügelten, würde sie sicher durchdrehen. Helen hatte keine Ahnung, wie sie das Tier in dem Fall bändigen sollte. Sie wich zurück, ohne das Pferd aus den Augen zu lassen. Hielt dabei die Zügel krampfhaft in der Hand, wagte sich nicht zu bewegen.

»Blödsinn, ja?« James lachte auf, wich aber zurück. »Ich glaube, ich habe ins Schwarze getroffen. Ich habe die ganze Zeit geahnt, dass du es warst. Nur der Grund wollte mir nicht einfallen.« James hielt den Helm nun wie einen Schild vor sich. Helen riskierte einen Blick auf die beiden Streithähne. Sie meinte echte Angst in James' Gesicht zu sehen. Dann bereute sie ihre Entscheidung, das Pferd einen Moment aus den Augen gelassen zu haben. Die Stute wieherte plötzlich. Sie schüttelte ihren Kopf wild hin und her und traf Helen hart an der Schulter. Helen ließ die Zügel los und taumelte ein Stück zurück, was sich als Glück erwies, denn nun begann das Pferd zu steigen. Das endlich brachte Finn zur Vernunft. Er wandte sich der Stute zu, sprach sanft auf sie ein und griff nach den Zügeln. Alles war innerhalb weniger Sekunden wieder vorbei. Nun stand das Tier da, als wäre nichts passiert. Finn wandte sich Helen zu. »Alles in Ordnung?«

Sie nickte. Atmete durch und fasste sich an die Schulter. »War nur ein Schreck. Und wird wohl einen blauen Fleck geben.« Sie war glimpflich davongekommen. Wenn stattdessen die Hufe sie getroffen hätten!

»Es tut mir so leid, Helen. Ich bringe dich zurück.«

Als sie sich wieder dem Ausgang zuwandten, war James Quinn verschwunden.

»Nein, schon in Ordnung. Mir geht es gut.« Sie wollte wissen, was da genau eben passiert war. Hatte sie richtig verstanden? War James der Meinung, Finn hätte etwas mit dem Mord zu tun?

»Ich hätte mich nicht so von ihm provozieren lassen sollen«, sagte Finn.

Helen nickte. »Das kann ich schlecht beurteilen. Aber du erzählst mir jetzt besser, was hier los ist. Und zwar von Anfang an.«

Kapitel 11

Marie hatte sich noch nie so unwohl gefühlt. Es war das Pendant zum Laufen auf Eiern, nur im Sitzen. Bei der leichtesten Bewegung von Flecki fürchtete sie, jeden Moment von seinem Rücken hinunterzurutschen. Entweder passte der Sattel nicht oder die Steigbügel hingen zu weit unten. Sie schaffte es nicht, sich mit den Füßen zu stabilisieren. Aber egal welcher Einwand, Cara versicherte ihr, dass alles seine Richtigkeit habe.

Abgesehen von ihrem Gefühl der Unsicherheit war es dazu absolut ungemütlich auf einem Pferderücken. Das hätte sie nie gedacht! Eigentlich hatte sie im Vorfeld nur Angst gehabt, zu fallen und dann zertrampelt zu werden. Überraschend schmerzte aber nun bei jedem Schritt von Flecki scheinbar jeder Teil ihres Körpers, vor allem am Hintern und den Innenseiten ihrer Oberschenkel. Nicht dass sie schon viele Schritte absolviert hatten! Cara lief voran und führte sie in der abgetrennten Koppel vor der Reithalle im Kreis. Theoretisch. Praktisch hatte Marie bisher nur die erste Längsseite hinter sich gebracht. Mithilfe eines Hockers hatte sie es geschafft, aufzusitzen. Der Euphorieschub verflog schnell wie ein Falke im Sturzflug auf Beutefang. Es war verdammt hoch auf dem Pferderücken. Sobald sie oben saß, fühlte sie sich bestätigt, dass Flecki mindestens eine Nummer zu groß für sie war.

»Halt ihn an, Cara. Ich will wieder runter.« Schon zum zweiten Mal versuchte Marie, Yunas Cousine zu überzeugen. Wäre sie bloß nicht allein hergekommen! Yuna hatte sie ermutigt. Sie selbst weilte in irgendeiner Badmintonhalle und genoss gegenüber Marie einen Vorsprung, da sie schon beim letzten Mal geritten war. Auch nur innerhalb der Koppel, aber in Kreisen. Mehrzahl. Marie war da nicht über die Verfütterung einer Möhre hinausgekommen. Heute war es nicht möglich, sich hinter ihrer Freundin zu verstecken. Caras ganze Aufmerksamkeit war ihr gewiss. Auf Marie hören tat sie jedoch nicht.

»Du sitzt doch gerade erst drauf. Lass uns wenigstens eine Runde vollmachen, okay?«

»Nur ein paar Schritte, hast du gesagt. Die sind jetzt vorbei. Ich will runter.« Im Moment war ihr völlig egal, dass sie wie der größte Angsthase im ganzen Rheinland wirkte. Angst übertrumpfte die Scham. Für Letzteres war später genug Zeit. Sie hasste es, sich hilflos zu fühlen. Vollkommen abhängig von jemandem zu sein. Von Cara und von Flecki. Ihre normale Reaktion wäre der Rückzug in sicheres Terrain. Üblicherweise die eigenen vier Wände. Hier gab es aber keine Rückzugsmöglichkeit. Jedenfalls nicht, wenn Cara nicht sofort das Pferd anhielt und ihr abzusteigen half.

»Also gut. Flecki, halt!« Cara hob die Hand wie ein Verkehrspolizist hoch, und der Schecke stoppte, schüttelte aber den Kopf. Marie klammerte sich am Sattel fest. Erste Etappe geschafft. Jetzt musste sie nur noch runterkommen. Dann schnell zum Auto. Die nächsten sicheren vier Wände, die sie erreichen konnte.

»Wie komm ich jetzt runter?«, piepste sie.

»Vorne am Sattel festhalten, das rechte Bein zurückschwingen und dann runterrutschen lassen. Ich halte dich.« Cara griff ihr schon an Rücken und Oberschenkel, um sie in Empfang zu nehmen.

»Bist du sicher, dass du das schaffst?«, fragte Marie zweifelnd. Cara war genauso zierlich wie ihre Cousine.

»Ganz sicher.«

Marie holte Luft, krallte sich an den Sattel und setzte gerade an, ihr Bein hochzuschwingen, da hörte sie einen lauten Ruf.

»Cara, schnell. Mit Flying Wilde stimmt was nicht.«

Marie hielt sofort in ihrer Bewegung inne. Cara hielt sie zwar weiter fest, aber sie drehte ihren Kopf zu dem Kind, das gerufen hatte. Das mit der Möhre. Peter, erinnerte Marie sich. Dem Jungen folgte eine dunkelhaarige Frau. Sie trug Reitkleidung, eine enge dunkle Hose und ein Reitjackett. Unter dem Helm leuchtete ihr Gesicht nicht rot vor Aufregung, sondern wegen der dicken Schminke. Dazu leuchtend roter Lippenstift und auffällig blauer Lidschatten. Sie passte eher auf einen Laufsteg als auf einen Reiterhof.

Cara achtete nur auf Peter. »Was ist passiert?«

»Er schwitzt so. Und er versucht, sich immer gegen den Bauch zu treten.«

»Hast du ihm eine Möhre gegeben?«

»Nein, ich schwöre.« Peter legte die Hand auf die Brust.

Inzwischen hatte sich die Geschminkte genähert. »Ich denke, es ist eine Kolik.«

»Okay, Marie. Beweg dich! Steig ab!« Doch diese erstarrte. Klammerte sich mit beiden Beinen fest um Flecki. Der verstand das als Aufforderung, sich wieder in Bewegung zu setzen. »Stopp, Flecki«, rief Cara und griff nach den Zügeln. »Was machst du, Marie? Hör auf, gegen seine Flanken zu drücken.«

»Tschuldigung.« Marie versuchte sich zu entspannen. Das Pferd blieb wieder stehen.

»Gut. Und jetzt schwing dich runter.« Cara schaute ungeduldig zu der Geschminkten. »Dina, ruf den Tierarzt.«

Die Dringlichkeit in Caras Stimme riss Marie aus ihrer eigenen Starre. Sie fasste sich ein Herz, atmete durch und schwang ihr Bein hoch und über den Pferderücken, wurde von Cara aufgefangen und stand wieder mit beiden Füßen auf dem Boden. »Du kannst jetzt loslassen«, sagte Cara.

Marie starrte auf ihre Hände, die den Sattel umklammerten. Sie ließ ihn los, als wäre er plötzlich siedend heiß.

»Peter, kümmere dich um Marie.«

»Kann ich nicht mitkommen?«, fragte Marie. Sie wollte wissen, was mit Flying Wilde los war.

»In Ordnung, aber schnell. Peter, dann übernimmst du Flecki.« Sie zog Marie mit sich aus der Koppel, gleichzeitig schlüpfte der Junge hinein. Dann lief sie los, und Marie versuchte mitzuhalten. Die Geschminkte nickte ihnen zu, das Handy am Ohr. Wahrscheinlich den Tierarzt am Apparat.

Als sie zur Koppel kam, wo sie Flying Wilde zuletzt gesehen hatte, war Cara schon dort. Betastete seinen Bauch. Es ging ihm nicht gut, das erkannte selbst Marie. Er stierte in ihre Richtung, ohne sie wahrzunehmen. Seine Augen, die sie so funkelnd in Erinnerung hatte, waren matt. Ein Schweißfilm glänzte auf seinem Hals. Immer wieder zuckte er zusammen, wenn sich sein Bauch verkrampfte.

»Komm her, Marie. Wir müssen ihn bewegen.«

Alle Angst war vergessen, und Marie betrat die Koppel.

»Hier, halt ihn am Halfter, so wie ich. Und jetzt lass uns laufen.« Jeder an einer Seite des Pferdes, liefen sie los. Zuerst wollte er nicht loslaufen, aber Cara redete ihm zu, und ein paar ruckende Züge später setzte sich Flying Wilde in Bewegung. Sie erhöhten das Tempo, bis er anfing zu traben.

»Gut so. Das muss richtig ruckeln, damit sich die Krämpfe lösen«, rief Cara ihr zu. Marie keuchte, hielt aber mit. Sie zogen einen großen Kreis und nutzten die ganze Koppel. Und noch einen. Sie wuchs über sich hinaus. Das ging so lange, bis der Tierarzt kam.

Sie stellte sich in den Schatten und schnaufte so sehr, dass der Tierarzt sie mit einem Seitenblick betrachtete, bevor er sich seinem eigentlichen Patienten widmete. Marie beobachtete die Behandlung. Wie zuvor Cara tastete der Arzt den Bauch des Pferdes ab. Zog eine Spritze auf und verabreichte sie Flying Wilde. Dann führte er ihn im Schritttempo herum. Cara kam hinüber zu Marie.

»Wie geht es ihm? Was hat er?«, fragte Marie, als sie wieder sprechen konnte. Ihr Magen zog sich vor Anspannung zusammen.

»Es wird wieder. Dr. Trimm glaubt, es ist eine Gaskolik. Wir haben richtig gehandelt. Die Bewegung hilft, dass das Gas abgehen kann, und das Medikament, das er gespritzt hat, schafft schnell Erleichterung. Es entkrampft.«

»Das heißt, er hat Blähungen?«, fragte Marie.

»Im Grunde ja. Aber bei Pferden ist so etwas lebensgefährlich. Sie haben einen längeren und empfindlicheren Darm als wir, und wenn sich zu viel Gas entwickelt, kann der Darm aufschwimmen und sich verschlingen.«

»Das klingt übel.«

Cara nickte. »Wenn das passiert, hilft nur noch eine sofortige Operation, sonst war es das.«

»Und Flying Wilde hat das jetzt wegen seiner Magengeschwüre bekommen?«

»Sehr wahrscheinlich ja.«

Cara erklärte, dass solche Geschwüre bei Rennpferden häufig auftraten. Fast neunzig Prozent aller Rennpferde litten darunter, weil sie einem extremen Stress ausgesetzt waren, nicht nur im Rennen, sondern auch im Training.

Der Tierarzt unterbrach sie und riet Cara, Flying Wilde weiter in Bewegung zu halten. Er gab ihr zur weiteren Behandlung Medikamente in Tablettenform mit dem gleichen entkrampfenden Wirkstoff. Und das Tier sollte möglichst kein frisches Gras fressen.

Cara überlegte. »Ich werde ihn auf dem Platz longieren.« Sie blickte zu Marie. »Wir müssen deine Reitstunde verschieben.«

In diesem Moment gab es einen lauten Knall. Marie erschrak und drehte sich um. Die Geschminkte war aus dem Stall getreten. Das Tor musste hinter ihr zugeknallt sein. Bei Flying Wilde war der Schreck größer. Im Galopp stob er davon.

»Mensch, Dina. Sieh, was du angerichtet hast«, sagte Cara erbost.

Die Geschminkte entschuldigte sich mit wenig Enthusiasmus, erkundigte sich aber nach Flying Wilde, bevor sie sich verabschiedete.

»Besonders mitfühlend scheint die ja nicht zu sein«, merkte Marie an.

»Ach, sie ist schon in Ordnung. Sie ist nur manchmal eine Trantüte. Ihr Mann ist weniger feinfühlig. Er besitzt einige Rennpferde und engagiert sich im Verband Deutscher Galopp.«

Das schien für Cara ein Negativkriterium zu sein. Marie schaute sich nach Flying Wilde um. Wie auf Kommando näherte er sich ihnen wieder.

»Er hat sich beruhigt«, sagte Cara. »Ich hole mir jetzt die Longe, und dann nehme ich ihn mit auf den Platz.«

»Warum ist er überhaupt so ausgeflippt?«, fragte Marie. »Ich habe mich auch erschreckt, aber er war ja richtig panisch.«

»Die Rennpferde sind so konditioniert worden. Das Öffnen der Startboxen ist wie ein Knall. Und da ist es genau gewünscht, dass sie wie von Sinnen losgaloppieren. Ohne Rücksicht auf alles um sie herum. Hauptsache, schnell wie der Teufel.«

»Warum tut man den Pferden so etwas an?«, fragte Marie. »Ist total logisch, dass die krank von dem ganzen Stress werden.«

Cara nickte. »Ja, leider.«

»Kann man da nichts gegen tun?«

»Jetzt muss ich mich erst mal um diesen Kandidaten kümmern.« Cara legte Flying Wilde die Longe an. »Kommst du mit? Dann kann ich dir etwas dazu erzählen.«

Marie nickte, und sie setzten sich in Bewegung.

Cara ging voran, blickte sich aber noch einmal um. »Aber ich warne dich, bei dem Thema rede ich mich schnell in Rage.«

Kapitel 12

Finn hatte Diamond Girl wieder in ihre Box zurückgebracht und mit den Reitern gesprochen, die von der Trainingseinheit zurückgekehrt waren. Er hatte sich dabei jedes der Pferde genau angesehen. Helen hatte ihn beobachtet. Bei seiner Arbeit mit den Pferden schien er völlig versunken. Als wäre die Konfrontation mit James nie passiert. Helen aber würde insistieren. Auf dem Weg zum Gestüt bekam sie die Gelegenheit.

»Was hatte das denn zu bedeuten? Was ist da zwischen dir und James?«

»Das ist eine längere Geschichte«, meinte Finn.

Sie näherten sich dem Wohnhaus. Es verdeckte die dahinterliegenden Ställe. Die Sonne war hinter den Wolken hervorgeschlüpft und spiegelte sich in den Glasfenstern des Wintergartens.

»Eine, die du mir erzählen solltest. James scheint zu glauben, du hättest etwas mit dem Mord an O'Brian zu tun. Warum?«

»Er schlägt nur wild um sich. Und ist sauer auf mich, weil er meint, ich hätte mir sein Erbe erschlichen.«

»Welches Erbe?«, fragte Helen.

»Den Rennstall.« Finn deutete auf das Haus und erklärte, dass Gestüt und Rennstall von Ballyhonny zwei separate Firmen seien, die beide zwar im Besitz vom alten O'Brian standen, deren Geschäftsführung er aber schon lange abgegeben hatte. »Obwohl er im Endeffekt die wichtigen Entscheidungen noch immer selbst getroffen hat. Das war ungeschriebenes Gesetz«, erläuterte Finn. Vor etwa zwei Wochen hatte O'Brian dann plötzlich Finn zum Boss des Rennstalls bestimmt und Farell Quinn, der den Posten zuvor innehatte, in den vorzeitigen Ruhestand geschickt. Dabei hatte James eigentlich der Nachfolger seines Vaters sein sollen.

»O'Brian hat Farell und mich eines Abends in sein Büro einbestellt. Er hat mich nicht nur zum Haupttrainer, sondern auch zum Geschäftsführer gemacht. Farell erhielt lediglich noch einen Beratervertrag mit guter Bezahlung, um sein Auskommen weiter zu sichern. Eine Rente praktisch.«

»Wie hat er reagiert?«, fragte Helen.

Finn zuckte mit den Schultern. »Er ist nicht mehr fit. Ein ganzes Leben bei der Arbeit mit den Pferden, vom Jockey zum Trainer, machen die Knochen nicht ewig mit. Er hatte schon länger vor, sich zur Ruhe zu setzen. Für ihn persönlich war diese Entscheidung in Ordnung, aber er hat für James gekämpft. Es war immer der Plan gewesen, dass James den Posten von seinem Vater übernimmt.« Finn schüttelte den Kopf. »Kevin ließ in dem Punkt nicht mit sich reden. James sollte raus. Selbst als Jockey wollte er ihn nicht mehr. Zumindest nicht, was die Pferde des Gestüts anging. Es war ihm egal, ob andere Besitzer ihn an ihre Pferde ranließen. Aber er sollte es nicht wagen, seine Tiere noch mal anzufassen.«

»Die Suspendierung, von der du gesprochen hast«, stellte Helen fest. »Hast du eine Ahnung, warum? War irgendetwas vorgefallen?«

Finn schaute zurück zum Rennstall, hob die Schultern. »Ich weiß von nichts.«

»Finn!« Die Pause, bevor er geantwortet hatte, war ein wenig zu lang.

»Hör zu. Ich weiß, dass Eilis dich gebeten hat, mich auszuhorchen, weil sie glaubt, dass ich etwas verschweige. Aber ich habe alles gesagt, was ich kann.«

Helen hatte das »kann« durchaus bemerkt. Er wusste noch mehr, war aber offensichtlich nicht bereit, es preiszugeben.

»Ja, das stimmt. Eilis macht sich Sorgen.«

»Wie ich auch. Es ist nicht schön, sich mit einem Mordverdacht rumzuschlagen. Das kannst du mir glauben. Alles, was ich sage, scheint mich nur noch verdächtiger zu machen.«

»Wie meinst du das? Es gibt also etwas, das du verschweigst. Dann musst du es zumindest der Polizei erzählen. Glaub mir, wenn sie es später herausfinden, ist es noch schlimmer.«

»Ich habe alles gesagt.« Finn verschränkte die Arme »Wenn Eilis glaubt, dass ich etwas mit O'Brians Tod zu tun habe, kann ich es nicht ändern.«

Helen erschrak. »Aber das tut sie nicht! Und ich auch nicht.«

Finn atmete durch. »Ich weiß. Entschuldige. So war das nicht gemeint.«

Sie nickte. Er stand unter enormem Druck. Und er wollte Eilis so gut wie möglich von allem fernhalten. Ihr ging es aber noch um etwas anderes. »Du weißt doch, wonach ich suche.«

»Nach einer Verbindung zwischen Danes Tod und dem seines Vaters. Weißt du, was ich denke? Dieser Kommissar hat euch da einen Floh ins Ohr gesetzt.«

»Wieso? Du glaubst nicht daran?«

Er schüttelte den Kopf. »Mach dir selbst ein Bild. Ich führe dich weiter herum, und dann wirst du sehen, was ich meine.«

Finn lief voran. Die Unterhaltung war für ihn beendet. Helen fügte sich. Etwas anderes blieb ihr nicht übrig. Am Haupthaus schloss sie wieder zu ihm auf. Sie konnte einen Blick in den Wintergarten werfen. Ein bizarrer Anblick. Eine kleine Welt für sich. An den Wänden und auch entlang der Scheiben reihten sich Pflanzenregale, mit einer unüberschaubaren Vielfalt an Orchideen. Unterschiedlichste Blütenfarben und -formen. Und neben fast jedem Blumentopf lehnte eine Puppe. Sitzend oder stehend, dunkelhaarig oder blond. Alle in fein genähten Kleidern. Fast unheimlich stierten sie mit ihren toten Augen in die Mitte des Wintergartens hinein. Dort gab es einen antik aussehenden ovalen Tisch aus dunklem Holz, welcher mit einer Decke mit feinen Stickereien bedeckt war. Drei Stühle aus demselben Holz und ein Sessel mit einer Polsterung, deren Muster sich in der Tischdecke widerspiegelte. Eine Modezeitschrift lag achtlos aufgeschlagen auf einem der Stühle und bildete einen einzelnen unordentlich wirkenden Punkt. Alles andere, selbst die Orchideen mit ihren feingliedrig ausgestreckten Armen und den akkuraten Blüten, schien einer festen Ordnung zu folgen.

»Das ist das Reich von Dairine O'Brian«, sagte Finn, der ebenfalls stehen geblieben war. Paddys Mutter. Helen erinnerte sich an sie. Als ihr Sohn damals als vermisst galt, hatte sie flehentliche Appelle an die Öffentlichkeit gerichtet. In einem Fernsehinterview und über die Zeitungen, die dazu Fotos gebracht hatten, die sie beim Besuch von Pferderennen zeigten, in auffälligen Kleidern und Hüten. Die Presse schlachtete es gebührend aus. Dane war nicht gut auf sie zu sprechen gewesen. Alles, was sie an den Pferden überhaupt interessierte, waren seiner Meinung nach die Renntage, bei denen sie sich in ihren Kleidern zeigen konnte. Und er hatte ihr vorgeworfen, eine unbedachte Bemerkung gegenüber Presse oder Polizei fallen gelassen zu haben, die dazu führte, dass man ihn verdächtigte, etwas mit dem Verschwinden seines Bruders zu tun zu haben.

»Nicht mein Geschmack«, sagte Helen. »Lass uns weitergehen.«

Sie erreichten die Stallungen. Sie gliederten sich in drei aufeinanderfolgenden L-Formen an das Haupthaus an. Es herrschte geschäftiges Treiben. Tore standen offen. Stallarbeiter waren mit dem Ausmisten beschäftigt. Zwei Pferde wurden herausgeführt. Ein junger Bursche sprühte das Pflaster mit einem Wasserschlauch ab.

Finn deutete zur Stirnseite des ersten Stallgebäudes. »Dort habe ich O'Brian gefunden.«

»Kannst du mir die genaue Stelle zeigen?«

Er nickte. »Komm mit.« Sie liefen bis zur ersten Box. Der Name Texas prangte auf dem Tor. Nichts deutete darauf hin, dass dort vor drei Tagen die Leiche von Kevin O'Brian gelegen hatte.

»Und die Polizei hat nichts Verwertbares an Spuren gefunden?«, fragte Helen.

Kevin schüttelte den Kopf. »Nein, nichts.«

Helen seufzte. Die Spurenlage war ohnehin schwierig. Es wimmelte hier mit Sicherheit von Rückständen aller Art von jedem Pferd und jedem Arbeiter des Gestüts. Sie richtete ihren Blick auf die Weide, die sich rechts vom Weg entlang der Ställe hinzog. Dort war Finn entlanggelaufen, als er die Leiche entdeckt hatte. Plötzlich tauchte James Quinn mit seinem gelben Reithelm auf. Er führte ein schwarzes Pferd über den Weg hinter sich her. Ein junger Mann mit rotbraunen Haaren lehnte an dem Zaun zur angrenzenden Koppel. Er passte mit seinem schicken beigefarbenen Anzug und den eleganten leichten Slippern an den Füßen nicht in das Bild. In diesem Moment lief er auf James zu. Ein heftiger Wortwechsel folgte, den James beendete, indem er auf das Pferd stieg, es hart kehrtmachen ließ und einfach davonritt. Der Stehengelassene stürmte die Händen zu Fäusten geballt in entgegengesetzter Richtung davon, am Wintergarten vorbei und war dann nicht mehr zu sehen.

»Wer war das?«, fragte Helen.

»Paddy O'Brian.«

Das war aus dem kleinen Paddy geworden, dem Jungen, dessen Verschwinden Danes Tod ausgelöst hatte.

»Jetzt hast du gesehen, was ich meine«, sagte Finn. »Diese Familie ist völlig zerstritten. Es ist fast kein Wunder, dass es einmal tödlich enden würde.«

Helen blickte ihn mit aufgerissenen Augen an. »Ist das nicht ein bisschen übertrieben? Streit kommt in den besten Familien vor, sagt man doch.«

Finn nickte. »Und je besser die Familie, desto größer der Streit. Es geht ja auch um mehr.«

»Du meinst das Erbe. Hat Paddy jetzt das Sagen auf dem Gestüt?«

Finn lachte. »Paddy? Sicher nicht. Der interessiert sich genauso wenig dafür wie seine Mutter. Paddy wird wohl das Geschäftsimperium seines Vaters übernehmen. Der Alte hat ihn gezwungen, Betriebswirtschaft zu studieren. Auch nicht so seine Sache. Er ist eher künstlerisch veranlagt.«

Daran erinnerte sich Helen. Eines der wenigen Dinge, die Dane von seiner Familie erzählt hatte. Es gab auch eine Zeichnung von Eastern Storm, die von dem Jungen stammte. Von einem großen Firmenimperium abseits des Gestüts war ihr bisher aber nichts bekannt. »Was sind denn das für Firmen, die zum O'Brian-Besitz gehören?«

»Ich weiß nur von einigen Immobilienfirmen. Und der Golfplatz von Ballyhonny gehört ihm. Ach ja, und die Futtermittelfirma, von der wir beliefert werden. Macht das Futter billiger. Das war O'Brians Ding. Alles aus einer Hand. Ob es darüber hinaus mehr gibt, das musst du andere fragen.«

»Wen zum Beispiel? Paddy?«

»Keine Ahnung, wie tief Paddy schon im Geschäft steckt. Die Beziehung von Vater und Sohn war nicht die beste. Am engsten war er geschäftlich mit seinem Anwalt verbandelt. Peter Shaw.«

»Und wer kümmert sich dann jetzt um das Gestüt?«

»Das wäre wohl ich«, erklang eine Stimme in ihrem Rücken.

Helen drehte sich um.

»Hallo Sharni«, sagte Finn. »Darf ich dir meine Schwägerin vorstellen?«

»Danke, Finn, aber das ist gar nicht nötig. Diesen wunderbaren Rotschopf kann man doch nicht vergessen. Es ist schön, dich wiederzusehen, liebe Helen.«

Kapitel 13

Ein letztes Mal bog Dane auf die Einfahrt zum Gestüt ab. Der Anhänger holperte über die Schlaglöcher. Die Straße musste dringend ausgebessert werden. Eines der Dinge, die auf seinem Arbeitsplan gestanden hatten. Jetzt ging ihn das nichts mehr an. Auf dem Rückweg mit Eastern Storm als Passagier musste er daran denken, langsam zu fahren. Schläge durch die holprige Fahrt würden dem Pferd Schmerzen bereiten. Völlig gesund würde er sowieso nie mehr werden, Rennen standen außer Frage. Dane seufzte laut auf. Storms Lebensabend begann mit vier Jahren. Aber er lebte. Dane hatte um ihn gekämpft. Er hatte alles in die Waagschale geworfen, was er im Studium gelernt hatte, alle Kräfte aufgeboten, die ihm seine Mutter mit in die Wiege gelegt hatte. War das genug gewesen? Oder würden die Schmerzen zu groß bleiben, dass Storm doch noch erlöst werden musste?

Dane parkte das Fahrzeug auf dem Hof, öffnete den Anhänger und bereitete alles so vor, dass er das Pferd ohne Umwege direkt hineinführen konnte. Der Weg war Storms erste Bewährungsprobe. Dane hoffte, niemandem zu begegnen. Sein Vater war geschäftlich in Dublin. Dessen hatte er sich versichert. Und er hatte sich eine der ruhigsten Tageszeiten auf der gesamten Anlage ausgesucht. Eine Zeit, die Dane immer genossen hatte.

Er zuckte mit den Schultern. Ruhe würde er auf seiner eigenen Farm genug haben. Er passierte den neuen Wintergartenanbau, ohne ihn eines Blickes zu würdigen. Eine Verschwendung. Das Geld wäre besser in die Renovierung der Stutenställe gesteckt worden oder in die Ausbesserung der Zufahrt. Aber auch das ging ihn nichts mehr an. Er warf das nicht mal Dairine vor. Sein Vater tat nur etwas, das er selbst für wichtig hielt. Der Wintergarten war nur ein Symbol, ein schöner Schein. Dane bedauerte lediglich, dass er zu spät erkannt hatte, dass es seinem Vater allein um Profit und Prestige ging. Er hätte sich die endlosen Streitereien, die er mit ihm ausgefochten hatte, sparen können. Denn jedes von Danes Argumenten war auf das Wohl der Pferde ausgerichtet, nicht auf den schnellen Erfolg. Wenn ihm das nur vor Storms letztem Rennen klar geworden wäre.

Storm streckte ihm seinen Kopf aus der Box entgegen. »Na, mein Junge? Jetzt hole ich dich zu mir nach Hause.«

»Aber das hier ist dein Zuhause, Dane.«

Er drehte sich um. Seine Cousine. Sie hatte ihn erwartet. »Nicht mehr, Emma. Was willst du?«

»Meinen letzten Versuch starten, dich hierzubehalten.«

Dane atmete durch. Emma war diejenige gewesen, die am meisten auf ihn eingeredet hatte, während der Zeit, in der sich sein Entschluss gefestigt hatte. Gefallen war der schon früher. Am Tag des Rennens in Leopardstown. Dane wandte sich dem Pferd zu, öffnete das Boxentor und schaute sich Storms Vorderbein an. Er strich sanft darüber. Äußerlich war der Bruch gut verheilt.

»Ich weiß dein Durchhaltevermögen zu schätzen, Emma. Aber es geht nicht mehr. Ich habe es versucht. Schon lange vorher. Wir haben zu unterschiedliche Auffassungen.«

»Wir brauchen dich. Du bist der Einzige, der ihm die Stirn bietet und das Know-how hat, schon medizinisch.«

Dane wandte sich von dem Pferd ab. »Ich kann nicht mehr, Emma. Ich ertrage ihn nicht mehr. Immer wenn ich ihn sehe, bin ich wieder in Leopardstown, höre Storms Schreie. Und jedes Mal werden sie schriller. Es zerreißt mich.«

Emma trat zu dem Pferd. Streichelte ihm die Stirn. »Mir geht es doch genauso. Aber du hast es geschafft. Er steht wieder.«

»Er hat immer noch Schmerzen. Man sieht es in seinen Augen. Und ich weiß nicht, ob ich das in den Griff bekommen werde. Wenn nicht …«

»Bitte bleib, Dane. Wir können es nur gemeinsam mit Onkel Kevin aufnehmen. Auch James. Es tut ihm leid. Er wünschte, er könnte seine Entscheidung rückgängig machen. Du weißt, dass er sich ihm nicht entgegenstellen konnte.«

»Du konntest es«, sagte Dane.

»Ja, aber ich habe meine Verletzung vorgeschoben.«

Dane legte Eastern Storm das Halfter an. Emma würde ihn nicht zurückhalten können. »Es spielt keine Rolle. Ich mache dir keinen Vorwurf und auch James nicht. Hätte er sich geweigert, hätte mein Vater einen anderen Jockey gefunden. Er war davon besessen, Storm starten zu lassen. Er war überzeugt, dass er gewinnen würde. Denn das ist das Einzige, das ihn interessiert hat. Das Preisgeld.«

»Geht es dem Gestüt so schlecht?«

»Ich weiß es nicht. Die Finanzen haben mich immer nur insoweit interessiert, als es nötig war, um den Betrieb laufen zu lassen. Selbst wenn mein Vater mir Einblick gewährt hätte.« Seit Neuestem ließ sich sein Vater sowieso nur noch von diesem Peter Shaw beraten. Früher hatte er manchmal seine Mutter zurate gezogen. Sharni war nicht an Wohlstand, sondern nur am Wohlergehen der Familie interessiert. Das ließ sie beim Geschäft oft einen kühlen Kopf bewahren, und darauf hatte ihr Mann gehört. Seit sein Vater mit Dairine verheiratet war, hatte das jedoch immer mehr nachgelassen. Und Dane selbst konnte nur ausgehend von den äußeren Gegebenheiten auf die finanziellen Verhältnisse schließen.

»Der Wintergarten war nicht billig. Und er hat sich in diese Futtermittelfirma eingekauft. Du kennst sein Credo. Alles in einer Hand zu halten. Und bis zu einem gewissen Grad haben diese Synergieeffekte ihren Vorteil. Das war schon der Grund dafür, dass wir den eigenen Rennstall aufgebaut haben. Aber die Anschaffung kostet eben erst einmal. Gleichzeitig besteht ein großer Renovierungsstau.« Dane bemerkte, dass er »wir« sagte, so als wäre er noch ein Teil davon. Das war er nicht mehr. Alles was er mitnahm, war Eastern Storm. Dane führte das Tier aus der Box.

Emma machte ihm Platz. »Gibt es irgendetwas, das ich tun oder sagen kann, um dich hierzubehalten?«

Dane verneinte. »Es ist besser, wenn mein Vater und ich nicht mehr in einem Haus leben, glaub mir. Ich bin dir trotzdem dankbar, dass du es immer wieder versucht hast.«

Emma seufzte. »Was sollen wir nur ohne dich machen?«

»Ich bin nicht aus der Welt, Emma. Du weißt, wo du mich findest.« Seine Farm lag nur wenige Kilometer entfernt in Richtung Galway. Er hatte sie vor ein paar Monaten erworben. Das Wohngebäude und die Ställe waren heruntergekommen; er würde einige Zeit für die Renovierung brauchen. Aber die Gebäude kamen zusammen mit einem guten Stück Land. Er plante eine eigene Pferdezucht, nicht in naher Zukunft, aber die Farm und das Land würden ihm die Verwirklichung dieses Traums irgendwann ermöglichen. Zunächst würde er mit den Schafen über die Runden kommen müssen. Und er konnte immer bei der Tierklinik in Galway einspringen, falls er in Geldnöte kam. In der Klinik hatte er nach seinem Studium Erfahrung gesammelt und sich zu einem Spezialisten für Pferde entwickelt. Sie hätten ihn gerne dortbehalten. Doch damals hatte er noch an seinen Vater geglaubt, wollte im Rennstall eine eigene Klinik für die Rehabilitation der Pferde aufbauen. Den Grundstein hatte er gelegt. Neben den Stutenställen im Gestüt war diese kleine Reha-Einheit das, was er am meisten vermissen würde, denn sie war allein seine Idee gewesen. Aber er wusste sie nun in guten Händen bei seinem Studienfreund Finn.

»Du hältst hier die Stellung, Em. Du passt mir auf unsere Pferde auf.«

»Du weißt immer, was das Beste für sie ist. Das kann ich nicht.«

»Ihr braucht mich nicht.« Er schüttelte den Kopf.

Emma begleitete ihn und Storm bis zum Auto. Zusammen führten sie das Pferd in den Anhänger. Dane spürte seine Anspannung. Er verband den Transport mit einem Rennen. Und sein letztes Rennen war nicht nur für Dane ein traumatisches Erlebnis gewesen. Aber er war ein Kämpfer, und er vertraute Dane. Er ließ sich unbeschadet in den Anhänger führen.

»Komm mich besuchen, Emma«, sagte Dane zum Abschied. Bevor er ins Auto stieg, warf er noch einen Blick hoch zum Zimmer seiner Mutter. Er sah niemanden, aber er meinte, eine Bewegung hinter dem Vorhang wahrzunehmen. Er hatte sie gebeten, fernzubleiben, wenn er Eastern Storm holen kam. Nicht seinetwegen, sondern weil das Tier fast genauso an ihr wie an ihm hing. Sie hatten ihn gemeinsam auf die Welt geholt, und schon damals hatte er sich ins Leben kämpfen müssen. Im Seitenspiegel warf er einen letzten Blick zurück. Emma stand noch immer da und schaute ihm hinterher, als er auf die Hauptstraße abbog.

Kapitel 14

Danes Mutter hatte sich kaum verändert. In ihren dunklen langen Haaren waren lediglich ein paar mehr silbernen Fäden eingewoben. Sie musste jetzt Mitte sechzig sein, wirkte aber genauso jugendlich wie damals. Es lag an ihren Augen. Dieselbe tiefgrüne Farbe wie bei Dane. Dasselbe Blitzen. Er hatte immer gesagt, er sehe sich in Helens hellgrünen Augen wie in einem Spiegel, der ihm eine hellere Seite von sich zeigte. Ein wenig verlegen streckte Helen Sharni die Hand entgegen. Das wollte sie jedenfalls, doch ihr fehlte es an Kraft. Sobald sie den Arm anhob, sackte er herunter. Ihr entfuhr ein überraschtes »Oh.«

»Was ist denn mit deinem Arm, meine Liebe?«

»Diamond Girl hat ihr einen Kuss verpasst. Mit ihrem Dickkopf«, sagte Finn.

»Das böse Mädchen. Ihr geht es offensichtlich besser«, erwiderte Sharni.

Finn schüttelte den Kopf. »Noch nicht gut genug. Sie schwitzt zu schnell, wenn sie belastet wird.«

»Warten wir ab.« Sharni wandte sich wieder Helen zu. »Nun kümmern wir uns erst einmal um deinen Arm. Komm doch mit hinein. Ich mache dir eine Salbe dafür.«

»So schlimm ist es gar nicht.«

»Noch nicht. Aber der Nacken wird sich ebenfalls noch bemerkbar machen. Du wirst ein paar Tage damit zu tun haben, aber meine Salbe wird dir helfen.«

Helen schaute zu Finn.

»Geh nur mit. Bist in guten Händen. Und ich muss sowieso zurück.«

Sharni führte sie in die Küche. Danes Mutter war von Kevin O'Brian geschieden. Dennoch lebte sie in einem Haushalt mit ihm und seiner zweiten Frau. Helen kondolierte ihr.

»Danke. Du findest unserer Verhältnisse hier auf dem Gestüt sicher merkwürdig. Ich gebe zu, es war nicht immer einfach für mich. Aber du kannst wirklich ganz unbefangen sein. Dairine und ich verstehen uns, und Paddy ist mir sehr ans Herz gewachsen.«

Da Sharni so offen war, wagte Helen einen Vorstoß. »Und bist du auch mit Kevin zurechtgekommen? War es nicht komisch, mit ihm unter einem Dach zu leben, während er eine neue Familie hatte und nach …?« Sie konnte es nicht aussprechen. Nicht vor seiner Mutter.

»Du meinst nach Danes Tod?«

Helen nickte.

»Setz dich doch.« Sharni deutete auf den großen ovalen Tisch in der Mitte des Raumes und platzierte zwei Tassen, Milch und Zucker darauf. »Der Tee ist gleich fertig.«

Helen nahm Platz. Sharni wandte sich der Anrichte zu und erzählte: »Es war nicht leicht zu Anfang. Ich habe ihm die Schuld an seinem Tod gegeben. Weil er Dane fallen ließ, nachdem der das Gestüt verlassen hatte. Schon bevor man ihn verdächtigte, etwas mit dem Verschwinden seines Bruders zu tun zu haben. Kevin hatte schon immer so wenig Vertrauen in seine Söhne. Und ich vermute sogar, er hat die Polizei in Danes Richtung gelenkt.«

»Ich dachte, das wäre Dairine gewesen«, sagte Helen.

»Nein. Das kam nur in den Zeitungen so rüber. Dairine war gar nicht dazu in der Lage, einen klaren Gedanken zu fassen. Sie stand fast die ganze Zeit unter Beruhigungsmitteln. So wie jetzt auch.«

Helen nickte. »Wie hast du es geschafft, ihm zu verzeihen?«

»Für ihn ist genauso eine Welt zusammengebrochen, als Dane starb. Er hat immer gehofft, Dane würde zurückkehren. Nach seinem Tod hat er sich aus der Leitung des Gestüts und des Rennstalls zurückgezogen. Er hat zwei eigenständige Firmen gegründet und mir die des Gestüts übertragen und meinen Bruder zum Geschäftsführer des Rennstalls ernannt. Kevin hat sich dann hauptsächlich um den Aufbau seiner anderen Firmen gekümmert.«

Sharni brachte den Tee, schenkte ein und kehrte zurück zur Anrichte. Sie stellte verschiedene Zutaten zusammen, Kräuter, eine Art Wurzel, die sie schälte und mörserte. Helen hatte mit einer fertigen Salbe aus der Tube gerechnet, etwas in der Art einer Pferdesalbe. Ihre eigene Mutter schwor darauf, und auch sie selbst hatte sie das ein oder andere Mal bei Muskelkater verwendet. Sie ließ ihren Blick über die Küche schweifen und stellte sich vor, wie Dane als kleiner Junge an diesem Tisch gesessen hatte. Der Raum war erfüllt von Kräuterduft. Sträuße verschiedener Kräuter hingen an einem Gitter, das mit Ketten an der Decke befestigt war. Es gab einen alten Apothekerschrank mit unzähligen beschrifteten Schubfächern. Daran grenzten ein gusseiserner Herd und separat ein moderner Backofen. Das hier war unverkennbar Sharnis Reich.

Helen goss sich vom Tee nach, lehnte sich mit ihrer Tasse zurück und betrachtete die andere Hälfte der Küche, die von einem großen offenen Kamin dominiert wurde. Er schien noch in Benutzung zu sein, denn Holzscheite waren an der Seite aufgestapelt.

»Dane hat auch oft hier gesessen und ins Feuer gestarrt«, sagte Sharni. Sie war zurück an den Tisch gekommen und setzte sich zu ihr.

»Ist die Salbe schon fertig?«, fragte Helen.

»Sie muss ein wenig ruhen. Dann fülle ich sie dir in ein Glas um.«

Helen bedankte sich. Die Fürsorge war ihr unangenehm. Sie fühlte sich wie ein Eindringling. Nach Danes Tod hatte sie den Kontakt zu Sharni völlig abgebrochen.

»Hast du zu Hause mal mein Rezept vom Irish Stew gekocht?«

Die Frage brachte Helen fast zum Weinen. Ihr wurde klar, dass sie Sharni eine Entschuldigung schuldete. »Sharni, es tut mir leid. Ich hätte mich melden sollen. Du hast ihn genauso verloren. Ich konnte es nicht. Es hat so wehgetan.«

Sharni legte die Hand auf ihre. »Du brauchtest deine Zeit.«

Helen schluckte die Tränen weg. Sie hatte vergessen, wie wohl sie sich immer in Sharnis Nähe gefühlt hatte. »Darf ich dich drücken?«, fragte sie.

Sharni lächelte und nahm sie in die Arme. Helen ließ sich fallen, fühlte sich verstanden. Eine Weile sagten sie nichts. Dann löste sich Helen aus der Umarmung. »Ich möchte ehrlich sein mit dir. Ich weiß nicht, ob ich je zurückgekommen wäre. Ich hätte zu viel Angst gehabt, dass alles wieder hochkommt.«

Sharni nickte. »Und warum bist du jetzt hier?«

»Einer der Gardai hat gegenüber meiner Schwester eine Andeutung gemacht. Ich habe noch nicht mit ihm gesprochen.«

»Etwa DI Bail? Den habe ich sofort des Hauses verwiesen. Er hat damals die Ermittlungen gegen Dane geführt.« Sharni stand auf. Sie hatte ihre Stimme nicht erhoben, aber jeder ihrer Muskeln schien bei der Erwähnung von Detective Inspector Conor Bail angespannt zu sein. Sie strich die angerührte Salbe in eine Glasschale und hielt diese dabei so fest, dass Helen Angst bekam, sie würde in ihrer Hand zerbrechen.

Helen ging zu ihr. »Ich habe genauso reagiert. Aber er scheint eine andere Spur zu verfolgen.«

Eine Glocke läutete.

»Die Türklingel. Der Kontakt wird nach hier übertragen«, sagte Sharni.

Schritte näherten sich, die Küchentür wurde geöffnet. Eine zierliche blonde Frau stand in der Tür. Ihr blasses Gesicht versank nahezu in dem schwarzen Bollwerk des Sakkos, das sie trug. Helen erkannte sie kaum. Dairine O'Brian war ein Schatten der Person auf den Pressefotos von damals.

»Die Gardai sind da«, hauchte sie.

»Was wollen die denn schon wieder? Ich habe dem Inspektor alles gesagt«, sagte Sharni scharf.

»Nein, nicht Tanner, dieser andere Kommissar, der ältere hat nach dir gefragt.«

Helen und Sharni blickten sich an.

»Bail?«, fragte Sharni. »Dem habe ich erst recht nichts zu sagen, schick ihn fort.«

»Er will aber nicht dich sprechen, sondern eine Helen Freitag. Die soll hier sein.«

Kapitel 15

Marie lehnte am Zaun des Sandplatzes, auf dem sie gerade ihre ersten Reitversuche unternommen hatte, und beobachtete Cara. Sie stand in der Mitte des Platzes und longierte Flying Wilde, während sie gleichzeitig davon erzählte, was im Pferderennsport alles falschlief. Zum Beispiel, dass Pferde Fluchttiere waren, was im Rennen ausgenutzt wurde. In freier Wildbahn war dieser Fluchtinstinkt überlebenswichtig, kam aber nur in Extremsituationen zum Einsatz, und die waren mit erheblichem Stress verbunden, um alle Kräfte zu mobilisieren. Im Rennsport gab es diese Situationen regelmäßig, nicht nur im Rennen, auch im Training. So wurde ein konstanter Stresslevel aufgebaut.

Dann berichtete Cara, dass sie eine Organisation gegründet hatte, die sich für die Verbesserung der Lebensbedingungen von Rennpferden einsetzte, und Marie glaubte nicht richtig zu hören.

»Wie heißt ihr? Pferdepiraten?«, rief sie, als Flying Wilde wieder bei ihr vorbeikam. Mit jeder Runde sah er besser aus. Entspannter. Das Medikament, das der Tierarzt gespritzt hatte, schien schnell zu wirken.

Cara, die sich nun ebenfalls wieder ihr zugewandt hatte, antwortete: »Eigentlich heißen wir ›Privatinitiative Rennpferderechte‹, abgekürzt PIR. Pferdepiraten klingt nur besser, oder nicht?«

Marie nickte. Das klang wirklich gut. Es brauchte sicherlich unkonventionelles Vorgehen, wenn man etwas an der Praxis im Pferderennsport ändern wollte. Auch wenn Cara berichtet hatte, dass es durchaus Regeln gab. Gerade in Deutschland war ja vieles reglementiert und der Tierschutz im Grundgesetz verankert. Aber die Regeln im Rennsport gingen Cara und ihren Pferdepiraten nicht weit genug, weil diese nicht dazu führten, den Stress der Pferde zu minimieren. Die Peitsche durfte im Rennen zum Beispiel nur fünfmal eingesetzt werden, und der Gebrauch musste dem Pferd vorher angezeigt werden. Nach Caras Ansicht musste es möglich sein, auf den Einsatz der Peitsche ganz zu verzichten. Andere Länder machten es vor. Schweden beispielsweise. Denn jeder Peitscheneinsatz löste den Fluchtinstinkt aus, und die Pferde wurden im Training darauf konditioniert. Schon das Anzeigen der Peitsche reichte aus. Als Cara ihr dann noch erzählte, was dieser konstante Stresslevel für Folgen hatte, war Marie richtiggehend schockiert. Während Pferde normalerweise um die dreißig Jahre alt wurden, lag die durchschnittliche Lebenserwartung bei Rennpferden bei acht Jahren.

Marie wollte mehr Einzelheiten darüber erfahren, wie Caras Organisation helfen wollte. »Und wer seid ihr genau? Was wollt ihr erreichen und mit welchen Aktionen?«

Cara lachte. »So viele Fragen. Das ist etwas schwierig mit Flying Wilde an der Longe. Aber ich glaube, er hat jetzt erst einmal genug. Ich bringe ihn auf die Weide. Dann bekommst du deine Antworten.«

Während Cara den Wallach fortbrachte, rief Marie ihre Mutter an, um sich zu entschuldigen. Sie hatte eigentlich ihr Kommen angekündigt, aber ihr war nach dem, was Cara ihr eben erzählt hatte, nicht mehr nach gemütlichem Kaffeeplausch zumute.

Cara kam mit zwei Tassen Kaffee zurück. Sie setzten sich in den Hof.

»Also, wir kommen aus verschiedenen Gruppen«, fing Cara nahtlos an, auf Maries Fragen zu antworten. »Ein paar sind hier vom Reiterhof, aber nicht alle. Andere habe ich über die Kölner Initiative Tierrechte kennengelernt bei Protesten gegen Pferde in Karnevalsumzügen.«

»Da habe ich schon mal von gehört. Da sieht man den Pferden an, dass sie teilweise panisch sind. Und das ist gefährlich, wenn ein Tier durchgeht und mitten durch eine Menschenmenge rennt.« Marie hatte das glücklicherweise nie persönlich erlebt. Sie mied große Menschenaufläufe. Für die Pferde musste es der blanke Horror sein. Blasmusik. Trommeln. Umherfliegende Kamelle.

»Allerdings. Die gleiche Problematik wie im Rennsport. Karnevalsumzüge bedeuten puren Stress.«

»Und wie wollt ihr das ändern?«

»Durch Information und Meinungsbildung. Aufmerksamkeit für die Problematik erregen. Und zwar dort, wo es die Rennsportindustrie am meisten trifft«, sagte Cara.

»Und das ist wo?«

»Na, auf der Rennbahn in Köln-Weidenpesch.« Cara erklärte, dass am nächsten Tag in Weidenpesch Renntag war. Der Plan war, sich mit entsprechenden Plakaten einzuschleichen und reichlich negative Werbung für den Rennsport zu machen, um so Druck auf die Sponsoren auszuüben. Ohne Sponsoren keine Rennen.

»Aber keine Gewalt, oder?«

Cara verschluckte sich an ihrem Kaffee. »Was denkst du denn? Gewalt ist das, was wir verabscheuen. Hauptsächlich wollen wir informieren. Viele wissen gar nicht, was da abgeht. Der normale Rennbesucher bekommt es ja auch nur mit, wenn ein Pferd während eines Rennens stirbt, sich die Knochen bricht.«

Marie riss erschrocken die Augen auf. Und Cara erläuterte, dass das gar nicht so selten sei. »Die jungen Pferde werden viel zu früh ins Training genommen. Mit zwei Jahren erste Rennen. Das können die Tiere gar nicht. Die sind ja noch voll im Wachstum.«

»Woher weißt du so viel darüber?«, fragte Marie.

Cara seufzte. » Ich bin nicht stolz darauf, aber ich habe meine Ausbildung zur Pferdewirtin in einem Rennstall in Köln gemacht. Ich hatte sogar ursprünglich vor, die Jockey-Laufbahn einzuschlagen. Das hat sich dann schnell geändert, als ich die Praktiken im Pferderennsport mitbekommen habe. Mein Ausbilder war eines dieser schwarzen Schafe. Er hat die Pferde sogar fitgespritzt, damit sie an einem Rennen teilnehmen konnten. Das musst du dir mal vorstellen! Er ist zwar längst aufgeflogen und nicht mehr in dem Rennstall tätig. Aber die Peitsche setzen sie auch ein. Ich konnte das nicht mehr. Bin nach meiner Ausbildung sofort raus aus dem Sumpf und hab mich um eine Stelle im privaten Reitsport gekümmert.«

»Und bist hier gelandet?«, fragte Marie.

Cara nickte. Sie leerte ihre Kaffeetasse. »Darf ich dich etwas fragen, Marie?«

»Klar.«

»Du bist so interessiert. Und ich habe gesehen, dass dir das Wohl der Pferde am Herzen liegt. Du warst mir eine große Hilfe mit Flying Wilde. Willst du nicht bei uns mitmachen? Komm doch heute Abend zu unserem Treffen. Wir malen die Plakate und sprechen unser Vorgehen ab. Was hältst du davon?«

Marie war der Gedanke auch schon gekommen. Sie würde gerne helfen. Aber schon so schnell? Es wäre ein großer Schritt für sie. Es beinhaltete ein Auftreten in der Öffentlichkeit. »Hier im Clubhaus ist das?«

Cara nickte. Was für Marie den Ausschlag gab, waren die Augen von Flying Wilde. Die Freude, sie leuchten zu sehen, nachdem es ihm wieder besser ging.

»Okay. Ich bin dabei.«

»Wundervoll.« Cara stand auf. Anscheinend hatte sie nur darauf gewartet, dass Marie zusagte.

Wie dem auch war – mit Malen kannte Marie sich aus. »Ich könnte Farben und eine Leinwand mitbringen. Wenn man da einen Stock dran befestigt, kann man es halten wie bei einer Demo.«

»Gute Idee. Aber du musst bedenken, dass wir die Plakate reinschmuggeln müssen und sie erst kurz vor der Aktion ausbreiten.«

»Stimmt, das geht nicht so gut.«

»Aber Farben können wir gebrauchen. Wir haben schon Bettlaken gesammelt. Die können wir zurechtschneiden. Kann man prima zusammenfalten und im Rucksack verstecken.«

»Klingt nach einem guten Plan«, sagte Marie.

Bevor sie nach Hause fuhr, um sich umzuziehen und Farben zu holen, begleitete sie Cara noch einmal zu Flying Wilde. Diese hatte zwei Pferde von der Nachbarkoppel zu ihm gelassen. Sie würden dafür sorgen, dass er in Bewegung blieb. Gemeinsam trabten die drei über die Weide. Maries Beschützerinstinkt war vollends erwacht. Es würde ihr schwerfallen, die eigenen sicheren vier Wände zu verlassen, um für Pferderechte auf die Straße zu gehen. Sie wusste aber, was ihr helfen würde. Denn das abstrakte Wissen von Missständen hatte einen Namen bekommen: Flying Wilde.

Kapitel 16

Helen hätte nicht gedacht, DI Conor Bail in ihrem Leben noch einmal wiedersehen zu müssen. Ja, er hatte damals nur seine Pflicht getan, aber er war so vehement gegen Dane vorgegangen, als führte er eine persönliche Vendetta. Zwei Männer standen im Eingangsbereich. Sie sprachen leise miteinander. Einer davon, der ältere, war ohne Zweifel Bail. Sie erkannte ihn sofort wieder, obwohl er alt geworden war, seine Haltung leicht gebückt, das Haar ergraut. Eine Geste aber hatte er beibehalten. Die Finger seiner rechten Hand, die er in Höhe seiner Hüfte hielt, bewegten sich wie die eines Klavierspielers bei Lockerungsübungen. Oder so wie bei einem Westernhelden, der kurz davor war, seinen Revolver zu ziehen.

»Wer ist der andere?«, fragte Helen.

Sharni, die mit ihr aus der Küche herausgetreten war, antwortete flüsternd: »DI Tanner. Er leitet die Ermittlung.«

Im Gegensatz zu Bail, dessen Anzug wie er in die Jahre gekommen zu sein schien und ihm an manchen Stellen zu eng saß, war der deutlich jüngere Tanner in einen dunkelgrauen Zweireiher gekleidet, der passgenau saß. In diesem Moment öffnete sich eine Tür, und ein dritter Mann trat heraus, die Hand vorgestreckt, um die Polizisten zu begrüßen. Ebenfalls ein Anzugträger, das dunkelblonde Haar streng zurückgelegt.

Es glänzte, also war vermutlich Gel im Einsatz. Er trug keine Krawatte. Das weiße Hemd unter dem dunklen Anzug stand offen, mehr als nur einen Knopf weit. Er wirkte wie ein in die Jahre gekommener Yuppie, der den Absprung in die Seriosität knapp verpasst hatte. Die beiden Polizisten drehten sich zu ihm um. Tanner erwiderte den Handschlag.

»Und wer ist das?«

Sharni stöhnte leise auf. »Peter Shaw. Seines Zeichens der Familienanwalt. So hat ihn Kevin immer bezeichnet, obwohl er nie etwas für die Familie getan hat. Jetzt hat er sich im Arbeitszimmer eingenistet und verwaltet sein Erbe. Aber nur bis zur Testamentseröffnung«, setzte sie hinzu. »Zumindest, wenn es nach mir geht. Ich bin froh, wenn sein Job erledigt ist und wir ihn endlich wieder los sind.«

Tanner verschwand mit diesem Peter Shaw in dem Zimmer, aus dem der Anwalt herausgetreten war.

»Das Arbeitszimmer?«, fragte Helen, und Sharni nickte. Die Tür schloss sich. Bail war allein zurückgeblieben, drehte sich um und sah zu ihnen herüber. Helen fühlte sich ein wenig ertappt.

»Willst du ihn wirklich sprechen?«, flüsterte Sharni ihr zu. »Ich kann ihn auch rauswerfen. Ich habe ihn schließlich schon einmal des Hauses verwiesen.«

Helen schüttelte den Kopf. Er war einer der Gründe, warum sie überhaupt gekommen war. »Ich glaube, es ist wichtig. Du solltest dir auch anhören, was er zu sagen hat.«

Sharni zog die Augenbrauen hoch. »Warum?«

»Komm einfach mit.« So auf die Schnelle konnte sie es nicht erklären. Bail nickte ihr zu, und Helen wagte sich einen Schritt vor, Sharni im Schlepptau. Sie nahm ihre Hand und zog sie mit sich. Bail wartete. Helen trat auf ihn zu, ohne Sharni loszulassen.

»Ich hatte gehofft, dass Sie anreisen würden. Ihre Schwester hat es Ihnen also ausgerichtet«, begrüßte sie der Inspektor.

Plötzlich überkam Helen Wut darüber, dass er ihre Seele so aufgerüttelt hatte. Was, wenn das alles nur Hirngespinste waren, wie Finn meinte? Und warum wusste er überhaupt, dass sie hier war? »Waren Sie etwa schon wieder bei meiner Schwester? Hat sie Ihnen gesagt, dass Sie mich hier finden können?«

»Nein, nein.« Er hob beschwichtigend die Hände. »Mister Hogan sagte mir, dass Sie hier sind.«

Hieß das, dass sie Finn erneut befragt hatten? Das machte ihr langsam Angst. Konzentrierte sich die Polizei schon wieder nur auf einen Verdächtigen, genau wie damals auf Dane? Bail schien ihre Gedanken zu erraten.

»Ich bin ihm vor der Tür begegnet. Eigentlich sind wir hier, um mit Mister Shaw zu sprechen.«

Eine Erklärung immerhin. Aber besänftigt war sie noch nicht. »Also, was haben Sie zu sagen?«

Bail blickte sich um. »Ich habe jetzt keine Zeit. Können wir uns in Ruhe treffen? Morgen? Nicht so zwischen Tür und Angel.«

Sharni, die sich bisher im Hintergrund gehalten hatte, mischte sich ein. »Und da wollte ich Sie gerade zu einer Tasse Tee einladen, Inspektor.«

Er schluckte. Hatte die Ironie genau verstanden.

»Dann wollen Sie mich bitte entschuldigen.« Sharni wandte sich ab. Helen versuchte, sie zurückzuhalten. Aber Sharni legte ihr kurz die Hand auf den Arm und flüsterte: »Verabrede dich nur mit ihm. Du kannst mir danach alles erzählen.« Damit ließ sie Helen allein mit Bail zurück.

»Ich würde mich freuen, wenn Sie sich mit mir treffen, Frau Freitag.«

Vorher gab es noch etwas klarzustellen. »Sie geben also zu, dass Sie damals mit Dane falschgelegen haben?«

»Ja, und dafür möchte ich mich entschuldigen. Ich hätte Ihnen Glauben schenken müssen. Ihnen und Ihrem Freund.«

»Ich musste ja froh sein, dass Sie mich nicht auch verdächtigt haben, als Komplizin womöglich.«

»Ich weiß. Es ist lange her, und wir hatten später nie mehr Gelegenheit, darüber zu sprechen. Sie sind sofort nach der Beerdigung abgereist.«

»Das können Sie mir wohl kaum verübeln.«

Er blickte sich noch einmal um. »Das tue ich nicht. Sicherlich nicht. Aber nun mit dem Mord an Kevin O'Brian erscheinen mir auch die Dinge von damals in einem neuen Licht. Das würde ich gerne mit Ihnen besprechen. Inoffiziell. Deshalb wäre es mir lieb, wenn wir es wie ein privates Gespräch behandeln.«

Die Tür zum Arbeitszimmer öffnete sich. Inspektor Tanner schaute heraus. »Kommst du, Conor? Wir warten.«

»Bin sofort da«, rief Bail seinem Kollegen zu, und an Helen gerichtet: »Morgen Abend im Pub hier im Ort. Kennen Sie den?«

Helen nickte. Wenn es derselbe war wie vor fünfzehn Jahren. Creans Pub hatte er geheißen. Die Pubs waren eines der wenigen Dinge in Irland, die nicht dem Wandel der Zeit unterworfen waren. Gerade in den kleinen Orten. Dort waren sie wie ein verlängertes Wohnzimmer. Und oft besuchte man sie mit der ganzen Familie, auch mit den Kindern.

»Ich werde um acht da sein und auf Sie warten«, sagte Bail und verschwand im Arbeitszimmer.

Kapitel 17

Zurück in Niederkassel, begab sich Marie ins Clubhaus des Reitstalls. Es herrschte geschäftiges Treiben. Überall waren Bettlaken, Farben und Pinsel verteilt. Direkt hinter der Tür saß ein dunkelhaariger junger Mann an einem Tisch. Er beugte sich über ein bereits beschriftetes Banner. Marie schätzte ihn etwa in ihrem Alter. Von seinem Pinsel tropfte Farbe auf das Bettlaken. Er schien sich nicht daran zu stören, sondern tauchte den Pinsel nochmals in den roten Farbtopf und ließ absichtlich weitere Tropfen aufs Laken fallen. Als sie an ihm vorbeiging, warf er ihr einen verstohlenen Blick zu und beugte sich dann noch tiefer über den Tisch.

Weiter hinten im Clubhaus spannten zwei Frauen ein Bettlaken zwischen sich auf. Cara fing an, das ausgespannte Tuch in der Mitte auseinanderzuschneiden, doch dann erblickte sie Marie. Mit der Schere winkte sie ihr. »Moment. Ich bin gleich fertig.«

Nachdem sie das Tuch in zwei Hälften geschnitten hatte, kam Cara zu Marie und zog sie weiter in den Raum hinein. »Alle mal herhören«, rief sie. »Das ist unsere Verstärkung, ich habe euch schon von ihr erzählt. Marie, das sind Charly und Jenny.« Cara deutete auf die beiden Bettlakenhalterinnen. »Da vorn sitzt Paul. Und dahinten ist unser Küken Anni, die Tochter von Jenny.«

Jenny, die fadendünne Mutter von Anni, lächelte entschuldigend. »Sie ist erst zwölf. Aber ich konnte sie nicht davon abhalten, mitzumachen.«

Marie fand es beeindruckend, dass ein Mädchen in dem Alter schon so engagiert war. Sie selbst konnte sich nicht erinnern, je solche Ambitionen gehabt zu haben. Im Stillen ja. Aber die einzige Aktion, die sie mit zwölf mitgemacht hatte, war ein Nachhaltigkeitsmarkt, auf dem ihre Mutter am Stand des Bioteehäuschens, ihrer Arbeitsstelle, ausgeholfen hatte. Cara riss Marie abrupt aus ihren Gedanken, indem sie sie bat, sich selbst vorzustellen. Einer der Gründe, warum Marie nie irgendwelche Kurse in einer Volkshochschule oder Vergleichbares besuchte. Die Vorstellungsrunde. Sofort verkrampfte sich ihr Magen. Ihren Nachnamen ließ sie schon mal weg. Die anderen hatte Cara ja auch nur mit dem Vornamen vorgestellt. Eine Erleichterung, denn immer, wenn man sich mit Marie Glücklich vorstellte, waren Nachfragen oder lustige Bemerkungen vorprogrammiert. Also einfach kurz und schmerzlos. »Ich bin Marie.«

Cara grinste, aber Paul war aufgestanden, hielt immer noch den roten Pinsel in der Hand. »Ist sie vertrauenswürdig?«

»Mensch, jetzt mach mal nicht so ein Fass auf. Wir planen ja keinen terroristischen Angriff«, erwiderte Cara.

Paul zuckte mit den Schultern. »Wenn du für sie die Hand ins Feuer legst.«

Cara verzog genervt das Gesicht. »Immer so hochtrabend. Muss in der Familie liegen. Marie wird dich nicht verraten, okay? Und jetzt lasst uns mal brainstormen. Wer hat eine Idee für einen knackigen Spruch, außer Paul?«

Marie war verunsichert. Zum einen wegen Paul, zum anderen weil nur eine Handvoll Leute – darunter ein Kind – bei der Aktion mitzumachen schien. Aber vielleicht machte sie sich wieder viel zu viele Gedanken. Heute waren sicherlich nur diejenigen da, die Plakate bastelten. Und darin war sie gut. »Welche Art von Sprüchen meinst du denn, Cara?«, fragte sie.

»Paul hat zum Beispiel: ›Gespritzt, gequält, getötet‹.«

»Plus Blutstropfen«, ergänzte er.

Cara schüttelte den Kopf. »Meinetwegen. Alles, was auf die Missstände im Pferderennsport hinweist.«

»›Tiere sind keine Sportgeräte‹«, warf Charly in die Runde. Ihr Kurzhaarschnitt und ihre Statur ließen sie burschikos wirken. Dieser Vorschlag fand allgemeine Zustimmung.

»Wir brauchen etwas, was die Besucher der Rennbahn direkt anspricht«, meinte Cara.

Das brachte Marie auf eine Idee, denn die meisten Besucher waren doch sicherlich dort, um zu wetten. »Wie wäre es damit: ›Egal wie viel Geld Sie heute verlieren, den größten Preis zahlen die Pferde.‹«

»Wow, das ist toll. Notier ich mir direkt«, sagte Cara.

Marie wiederholte den Spruch, sodass Cara mitschreiben konnte.

»Der kommt auf das große Laken, da ist genug Platz. Los, Marie, deine Ehre.«

»Ja, der ist super. Mach das«, pflichtete Jenny bei.

»Fehlt noch einer«, meinte Cara. »Denn das große Banner müssen zwei halten.«

Marie rechnete durch. Sie waren hier sechs Leute. Selbst wenn niemand sonst bei der Aktion mitmachen würde, brauchte es zwei weitere Sprüche. Sie meldete sich mit diesem Einwand zu Wort.

»Stimmt, aber Paul wird kein Plakat tragen können«, erklärte Cara.

Nach einigem Hin und Her und verschiedenen Vorschlägen einigten sie sich auf: »Pferderennen sind Tierquälerei.« Danach machten sie sich daran, die Sprüche auf die Laken zu bringen. Maries Magen entkrampfte sich. Farben und Pinsel waren für sie wie das Medikament, das Flying Wilde geholfen hatte. Sie entspannte sich. Als Hintergrundfarbe wählte sie Schwarz, die Worte »Geld«, »Preis« und »Pferde« hob sie in Rot hervor.

Als alle Spruchbänder fertig waren, besprachen sie das genaue Vorgehen für den morgigen Tag. Sie würden in drei Gruppen getrennt das Gelände betreten. Da Marie noch nie auf der Rennbahn in Weidenpesch gewesen war, würde sie bei Cara bleiben. Jenny ging mit ihrer Tochter, und das letzte Paar bildeten Charly und Paul. Erst kurz vor dem dritten Rennen würden sie sich alle auf der Wiese vor der Haupttribüne zusammenfinden, die Spruchbanner aus den Rucksäcken nehmen und sich aufstellen. Wenn die Pferde aufliefen und sich das Publikum der Rennbahn zuwandte, würde das Enthüllen der Plakate die meiste Aufmerksamkeit erregen. Marie solle ihre Stimme vorher gut ölen, sagte Cara. Denn die Aktion sollte von lautstarken Rufen begleitet werden. Neben der Wiederholung der Sprüche auf den Plakaten gäbe es noch andere Parolen, wie »Weg mit der Peitsche« oder »Keine Rennen für Zweijährige«. Auf laute Sirenen oder Hupen würden sie verzichten müssen, das würde die Pferde verschrecken und genau den Stress verstärken, den sie verhindern wollten.

Die Versammlung löste sich auf. Jeder wusste, was zu tun war. Marie und Cara waren die Letzten, die das Clubhaus verließen. Es war bereits dunkel, außer ihnen war niemand mehr auf dem Reiterhof. Nur aus den Ställen ertönte ab und zu ein entferntes Wiehern.

»Warum kann Paul eigentlich kein Laken halten?«, fragte Marie.

Cara schloss die Tür zum Clubhaus ab. »Er wird ein Kostüm tragen.«

»Was für eins?«

»Er verkleidet sich als Pferd. Das erregt mehr Aufmerksamkeit. Und die brauchen wir. Außerdem muss er so sein Gesicht nicht zeigen.«

»Und warum hat er damit ein Problem? Wir machen doch nichts Illegales, oder?«

»Nein. Wir sagen nur unsere Meinung. Und Meinungsfreiheit haben wir ja noch in Deutschland. Nur ist die Rennbahn keine öffentliche Anlage. Sie gehört dem Verein KölnGalopp.«

Marie riss die Augen auf. »Ein Privatgelände.«

»Wir werden nicht ins Gefängnis geworfen. Keine Angst.«

»Habt ihr das denn schon mal gemacht?«

»Ja. Einmal. Da sind wir aber nicht reingegangen, sondern haben quasi vor der Tür demonstriert. Hat keinen interessiert. Deshalb wollen wir diesmal dorthin, wo jeder hinschaut. Aber wirklich, es wird nichts passieren. Sie nehmen uns höchstens die Plakate weg und verweisen uns des Geländes. Aber bis dahin werden wir viele Menschen erreicht haben.«

Marie war nicht überzeugt. »Paul scheint das nicht so locker zu sehen.«

»Ach, das hat andere Gründe. Der will nicht von seiner Familie gesehen werden. Du hast doch vorhin Peter und seine Mutter, Dina, kennengelernt.«

»Das ist seine Familie?«, fragte Marie erstaunt.

Cara nickte. »Verrückte Familie, die van Derens. Der Vater hat eigene Rennpferde, und sein Sohn protestiert dagegen. Bei allem Widerwillen von Paul gegen den Rennsport – enterbt werden möchte er auch nicht. Die sind nämlich ziemlich wohlhabend.«

Marie musste grinsen. »Dann ist Peter also sein Bruder?«

»Peter und Paul«, sagte Cara. »Irre Familie, sag ich doch.«

Kapitel 18

Helen blieb allein in der Eingangshalle zurück, nachdem Bail im Arbeitszimmer verschwunden war. Sie kam sich ein wenig verlassen vor in dem fremden Haus. Sie widerstand dem Drang, die geschwungene Treppe in die erste Etage zu nehmen, um sich umzusehen, ob sie Danes Kinderzimmer finden konnte. Also zurück in die Küche. Niemand war dort, aber das Glas mit ihrer Salbe stand noch auf der Anrichte. Sie nahm es mit sich und trat wieder hinaus auf das Gestütsgelände. Von hier aus war der Blick frei direkt auf den Tatort. Ob man von einem der Küchenfenster ebenfalls so gute Sicht hatte? Dann könnte es möglicherweise einen Zeugen geben.

Helen strich über ihre Stirnfalte, schaute sich im leeren Hof um und kehrte zurück in die Küche. Vom Fenster auf der Kaminseite behinderte ein vorgelagerter Vorratsraum einen direkten Blick auf den Hof. Sie lief hinüber zur anderen Seite zum Apothekerschrank, über dem sich ein weiteres Fenster zum Hof befand. Statt den Vorhang zu öffnen, las sie zuerst ein paar der Schilder an den Schubladen. Es schienen wissenschaftliche Bezeichnungen zu sein. Die meisten sagten ihr nichts. Matricaria, Satureja, Valeriana, Atr. Belladonna, Taraxacum. Dann traf sie auf etwas Bekanntes: Agnus Castus, das war Mönchspfeffer. Den hatte sie eine Zeit lang in Tablettenform zur Hormonregulierung genommen. Das Schubfach mit dem Namen Lavandula zog sie auf. Es war voller kleiner blasslila Lavendelblüten, der Duft stieg ihr angenehm in die Nase. Sie fand Gefallen daran, Duftproben zu nehmen, sah eine Lade, auf der *Mentha* stand, und wollte sie gerade aufziehen, da hörte sie ein Geräusch hinter sich. Jemand war in die Küche gekommen.

»Da wäre ich vorsichtig.«

Helen zuckte zusammen und drehte sich langsam um.

Eine Frau in Reitkleidung stand am Kühlschrank, öffnete ihn, holte eine Flasche Milch heraus und nahm einen großen Schluck. »Als Kinder haben wir uns einen Spaß draus gemacht, aber einmal bin ich an Chili geraten. Das war nicht lustig. Als Sharni es herausgefunden hat, gab es richtig Ärger.«

Das Alter passte. Etwa Mitte oder Ende dreißig. Nur um ihre Augen herum zeigten sich einige Lachfältchen. Dem Körperbau nach strotzte sie vor Fitness und Jugend. Und die Ähnlichkeit mit James war unverkennbar. »Emma? Emma Quinn?«, fragte Helen.

Auf dem Gesicht der Frau zeigte sich nun ein breites Grinsen. Sie stellte die Milch zurück und kam Helen mit ausgestreckter Hand entgegen.

»Absolut. Und du bist Helen, nicht? Ich war mir nicht sicher, ob du mich erkennen würdest. Wir sind uns nur ein paarmal begegnet, aber haben nie ein Wort miteinander gewechselt, oder?«

Helen erwiderte den festen Handschlag. Sie schüttelte den Kopf. »Trotzdem habe ich das Gefühl, dich gut zu kennen.«

Emma war immer Gesprächsstoff gewesen, wenn Dane und sie sich mit Sharni getroffen hatten. Ihre Jockey-Karriere war stetig bergauf gegangen. Begegnet war sie ihr allerdings nur zweimal. Einmal bei Danes Beerdigung, bei der sie eine diffuse Gruppe von Leuten wie durch einen Tränenschleier wahrgenommen hatte, aus der nur vereinzelte bekannte Gesichter herausstachen. Emmas war darunter gewesen.

Emma nickte. »Geht mir genauso.«

Helen konnte nicht sagen, ob sie sich vom Aussehen her sehr verändert hatte. Auch bei ihrer ersten Begegnung hatte sie sie nur aus der Ferne gesehen. Damals war Paddy schon verschwunden gewesen. Helen hatte aus dem Fenster in Danes Küche geschaut und gebacken. Apfelstreusel. Komisch, dass sie sich jetzt daran erinnerte. Emma war zu Besuch auf Danes Farm gekommen. Zu Helens Enttäuschung hatte er seine Cousine nicht hereingebeten. Es hätte so gut gepasst, der Kuchen war fast fertig. Aber wieder hatte sie eine Gelegenheit verpasst, jemanden aus seiner Familie kennenzulernen. Sie schüttelte den Gedanken ab.

»Suchst du etwas in Sharnis Giftschrank?«, fragte Emma.

»Nein. Sharni hat mir eine Salbe gemischt, die wollte ich holen, und da konnte ich nicht widerstehen.« Sie hielt das Glas hoch. Dass sie eigentlich hier war, um aus dem Fenster über dem Schrank zu schauen, verschwieg sie. »Aber sind da wirklich auch giftige Sachen drin?«, fragte sie stattdessen.

»Ist nicht alles irgendwie giftig?«, entgegnete Emma. »Sharni sagt immer, die Dosis macht das Gift.«

Den Lehrsatz hatte Helen auch schon einmal gehört. Sie nickte, hielt noch einmal die Salbe hoch. »Ich geh dann mal.«

»Ich komme mit raus. Hab nur eine Pause gemacht. Das nächste Training beginnt gleich.«

Gemeinsam traten sie vor die Tür. Unwillkürlich starrte Helen auf den Platz, wo die Leiche gelegen hatte.

»Wie in einer griechischen Tragödie, nicht? Danes Vater stirbt vor der Box von Eastern Storm«, sagte Emma.

»Wie meinst du das? Ich dachte, das Pferd heißt Texas.«

»Jetzt ja. Davor war es Storms Box. Komm, ich zeige es dir.«

Emma nahm ihre Hand und zog sie mit sich. Vor der Stalltür blieb sie stehen, zog das Schild von Texas aus der Schiene heraus. Darunter tauchte der Name Eastern Storm auf.

»Wir haben das alte nie entfernt.«

Es war ein merkwürdiges Gefühl, den Namen zu lesen. Das Pferd war etwas Besonderes für Dane gewesen. Wie ein Freund.

»Was ist mit ihm passiert nach Danes Tod?«, fragte Helen.

»Wir haben ihn zurück auf das Gestüt geholt, und er hat seine alte Box wiederbekommen. Vor vier Jahren ist er gestorben. Aber er hat uns einige Nachkommen geschenkt.« Emma strich über das Namensschild. »Das ist Danes Vermächtnis.«

»Was hatte es nur mit diesem Pferd auf sich?« Richtig verstanden hatte Helen das nie.

»Er war ganz besonders. Schon seine Geburt war dramatisch.« Mit verträumtem Blick erzählte Emma, dass Eastern Storm das erste Fohlen einer Stute namens Joy's Girl war, die bei seiner Geburt gestorben war. Dane und Sharni hatten ihn gerettet, indem sie ihn quasi aus dem toten Leib seiner Mutter gezogen hatten.

»Er hatte einen unbezwingbaren Willen. Das hat sich durch sein ganzes Leben gezogen. Auch in den Rennen. Sein Körperbau war nicht perfekt, aber sein Wille zu siegen war unglaublich. Als Jockey musste man nicht viel dafür tun.«

»Bist du ihn geritten?«, fragte Helen.

Emma nickte. »Ja, James und ich.«

»Und Dane?«

»Nicht in Rennen. Dane war nie ein Jockey.«

Helen erinnerte sich, was Dane über Eastern Storm erzählt hatte, er hatte nur nie erzählt, wie es dazu gekommen war. »Wie hat er sich eigentlich das Bein gebrochen? Deshalb konnte er ja dann keine Rennen mehr laufen, oder?«

Emma seufzte. »Mit Storm hat der ganze Schlamassel überhaupt angefangen. Er ist der Grund, warum Dane das Gestüt verlassen und sich auf seiner Farm verkrochen hat.«

»Das hört sich dramatisch an.«

»Das war es. Eigentlich hat es schon früher angefangen. Dane und sein Vater haben sich immer häufiger gestritten. Die Sache mit Eastern Storm war dann das Quäntchen zu viel. Er war verletzt, er hatte sich im Training vertreten. Nichts Schlimmes, aber Dane wollte ihn schonen. Sein Vater bestand darauf, dass er beim Irish Champion Hurdle wie geplant startet.«

»Wobei?«

Emma lachte freudlos. »Ein Hindernisrennen auf dem Rennkurs in Leopardstown. Onkel Kevin hat keine Widerworte geduldet. Er setzte sich durch, und Storm ist gestartet – mit Schmerzmitteln. Das hat Dane zumindest vermutet. Ich habe mich geweigert zu reiten. Dane lag nie mit seinem Urteil falsch. Und ich war nicht bereit, meine oder Storms Gesundheit aufs Spiel zu setzen. Und glaub mir, Onkel Kevin hat es mich die Jahre danach spüren lassen.«

»Dann hat dein Bruder ihn geritten?«

»Ja. Und es kam, wie es kommen musste. Storm ist gestürzt. Am letzten Hindernis. Es war schrecklich. Seine Schreie werde ich nie vergessen. Er brach sich das linke Vorderbein. James blieb unverletzt.«

Helen lief ein Schauer über den Rücken.

Emma erzählte weiter. »Dane hat ihm zum zweiten Mal nach seiner Geburt das Leben gerettet. Die meisten Pferde, die sich was brechen, werden noch auf der Rennbahn erschossen. Aber Dane hat ihn nicht aufgegeben. Hat ihn stattdessen sediert, operiert und gesund gepflegt. Storms Karriere war beendet. Ein Wunder, dass er überhaupt wieder laufen konnte.«

Helen atmete durch. »Und danach hat Dane das Gestüt verlassen?«

Emma nickte. »Zusammen mit Eastern Storm. Er hat das Gestüt nie mehr betreten.«

Ein junger Bursche kam den Weg entlang der Boxen auf sie zugelaufen. Er führte ein Pferd hinter sich her. Emma blickte auf die Uhr und nahm die Zügel entgegen. »Ich muss los.«

Helen nickte. »War nett, dich zu sprechen.«

»Hat mich auch gefreut. Wir sollten das wiederholen. Vielleicht bei einem Pint im Pub? Oder spätestens bei den Galway Races. Du kommst doch?«

»Ich weiß von nichts. Wann ist das denn?«, fragte Helen.

»Hat heute schon begonnen, aber unsere Diamond Girl läuft am Dienstag mit. Ich werde sie reiten.« Emma stieg auf und schaute in den Himmel. »Es bleibt hoffentlich trocken. Sie mag kein schweres Geläuf.«

Diamond Girl. Das war doch die Stute, mit der sie vorhin im Rennstall aneinandergeraten war und wegen der sich Finn und James gestritten hatten. Helen hätte Emma gerne noch nach ihrem Bruder gefragt, aber sie war schon fort.

Kapitel 19

Ihre Schwester begann das Geschirr abzuräumen. Eilis war ungewohnt hektisch. Beinahe wäre ihr ein Teller aus der Hand gefallen.

»Warte, ich helfe dir«, sagte Helen. Sie nahm den schweren Topf und trug ihn hinüber zur Spüle. Er war restlos leer. Eilis hatte nicht übertrieben. Ihre Kinder waren die reinsten Scheunendrescher. Bevor sie zu Freunden zum Spielen gegangen waren, hatte Eilis darauf bestanden, dass sie zu Hause aßen. Nur Finn hatte kaum etwas von dem Stew angerührt und war sehr still gewesen. Nach dem Essen verließ er das Haus mit einem kurzen: »Muss zurück.« Schon am Morgen war er nicht beim Frühstück gewesen. Dabei hätte Helen ihn gerne nach Eastern Storm gefragt und nach der Zeit, nachdem Dane das Gestüt verlassen hatte. Oder über Eilis' Sorgen. Ihre Schwester hatte ihr gestern das Herz ausgeschüttet. Sie hatten abends noch lange zusammengesessen. Davor hatte sie mit Marie telefoniert. Ihr war es gelungen, Helen aufzuheitern. Von Beginn an, seit Marie sich bei ihr auf der Suche nach einem Ausbildungsplatz vorgestellt hatte, war ihre Beziehung über ein reines Arbeitsverhältnis hinausgegangen. Dazu passte, dass sie nun beide synchron in die Welt des Pferdesports eingetaucht waren. Was für ein Zufall! Marie hatte mit dem

Reiten begonnen. Und es war erfrischend gewesen, sich mit jemandem auszutauschen, der genauso unbedarft in diese Welt hineingeschlittert war wie sie selbst.

Das Gleiche galt für das Gespräch unter vier Augen mit ihrer Schwester. Sie konnten sich beide ihre Sorgen von der Seele reden. Genauso wie Helen über Rabe erzählte, schüttete Eilis ihr Herz über ihre Ehe aus. Helen hatte beispielsweise keine Ahnung gehabt, dass es den beiden zu Anfang finanziell schlecht gegangen war, insbesondere als die Kinder kamen. Es war nicht einfach für ihre Schwester, sie in solche Dinge einzuweihen, schien es. So wies sie Helen auch jetzt von sich.

»Nein. Du bist unser Gast. Du weißt, wie hoch wir hier die Gastfreundschaft halten.«

»Ich dachte, ich gehöre zur Familie. Außerdem solltest du dich mal etwas ausruhen.«

Eilis schien schwer an ihrer dritten Schwangerschaft zu tragen. Sie war zwar erst im siebten Monat, aber für Helen sah es aus, als ob ihre Schwester kurz vor der Geburt stand. Und dann kamen die neuen Sorgen um ihre Beziehung zu Finn noch hinzu. Finanziell war es mit der Zeit besser geworden. Vor allem seit sie hierhergezogen waren und das Haus als Teil des Arbeitslohns gegen eine geringere Miete als ihre kleine Wohnung in Galway zur Verfügung gestellt bekommen hatten. Und seit Finn zum Cheftrainer ernannt worden war, sollten finanzielle Sorgen eigentlich keine Rolle mehr spielen. Doch Eilis hatte den Eindruck, dass sich ihr Mann emotional von seiner Familie entfernt hatte. Sie hatte es auf die größere Verantwortung geschoben, die er tragen musste, bei der Arbeit und wegen des bevorstehenden Familienzuwachses. Aber seit dem Mord an O'Brian zweifelte sie an ihrer Theorie.

Eilis stellte das Geschirr ab. »Hast ja recht. Ich könnte tatsächlich mal eine kleine Pause machen. Und natürlich gehörst du zur Familie.« Sie streichelte Helen über den Arm und lächelte sie an. »Würdest du denn das Spülen übernehmen? Finn mag es nicht, wenn zum Tee noch die Reste vom Mittagessen rumstehen.«

»Na klar. Und du setzt dich wieder hin, okay?« Helen krempelte die Ärmel ihrer Bluse hoch und ließ Wasser in die Spüle einlaufen. Bis gestern Abend war ihr die Ehe ihrer Schwester perfekt vorgekommen. Die beiden Kinder, das dritte unterwegs, und Finn hatte immer ein liebes Wort für seine Frau. Helen hatte er ebenfalls herzlich aufgenommen und sich ihrer angenommen, ihr Rennstall und Gestüt gezeigt. Aber er hatte auch seine ruppige Seite gezeigt, als Helen versucht hatte, mehr aus ihm herauszubekommen, als was er offenbar gewillt war zu erzählen. Ob der Streit mit James ihm übel hochkam? War er deshalb so wortkarg gewesen? Oder hatte Finn ein schlechtes Gewissen ihr gegenüber wegen des Vorfalls mit Diamonds Girl? Vielleicht hatte Eilis ihm diesbezüglich auch die Leviten gelesen?

»Hast du ihm eigentlich etwas gesagt?«, fragte Helen.

Eilis schüttelte den Kopf. Sie legte sich ein Kissen auf den Küchenstuhl und ließ sich mit einem Seufzer nieder. »Über unsere Unterhaltung von gestern Abend?«

Helen nickte. »Er war gerade so abweisend.«

»Nein. Habe ich nicht. Seit dem Mord scheinen wir überhaupt nicht mehr richtig miteinander zu sprechen. Schon vorher war er gereizt, wenn ich es mir recht überlege. Seit O'Brian ihn zum Leiter des Rennstalls gemacht hat.« Sie stieß einen weiteren Seufzer aus. »Er hat mir nicht einmal erzählt, wie es dazu gekommen ist. Er ist nicht immer gut mit Kevin O'Brian ausgekommen.«

Da war ihr Schwager nicht der Einzige. Bisher hatte sie von keinem hier Lobeshymnen auf den Toten gehört. Helen wandte sich dem Geschirr zu. Nachdenklich blickte sie beim Spülen aus dem Fenster. Das Haus ihrer Schwester grenzte unmittelbar an die Pferdekoppeln des Gestüts, nur der kleine Garten lag dazwischen.

In der Entfernung sah Helen einige der Jährlinge grasen. Sie waren heute früh auf diese Koppeln geführt worden. Eilis' Kinder hatten das Schauspiel während des Frühstücks beobachtet und waren nur schwer zu überreden gewesen, in die Schule zu gehen. Helen gestand sich ein, dass die jungen Pferde einen Zauber besaßen. Sie strahlten schon die Anmut und Kraft eines erwachsenen Rennpferdes aus, gleichzeitig wirkten sie noch schlaksig und unbeholfen. Vor allem aber tobten sie ausgelassen und stressfrei über die ganze Weide, wie Kinder, die sich noch nicht mit dem Ernst des Lebens beschäftigen mussten.

»Arbeitet euer Nachbar eigentlich auch für das Gestüt?« Helens Blick schweifte von den Jährlingen hin zum angrenzenden Grundstück, welches aufgrund einer hohen akkurat geschnittenen Hecke nur teilweise einsehbar war. Sie hatte den Nachbarn seit dem Morgen ihrer Ankunft nicht mehr gesehen, doch hatte man ihn gestern Abend kurz vor dem Dunkelwerden gehört, weil er den Rasen gemäht hatte. Deshalb hatten ihre Schwester und sie ihr Gespräch von der gemütlichen Terrasse ins Wohnzimmer verlagert.

Eilis lachte trocken. »Wellerman? Der arbeitet ganz bestimmt nicht für das Gestüt. Im Gegenteil.«

Helen drehte sich verwundert zu ihrer Schwester um. »Wie meinst du das denn?«

»Die O'Brians versuchen seit Jahren, ihm sein Land abzukaufen. Das Gestüt platzt aus allen Nähten, und der Wellerman hat überhaupt keine Verwendung mehr dafür. Da grasen nur noch ein paar Alibischafe drauf. Aber er weigert sich strikt, zu verkaufen.«

»Dann gehört ihm das Haus, er hat es gar nicht vom Gestüt gepachtet wie ihr?«

»Ja. Er hat hier schon lange vor uns gewohnt. Ursprünglich war es aber ebenfalls Teil des gesamten O'Brian-Besitzes, wie alle Häuser hier an der Straße. Und warum er sich jetzt weigert, das Land zurückzugeben, und zwar mit Sicherheit gegen besseres Geld, als er dafür gezahlt hat, weiß nur der liebe Gott.«

»Das ist merkwürdig. Was könnte dahinterstecken?«, fragte Helen.

Eilis strich sich über den Bauch. »Der braucht keinen Grund, um Ärger zu machen. Er nervt schon ewig damit, dass unsere Scheune angeblich ein paar Zentimeter auf seinem Grundstück steht, und er will, dass wir sie zurückbauen.«

Helen wandte sich grinsend wieder dem Abwasch zu. »Ich dachte, die Sorte von Nachbarn gibt es nur in Deutschland.«

Das Lachen gefror ihr im Gesicht, als sie eine Bewegung wahrnahm. Im Garten hinter Wellermans Hecke. Die war gerade so hoch, dass sie noch den Kopf und die Schultern von Finn erkennen konnte, bevor dieser um die Ecke zum Hauseingang seines Nachbarn rannte. Sie öffnete das Küchenfenster.

»Was denn, wird dir etwa warm bei der Hausarbeit?«, fragte Eilis.

»Nein. Dein Mann ist gerade zu Wellerman unterwegs.«

»Das kann nicht sein. Finn ist zurück zum Rennstall«, sagte Eilis und unterdrückte ein Gähnen.

»Psst. Sei mal still.«

Und dann hörten sie es beide. Lautes Pochen und Finns Stimme. »Wellerman! Mach auf. Ich weiß, dass du da bist! Komm raus. Es ist jetzt endgültig genug!«

Helen drehte sich zu ihrer Schwester um. Eilis schien sofort hellwach. Wollte aufstehen.

»Du bleibst schön da sitzen. Ich mach das.« Helen ließ den Schwamm in die Spüle fallen und hechtete zur Haustür.

Kapitel 20

Der Trubel war unfassbar. Es war so voll, dass Cara Schwierigkeiten gehabt hatte, überhaupt einen Parkplatz zu finden. In einer Nebenstraße bei einem Tennisplatz hatte sie schließlich ein freies Plätzchen gefunden. Nun trabte Marie hinter Cara her, die es eilig hatte. Sie schaute umher und versuchte gleichzeitig, Cara in dem Gemenge nicht zu verlieren.

Sie hatte sich die Atmosphäre auf einem Rennplatz völlig anders vorgestellt. Dominiert von älteren Männern, die verkniffen Zeitungen studierten, um zu ermitteln, auf welches Pferd sie ihr ganzes Geld setzen sollten. Warum, konnte sie nicht sagen. Irgendein alter Crime noir. Obwohl sie sich an keinen konkreten Film erinnerte, in dem der Pferderennsport thematisiert wurde. In Weidenpesch jedenfalls war die Atmosphäre alles andere als dunkel und zwielichtig, zumindest hier auf dem Vorplatz. Sie glich der einer Kirmes. Familien flanierten zwischen den Getränke- und Essensständen. Kleinkinder, die ihre Eltern zum Eisverkäufer oder zur Hüpfburg zogen. Dazwischen immer wieder Wettschalter und ja, auch Menschen mit Rennzeitschriften, aber nicht nur ältere Männer mit verhärmten Gesichtern. Selbst Kinder halfen ihren Eltern dabei, die Wettscheine auszufüllen, auch wenn es ihnen nicht erlaubt war, sie an den Schaltern abzugeben. Die allgemeine

Stimmung war fröhlich, wie bei einem Familiensonntagsausflug. Selbst das Wetter gab sein Bestes. Es war um die dreißig Grad, kein Wölkchen am Himmel.

Bei der Fahrt hierher hatte die strahlende Sonne das Auto unangenehm aufgeheizt. Sie hatten sich auf dem Reiterhof in Niederkassel getroffen und dort auf zwei Autos verteilt. Marie fuhr in Caras kleinem Polo mit, Charly und Paul hatten sich auf die Rückbank gequetscht. Es war ein Streit vorausgegangen, weil Paul aus ihr unerfindlichen Gründen nicht mit seinem erheblich geräumigeren Kombi mit funktionierender Klimaanlage fahren wollte. Die mit den Plakaten voll gepackten Rucksäcke hatten gerade eben im Kofferraum des Polos Platz gefunden. Pauls Exemplar nahm fast den gesamten Raum ein. Der hätte auch für eine Himalaja-Exkursion ausgereicht. Auf der Fahrt hing nach dem Wortwechsel zwischen Cara und Paul jeder seinen eigenen Gedanken nach, keiner sprach. Die von Marie drehten sich im Kreis, nachdem Yuna sie gestern Abend gewarnt hatte, etwas vorsichtiger zu sein, was Cara anging. Marie hatte die Aktion verteidigt. Sie protestierten für einen guten Zweck und schadeten niemandem. Sie leisteten Aufklärung. Yuna aber war beunruhigt. Die Motive ihrer Cousine waren mit Sicherheit ehrbar, aber die Wahl ihrer Mittel driftete manchmal ins Extreme. Marie konnte an der geplanten Aktion nichts Radikales erkennen, doch Yuna meinte, dass Cara ihr vielleicht nicht alles erzählt hatte. »Bei Cara muss man sich immer auf Überraschungen gefasst machen«, hatte sie noch gesagt.

Nun spielte Marie die Möglichkeiten durch, kam aber zu keinem Ergebnis. Sie zwang sich, daran zu denken, wofür sie eintraten. Für Pferde wie Flying Wilde, was sie zunächst beruhigte. Mit jedem Kilometer jedoch, den sie sich Weidenpesch näherten, war die Stille bedrückender geworden und ihre Sorge gewachsen. Bis zu dem Moment, als sie das Rennbahngelände betreten hatten und in den Kirmestrubel eingetaucht waren.

»Jetzt komm schon, Marie«, drängte Cara sie. Sie hielt neben einem Kölsch-Stand an. Als Marie aufschloss, zog Cara sie weiter.

»Lass uns direkt zur Rennbahn gehen. Hier entlang.« Im Vorfeld hatte sie Tickets für die Stehtribüne besorgt. Mit denen konnte man den ganzen Bereich davor bis an die Rennbahn betreten. Dort wollten sie die Aktion starten. Cara blieb stehen, um ein Rennpferd samt Jockey vorbeizulassen. Es wurde zwar von einer Pflegerin geführt, aber im Grunde wurde es mitten durch die Menschenmenge geritten.

»Sieh dir die Augen des Pferdes an. Völlig panisch«, flüsterte Cara Marie zu.

»Geht das jetzt ins Rennen?«, fragte Marie und hielt die Luft an.

Cara nickte, und schon kam ein zweites Pferd mit einem weiblichen Jockey und einer weiteren Pflegerin, die es führte. Dieses Pferd war deutlich aufgeregter; es rollte nicht nur panisch mit den Augen, sondern scherte auch immer wieder mit dem Hinterteil zur Seite aus, gefährlich nah an die Zuschauer heran, die sich versammelt hatten, um die auflaufenden Pferde zu beobachten. Die Pflegerin, die das Pferd führte, mahnte mit Handzeichen die Besucher, Abstand zu halten.

»Achtung, der nimmt keine Rücksicht, da kann auch schon mal ein Huf in die falsche Richtung ausschlagen«, rief sie. »Das ist ein Arschlochpferd!«

Marie wich zwei Schritte zurück. Nicht alle folgten dem Beispiel, und Cara war kurz davor, der Pflegerin an den Hals zu springen. »Was für eine Frechheit!«, rief sie. »Arschlochpferd! Die tickt nicht richtig. Das arme Tier ist völlig panisch. Wohl eher ein Arschlochmensch, die Frau.«

Marie hielt sie am Arm fest. Die Worte von Yuna im Ohr, befürchtete sie, dass Cara es nicht bei Worten belassen würde. »Deshalb sind wir ja hier. Lass uns auf unsere Weise protestieren.«

Cara schnaufte durch. Nickte. »Richtig! Dann los, wir suchen uns einen guten Platz.« Sie lief wieder voran, den Pferden hinterher. Und dann lag das weite Rund der Rennbahn vor ihnen, davor eine große Rasenfläche. Vereinzelte Picknickdecken und überall Zuschauer, die kurz vor dem Rennen direkt an die Bahn strömten. Die eben vorbeigeführten Pferde galoppierten in Richtung Startmaschine, wo sie sich zu sammeln begannen.

»Das ist ja alles Rasen!«, wunderte sich Marie; nicht nur der Zuschauerbereich, sondern auch die Rennbahn. »Ich hab gedacht, das wäre Asche oder Sand so wie beim Trabrennen, wo die Jockeys in Anhängern sitzen.«

Cara grinste. Sie hatte sich wieder beruhigt. »Diese Anhänger heißen Sulkys. Es gibt aber auch im Galopp Sandbahnen. Sind jedoch die Ausnahme.«

Marie nickte, war immer noch beeindruckt. Das ganze Gelände wirkte zusammen mit dem Vorplatz und seinen Bierständen und Verzehrbuden wie ein großer Freizeitpark. Die Stimmung ausgelassen, unbeschwert. Welch ein Gegensatz zum Dauerstress, in dem sich die Hauptdarsteller befanden. Eine nahezu groteske Situation.

»Wir haben noch ein wenig Zeit, aber wir sollten uns schon mal positionieren. Am besten vor dem Geläuf auf Höhe der Haupttribüne. Siehst du die große Leinwand? Wenn es gut läuft, schaffen wir es dort drauf.« Sie liefen vor zu einem weißen Zaun, der die Rennbahn abtrennte. Etliche Zuschauer lehnten dort. Das erste Rennen würde gleich beginnen, der Ansager kündigte es gerade über Lautsprecher an. Auf der von Cara angesprochenen Leinwand wurde die Startmaschine eingeblendet, hinter der sich die Pferde sammelten. Der Sprecher gab die Namen der Starter und Jockeys bekannt, gefolgt von Wettquoten.

»Hier ist doch kein schlechter Platz, was meinst du?«, fragte Cara. Sie drehte sich zur Tribüne um, wo sie Charly und Paul erblickte, die sich ihnen durch die Menschenmenge näherten.

»Na, hast du eine Wette gesetzt?«, rief Charly, als sie in Hörweite war. Marie schüttelte den Kopf. Sie hatte überhaupt keine Ahnung und würde sicherlich ihr Geld in den Wind blasen. Außerdem wollte sie ja gerade diese Wettindustrie nicht unterstützen.

Cara lachte. »Das meint sie nicht ernst.«

Paul sagte nichts. Er kommunizierte wortlos, zeigte auf seinen Rucksack und dann in Richtung Haupttribüne, wohin er verschwand. Cara nickte ihm zu. Der Zwist schien zumindest für die Aktion beiseitegelegt, was Marie beruhigte. Trotzdem wurde ihr wieder bewusst, was bevorstand.

»Zieht er sich das Kostüm an?«, fragte sie.

Cara bejahte. »Du siehst ja, wie viel hier los ist. Er sucht sich ein ruhiges Plätzchen.«

»Sind seine Eltern eigentlich auch hier?«

»Und ob! Eines ihrer Pferde läuft im vierten Rennen.«

Der Rennbahnsprecher ertönte wieder. Die Spannung stieg. Die Zuschauer drängten sich noch dichter. Die Augen aller hatten sich zum Start gewandt.

Cara stupste Marie an. »Jetzt schau dir an, warum du hier bist.« Sie deutete in Richtung Startmaschine, die sich am Ende der Kurve rechts von ihnen befand. Im Grunde ein Traktoranhänger mit einzelnen Zellen, die vorne und hinten mit Türklappen versehen waren. Einer nach dem anderen steuerten die Jockeys ihre Pferde in einen der engen Startkäfige. Zwei der Tiere sträubten sich hartnäckig. Bei einem brauchte es mehrere

Helfer, die es zogen und schoben. Es versuchte immer wieder, sich aufzubäumen. Dann bekam es ein Tuch über seinen Kopf gezogen, was es noch nervöser werden ließ, regelrecht panisch. Schließlich gelang es mit vereinter Kraft, das Tier in die Startbox zu manövrieren, indem einer der Helfer es hinter sich herzog und selbst dann vorne unter der Türklappe hervorkroch. Er schaffte es gerade noch, zur Seite zu hechten, da sprangen die Tore auf. Alle Pferde preschten los. Innerhalb einer Sekunde hatten sie die Stelle passiert, wo Marie stand. Das Tempo war so hoch, dass sie keines der Tiere ins Auge fassen konnte. Sie hatte die ganze Zeit die Luft angehalten, die sie erst als die Pferde vorbeigerauscht waren, mit einem Zischen ausblies.

»Hart mitanzusehen, nicht?«, fragte Cara, und Marie nickte, konnte aber den Blick nicht vom Rennen lassen. Es ging in die von ihnen abgewandte Kurve. Die Pferde ließen sich nicht mehr unterscheiden, waren auf die Entfernung nur hüpfende Punkte. Selbst auf der Leinwand konnte man sie lediglich anhand der verschiedenfarbigen Trikots der Jockeys unterscheiden. Und nur durch den Ansager erhielt man Informationen über die Positionen. Eine schnelle Abfolge von Namen, darunter viele englische. Sunshine Blue mit Andrasch Starke lag in Führung, als das Feld auf die Gegengerade kam. Der Jockey musste der mit der leuchtend gelben Kluft sein.

»Kommen die Pferde alle aus England oder Irland?«, rief Marie Cara zu. »Wegen der Namen.«

»Man kann alle Vollblüter auf die ersten englischen Zuchttiere aus dem 18. Jahrhundert zurückführen. Insofern ja. Ursprünglich«, antwortete stattdessen Charly.

Cara ergänzte: »Aber im dritten Rennen starten auch einige Pferde aus internationalen Rennställen. Das Preisgeld ist da besonders hoch. Deshalb haben wir uns dieses Rennen für die Aktion ausgesucht.«

Die aufbrausenden Rufe der Zuschauer übertönten Caras Worte, als die Pferde sich dem Ziel näherten. Sie preschten wieder an ihnen vorbei. Sunshine Blue lag immer noch in Führung. Marie meinte den Tieren in die schreckgeweiteten Augen sehen zu können. Und trotz des lauten Stakkatos der Stimme des Sprechers und des Jubels der Zuschauer nahm sie ihr Schnaufen und das Zischen der Peitschen wahr. Sie spürte das Trommeln der Hufe in ihrem Bauch, wie Bässe bei zu lauter Musik. Und es war ihr fast, als ob sie Nässe von umherfliegenden Schweißtropfen der Pferde in ihrem Gesicht fühlte. Als erwachte sie aus einem Albtraum, zuckte sie zusammen, als Cara sie wieder ansprach. »Alles in Ordnung?«

Über den Lautsprecher schallte das Ergebnis, doch das interessierte sie nicht. Sie wusste nun endgültig, warum sie hier war. Sie hatte keine Angst mehr. Sie würde gleich mit Inbrunst die Schlachtrufe erschallen lassen und voller Überzeugung ihr Banner hochhalten. Bei Flying Wilde hatte sie erlebt, was der Rennpferdealltag den Tieren auf lange Sicht antun konnte. Gerade hatte sie ihre Angst und den Stress hautnah gespürt.

»Bist du bereit?«, fragte Cara. »Wir sollten zum Treffpunkt gehen und die anderen finden.«

Entschlossen nickte Marie. Die Zuschauer strömten erst einmal wieder fort, um neue Wetten zu platzieren und sich Gewinne auszahlen zu lassen. Oder um sich mit Bier und Currywurst zu verpflegen. Jenny und ihre Tochter stießen zu ihnen.

Marie nahm ihren Rucksack ab. Sie merkte, dass ihr T-Shirt im Rücken dort, wo der Rucksack gelegen hatte, völlig verschwitzt war. Aber das spielte genauso wenig eine Rolle wie ihre vorherigen Bedenken oder die Warnungen von Yuna. Alles was jetzt zählte, war, einen gehörigen Eindruck zu hinterlassen.

Kapitel 21

»Haben wir das richtig gemacht, mein Freund?«, flüsterte Dane dem Pferd ins Ohr. Das Tier senkte seinen Kopf, als ob es jedes Wort verstünde. Er kannte Eastern Storm seit seiner dramatischen Geburt. Auch seine Mutter hatte er schon auf die Welt geholt. Sie war das letzte Fohlen seiner geliebten Joy gewesen. Und so war es selbstverständlich, dass er ihrem jüngsten Enkel die Mutter ersetzte. Er hatte Storm großgezogen und von Anfang an trainiert. Eigentlich wäre er jetzt im besten Rennalter. Aber es war anders gekommen.

Helen trat aus dem Haus. Im gleichen Moment ertönte ihre wohlklingende Stimme. Sogar Storm drehte seinen Kopf nach ihr um.

»Honey?« Sie war sich ihrer Anziehung auf Dane gar nicht bewusst. Das machte sie noch attraktiver. Jetzt entdeckte sie Dane und kam zu ihm herüber.

»Ach, da bist du! Hätte ich mir ja denken können. Was hast du nur mit diesem Pferd? Du sprichst mehr mit ihm als mit mir.« Sie lachte, und Dane wusste, dass sie es nicht als Vorwurf meinte. Es war eine Feststellung. Und zwar eine vollkommen zutreffende. Er klopfte Storm auf den Nacken und entließ ihn auf seine Koppel, wo er sich zu seiner Weidegenossin Tyra gesellte. Das schwarze Fell seines tierischen

Freundes glänzte in der Abendsonne. Und wie jedes Mal betrachtete er seine Gestalt voller Wehmut. Seine Proportionen waren nicht die besten. Er war etwas zu klein für seinen Kopf. Ein echter Sturkopf mit eisernem Willen und einem großen Herz, was ihn zum perfekten Siegerpferd machte. Denn letztlich kam es immer darauf an. Auf den Willen zum Sieg.

»Er ist eine Schönheit«, sagte Helen und griff nach seiner Hand. »Kann man bei Pferden eigentlich von schön reden oder entlarve ich mich damit direkt als Laie?«

Diesmal war es Dane, der lachte. »Kann man. Aber ehrlich gesagt ist er gar keine große Schönheit. Zumindest wenn man nach Rennmaßstäben geht.«

»Ist er zu klein? Darauf kommt es doch hoffentlich nicht an. Oder muss ich mir Gedanken machen, dass ich dir nicht gefalle, weil ich so ein Winzling bin?« Sie schaute an sich herunter und ihm mit einem schelmischen Gesichtsausdruck wieder in die Augen. Zur Antwort bückte er sich und küsste sie sanft. Er ließ ihre Hand los und legte stattdessen den Arm um ihre schmale Hüfte. Gemeinsam blickten sie Storm nach, der sich weiter entfernte. Seine Koppel reichte bis an die Schafsweiden heran, die sich wiederum fast bis zur Steilkante zum Meer zogen. In diesem Moment mit Helen an seiner Seite zweifelte er nicht mehr, ob es die richtige Entscheidung gewesen war, das Gestüt zu verlassen.

»Darf ich dich etwas fragen?« Helen blickte zu ihm hoch. Ihre langen, roten Haare strichen über seinen Arm, der sie fest umschlungen hielt. Wenn sie wüsste, wie gut sie ihm tat! Hier mit ihr gemeinsam zu stehen und den Blick über sein Weideland streifen zu lassen, reichte ihm aus, um glücklich zu sein. Wie immer fehlten ihm die Worte, um seine Gefühle auszudrücken. So nickte er nur.

»Du verbringst viel Zeit mit dem Pferd. Nicht nur, um ihn zu versorgen. Manchmal gehst du nur zu ihm hin, um mit ihm zu reden. So wie gerade eben.«

»Hm«, brummte er zustimmend.

»Du hast erzählt, dass sein Bein gebrochen war und du ihn gesund gepflegt hast. Du hast ihm damit das Leben gerettet, oder? Bedeutet er dir deshalb so viel?«

Die Frage nach Storms Schicksal traf ihn unerwartet. Er wich Helens Blick aus und schaute wieder zum Horizont. Storm war im Gegenlicht der untergehenden Sonne nur noch als Silhouette auszumachen. Er schluckte. Wusste nicht, was er antworten sollte, denn der schreckliche Sturz war nur der Tropfen gewesen, der das Fass zum Überlaufen gebracht hatte. Und all das, was das Wasser bis an den Fassrand hatte steigen lassen, wollte er von ihr fernhalten. Auch er selbst wollte es nicht noch einmal durchleben. Und sei es nur, indem er davon erzählte. Deshalb beließ er es bei einer halben Wahrheit. »Vielleicht, ja. Ein Beinbruch beim Pferd ist in den allermeisten Fällen ein Todesurteil. Ich musste um ihn kämpfen. Es war lange nicht klar, ob es ausreichen würde.«

Sie strich ihm mit der Hand über die Wange. »Aber es hat gereicht. Das ist die Hauptsache. Denn man merkt nichts mehr davon, wenn man ihn so sieht.« Dann lachte sie. »Wenn du es mir beibringst, kann ich ja vielleicht mal auf ihm reiten. Ich bin doch so ein Hänfling. Mich kann er bestimmt tragen. Und wer weiß, vielleicht gewinnt er sogar noch ein Rennen.«

»Er wird nie mehr an einem Rennen teilnehmen.« Dane atmete tief durch, unfähig, auf ihre Leichtigkeit einzugehen, obwohl sie, was ihre Figur anging, recht hatte. Sie hatte sogar die ideale Statur für einen Jockey. »Er könnte auch mich tragen. Aber es würde ihm Schmerzen bereiten. So sieht man es nicht, aber er hat nach dem Bruch eine Arthrose entwickelt.«

»Oh, Pferde können das bekommen? Das wusste ich nicht. Der Arme.«

Sie lehnte ihren Kopf an seinen Arm. Der Wind frischte auf. Er blies von Osten über das Grasland. Die Winde von dort waren kalt und gefürchtet. Dane hatte dem Pferd seinen Namen gegeben, um die anderen das Fürchten zu lehren. Aber der hatte nur ihm selbst Unheil gebracht. Nein, nicht sein Name, sondern sein Besitzer. Dane schüttelte den Gedanken ab. »Lass uns hineingehen. Es wird kühl.«

Helen nickte und nahm seine Hand, als er sich umwandte, um ins Haus zurückzugehen. »Erzählst du mir mehr von ihm? War er schnell, als er noch nicht krank war? Hat er viele Rennen gewonnen?«

»Erst ins Warme. Ich mache uns den Kamin an.«

Als er das Holz aufstapelte, klingelte es.

»Ich geh schon«, rief Helen, die in die Küche gegangen war, um Tee aufzusetzen.

Wer kam so spät noch vorbei? Dane nahm die langen Kaminanzünder und entfachte den Zunder. Er mochte den Geruch, den die Streichhölzer beim Anzünden verströmten. Er verhieß Wärme und Geborgenheit. Brachte Erinnerungen an seine Kindheit auf dem Gestüt zurück. Lange Abende vor dem Kamin in der Wohnküche mit der ganzen Familie. Man tauschte sich über die Zucht und die Hoffnungen, die man in dieses oder jenes Pferd setzte, aus. Gemeinsam mit Onkel Farell, Emma und James. Jeder durfte mitreden, auch die Kinder. Lange war das her. Wann war sein Vater zum Alleinherrscher geworden? Geldsorgen hatte es auch früher immer wieder mal gegeben. Und sie hatten es jedes Mal geschafft, aus dem finanziellen Tief herauszukommen. Gemeinsam, als Familie. Was war passiert, dass sein Vater sich so verändert hatte? Dass er solche Entscheidungen, wie Storm starten zu lassen, durchsetzte, sodass es unmöglich für Dane geworden war, seine Nähe zu ertragen.

»Dane. Da ist jemand von der Polizei.«

Abrupt wurde er aus seinen Gedanken gerissen. Helen war ins Wohnzimmer getreten, hinter ihr ein stämmiger dunkelblonder Kerl im Anzug. Dane kannte ihn nicht. Keiner von der lokalen Gardai.

Helen sprach wieder. »Das ist Detective Inspector Bail. Es geht um deinen Bruder. Er ist verschwunden!«

Kapitel 22

Helen kam gerade rechtzeitig, um zu sehen, wie der Nachbar seine Haustür öffnete. Finn fuhr ihm sofort an die Kehle, sobald die Tür weit genug geöffnet war. Wortwörtlich. Mit beiden Händen griff er den Kragen seines karierten Hemdes und brüllte so laut, dass es wahrscheinlich auch Eilis in der Küche hören konnte.

»Wellerman, du Dreckschwein. Du vergiftest nicht mehr unsere Pferde.«

»Lass mich sofort los, Hogan.« Wellerman versuchte, Finn wegzustoßen. Der hatte sich jedoch so tief in sein Hemd gekrallt, als wären seine Fingernägel mit Widerhaken versehen. Es kam zu einem wilden Ringen, bei dem niemand die Oberhand gewann. Wellerman war zwar kräftiger gebaut als Finn, der eher die filigrane Figur eines Jockeys besaß, doch dieser war deutlich jünger als er. Helen war wie angewurzelt stehen geblieben, bis sie hinter sich einen entsetzten Aufschrei von Eilis hörte. Das riss sie aus ihrer Erstarrung. Sie stürzte nach vorne und versuchte, sich zwischen die beiden Männer zu drängen, fühlte sich dabei wie eine Miniaturausgabe eines Ringrichters in einem Kampf zweier übermächtiger Boxer, die sich nicht um die Regeln scherten und ihre Schlichterin überhaupt nicht wahrnahmen. Helen mobilisierte all ihre Kraft, um die Männer auseinanderzudrängen. Sie spürte keinen Schmerz, auch nicht an ihrer lädierten Schulter. Das musste das Adrenalin sein, das, gepuscht durch die Rufe von Eilis, durch ihre Adern schoss.

»Aufhören! Finn, du machst uns alle unglücklich«, und: »Ihr zerquetscht sie ja.«

Was die Männer zur Besinnung brachte, war nicht ersichtlich, doch sie ließen so schnell voneinander ab, wie das Gerangel begonnen hatte. Und Helen fiel fast um, als der Widerstand durch die beiden Körper zusammenbrach. Keuchend stand sie neben den Kampfhähnen, die sich jetzt auf ein Wortgefecht einließen.

Finn zeigte mit dem Finger auf seinen Nachbarn. »Das ist noch nicht zu Ende, Wellerman. Du kannst dich bei meiner Schwägerin bedanken, dass ich dich jetzt nicht fertigmache.«

»Was willst du eigentlich von mir?«, stieß Wellerman aus. Er schnappte heftig nach Luft.

»Diesmal hab ich es persönlich gesehen, wie du deinen Dreck zusammen mit dem ganzen giftigen Kraut auf unsere Wiese geworfen hast. Und zwar mit Absicht.«

»Blödsinn. Warum sollte ich das tun?«

»Wer weiß schon, was die Gründe für deine Feldzüge gegen uns sind? Interessiert mich auch nicht. Nur bist du dieses Mal zu weit gegangen. Ich werde dich melden.«

Helen wich zurück, bis sie neben ihrer Schwester stand, die sich an den Türrahmen stützte. Eilis legte den Arm um sie. Es schien jetzt bei einem Wortgefecht zu bleiben und nicht mehr in Handgreiflichkeiten auszuarten. Wortlos folgten sie dem Streit.

»Melden! Wem willst du was melden?«, fragte Wellerman.

»Du hättest es selbst längst anzeigen müssen. Das Jakobskreuzkraut ist meldepflichtig. Es steht überall auf deiner Wiese. Aber wahrscheinlich hast du es stehen lassen, damit du unsere Pferde vergiften kannst.«

»Du bist ja irre.« Wellerman drehte sich ab, verschwand in seinem Haus und ließ die Tür krachend hinter sich ins Schloss fallen.

»Ich werde es melden«, brüllte Finn der geschlossenen Tür entgegen, wurde sich dann der Blicke seiner Frau und seiner Schwägerin bewusst.

»Sagt einfach nichts. Er vergiftet unsere Pferde. Das geht zu weit«, versuchte er sein Verhalten zu erklären. Er zog sein Mobiltelefon aus der Hosentasche, wandte sich demselben Weg zu, den er gekommen war. »Ich werde ihn jetzt melden.« Mit dem Handy am Ohr verschwand er.

»Lass uns nach Galway fahren«, sagte Eilis. »Ich muss hier weg.« Helen ging es nicht anders. Ihr Herz schlug noch immer bis zum Hals. Und im Gleichklang mit jedem Herzschlag pochte es jetzt auch in ihrer Schulter. »Eine gute Idee.«

Die Luft rund um Ballyhonny schien sich verdichtet zu haben. Der graue Himmel verstärkte den Eindruck.

Sie ließen alles stehen und liegen, schnappten sich nur ihre Jacken und setzten sich in Helens Leihwagen. Auf der Fahrt erzählte Eilis, was genau es mit dem Nachbarn auf sich hatte. Er sei ein Eigenbrötler, der von Beginn an, seit sie hergezogen waren, Ärger machte. Nicht nur wegen der angeblich überbauten Scheune. Er selbst hatte einen Baum so nah an ihre Grenze gesetzt, dass das Wurzelwerk sich durch Eilis' Gemüsebeet grub. Außerdem störte ihn der Kinderlärm, und er beschwerte sich in regelmäßigen Abständen, weil sie ihr Auto angeblich zu nah an seiner Einfahrt parkten, insbesondere, wenn er eine seiner zahlreichen Anlieferungen bekam. Es gab eine so rege Bautätigkeit auf seinem Grundstück, dass sie sich manchmal fragten, welche Leichen er vergraben hatte. Sogar die Kinder machten schon Witze darüber.

»Wahrscheinlich liegt es an uns«, sagte Eilis. »Denn früher muss er ganz umgänglich gewesen sein. Aber seit seine Frau abgehauen ist, hält er es anscheinend nicht mehr für nötig, sich ordentlich zu benehmen. Ich heiße Finns Verhalten nicht gut, im Gegenteil, ich bin stocksauer. Es macht alles nur noch schlimmer. Andererseits kann ich verstehen, dass er ausgerastet ist.« Sie legte die Hand auf ihren runden Bauch. »Wenn ich nicht gerade so bewegungsunfähig wäre, würde ich Wellerman auch mal meine Meinung geigen.«

»Der war mal verheiratet?«, fragte Helen.

Eilis bejahte. »Man munkelt sogar, dass Ciara, so hieß seine Frau, ein Verhältnis mit Kevin O'Brian hatte.«

»Was?« Helen musste sich zusammenreißen, um vor Überraschung nicht plötzlich auf die Bremse zu treten. Sie drosselte das Tempo, um Eilis einen Seitenblick zuzuwerfen und zu sehen, ob sie scherzte.

»Ganz bestimmt. Das ist schon länger her, damals war Sharni noch mit ihm verheiratet. Aber Dairine war nicht seine erste Affäre. Nur hat sie verstanden, ihm ein Kind anzudrehen.«

Helen schnaufte durch. »Mann! Das sind ja Zustände.«

»Das ist noch nicht alles. Man munkelt, dass O'Brian den Wellermans das Haus geschenkt hat in Erinnerung an die Affäre mit Ciara. Es gehört Wellerman ja. Falls das mit der Affäre stimmt, würde das doch erklären, warum Wellerman das Gestüt und alles, was damit zusammenhängt, so hasst.«

»Meinst du, er hat O'Brian umgebracht?«, fragte Helen. Es zeigte sich immer mehr, dass sich Kevin O'Brian überall Feinde gemacht hatte. Eifersucht und gekränkte Ehre waren starke Motive.

Eilis zuckte mit den Schultern. »Zutrauen würde ich es ihm.«

»Was war nach O'Brians Heirat mit Dairine? War O'Brian ihr treu?«, wollte Helen wissen.

»Kann ich mir nicht vorstellen. In Ballyhonny hat er sich vielleicht zurückgehalten. Aber er war oft in Dublin. Geschäftlich angeblich. Kann sich da natürlich auch anderweitig ausgetobt haben.«

Sie erreichten die Stadt. Helen parkte am Bahnhof. Von dort aus tauchten sie über den Eyre Square hinweg in die lebhafte Fußgängerzone ein. Galway war wie immer voller Leben, Farben und Musik. Es war genau die richtige Atmosphäre, um die Stimmung zu heben. Girlanden mit flatternden Fähnchen aus aller Herren Länder waren zwischen den Häuserreihen der High Street aufgespannt. Gefühlt jedes zweite Gebäude beherbergte einen Pub. Die zahlreichen Straßenkünstler erweckten den Eindruck, als fände gerade ein Festival statt. Und oft genug war das tatsächlich der Fall. Galway fand immer einen Grund, das Leben zu feiern.

»Ich habe keinen Tisch reserviert, aber vielleicht finden wir ja auch so ein Plätzchen«, sagte Eilis, als sie aus der Fußgängerzone des Latin Quarter heraustraten und sich die engen Gassen zum Hafenbereich hin öffneten. Möwen drehten kreischend ihre Runden über Fischmarkt und Hafen.

»Wohin gehen wir denn?«, fragte Helen.

»Zu meinem Lieblingsort in Galway. Komm, hier geht's entlang.« Eilis griff nach ihrer Hand und zog Helen um die Ecke, fort vom Hafen, wohin sich Helen schon ganz automatisch hatte wenden wollen. Nach nur ein paar Metern blieb ihre Schwester vor einem Geschäft stehen. Ein Holzschild ragte über die komplette Fassade aus großen Steinquadern und verkündete den Namen: *Cupán Tae – an Original irish Tea Shop*. Schrift und die Rahmen um Fenster und Tür waren in einem Violettrosa gestrichen, das fast kitschig wirkte. In dem großen Schaufenster, vor dem sie standen, baumelten an die hundert feinste Teetassen an Schnüren herunter und bildeten einen Vorhang aus Porzellan. Die Sitzplätze draußen vor dem Geschäft waren alle besetzt. Eilis zog Helen durch die offen stehende Eingangstür. Helens Blick wurde magisch von dem dahinterliegenden Verkaufstresen angezogen, auf welchem ein Kuchen neben dem anderen präsentiert wurde. Schilder vor jedem der verlockenden Ausstellungsstücke ließen Helen das Wasser im Mund zusammenlaufen. Da gab es vom Lemon Drizzle über einen Crumble, der mit Tee verfeinert war, bis hin zu einem Schokoladenbiskuitkuchen alles, was das Herz begehrte. Im Regal hinter dem Tresen reihten sich Dosen mit unterschiedlichsten Teesorten im Wechsel mit farbenfrohen Teekannen. Der kleine Gastraum war mit einem Sammelsurium an Möbeln ausgestattet, antik anmutende Stühle, Tische mit feinen Tischdecken. Mit Ausnahme des Teetassenvorhangs waren die übrigen Fenster mit geblümten Gardinen umsäumt. Die Bedienung trug eine adrette Schürze über einer weißen Rüschenbluse, sodass Helen sich beinahe fühlte, als wäre sie in einem Wiener Kaffeehaus im neunzehnten Jahrhundert gelandet. Es duftete nach Kuchen und Tee. Der Tisch am großen porzellanbehangenen Fenster war nicht besetzt, und Eilis stürmte darauf zu. Der einzige freie Platz überhaupt. Das Teehäuschen schien also sehr beliebt zu sein. Und wenn es nur halbwegs so schmeckte, wie es aussah und duftete, konnte Helen sich auch gut vorstellen, warum.

»Mir ist nach einem eleganten High Tea. Was Besseres für die Seele gibt es nicht. Bist du dabei, Helen?«

»Auf jeden Fall. Aber ich bezahle.« Ohne die Speisekarte gesehen zu haben, ahnte sie, dass diese Spezialität einen stolzen Preis hatte. »Und außerdem reden wir jetzt über etwas anderes, in Ordnung?«

»Sehr gerne«, sagte Eilis. »Zum Beispiel die Renntage. Du kommst doch mit, oder hast du schon genug von Pferden?«

»Du meinst diese Galway Races? Emma hat mich das auch gefragt.«

»Wenn du mit Emma gesprochen hast, weißt du ja Bescheid. Am Mittwoch laufen zwei Pferde des Ballyhonny-Gestüts. Emma wird sie beide reiten.«

»Finn hat mir Diamond Girl gezeigt. Das heißt, sie wird an den Start gehen?«

»So ist es zumindest geplant.«

»Ja, darüber gab es den Streit zwischen Finn und James.«

Eilis seufzte. »Er ist so gereizt. Streitet mit jedem. Erst James, dann Wellerman. Irgendetwas verschweigt er immer noch. Hast du auch das Gefühl?«

»Manchen meiner Fragen ist er ausgewichen.« Bevor Helen tiefer eintauchen konnte, kam der Tee in einer großen Kanne für sie beide. Eilis hatte die Sorte empfohlen. Dreamy Creamy Galway Tea. Der Name so verspielt wie das ganze Geschäft, ein schwarzer Tee mit verschiedenen Zusätzen von Kaffeebohnen und Jasminblüten. Helen bevorzugte normalerweise Schwarztee ohne Zusätze, ließ sich aber gerne von einem neuen Geschmack überzeugen. Sie wurde nicht enttäuscht. Kurz darauf brachte die Bedienung eine dreiteilige Etagere mit feinen Sandwiches unten, Scones in der Mitte und Törtchen auf der obersten Ebene. Es sah nicht nur fantastisch aus, es schmeckte auch so. Helen probierte sich von herzhaft nach süß durch.

Bei ihrer Unterhaltung ließen sie die persönlichen Probleme hinter sich und widmeten sich der Pferdezucht und Pferderennen im Allgemeinen. Auf Helens Frage, was in dem Business zu verdienen war, erzählte Eilis, dass beispielsweise die

Gesamtgewinnsumme bei den Galway Races in diesem Jahr auf stolze zwei Millionen Euro angestiegen war. Alleine das Rennen, bei dem Diamond Girl starten sollte, brachte fünfundzwanzigtausend Euro.

Das erklärte vielleicht den Willen, der dahintersteckte, oder zumindest die Notwendigkeit, ein Pferd laufen zu lassen, auch wenn es nicht völlig fit war. Schon eine geringe Aussicht auf das Preisgeld mochte das Risiko wert sein. Um Helen zu verdeutlichen, welche Menge Geld in dem ganzen Business steckte, erzählte Eilis ihr die Geschichte von Shergar. Helen hing gebannt an ihren Lippen. Shergar war ein berühmter Hengst gewesen, der nach einem siegreichen Rennleben eine ebenso erfolgreiche Karriere als Zuchthengst eingeschlagen hatte. Bis er 1983 von der IRA entführt wurde, um ein Lösegeld von zwei Millionen Pfund von seinem Besitzer zu erpressen. Das Geld wurde nicht gezahlt, da die Entführer keinen Nachweis erbringen konnten, dass das Pferd noch lebte. Wie sich später herausstellte, zu Recht, denn Shergar wurde bei der Entführung verletzt, ließ sich nicht bändigen und wurde von den Entführern erschossen. So zumindest erzählte es ein ehemaliges IRA-Mitglied Jahre später.

»Die Leiche von Shergar wurde nie gefunden«, schloss Eilis.

Helen war erschüttert. Aber mit jeder weiteren Geschichte verstand sie mehr vom Rennpferdebusiness. Und sie konnte nachfühlen, warum es zum Bruch zwischen Dane und seinem Vater, die so unterschiedlich mit dem Thema umgegangen waren, gekommen war. Aber reichte das als Mordmotiv? Und vor allem, wie hing Danes Tod damit zusammen, wie es DI Bail angedeutet hatte? DI Bail! Helen blickte hektisch auf ihre Handyuhr.

»Mist. Es ist schon fast sechs. Entschuldige, Eilis, wir müssen uns beeilen. Ich muss zurück nach Ballyhonny.«

Eilis erhob ihren Blick erstaunt von ihrem Scone. »Die Küchlein können wir uns bestimmt einpacken lassen. Aber was ist denn los?«

»Ich bin um acht mit DI Bail verabredet.«

Kapitel 23

Sie hatten sich vor der Haupttribüne versammelt, mit dem Rücken unmittelbar am Zaun zur Rennbahn, die große Leinwand hinter sich. Sie warteten darauf, dass sie auf Caras Kommando gemeinsam die Spruchbänder enthüllen konnten. Die Zuschauer kamen bereits wieder auf die Rasenfläche geströmt, um die besten Plätze zu ergattern. Vor ihnen bildete sich eine kleine freie Fläche, wie bei einem Straßenmusiker in einer belebten Fußgängerzone. Marie hatte das große Transparent schon aus dem Rucksack geholt. Cara stand neben ihr und wartete darauf, dass Marie ihr das andere Ende reichen konnte, um es gemeinsam zu entfalten. Neben Marie folgte Anni mit ihrer Mutter. Das Mädchen hatte ihren Spruch: »Pferde sind keine Sportgeräte«, zusätzlich auf das T-Shirt gedruckt. Daneben stand Charly. Nur Paul in seinem Pferdekostüm fehlte.

»Wo bleibt er denn?«, flüsterte Marie Cara zu. Sie spürte die Blicke der Zuschauer auf sich. Was mit Sicherheit ein Trugschluss war, da hinter ihnen die Leinwand aufgestellt war. Nur die Freifläche, die sich gebildet hatte, war ein Anzeichen dafür, dass überhaupt jemand Notiz von ihnen nahm. Jetzt wurde das dritte Rennen angesagt. Die Pferde kamen auf das Geläuf. Zunächst aber folgte ein Interview mit dem Sprecher des Sponsors. Seine Stimme polterte über die Lautsprecher, passend zu dem grobschlächtigen Mann im dunkelblauen, eng sitzenden Anzug, der dazu auf der Leinwand eingeblendet wurde.

»Er wird schon kommen«, sagte Cara, und zu den anderen gewandt rief sie: »Sobald das Interview vorbei ist, enthüllen wir die Banner, auch wenn Paul noch nicht da ist.«

Marie versuchte gerade, zwischen den Menschen ein Pferdekostüm auszumachen, als der Sponsor mit einem Hals-und-Bein-Wunsch für das anstehende Rennen das Interview beendete. Die Leinwand schaltete auf die Pferde auf der Rennbahn um, die sich hinter der Startmaschine sammelten. Cara nahm ihr Ende des Lakens in die Hand, bewegte sich von Marie weg und startete die Aktion. Im Wechsel begann sie die Parolen: »Stoppt den Peitscheneinsatz«, und: »Pferde sind keine Sportgeräte«, zu skandieren. Marie und die anderen enthüllten die Spruchbänder und stimmten in die Protestrufe ein. Bei den Menschen in ihrer unmittelbaren Nähe erregten sie Aufmerksamkeit, der freie Bereich vor ihnen wurde größer, und einige blieben stehen und beobachteten ihre Gruppe. Aber wie es bei Straßenmusikern der Fall war, reichte es bei vielen nur für einen Seitenblick, wonach sie sich wieder dem Geschehen auf der Rennbahn zuwandten. Marie wurde lauter. Und die kleine Anni versuchte, Aufmerksamkeit zu erregen, indem sie, den Galopp eines Pferdes nachahmend und ihr Bettlaken hochstreckend, nach vorne sprang. Ihr blonder Zopf wippte wie ein Pferdeschweif. Sie rief den Passanten, die ihre Gruppe nicht weiter beachteten, ihren Spruch energisch, ja fast wütend hinterher. Auch in Marie verstärkte sich der Frust. Sobald das Rennen startete, würde niemand mehr Notiz von ihnen nehmen. Ein Pärchen mit einem Kind im Kinderwagen war stehen geblieben. Der Junge klatschte freudig in die Hände, als er die hüpfende Anni erblickte, und Marie wollte heulen. Sie waren nur eine kleine weitere Attraktion für die Besucher, trugen mehr zur Unterhaltung bei, als dass sie eine kritische Gegenveranstaltung bildeten.

Bis Paul kam.

Mit seinem Pferdekostüm zog er sofort die gesamte Aufmerksamkeit auf sich. Es wirkte beängstigend realistisch, ein Ganzkörperkostüm, mit dem er teilweise auf allen vieren zu galoppieren schien und dabei wiehernde Rufe ausstieß. So laut, dass Marie sicher war, dass sie mit einem Mikrofon verstärkt wurden. Immer wieder richtete er sich auf und schlug mit den Vorderhufen. Marie glaubte ein echtes Pferd vor sich zu haben, das versuchte, seinen Reiter abzuwerfen. Anni überließ Paul die Bühne und kehrte zurück in die Reihe, aber alle fünf waren sie jetzt motivierter und riefen mit neuer Energie ihre Schlachtrufe. Marie sah lange rote Striemen auf dem Hinterteil des Pferdekostüms, wie Peitschenwunden. Der Junge im Kinderwagen hatte aufgehört zu lachen und beobachtete das wild gewordene Pferd voller Ehrfurcht, ja vielleicht sogar ein wenig Angst. Die Mutter hinter ihm bekam es nicht mit, denn auch sie schien gebannt von der Aufführung.

Mit einem Mal wurde das Banner an der Seite, an der es Cara gehalten hatte, schlaff und fiel herunter. Marie blieb ihre Parole im Hals stecken. Weiter als: »Weg mit der Peitsche«, kam sie nicht, denn Cara zog sich nun ein Jockey-Trikot in grellem Pink über und hielt plötzlich eine Peitsche in der Hand. Sie lief auf Paul zu und fing an, damit auf sein Pferdehinterteil einzudreschen. Pauls Galoppieren und Ausschlagen wurden heftiger, so als spürte er die Peitschenhiebe tatsächlich durch das dicke Wollkostüm. Er schlug wild mit dem Kopf, mit den Vorderbeinen, und nach einem erneuten heftigen Hieb stolperte er. Es wirkte so echt, dass Marie vor Schreck die Luft anhielt. Anni schrie auf. Das gestürzte Pferd oder Paul, Marie konnte Wirklichkeit nicht mehr von Schauspiel unterscheiden, wälzte sich, und die echten Schmerzensschreie eines Pferdes erklangen verstärkt über das Mikrofon. Es war so schrecklich realistisch, dass Marie fürchtete, die Vorstellung ginge zu weit. Der kleine Junge fing an zu weinen. Seine Mutter beugte sich vor, und der Vater versuchte, seine Frau samt Kinderwagen fortzuziehen, um seine Familie vor dem makabren Schauspiel zu schützen.

Aber nun erreichten sie die Aufmerksamkeit eines größeren Publikums. Die Leinwand blendete auf sie um. Marie sah sich im Hintergrund des Pferdeschauspiels stehen, das Bettlaken neben ihr zu Boden gefallen, Anni und Charly reckten ihre Spruchbänder zwar hoch, schienen aber vor Schreck erstarrt. Jenny hielt sich eine Hand vor den Mund, Entsetzen in den Augen.

Alles passierte innerhalb kürzester Zeit, aber Marie war wie in einer Zeitlupe gefangen. Cara ließ die Peitsche zu Boden fallen und zog stattdessen eine Pistole. Richtete sie auf das sich windende und kreischende Kostümpferd. Eine giftgrüne Wasserpistole, trotzdem hielt Marie die Luft an, als wäre es eine echte. Cara legte die Pistole an. Drückte ab. Ein Ruck ging durch das Pferd, gleichzeitig schien sein Kopf zu bersten. Blut spritzte in weitem Bogen aus seinem Maul. Marie spürte die Tropfen in ihrem Gesicht. So wie sie wurden alle Personen im Umkreis besudelt. Der Junge im Kinderwagen, der sich nur einen halben Meter über dem Boden befand, bekam die größte Ladung ab. Im ersten Moment erschrak er, dann begann er zu schreien. Marie wischte mit dem Zipfel des Bettlakens die Tropfen von ihrem Gesicht und ließ es fallen. Ungläubig starrte sie auf ihren Finger. Kein Blut, rote Farbe. Dennoch war das Chaos perfekt. Ordner stürmten auf sie zu. Das entsetzte

Publikum entfernte sich von dem Geschehen, allen voran die Mutter, die ihren Jungen aus dem Buggy holte, ihn auf den Arm nahm und davonlief. Der Vater schützend dahinter, als müsste er ihren Rückzug sichern. Eine Hand griff Maries Arm fest wie ein Schraubstock. Doch sie konnte den Blick nicht von dem Kostümpferd lassen, das jetzt bewegungslos auf dem Boden lag, eine blutrote Lache rund um sein Maul. Daneben der verlassene Kinderwagen. Einer der Ordner schob den Buggy weg und stürmte auf den Kadaver zu, riss mit beiden Händen den Kopf des Kostüms herunter. Und in dem Moment, als die echten Pferde des Rennens hinter ihnen vorbeipreschten, tauchte Pauls verschwitztes Gesicht in Nahaufnahme auf der Leinwand auf.

Kapitel 24

Creans Pub lag genau im Zentrum von Ballyhonny, dort, wo die einzige Abzweigung von der Hauptstraße zum Hafen des Ortes führte. Schon vor fünfzehn Jahren war die Bezeichnung »Hafen« zu hoch gegriffen gewesen, Anlegestelle traf es besser. Sie bestand aus einem Pier, an dem die wenigen Fischerboote des Ortes festmachten. Wobei die Fischerei nicht kommerziell betrieben wurde, sondern nur ein Zubrot oder Hobby war. Obwohl die Fischgründe vor der Küste ergiebig waren, hatte sich Ballyhonny schon lange am Gestüt und dem Rennstall als einzigem Wirtschaftszweig ausgerichtet, abgesehen von der in Irland beinahe obligatorischen Schafzucht. Im Ort selbst gab es neben dem Pub einen Krämerladen und einen Friseur. Wie in Deutschland, dachte Helen, während sie die Hauptstraße entlangspazierte. Wenn sich auch nichts sonst in einem Ort halten konnte, nicht Bäcker oder Gaststätte, ein Friseursalon lief anscheinend immer.

Sie hatte Eilis nach Hause gebracht und war zu Fuß in den Ort gekommen. Viel geändert hatte sich hier nicht. Der Friseur machte allerdings einen moderneren Eindruck als damals. In der Fensterscheibe hing ein Angebot für »Cut and Go«, vor fünfzehn Jahren noch nicht denkbar. Helen brauchte den Salon weder damals noch heute. Mit ihren langen Haaren reichte ihr ein Friseurbesuch im Jahr, um die Spitzen schneiden zu lassen. Insbesondere jetzt war sie dankbar für ihre rötliche Färbung. Mit ihr fügte sie sich problemlos in jeden irischen Pub ein, nicht zu unterscheiden von den vielen irischen Rotschöpfen. Aus den Fenstern des Pubs schien warmes Licht auf die Straße. Musik war zu hören, handgemachte. Helen meinte zumindest eine Geige herauszuhören. Sie hatte Creans Pub früher öfter mit Dane besucht, es war der nächste Anlaufpunkt gewesen, um etwas zu essen, falls man nicht selber kochen wollte. Und Dane schaute an Samstagen gerne Fußball dort. Außerdem war dies der einzige Ort gewesen, wo er noch mit den Arbeitern vom Gestüt zusammentraf, von Danes Familie hatten sie dort niemanden je angetroffen. Die wenigen Male, die sie sich mit seiner Mutter zum Essen getroffen hatten, waren sie meist nach Limerick oder Galway gefahren.

Es war schon kurz nach acht. Ob Bail schon da war? Was würde sie erwarten? Helen atmete durch und öffnete die Tür. Sofort wurde sie von einem warmen Lufthauch umhüllt wie von einer Umarmung. Über das Gemurmel der Menschen legte sich die Musik. In einer Ecke saßen um einen großen Tisch auf engstem Raum fünf Musiker, drei mit Gitarren, einer hielt eine Geige. Eine junge Frau mit einem langen geflochtenen Zopf spielte Querflöte. Sie gaben ein fröhliches, traditionelles Lied. Rein instrumental, aber bald setzte der Gesang ein. Egal ob fröhliche Töne oder melancholische, bei irischer Musik klang in den Stimmen immer ein Timbre mit, das direkt der irischen Seele zu entspringen schien. So kam es Helen auch jetzt vor. Die Sänger schienen nur ein Gefäß für den Transport einer tieferen Botschaft zu sein. Als die Frau die Flöte senkte und in den Gesang einstimmte, traf es Helen mitten ins Herz. Geleitet von den bezaubernden Tönen, ließ sie ihren Blick durch den voll besetzten Pub schweifen. Die Einrichtung war unverändert.

Die Atmosphäre maritim, Fischernetze hingen von der Decke. An einer Seite hob sich ein Rettungsreifen rot und weiß vor der dunklen Holzwand ab. Daneben zierten weiß gerahmte Fotos die Wände. Eines zeigte ein großes Forschungsschiff, andere die Antarktis. Bei ihrem ersten Besuch hatten die Fotos Helen irritiert. Dane hatte ihr die Geschichte dahinter erzählt. Der Pub war benannt nach Tim Crean, einem irischen Seefahrer, der Teil der Mannschaft von Ernest Shackletons Expeditionen in die Antarktis gewesen war. Crean war in Irland zu einem Nationalhelden geworden. Er stammte aus Annascaul weiter im Süden im County Kerry und hatte dort selbst einen Pub betrieben, nachdem er sich als Seefahrer zur Ruhe gesetzt hatte. Ein entfernter Verwandter von ihm hatte Jahre später hier in Ballyhonny diesen Pub in seinem Andenken eröffnet.

Helen entdeckte Bail an der Wand am Ende des Tresens. Er hob grüßend die Hand. Helen zwängte sich durch eine größere Gruppe von Männern, die wild diskutierend und gestikulierend vor der Theke standen.

»Schön, dass Sie gekommen sind«, begrüßte Bail sie. »Ich war mir nicht sicher.«

Sie wollte hören, was er zu sagen hatte. Welche Spur er verfolgte. Die ständigen Andeutungen war sie leid. »Ob ich komme, war nicht die Frage, Mister Bail.« Sie vermied es, ihn mit seinem Dienstgrad zu betiteln. Schließlich war er es gewesen, der ein informelles Treffen vorgeschlagen hatte. Sie setzte sich auf den Barhocker neben ihn. »Die Frage ist, wie lange ich bleibe.«

Bail nickte. »Kann ich Ihnen etwas bestellen?« Er hatte ein helles Bier vor sich stehen. Helen brauchte etwas Gehaltvolleres, an dem sie sich festhalten konnte. Gleichzeitig war ihre Kehle trocken. Rabe würde einen Whisky vorschlagen. Der Gedanke an ihn brachte widersprüchliche Gefühle in ihr hoch.

Warf sie für einen kurzen Moment zurück nach Bonn und in das Leben, das sie nach Danes Tod gelebt hatte. Gleichzeitig fühlte sie sich seit ihrer Rückkehr nach Ballyhonny so, als wäre dies das Leben einer anderen, während sie dieselbe Frau von damals war.

»Ich nehme ein Guinness.«

Bail bedeutete der Bedienung mit einer Geste, das Gewünschte zu bringen; es war schwer, sich bei dem Geräuschpegel verständlich zu machen.

»Ich habe nicht geahnt, dass es so voll ist. Und das an einem Wochentag. Ich glaube, die sind alle hier, um die Rennen in Galway zu verfolgen.« Bail deutete auf die Gruppe, die Helen passiert hatte, und auf die Fernseher, drei an der Zahl, in denen eine Berichterstattung über Pferderennen lief. Ohne Ton.

»Und die Kerle da vorne habe ich alle auf dem Gestüt gesehen und befragt«, setzte Bail seinen Exkurs fort.

Helen sah sich die anderen Gäste genauer an und nickte. »Den kleinen Blonden dort habe ich gestern unter den Reitern im Rennstall gesehen.«

Der Wirt brachte das Guinness und einen Refill für Bail.

Helen beugte sich zu ihm vor, ihr war nicht nach Small Talk. »Worum geht es jetzt? Warum denken Sie, dass Danes Tod kein Selbstmord war? Um warum sollte er mit dem Mord an seinem Vater zusammenhängen?« Sie nahm einen großen Schluck von dem Guinness, um die aufkommende Ungeduld hinunterzuspülen.

»Langsam.« Bail trank ebenfalls von seinem Bier. »Lassen Sie mich erst Ihnen ein paar Fragen stellen. In Ordnung? Und vorab: Nichts von meinen Vermutungen kann ich bisher beweisen. Ich bitte Sie deshalb, darüber Stillschweigen zu bewahren.« Er hatte sich so weit zu ihr vorgebeugt, dass ihr sein Bieratem entgegenschlug.

»Sie waren meiner Schwester gegenüber nicht so vorsichtig. Wenn Sie es sowieso überall herumposaunen, warum dann jetzt so geheimnisvoll?«

Er schüttelte den Kopf. »Mrs. Hogan habe ich eingeweiht, weil ich gehofft hatte, dass Sie dann herkommen würden.«

»Hier bin ich. Reden Sie also.«

Er nickte. Die Musiker machten eine Pause, sodass man sich besser verstehen konnte.

»Vor fünfzehn Jahren ...«, begann Bail, setzte dann erneut an. »Sie haben immer darauf beharrt, dass Ihr Freund nichts mit dem Verschwinden seines Bruders zu tun hatte.«

»Womit ich ja wohl recht behalten habe.«

»Eigentlich«, Bail räusperte sich, »ist das immer noch nicht ganz geklärt.«

»Wie bitte?« Helen sprang auf. Das konnte doch nicht wahr sein! Sie war nicht gekommen, um sich die alten Vorwürfe erneut anzuhören. Und diesmal konnte sich Dane nicht einmal mehr wehren. Er war tot.

»Warten Sie. Bitte.« Er hielt sie am Arm fest, ließ aber sofort los, als sie ihn entsetzt anstarrte.

»Ich meine nicht, dass Dane etwas damit zu tun hatte. Ich sage nur, dass Paddy O'Brians Verschwinden nie ganz aufgeklärt wurde.«

Helen ließ sich zurück auf den Hocker fallen. »Aber er war nur weggelaufen. Er hatte sich mit seinem Vater gestritten, weil der ihm das Geigespielen verboten hatte. Daraufhin ist er davongelaufen.«

»Das hat nicht Paddy erzählt.«

»Was?« Helen verstand nicht. Die Vorstellung, die sie sich in den Jahren von den Geschehnissen gemacht hatte, die Wahrheiten, die sie zu verdrängen versucht hatte. Diese Vergangenheit zerfiel gerade immer mehr. Zerbröselte förmlich.

»Ich habe nie mit dem Jungen gesprochen, nachdem er wieder aufgetaucht war. Sein Vater hat mir diese Geschichte aufgetischt. Er hat mich in sein Arbeitszimmer zitiert. Saß dort an seinem Schreibtisch und empfing mich wie ein König seinen Lakaien. Er präsentierte seinen Sohn und seine Frau, als wäre alles in bester Ordnung. Nur er hat gesprochen. Es hätte keine Entführung gegeben, der Junge sei fortgelaufen. Als ich mich direkt an Paddy gewendet und mich erkundigt habe, was denn geschehen sei und ob da wirklich niemand gewesen sei, der ihn mitgenommen habe, der ihm vielleicht nur etwas zeigen wollte …« Er unterbrach sich, griff nach seinem Bierglas. »Sagt man das nicht auch den Kindern in Deutschland? Nie mit einem Fremden mitgehen?«

Helen nickte fahrig.

»Jedenfalls hat O'Brian mein Nachfragen sofort unterbunden. Er hat seine Frau mit dem Jungen aus dem Zimmer geschickt. Sich verbeten, dass ich Paddy weiter bedränge. Er hätte genug durchgemacht. Und ich hätte ja schon einen seiner Söhne in den Tod gedrängt.«

Das traf Helen bis ins Mark. Sie war fassungslos. »O'Brian hat doch gar nichts davon mitbekommen, wie sehr Dane unter Druck gestanden hat durch die ganze Untersuchung. Er hat sich einen Dreck um ihn gekümmert. Er hat ja sogar den Verdacht auf ihn gelenkt.«

Jetzt schien Bail erstaunt. »Warum glauben Sie das?«, fragte er. »Dass O'Brian es war, der mich auf Danes Spur angesetzt hat.«

»Ich dachte immer, es wäre Dairine gewesen, aber Danes Mutter, Sharni, hat mir klargemacht, dass das nicht sein konnte. Paddys Mutter hätte gar keinen klaren Gedanken fassen können, hätte unter Tabletten gestanden und gar nicht mit der Polizei gesprochen.«

»Das stimmt. Von Dairine O'Brian habe ich in der Zeit nicht viel gesehen. Sie hat sich lieber mit der Presse unterhalten. Erst an diesem Tag, als Paddy wieder zu Hause war und mir präsentiert wurde, habe ich mit ihr gesprochen. Aber wieso kommen Sie jetzt darauf, dass es Kevin O'Brian war?«

»Auch Sharni. Sie weiß es nicht, vermutet es nur. Das hat sie mir gestern erzählt.«

»Nun, dann vermutet sie falsch«, sagte Bail.

»Wer dann?«, fragte Helen.

Bails Antwort ging in einem lauten kollektiven Jubelschrei unter, der von den Männern an der gegenüberliegen Seite der Theke kam. Es folgte Klatschen. Die Augen der Jubelnden waren auf einen der Fernsehmonitore gerichtet. Ein Pferd füllte den gesamten Monitor. Dann zoomte die Ansicht raus, und man konnte Emma erkennen, die das Pferd hinter sich herführte. Es folgte ein Rennausschnitt. Das Pferd lief als Sieger mit mehr als zwei Längen Vorsprung über die Ziellinie. Die folgende Nahaufnahme zeigte Emma auf dem Pferd. Die Faust in die Höhe gereckt, als der Sieg feststand. Helens Hand glitt unbewusst auf ihre Schulter. »Ich kenne das Pferd. Hab Bekanntschaft mit ihm gemacht. Sie ist vom Ballyhonny-Gestüt. Aber ich dachte, sie läuft erst morgen«, erklärte sie Bail.

Einer der Männer rief zu ihnen herüber: »Das war Diamond Girls Sieg in Leopardstown im Frühjahr.«

Helen und Bail wechselten einen schnellen Blick. Bail fand zuerst seine Stimme wieder. »Lassen Sie uns hinausgehen. Ich habe das Gefühl, man bekommt hier mehr von unserer Unterhaltung mit, als mir lieb ist.« Er stand auf und legte Geld auf die Theke.

Helen nickte, leerte ihr Guinness in einem Zug und erntete dafür einen anerkennenden Blick von einem der Männer, der sie beobachtet hatte. Sie verzog den Mund. Gemeinsam mit Bail verließ sie den Pub.

Sobald die Tür hinter ihnen zugefallen war, fragte sie erneut: »Wer hat Sie auf Danes Spur gebracht?«

Bail zog sie ein Stück weiter, bevor er antwortete: »Peter Shaw.«

»Der Familienanwalt?«

»Und Testamentsvollstrecker«, erklärte Bail. »Er hat mich damals in Danes Richtung gestoßen. Angeblich im Vertrauen. Ich glaube, Kevin O'Brian wusste nichts davon. Shaw hat mir anvertraut, dass Dane immer noch als Erbe des Gestüts im Testament seines Vaters stand. Nur in Bezug auf die Firmen hatte O'Brian das Testament geändert und Paddy eingesetzt, sobald dieser alt genug wäre. Bevor er das Gestüt verlassen hat, war Dane Alleinerbe des gesamten Besitzes. Wenn jemand einen Grund hätte, Paddy etwas anzutun, dann um ihn als Erben auszuschalten. Wäre sein Bruder gestorben, wäre Dane wieder Alleinerbe geworden.«

»Das ist doch Blödsinn. Dane wollte nichts vom Erbe. Weder vom Gestüt noch von allem anderen. Das habe ich Ihnen damals schon versucht zu erklären, Bail.«

»Ich weiß das. Jetzt. Damals war es meine einzige Spur. Es hat sich nie ein Entführer gemeldet, es gab nie eine Forderung. Erst jetzt, nachdem Shaw zum Testamentsvollstrecker geworden ist, habe ich mir die Frage gestellt, warum er mich damals in Danes Richtung gelenkt hat. Was hatte er davon, wenn es doch angeblich gar keine Entführung gegeben hat? Von welcher Spur wollte er mich abbringen?«

Das war in der Tat eine gute Frage. »Allerdings könnte immer noch O'Brian selbst dahintergesteckt haben. Denn ein Anwalt gibt nicht einfach so Informationen über seinen Mandanten preis. Das wäre Parteiverrat.«

Bail nickte, gab aber zu bedenken, dass es auch unter Anwälten sicherlich schwarze Schafe gab. »Ohne Ihnen und Ihrem Berufsstand nahetreten zu wollen«, schickte er hinterher.

Helen war nicht überzeugt, aber im Grunde kam es auch nicht darauf an, wer von beiden hinter der Information steckte.

»Sie meinen also, es hat doch eine Entführung gegeben? Haben Sie Paddy jetzt mal danach gefragt?«

Bail verneinte. »Mein Kollege Tanner führt die Ermittlungen. Er hat Padraig O'Brian befragt, wie alle aus der Familie. Aber nur hinsichtlich des Mordes an seinem Vater. Die Ereignisse von damals sind kein Thema.«

»Warum erzählen Sie denn Ihrem Kollegen nicht davon?«

Bail atmete durch. »Im besten Fall hat er sich in eine Theorie verrannt. Tanner ist der Meinung, dass O'Brian wegen des Erbes ermordet wurde. Somit kommen für ihn nur potenzielle Erben als Mörder infrage.«

Wieder einmal das Erbe also. Helen hatte mittlerweile verstanden, dass viel Geld im Pferdebusiness steckte. Aber über die restlichen Geschäfte von O'Brian hatte sie noch keinen Überblick. War die Erbschaft so umfangreich? Es war auf jeden Fall schon für weniger gemordet worden.

Sie waren an Bails Auto stehen geblieben.

»Soll ich Sie mitnehmen?«, fragte er.

Es war dunkel geworden. Der Weg durch die Felder, den sie hergekommen war, war ohne Taschenlampe schwierig. Und im Dunkeln an der großen Straße entlangzugehen war keine Option. Es gab nichts, was einem Bürgersteig nahekam. Also nahm sie Bails Angebot gerne an. Im Auto führten sie ihre Unterhaltung fort.

»Und wenn es das nicht ist? Wenn sich Ihr Kollege nicht in diese Theorie verrannt hat?«, fragte Helen.

»Ich kann es nicht mit Sicherheit sagen. Aber ich habe das Gefühl, Tanner und Shaw sind schon vorher miteinander bekannt gewesen. Deshalb würde ich meine Theorien erst mal lieber für mich behalten. Gleichzeitig bedeutet das, ich kann nicht die Fragen stellen, die ich gerne stellen würde. Vielleicht könnten Sie ja bei Padraig O'Brian vorfühlen, an was er sich von damals erinnert.«

Helen stöhnte auf. »Versuchen ja. Versprechen kann ich nichts. Ich habe mit dieser Familie ebenfalls seit fünfzehn Jahren keinen Kontakt gehabt.«

»Aber Sie haben eine völlig andere Verbindung zu ihnen. Mich dagegen hat Sharni O'Brian schon einmal des Hauses verwiesen.«

Das stimmte. »Aber auf diesen Peter Shaw ist sie auch nicht gut zu sprechen. Sie vertraut ihm nicht. Das war deutlich zu merken.«

»Sehen Sie«, sagte Bail. »Und das haben Sie in einem Tag schon herausgefunden. Sie haben einen besseren Zugang zur Familie.«

»Also gut, ich spreche mit Paddy. Was werden Sie tun?«

Er bog auf die Hauptstraße ab. »Ich werde versuchen, Shaws Hintergrund aufzuarbeiten. Er hat ein Anwalts- und Notarbüro in Galway. Das aber wohl erst seit kurz nach Danes Tod. Was er vorher gemacht hat, darüber habe ich noch nichts herausfinden können. Ich werde morgen nach Dublin zurückfahren. Dort habe ich besseren Zugang zu allen Daten.«

»Wann werden Sie zurück sein?«, fragte Helen. Etwas Rückendeckung wäre ihr schon lieb, wenn sie sich jetzt noch tiefer in die Ermittlungen einschaltete.

»In ein oder zwei Tagen. Spätestens zur Testamentseröffnung.« Er hielt auf der Einfahrt zu dem Haus der Hogans neben Helens Leihwagen an. Helen fürchtete jeden Augenblick, dass Wellerman aus dem Haus stürmen würde, um sich zu beschweren. Doch im Nachbarhaus war alles dunkel. Sie öffnete die Autotür.

»Warten Sie. Ich habe noch etwas für Sie.« Bail beugte sich nach hinten und nahm vom Rücksitz zwei Briefumschläge, reichte sie Helen.

Sie las die Adressaten. Einer der Briefe war an Finn Hogan gerichtet. Der andere an sie selbst. »Was ist das?«

»Einladungen zur Testamentseröffnung. Shaw hat sie mir für Sie mitgegeben.«

»Dann weiß er, dass wir uns getroffen haben?«, fragte sie.

»Ich hab gesagt, dass wir uns kennen und dass ich hoffe, von Ihnen etwas über Sharni O'Brian zu erfahren. Also kein Problem.«

Helen verzog den Mund. Sie wollte nicht ins Visier dieses Anwalts geraten. Aber aus irgendeinem Grund schien sie es ja schon zu sein. Die Einladung für Finn konnte sie nachvollziehen. Schließlich hatte O'Brian ihn schon zum Leiter des Rennstalls gemacht.

»Warum eine Einladung für mich?«, fragte sie Bail.

»Das kann ich Ihnen nicht sagen. Was in O'Brians Testament steht, das weiß aktuell nur Peter Shaw. Aber soweit ich weiß, werden nur Personen, die in irgendeiner Weise einen Anspruch auf das Erbe haben, zu einer Testamentseröffnung geladen.«

Helen stieg aus und blickte ihm ratlos hinterher, als er vom Hof fuhr.

Kapitel 25

Flammen züngelten hoch. Dane nahm ein weiteres Stück Holz und legte es in den Kamin. Erst dann wandte er sich dem Kommissar zu. »Was soll das heißen, Paddy ist verschwunden?«

»Sie wissen es nicht? Hat Sie niemand informiert? Das wundert mich.« DI Bail nahm unaufgefordert auf dem Sofa Platz. »Ich darf doch?«, fragte er.

Dane antwortete nicht, sondern stocherte mit einem der Kamineisen in den Flammen. Das Feuer hatte noch nicht richtig angezogen.

»Der Tee ist gerade fertig. Kann ich Ihnen eine Tasse anbieten?«, fragte Helen. Der Inspektor nickte, und sie verschwand zu Danes Erleichterung in der Küche. Er fühlte sich nicht wohl bei dem Gedanken, dass sie zuhörte, wenn er über seine Familie sprach.

»Würden Sie mir jetzt bitte erzählen, was los ist?«, fragte er nun unwirsch. »Und wie war Ihr Name?«

»Conor Bail, Detective Inspector.« Der Kommissar zog seine Polizeimarke vom Gürtel und streckte sie ihm entgegen. »Und was mit Ihrem Bruder passiert ist, hoffe ich von Ihnen zu erfahren.«

»Ich weiß nicht, wie Sie darauf kommen, dass ich etwas weiß. Ich habe keine Ahnung, was mit Paddy los ist. Das Letzte, das ich von ihm gehört habe, war, dass unser Vater mit ihm genauso großherzig umgeht wie mit mir. Er soll ihm das Geigenspiel untersagt haben. Und das ist jetzt über einen Monat her. Können Sie mir bitte sagen, was los ist?« Danes Stimme überschlug sich. Die Sorge um seinen kleinen Bruder traf ihn plötzlich mit aller Wucht. »Was ist mit Paddy?«

Bail setzte sich auf. »Ihr Bruder ist seit gestern Nachmittag verschwunden. Von der Schule ist er nicht nach Hause zurückgekehrt. Heute Morgen hat man mich von der lokalen Gardai informiert, und ich bin sofort hergekommen.«

Also stimmte es, er kam von der Dubliner Polizei. Dann stand ein erhebliches Verbrechen im Raum. Dane schluckte. »Ist er entführt worden? Gibt es eine Geldforderung?«

Bail schüttelte den Kopf. »Bisher nichts. Es hat sich niemand gemeldet. Aber wir gehen davon aus, dass Ihr Bruder entführt wurde, ja.«

Helen kam mit einem Tablett herein. Offenbar hatte sie die letzten Worte gehört. »Das ist ja furchtbar. Was können wir tun?« Sie stellte den Tee ab, ohne sich weiter darum zu kümmern, die Tassen zu verteilen und einzuschenken. Sie schien geschockt, obwohl sie Paddy nie gesehen hatte. Natürlich hatte Dane von ihm erzählt, immer, wenn sie gefragt hatte. Sie wusste, wie viel ihm an seinem Bruder lag. Paddy war ein Künster. Auf diesem Gebiet vollbrachte er Wunder. Sein Geigenspiel war ergreifend, und er zeichnete wundervolle Bilder von den Pferden. Bevor Dane das Gestüt und das Haus verlassen hatte, war Paddy zu ihm gekommen und hatte ihm eine Zeichnung von Storm mitgegeben. Diese bildete Storm nicht nur äußerlich präzise ab, sondern es war Paddy gelungen, das Wesen des Pferdes einzufangen. Zu nahe kam Paddy den Pferden allerdings nie, er hielt immer einen sicheren Abstand und betrachtete sie lediglich aus der Ferne. Er hatte Angst oder zumindest Respekt.

Vor ihrer Kraft, ihrer Größe. Aber das hielt ihn nicht davon ab, sie zu lieben, eben auf seine Art. Sonst könnte er sie niemals so getreu auf dem Papier festhalten. Sein Bruder hatte Talent für das Zeichnen, aber die Geige war seine Leidenschaft. Weder das eine noch das andere konnte ihren Vater stolz machen.

»Eine gute Frage«, sagte Bail, ohne Helen anzusehen, denn er ließ Dane nicht aus den Augen. Mit seinen Fingern trommelte er dabei ungeduldig gegen seine Hüfte. »Wissen Sie etwas, das uns weiterhelfen kann, Mister O'Brian?«

»Dane. Bitte.« Mister O'Brian war sein Vater, niemand sonst. »Sie wollen wissen, wer einen unschuldigen Jungen entführt, um etwas von meinem Vater zu erpressen? Da müssen Sie ihn selbst fragen. Aus seinen Geschäften habe ich mich schon immer herausgehalten. Ich kann Ihnen also nicht sagen, wen er sich von seinen Geschäftspartnern zu Feinden gemacht hat. Aber es gibt bestimmt reichlich davon.«

»Das untersuchen wir schon. Ich meinte, wem innerhalb der Familie trauen Sie so etwas zu, Dane?«

»Was? Niemandem!« Dane stand auf. Worauf wollte der Kommissar hinaus? Natürlich war ihre Familienkonstellation ungewöhnlich. Nach katholisch-irischen Standards sogar untragbar. Seine Mutter lebte unter einem Dach mit der zweiten Frau ihres Ex und deren Sohn. Aber es hatte immer funktioniert. Es war nie ein Problem gewesen, weder für ihn noch für seine Mutter. Auch wenn er Dairine nie nahegekommen war. Sie schwebte in anderen Sphären, für die er sich nie interessiert hatte. Allein ihre Puppensammlung … Aber den kleinen Paddy hatte er von Anfang an ins Herz geschlossen. Hatte immer versucht, ihn vor den Launen ihres Vaters zu beschützen. Nur der Vater war es, der Zwietracht in die Familie brachte. Zumindest in den letzten Jahren. »Niemand würde Paddy das antun. Alle lieben ihn.«

»Wirklich alle? Ihrer Mutter war er nie ein Dorn im Auge?«, fragte Bail.

Dane lachte auf. »Sie kennen meine Mutter nicht, wenn Sie so etwas glauben.«

»Und was ist mit Ihnen selbst?«

»Sie verdächtigen mich? Er ist mein Bruder!«

»Ihr Halbbruder. Und er ist zwanzig Jahre jünger als Sie. Ich kann mir schon vorstellen, dass es ein Schock für Sie war, als Ihr Vater erneut geheiratet hat und einen weiteren Sohn bekam. Plötzlich nicht mehr der alleinige Erbe zu sein.«

Wenn es nicht so absurd wäre, würde er sich vielleicht die Mühe machen, etwas zu entgegnen. So schüttelte er nur den Kopf.

Helen sprang dagegen ein, wie eine Löwin.

»Mister Bail, ich kenne Dane erst knappe zwei Jahre, aber lassen Sie mich Ihnen eines versichern: Er ist der am wenigsten materielle Mensch, der mir je begegnet ist. Und der gutmütigste. Sie müssen nur sehen, wie er mit seinen Tieren umgeht. Wenn Sie glauben, er hätte etwas mit der Entführung seines Bruders zu tun, dann haben Sie Ihren Beruf verfehlt.«

»Tja, sehen Sie, Frau Freitag. Ich habe in meinem Beruf aber leider schon Dinge gesehen, die lassen einen den Glauben an die Menschen verlieren. Und es hat einen Grund, dass Ehepartner nicht gegeneinander aussagen müssen.«

»Wir sind nicht verheiratet, Inspektor, und ich will Ihnen eines sagen –«

Dane unterbrach sie. »Lass mal, Honey. Das hat keinen Sinn. Ich fürchte, der werte Kommissar hat sich seine Meinung über mich schon gebildet. Mister Bail, ich bitte Sie, verschwenden Sie Ihre Zeit nicht mit mir, suchen Sie lieber nach meinem Bruder. Um ihn geht es doch.«

Sein Vater würde niemals einen seiner Söhne in Gefahr bringen. Andererseits ... Dane hatte selbst schon miterlebt, wie weit sein Vater bereit war, für seine finanziellen Interessen zu gehen. Storm war der beste Beweis. Nur eines wusste er sicher: dass er nichts mit Paddys Verschwinden zu tun hatte. Irgendjemand hatte den Kommissar in seine Richtung gelenkt.

»Ihnen liegt doch etwas daran, meinen Bruder zu finden, oder nicht?«

»Natürlich. Deshalb bin ich hier«, sagte Bail.

»Wer hat Sie zu mir geschickt?«

Bail schnaufte. »Seien Sie vorsichtig, Mister O'Brian. Niemand schickt mich. Ich befrage alle, die ein Interesse daran haben könnten, dass Paddy O'Brian von der Bildfläche verschwindet.«

Dane ging nicht auf die Unterstellung ein, die mit seinen Worten verbunden war. »Ich glaube nicht, dass es hier um Paddy geht. Es ist doch offensichtlich, dass jemand etwas von meinem Vater erpressen will.«

»Sie scheinen sich sehr sicher zu sein. Interessanterweise hat Ihre Mutter genau dasselbe gesagt. Aber wenn es so wäre, warum gibt es dann keine Forderung? Warum hat sich bis jetzt, über einen Tag nach seinem Verschwinden, noch niemand gemeldet?«

»Sie stellen dem Falschen diese Fragen. Vielleicht gibt es ja eine Forderung, und man hat Ihnen davon nur nichts gesagt. Ich weiß das nicht. Es ist Ihre Aufgabe, es herauszufinden.«

»Glauben Sie mir, ich ermittele in alle Richtungen. Machen Sie sich da mal keine Sorgen«, sagte Bail.

»Aber ich bin trotzdem Ihre heißeste Spur, ja? Ich frage Sie noch einmal: Wer hat Ihnen meinen Namen genannt?«

Bail schüttelte den Kopf. »Ich befrage alle Beteiligten, insbesondere die Familie. Und ob Sie es wollen oder nicht: Sie gehören dazu. Das ist ganz normale Polizeiarbeit. Aber Ihre Reaktion ist sehr interessant, Mister O'Brian. Im Vertrauen ...« Er beugte sich vor, senkte seine Stimme. »Eine solch heftige Reaktion auf eine leise Verdächtigung erlebe ich nur bei Menschen, die ein schlechtes Gewissen haben.« Er stand auf. »Danke für Ihre Zeit. Und für den Tee.«

Er hatte nichts davon getrunken, dachte Dane wie betäubt. Die letzte Bemerkung des Kommissars hatte ihn getroffen. Aber aus einem anderen Grund, als Bail es interpretierte. Er setzte sich. Er musste nachdenken. Helen warf ihm einen Blick zu, den er ignorierte. Sie begleitete Bail zur Tür.

Dane starrte ins Feuer. Es loderte ruhig. In seinem Inneren tobten die Flammen. Was war mit Paddy geschehen? Wer steckte dahinter? War sein Vater wieder in finanziellen Schwierigkeiten? Ja, er hatte ein schlechtes Gewissen. Er hatte nicht nur die Pferde alleingelassen, die sein Vater ausschlachten würde, um Geld in seine Kasse zu spülen. Auch Paddy. Und Emma.

Natürlich versuchte er, über seine Mutter auf dem Laufenden zu bleiben, was die Situation auf dem elterlichen Anwesen anging. War die finanzielle Situation so prekär, hatte sein Vater sich mit seinen Geschäften so übernommen, dass er sich diesmal mit Leuten eingelassen hatte, die nicht zimperlich waren? Die nicht davor zurückschreckten, einen unschuldigen Jungen zu entführen?

Helen kam zurück, setzte sich und legte den Arm um ihn. »Er ist weg. Bist du in Ordnung?«

Dane nickte, sagte aber nichts. Sein Kopf war zu voll. Er musste mit seiner Mutter sprechen. Hören, ob sie mehr wusste. Es hatte eine Zeit gegeben, da hatte sie Dane aus dem Schussfeld seines Vaters herausgenommen. Hatte sie das nun für Paddy getan? Aber nein, sie würde es niemals so weit kommen lassen, dass die Polizei eingeschaltet wurde.

»Willst du nicht deine Mutter anrufen?«, fragte jetzt auch Helen.

Er schüttelte den Kopf. »Ich gehe zu ihr.«

»Möchtest du, dass ich mitkomme?«

Er hatte sich geschworen, das Gestüt nicht mehr zu betreten, solange sein Vater dort herrschte. Aber jetzt musste es sein. Doch ohne Helen. Er wollte keine Verbindung von ihr mit seiner Vergangenheit. Helen war seine Zukunft.

Kapitel 26

»Ihr hättet es uns sagen müssen«, schrie Jenny. Sie stand, die Hände in die Hüften gestemmt, vor Cara. »Anni ist erst zwölf, verdammt!«

Es hatte sich herausgestellt, dass nur Paul und Cara in die radikalere Ausführung der Protestaktion eingeweiht gewesen waren. Marie verstand Jennys Aufregung. Ein zwölfjähriges Mädchen sollte nicht abgeführt werden wie eine Schwerverbrecherin. Die Ordner hatten sie allesamt mitgenommen und ihre Personalien aufgenommen. Der Chef von KölnGalopp war hinzugekommen und hatte ihnen allen Hausverbot erteilt.

»Und dann der arme Junge. Was habt ihr euch nur dabei gedacht?«, fiel Charly in die Strafpredigt ein. Bis auf Paul und Anni waren sie alle zurück mit ins Clubhaus gekommen. Jenny hatte ihre Tochter zuvor nach Hause gebracht. Und Paul war erst gar nicht mit zurückgefahren. Sein Vater hatte ihn – nach Pauls Bloßstellung auf der Leinwand – mitgenommen. Auf Drängen der Eltern des kleinen Jungen war zudem die Polizei hinzugezogen worden. Sie hatten Strafanzeige gestellt, denn die Farbe hatte nicht nur das Gesicht ihres Sohnes verschmiert, sondern es war auch ein Spritzer in sein Auge gelangt. Ob dies bleibende Schäden hinterlassen würde, stand noch nicht fest.

»Was wollt ihr noch? Paul und ich haben doch schon zugegeben, dass das allein unsere Idee war und ihr nichts davon wusstet«, verteidigte sich Cara.

»Ein Hausverbot haben wir aber alle bekommen«, meinte Charly.

»Na und? Ihr wollt doch sowieso nicht mehr dahin. Oder seid ihr jetzt zu Fans geworden?«

»Natürlich nicht. Aber weitere Proteste können wir uns abschminken. Ihr habt der Sache damit nicht gedient«, meinte Jenny.

Cara stand auf. »Hört mal, vielleicht haben wir genau das erreicht, was wir wollten. Wenn der Sponsor aussteigt. Habt ihr nicht mitbekommen, wie sie versucht haben, die Bankleute zu beschwichtigen? Dass der Sohn eines Bankvorstands an der Aktion beteiligt war, hat eingeschlagen wie eine Bombe. Nur mit den Plakaten allein hätten wir das nie erreicht.«

Marie hatte sich bisher zurückgehalten. Sie hatte die ganze Aktion noch nicht verarbeitet. Aber jetzt wurde sie hellhörig. »Das heißt, Pauls Vater ist nicht nur Besitzer von Rennpferden, sondern auch Vorstand in dieser Bank, die das Rennen gesponsert hat?«, fragte sie.

Cara bejahte.

Jetzt erst verstand sie wirklich, warum Paul hatte inkognito gehen wollen. »Das gibt bestimmt Ärger. Nicht nur mit dem Strafverfahren, auch von seinem Vater. Er hat ihn bloßgestellt.«

Cara zuckte mit den Schultern. »Mag sein. Aber sein Einsatz hat der Sache enorm gedient.«

»Das geht mir alles zu weit. Es ist jemand – ein kleines Kind – zu Schaden gekommen. Und Paul hast du auch mit reingezogen.« Charly fuhr sich durch die kurzen Haare. »Ich glaube an die Sache, Cara. Aber du gehst dafür über Leichen. Ich weiß nicht, ob ich da noch hinterstehe.« Sie erhob sich von ihrem Platz und strebte zur Tür.

Cara hielt sie zurück. »Warte. Es ist dein gutes Recht, auszusteigen, aber ich gehe nicht über Leichen, wie du es so dramatisch ausdrückst. Und ich möchte etwas klarstellen. Ich weiß, dass dir an Paul liegt. Das solltest du bitte nicht zu einem Kriterium deiner Entscheidung machen. Denn die ganze Sache mit dem Farbbeutel war nicht meine Idee, sondern seine.«

Pauls Idee. Marie ließ sich das langsam durch den Kopf gehen. Bisher hatte sie ebenso wie Charly gedacht, dass auch Paul ein Opfer von Caras Radikalität geworden war. Vielleicht, weil Yuna sie vor Cara gewarnt hatte oder weil er das Pferd in dieser Vorstellung gespielt hatte.

»Er glaubt an unsere Sache. Er will, dass die Quälerei der Pferde aufhört. Denn er bekommt sie hautnah mit«, warf Marie ein.

Cara nickte. »Genau. Besser hätte ich es nicht sagen können. Nur hat er sich bisher zurückgehalten. Hat mir den Vortritt gelassen, bei unseren Aktionen ganz vorne zu stehen. Aber ich glaube, heute wollte er seinem Vater zeigen, auf wessen Seite er steht. Mit einem Paukenschlag.«

Marie erinnerte sich an Pauls Mutter, Dina von Deren. »Meinst du, seine Mutter wusste Bescheid?«

Darauf hatte Cara keine Antwort.

»Hast du denn noch mal mit ihm gesprochen?«, fragte Jenny.

Cara verneinte. »Sein Vater hat ihn quasi an den Ohren fortgezogen wie einen ungezogenen Jungen. Paul hat dabei zufrieden gelächelt. Das wird schon.«

»Aber die Strafanzeige«, meinte Charly.

»Da steht er besser da als ich. Sein Vater kann sich die besten Anwälte leisten.« Cara seufzte. »Aber ist ja nicht so, als hätte ich mit einer echten Pistole umhergeschossen.«

Marie hatte noch eine schlechte Nachricht. »Es könnte sein, dass wir alle Anwälte brauchen. Wenn der Sponsor wirklich abspringt, dann könnten die Betreiber uns auf Schadenersatz verklagen.«

Betroffenes Schweigen füllte den Raum.

»Wie hoch war das Preisgeld? Das würde in etwa die Höhe des Verlustes darstellen und damit den Streitwert für ein Verfahren.«

Cara antwortete: »Für den Sieger vierzigtausend Euro, für das Rennen insgesamt sechzigtausend Euro.«

Charly stöhnte. »Echt jetzt? Wenn ich das bezahlen müsste, wäre ich am Arsch. In der Pflege verdient man ja gerade genug, um über die Runden zu kommen. Die Reitbeteiligung ist mein einziger Luxus.«

Auch für Marie stand etwas auf dem Spiel. Wenn es schlecht lief, könnte sie ihre Pläne für ein Jurastudium begraben. Mit nur einem Teilzeitjob in der Kanzlei könnte sie sich nicht über Wasser halten, wenn sie gleichzeitig zu Schadenersatzzahlungen verurteilt würde. Aber das stand alles noch in den Sternen. Zumindest versicherte sie den anderen, dass sie die Möglichkeiten und Gefahren mit ihrer Chefin besprechen würde. Jenny und Charly konnte sie damit etwas beruhigen. Mit Helen musste Marie so oder so reden. Sie würde sie heute Abend noch anrufen.

Kapitel 27

Helen hatte das Telefonat mit Marie vom Vorabend noch im Kopf, als sie am Ballybrit-Rennkurs nordöstlich von Galway ankamen. Und genau wie Marie war sie von der Atmosphäre auf einer Rennbahn zunächst überrascht und beeindruckt.

»So viele Menschen! Das ist ja wie auf einem Jahrmarkt«, rief sie Eilis zu, die mit je einem Kind an der Hand vorauslief. Die Stimmung erinnerte Helen an Pützchens Markt, also eher Kirmes als distinguierte Rennveranstaltung. Viele der Besucher waren farbenfroh gekleidet, manche hatten sich gar kostümiert. Sogar einen Leprechaun, den irischen Kobold, der der Sage nach einen Goldschatz am Ende des Regenbogens hütete, entdeckte Helen. Er passte hervorragend an diesen Ort, wo um Geld gewettet wurde. Auch zwei Männer, die zwar nicht in einem vollständigen Pferdekostüm aufliefen, sondern unten als Pferd und oben als Jockey verkleidet waren, fielen ihr auf. Sie fühlte sich unwillkürlich an das erinnert, was Marie ihr von der Aktion in Weidenpesch erzählt hatte. Aber Helen waren Ganzkörperkostüme seit jeher suspekt; auch im rheinischen Karneval mochte sie sie nicht. Wenn man nicht erkennen konnte, wer sich hinter einer Verkleidung verbarg, fassten das leider manche Menschen als

Freifahrtschein für unangemessenes Verhalten auf. Eine weitere Parallele zum Karneval gab es: Der Alkohol floss auch hier in rauen Mengen.

Eilis hatte sie nicht einmal gehört, zu sehr musste sie ihre Kinder im Auge behalten. Hinter dem Eingang folgte ein Platz, der umgeben war von Bierzelten und Essensständen. Die Kinder zogen in entgegengesetzte Richtungen, Fee zu einem Eisverkäufer und Rea zu einem Burgerstand.

»Ihr habt zu Hause gegessen, ihr könnt keinen Hunger haben«, rief Eilis den Kindern zu und strebte nach rechts, wo direkt an der Rennbahn unzählige Picknicktische aufgestellt waren. Diese waren besetzt, teilweise von ganzen Großfamilien, die Picknickkörbe mitgebracht hatten, aber auch von Grüppchen von Frauen, alle herausgeputzt in hautengen Kleidchen und mit mitgebrachten Sektflaschen, aus denen sie sich reichlich einschenkten. Der Festplatz mündete zwischen der vor ihnen aufragenden Haupttribüne rechts und den Wettgebäuden links in eine Gasse mit Verkaufsständen, von deren Ende laute Livemusik erschallte, die jedes Gespräch unmöglich machte. Helen war schon erschlagen, bevor sie überhaupt die eigentliche Rennbahn erreicht hatten.

Dann wurde es auch ihrer Schwester offenbar zu bunt, denn sie blieb stehen. »Helen, übernimmst du bitte Fee? Ich kann mich nur auf einen Racker konzentrieren.« Ohne eine Antwort abzuwarten, übergab sie Helen die Hand ihrer Tochter.

»Bitte, Tante Helen, können wir dort zu dem Stand gehen?« Fee zog sie auf einen Stand zu, der Shirts in unterschiedlichsten Farben mit dem Logo der Galway Races verkaufte. Doch Eilis setzte dem Gezerre ein Ende.

»Schluss jetzt. Wir bleiben zusammen. Und wir werden uns erst einmal einen Platz an der Rennbahn suchen. Es geht gleich los, und ihr wollt ja auch etwas sehen.«

Helen spürte, wie sich in ihrem Magen ein Kloß bildete. Bisher hatte sie im Hause Hogan nur die positive Aufregung vor dem Tag auf der Rennbahn gespürt. Selbst Finns Bedenken wegen des Starts der Stute waren von der Erinnerung an das Gerangel mit dem Nachbarn überlagert worden. Ja, es hatte sich sogar etwas wie Vorfreude auf die Rennen bei ihr breitgemacht. Sie hatte sich von den Kindern, von Eilis und selbst von den Besuchern in Creans Pub anstecken lassen. Bis Marie angerufen hatte.

Die Tribüne lag vor ihnen wie ein riesiges gelandetes Raumschiff. Sie war voll besetzt. Daneben zog sich die Rennbahn entlang. Das Gras kurz wie ein Golfgrün, die Gegengerade an die hundert Meter entfernt.

Helen nickte, beobachtete aber fasziniert die Besucher der oberen Sitzplatzreihen. Damen in fantastischen Kleidern und Hüten, teilweise grotesk, als wären sie tatsächlich an Bord eines außerirdischen Raumschiffs, tummelten sich dort. Die Anzug tragenden Männer verblassten neben ihnen. Der überwiegende Teil der Besucher trug normale sportliche Kleidung, nur zwischendurch tauchten knallbunte Kleider und Hüte auf. Erst am Ladies Day übermorgen würde der Anteil der eleganten Roben überhandnehmen. Das hatte Eilis ihr erzählt, als Helen sich nach einem passenden Outfit für den heutigen Renntag erkundigt hatte.

Gerade als Eilis zur Stehtribüne strebte, deren Ränge sich langsam füllten, zogen beide Kinder zur Rennbahn. »Wir wollen direkt an den Zaun«, rief Rea. »Ja, bitte«, schob Fee hinterher, und Eilis zuckte mit den Schultern. »Ist das okay?«, fragte sie Helen.

»Mir völlig egal. Ihr wisst, wo es am besten ist.«

»Na ja, für die Kinder offenbar direkt am Zaun. Ihre Köpfe sind klein genug, um durch die Gitterstäbe durchzusehen.«

Sie waren an einem weißen Gitterzaun aus Metall angelangt, und Helen verstand, was Eilis meinte. Die einzelnen Gitterquadrate waren so angeordnet, dass man immer eine Verstrebung vor dem Auge hatte – es sei denn, man konnte seinen Kopf hindurchstecken. Sie konnte die Kinder verstehen, dass sie hautnah an den vorbeistrebenden Pferden dran sein wollten. Auf der gegenüberliegenden Seite des Geläufs gab es eine große Leinwand, auf der man das Rennen verfolgen konnte. Für Helen reichte das völlig.

Über die Lautsprecher wurde das erste Rennen angesagt. Helen hörte ein Potpourri aus Namen, darunter einen Huckleberry und einen Mullins, Comic Rock und Queally. Pferde- und Jockeynamen wirbelten umher, so wie die Geräusche auf dem Festplatz auch.

Die Kinder hatten sich auf die untere Verstrebung des Zauns gestellt. Helen und Eilis waren direkt hinter ihnen, um sie notfalls aufzufangen, falls sie abrutschten. Ihre Schwester beugte sich zu ihr herüber.

»Ein guter Platz. Direkt hinter uns ist der abgetrennte Bereich der Tribüne, der für die Trainer und Besitzer vorbehalten ist. Genau in Höhe von Zieleinlauf und Leinwand.«

Helen blickte zurück. »Ist Finn da jetzt?«, fragte sie.

»Nein. Der wird am Paradering sein, wo die Pferde des jeweiligen nächsten Rennens herumgeführt werden.«

»Damit man sehen kann, wer am schnellsten aussieht?«, fragte Helen mit einem Lächeln. Das Aussehen spielte nicht immer die große Rolle, das hatte sie von Dane und seinem Eastern Storm gelernt.

»Ja, das auch. Und sie können dort von den Tierärzten begutachtet werden, ob sie fit genug für das Rennen sind.«

Das war interessant. Ob die Kontrollen in Irland besser waren als in Deutschland? Eigentlich konnte sie sich das nicht vorstellen. Helen hatte gegenüber Eilis von ihrem Telefonat mit Marie nichts erwähnt, sie hatte sie aber gebeten, sich zu erkundigen, wie die Reglementierungen hier waren. Wenn Marie schon so offen gegen die deutsche Praxis protestierte, dann lag einiges im Argen. Denn normalerweise scheute ihre Angestellte die Öffentlichkeit. Welche Ironie. Marie sprang über ihren Schatten und wurde sofort mit einer Strafverfolgung konfrontiert. Zumindest was die drohende Schadenersatzklage anging, hatte Helen Marie beruhigen können. Es wäre schwierig, mit einer solchen Klage durchzukommen, weil es nahezu unmöglich wäre, einen Zusammenhang zwischen der Protestaktion und einem erlittenen Vermögensverlust zu beweisen. Und das galt selbst, wenn die Beteiligten in einem Strafverfahren verurteilt würden. Was das Pferdewohl anging, verhielt es sich allerdings anders. Da war es eher Marie gewesen, die Helen beunruhigt hatte. Denn alles, was sie über den Umgang mit Rennpferden erzählt hatte, erinnerte Helen doch sehr an den Grund, warum Dane das Gestüt verlassen hatte. Er hätte sich wohl auch diesen Pferdepiraten angeschlossen. Der Gedanke ließ sie schmunzeln.

»Also untersuchen sie die Pferde, ob sie fit genug sind, um an den Start zu gehen? Diamond Girl könnte also nicht zum Rennen zugelassen werden?«, fragte Helen.

»Na ja.« Eilis wiegte den Kopf. »Sie werfen im Vorbeigehen einen Blick auf die Pferde. Um zu sehen, ob eines etwa lahmt«, erklärte sie. »Und stichprobenmäßig wird auf Doping getestet.«

»Doping?«, fragte Helen. Davon hatte Marie nichts erzählt.

»Ja, da gibt es immer mal wieder etwas. Finn muss höllisch aufpassen, wenn er mit Medikamenten behandelt. Die müssen früh genug wieder abgesetzt werden, damit sie nicht mehr nachweisbar sind.«

Fee hatte sich umgedreht und zeigte über Helens Schulter nach hinten. »Mama, guck mal. Da ist Gran Sharni.«

Die Kinder hatten Sharni schon zuvor als Oma bezeichnet, deshalb wunderte sich Helen nicht. Ihre eigenen Großeltern in Nordirland bekamen sie nur selten zu sehen. Und Finns Eltern waren beide verstorben.

Helen drehte sich um und erblickte Sharni und deren Bruder auf der Tribüne im abgetrennten Bereich. »Ich seh sie. Und sind das nicht Dairine und Paddy?«

Dairine wirkte, umgeben von den farbenfroh gekleideten Menschen, wie ein schwarzes Loch, das aber gerade wegen dieser Andersartigkeit alle Aufmerksamkeit auf sich zog. Ihre gesamte Kleidung war schwarz, Kleid und Faszinator mit Schleier. Nur ihre weißblonden Haare leuchteten darunter hervor, obwohl sie streng zurückgekämmt und zu einem Dutt zusammengebunden waren.

»Dass sie überhaupt gekommen ist, wundert mich«, meinte Eilis, die sich ebenfalls umgedreht hatte. Helen stimmte ihr zu. Dairine wirkte mit Ausnahme ihrer Kleidung nicht wie die zutiefst erschütterte, trauernde Witwe, die Sharni beschrieben hatte. Sie stand aufrecht und schien die Aufmerksamkeit zu genießen, die ihr Kommen auslöste.

»Und wo Paddy ist, kann James nicht weit sein. Da kommt er«, sagte Eilis.

James Quinn stieg soeben die Tribüne hinauf und blieb neben seinem Vater stehen.

»Was meinst du damit? Ich habe gesehen, wie sie neulich gestritten haben.« Helen erinnerte sich an die Szene, die sie gemeinsam mit Finn beobachtet hatte, als er ihr das Gestüt gezeigt hatte.

Eilis neigte den Kopf zur Seite. »Beziehungsstreit. Ich weiß nur, dass Paddy sich nur für die Rennen interessiert, wenn James dabei ist.«

Auf den fragenden Blick von Helen fuhr sie fort: »Es ist ein offenes Geheimnis, dass die beiden ein Paar sind. O'Brian wollte nichts davon wissen, deshalb haben sie sich nie geoutet, nicht als homosexuell und erst recht nicht als Paar.«

Bei Paddy war sie nicht überrascht, bei James schon. Er kam wie ein Bilderbuchmacho daher. Wenn sie nur daran dachte, wie er Finn wegen Diamond Girl angegangen war.

Plötzlich ging ein Raunen durch das Publikum, Jubel brandete auf und zog auch Helens Aufmerksamkeit auf das Renngeschehen. Die ersten Pferde hatten die Rennbahn betreten und legten erste Galoppstrecken zum Aufwärmen zurück. Auf der Leinwand konnte man das Geschehen beobachten. Es spielte sich in der Kurve links von ihnen ab. Nach und nach begannen sich die Pferde dann hinter der Startmaschine zu sammeln.

Der Ansager kündigte das erste Rennen des Tages an, das Maiden Hurdle. Ohne dass Helen ein Startzeichen gesehen hatte, setzte sich ein Pulk von zehn Pferden explosionsartig in Bewegung. Die Pferde trugen Startnummern, besser unterscheiden konnte Helen sie jedoch durch die verschiedenfarbigen Shirts und Helme ihrer Jockeys. Ein Pferd, dessen Jockey vollständig in Pink gekleidet war, setzte sich an die Spitze. Helen war fasziniert von der Geschwindigkeit der Tiere, die jetzt die Gegengerade erreicht hatten, wo sie nun mit bloßem Auge erkennen konnte, wie schnell sie die Kurve erreichten. So waren sie allerdings kaum auseinanderzuhalten. Helen blickte zur Tribüne hoch und sah, dass nicht wenige der Zuschauer ein Fernglas benutzten. In der Kurve gab es zwei Sprünge zu absolvieren. Nacheinander überquerten die Pferde die Hindernisse, sodass es aussah, als liefe eine Welle durch das gesamte Feld. Helen konnte sich nicht losreißen. Bei jedem Sprung hielt sie die Luft an. Dann preschten die Tiere im vollen Galopp an ihnen vorbei. Inzwischen war nicht mehr das Pferd mit dem pinkfarbenen Jockey vorne, es war irgendwo im Pulk verschwunden. Doch das Rennen war noch nicht vorbei. Eine weitere Runde folgte, in der sich ein Kopf-an-Kopf-Rennen mit drei Pferden an der Spitze entwickelte. Ein Schimmel stach hervor. Dann erreichten die Tiere die letzte Kurve. Am letzten Sprung fiel der Schimmel zurück, und auf der Zielgeraden wurde das Rennen zu einem Zweikampf, ein dunkles Pferd mit einem grün gekleideten Jockey schob sich nach vorn. Über die Lautsprecher überschlug sich der Ansager mit seinen Kommentaren, jonglierte mit den Namen. Das Pferd mit den grünen Farben lag nun eine Kopflänge vorn. Jockey und Pferd bildeten eine Einheit, wie die Räder einer alten Dampflok, die mit einer Stange verbunden waren. Selbst die Hiebe mit der Peitsche bei jedem Galoppsprung fügten sich in die Bewegung ein. Sie flogen an ihnen vorbei. Nun näherte sich der Schimmel den Führenden erneut von außen. Alle drei strebten auf einer Höhe der Ziellinie entgegen. Zwischen ihnen würde der Sieg ausgemacht werden. Helen konnte von hinten nicht mehr ausmachen, wer vorne lag. Als die Pferde die Ziellinie überquerten, war der Jubel der Zuschauermenge so laut, dass der Ansager übertönt wurde.

Helen sah sich um. Menschen jubelten, einige lagen sich in den Armen, andere schüttelten den Kopf. Ein Mann in einem grellgrünen T-Shirt warf einen Wettschein auf den Boden. Keinen hielt es mehr auf seinem Platz. Helen drehte sich zu Eilis um, die Rea zu mäßigen versuchte, der auf dem Zaun stehend hüpfte und mitjubelte. Ob er wusste, wer der Sieger war? Die Kinder sogen das Pferdewissen ja quasi mit der Muttermilch ein. Dagegen war Helen völlig ahnungslos.

»Wer hat gewonnen?«

Eilis rief ihr einen Namen zu.

Helen glaubte nicht richtig zu hören. »Diamond Girl?«, fragte sie ungläubig.

Eilis lachte und schüttelte den Kopf. »Nein. Diamond Hill. Auch eine Stute. Aber von Willie Mullins trainiert.«

Helen war immer noch nicht klüger. »Der Schimmel?«

»Nein. Schau, da kommt sie.« Eilis deutete nach vorn auf die Rennbahn. Die braune Stute mit dem grün gekleideten Jockey ging an ihnen vorbei, daneben ein graues Pferd, geritten von einer Frau, die dem Siegerjockey ein Mikrofon in die Hand drückte. Sie führte tatsächlich hoch zu Pferd ein Interview mit ihm! Dann reckte er den Arm in die Höhe, klopfte dem Pferd auf den Hals, und das Publikum auf den Tribünen applaudierte.

Nach dem Rennen wurde es den Kindern schnell langweilig. Sie wollten zurück auf den Festplatz.

»Das geht nicht. Tante Helen ist hier, um die Rennen zu sehen, und wir können sie nicht alleine lassen.«

»Bitte, Mum, wir können doch allein gehen. Ich pass auf Rea auf. Ja?«, fragte Fee und guckte ihre Mutter mit diesen großen blauen Augen an.

Helens Herz hatte Fee damit sofort erweicht. »Ist okay, von mir aus können wir zurückgehen. Ich weiß sowie nicht, ob ich diese Aufregung noch mal aushalte. Und das obwohl ich noch nicht mal eines der Pferde kenne.«

Doch dann stand plötzlich Sharni bei ihnen. »Helen kann doch zu uns auf die Tribüne kommen.«

Helen schaute zu Eilis. »Ist das okay?«

»Natürlich«, sagte diese, und schon zogen die Kinder ihre Mutter fort, die zwar noch die Schultern entschuldigend hob, dabei aber lachte. Und Helen hatte das Gefühl, dass auch sie ganz froh war, der Aufregung zu entkommen.

»Wir sehen uns. Spätestens zum Rennen von Diamond Girl«, rief Eilis, bevor sie in einer Menschentraube verschwand. Es war Bewegung in die Menge gekommen. Wie auf Ameisenstraßen strömten die Leute an ihnen vorbei, um Wetten abzugeben und Getränke zu holen.

»Komm mit, ihr seid euch zwar schon kurz begegnet, aber ich will dich und Dairine mal ordentlich miteinander bekannt machen«, sagte Sharni und führte sie auf die Tribüne in den abgetrennten Bereich.

Helen schluckte. Sie wusste nicht, ob sie das wollte. Obwohl es nicht Dairine gewesen war, die den Verdacht damals auf Dane gelenkt hatte. Helen hatte das einfach zu lange geglaubt, sodass es ihr schwerfiel, ihr unvoreingenommen entgegenzutreten. Und der Eindruck, den sie gerade machte, trug noch dazu bei. »Warum ist sie überhaupt hier? Ich dachte, sie hätte sich zurückgezogen und wäre voll gestopft mit Beruhigungsmitteln?«

»Ich habe sie überzeugt, mitzukommen. Wir müssen jetzt zusammenhalten als Familie. Und das auch zeigen.« Sharni lächelte sie an. »Nun komm schon. Sie beißt nicht.«

Helen folgte ihr. Als sie sich der Familie näherten, wurde sie nicht freundlich empfangen.

»Was will sie hier?«, blaffte James.

»Wo sind deine Manieren, James? Helen ist hier, weil ich sie hergebeten habe. Sie ist eine Freundin der Familie.«

»Wohl eher eine Freundin der Hogans. Das macht sie nicht gerade zu unserer Freundin.«

Farell Quinn, auf einen Stock gelehnt, stutzte seinen Sohn zurecht. »James, es ist genug.«

Helen hielt sich im Hintergrund, versteckte sich fast hinter dem Rücken von Sharni. In dieser Familie brodelte es jedenfalls überall. Und sie verstand immer mehr, warum es Dane dort nicht mehr ausgehalten hatte. Welche Mühe es Sharni kosten musste, sie alle zusammenzuhalten. James zumindest schien für den Moment von weiteren Fragen abzusehen. Aus dem Augenwinkel sah sie dagegen, wie Dairine ihrem Sohn etwas zuflüsterte, woraufhin Paddy nickte und den Arm um sie legte. Vielleicht hatte Dairine ja genauso wenig Lust darauf, Helen zu treffen, wie umgekehrt. Der Blick, den Paddy James zuwarf, bevor er sich umdrehte und seine Mutter in die andere Richtung wegführte, schien töten zu können. Was ging zwischen diesen beiden vor? Wenn sie tatsächlich ein Paar waren, dann brodelte es gerade gewaltig.

Inzwischen wurde das nächste Rennen angekündigt, und bald darauf fiel der Startschuss. Sharni beugte sich zu ihr. »Dieses Rennen und noch eins, und dann läuft unsere Diamond Girl.«

»Finn hat gesagt, sie ist noch nicht fit«, entgegnete Helen.

Sharni nickte. »Und ich sehe das genauso. Aber Kevin wollte um jeden Preis, dass sie läuft, und solange nicht geklärt ist, wer jetzt das Sagen hat, können wir nichts tun.«

»Aber Finn hat erzählt, du seist für das Gestüt verantwortlich.«

Sharni legte den Kopf zur Seite. »Mein Exmann hat sein Testament so oft geändert, dass eben keiner mehr weiß, was darinsteht.«

»Und damit gilt einfach das, was Kevin O'Brian zuletzt gesagt hat? Das kann nicht sein. Es muss doch jemanden geben, der Entscheidungen treffen kann, bis das Testament eröffnet ist.«

»Den gibt es ja, und er hat bestimmt, dass Diamond Girl läuft«, sagte Sharni mit einem Seufzer. »Shaw.«

Um sie herum war das Publikum aufgestanden.

»Der Testamentsverwalter?«, fragte Helen. »Ich habe auch eine Einladung zur Testamentseröffnung bekommen. Hast du eine Ahnung, warum?«

Sharni drehte sich zu ihr um. »Du?«

Helen nickte. »Ja. DI Bail hat sie mir gestern übergeben. Shaw hat sie ihm für mich und Finn mitgegeben.«

Sharni lächelte plötzlich. »Dann hat Kevin ja vielleicht in einer Sache auf mich gehört.«

»Wie meinst du das?«

»Warten wir es ab, was die Testamentseröffnung bringt. Aber jetzt habe ich die Hoffnung, dass alles gut wird.« Für weitere Erklärungen blieb keine Zeit, denn plötzlich stand Finn vor ihnen.

Kapitel 28

»Lass mich durch.« Finn hatte die Arme in die Seite gestemmt und funkelte James an, der ihm den Weg versperrte.

»Solltest du nicht bei unserem Pferd sein?«, entgegnete dieser, ohne einen Zentimeter zu weichen. Doch Sharni näherte sich ihm von hinten und schob ihn sanft zur Seite. »Was ist los, Finn?«

»Wir dürfen sie nicht starten lassen.«

»Hat sie den medizinischen Check nicht bestanden?« Helen meinte Hoffnung in Sharnis Stimme zu hören.

»Doch, hat sie.« Finn verzog den Mund. »Ich kann sie trotzdem rausnehmen.«

»Das ist nicht deine Entscheidung. Nicht einmal meine«, sagte James, der sich wieder nach vorne schob, aber Finn wich nicht zurück.

»Du glaubst wohl, du kannst dich damit bei Shaw einschmeicheln. Aber er wird dir das Testament nur vorlesen, es nicht mehr ändern.«

Sharni ging dazwischen. »Hört auf! Alle beide! Wir können Diamonds Start nicht verhindern. Das hat im Moment leider nur Shaw zu entscheiden. Bis zur Testamentseröffnung ist er der Verwalter des Vermögens, einschließlich der Pferde des Gestüts.«

Finn fuhr sich durchs Gesicht. Resigniert. »Ich wollte es zumindest noch einmal versuchen.« Er drehte sich um, Farell legte ihm im Vorbeigehen die Hand auf die Schulter. »Es wird schon gut gehen«, rief er ihm hinterher.

»Was soll das, Dad? Der spielt sich doch nur auf. Mit Diamond ist alles in Ordnung, ich hab sie mir angesehen.«

Farell Quinn streckte seinen Rücken durch, stützte sich dabei schwer auf seinen Stock. »Finn ist ein hervorragender ...«

Weiter kam er nicht, denn James unterbrach seinen Vater rüde. »Was habt ihr nur alle mit ihm? Er drängt sich in unsere Familie. Jetzt ist der Alte endlich weg, und dann ist schon der Nächste da, um euch rumzukommandieren. Mit mir nicht.«

Farell ließ sich auf den Sitz zurückfallen und starrte seinen Sohn mit offenem Mund an. Sharni stellte sich demonstrativ zu ihrem Bruder. James schüttelte nur den Kopf und stürmte davon.

»Er kommt schon wieder zur Besinnung. Wir sind alle angeschlagen.«

Helen fühlte sich fehl am Platz. Peinlich berührt, weil sich die Risse innerhalb der Familie so vor ihr offenbart hatten. Sie wollte sich verabschieden, zu Eilis und den Kindern zurückkehren.

Doch Sharni hielt sie zurück. »Warte, Helen. Es tut mir leid, dass du das mitbekommen hast.«

»Es geht mich ja nichts an.«

»Natürlich geht es dich etwas an. Du gehörst zur Familie. Genau wie Finn.«

Helen schüttelte den Kopf. Dane und sie waren nicht einmal verlobt gewesen, geschweige denn verheiratet.

Sharni bemerkte ihren Widerwillen nicht. Oder sie ging einfach darüber hinweg. »Lass uns zum Paradering gehen. Diamond Girl und Emma müssten jetzt dort sein. Ich will sie mir selbst ansehen.« Sie nahm Helens Hand und zog sie mit sich, die Tribüne hinunter und hinein in die Menschentraube vor der Rennbahn. Das Rennen war gerade zu Ende gegangen, die Zuschauer strömten in alle Richtungen. Sharni führte Helen durch einen Bereich, in dem sich private Buchmacher mit ihrem Equipment aufgestellt hatten: riesige Powerbanks, an die sie ihre Computer mit Bildschirmen, die individuelle Quoten zeigten, angeschlossen hatten; jeder Stand überdeckt von einem aufgespannten riesigen Regenschirm, denn obwohl das Wetter stabil schien, war das Risiko zu groß, dass mit einem Regenschauer das gesamte Equipment zerstört wurde. Rund um den Paradering wurde das Gedränge noch stärker. Jeder versuchte, einen Blick auf die als Nächstes startenden Pferde zu erhaschen. Die vorgelagerten Treppen, von denen man von oben auf den Ring schauen konnte, waren voll besetzt. Sharni schleuste Helen an zwei dieser Treppen vorbei und durch eine Absperrung. Der davor postierte Ordner machte ihnen Platz, er kannte Sharni offenbar. Sie betraten die Rasenfläche im Innenraum des Rings. Hier standen Menschen in Gruppen zusammen, Eigentümer und Trainer offensichtlich, die wie Sharni nun ihr Pferd betrachteten. Bereits mehrere Pferde wurden durch den Ring geführt. Sharni bedeutete Helen, ihren Blick zum Einlaufbereich zu wenden, und dann erkannte sie das Pferd ebenfalls: Diamond Girl. Sie wurde gerade von demselben Burschen auf den Ring geführt, den Helen schon auf dem Ballyhonny-Gestüt gesehen hatte. Im Vergleich zu den anderen Pferden wirkte die Stute entspannt, schien sich nicht an den vielen Zuschauern, die sie begafften, zu stören.

Helen machte eine entsprechende Bemerkung, und Sharni nickte.

»So war sie schon immer. Sie strahlt diese Ruhe aus. Auch im Rennen läuft sie nie vorne weg. Sie schaut sich das Feld von hinten an. Ihre Stärke spielt sie am Ende aus.«

»Dann ist sie fit?«, fragte Helen.

»Ich hoffe es«, sagte Sharni. Auch der Bursche schien in sich zu ruhen. Er lenkte Diamond stoisch durch den Ring. Eine Runde und eine weitere. Und während die Pferde vor und hinter ihr unruhig wurden, auszuscheren versuchten oder mit dem Kopf schlugen, blieb Diamond gelassen, den Kopf leicht gesenkt, als würde sie auf eine Koppel zum Grasen geführt. Dann kamen die Jockeys in den Innenraum gelaufen, unter ihnen Emma, die sich zu ihnen stellte. Gemeinsam schauten sie der Stute zu.

»Was meinst du, Emma?«, fragte Sharni.

»Sie scheint in Ordnung. Aber ich habe es vorhin im Stall gemerkt. Sie ist angespannter als sonst. Sie ist lange nicht mehr gelaufen. Ich glaube, sie freut sich.«

Gemeinsam gingen die beiden auf die Stute zu. Helen hielt sich hinter ihnen. Der Bursche übergab Emma die Zügel und half ihr, aufzusitzen. Sharni legte die Hand auf den Hals des Pferdes.

»Geh es langsam an, Mädchen.« Und Emma bekam den gleichen Ratschlag von ihr. »Versuch sie zu zügeln. Sie muss nicht gewinnen.«

Emma lachte. »Das wird Shaw anders sehen. Und ich fürchte, Diamond auch. Sie will immer gewinnen, das weißt du.«

Sharni seufzte. »Wo ist Finn?«

»Er wollte zu seiner Frau.« Sie drückte leicht die Schenkel zusammen, und Diamond setzte sich wieder in Bewegung. »Wir müssen. Es geht gleich los. Drückt uns die Daumen.«

Helen schaute Pferd und Jockey hinterher. Diamond peitschte mit dem Schweif. Als sie sich jedoch wieder Sharni zuwandte und ihren Gesichtsausdruck sah, erschrak sie. »Was ist los? Ist sie doch nicht in Ordnung?«

Sharni schüttelte fast unmerklich den Kopf. »Finn liegt selten falsch. Er hat ein gutes Gespür für die Pferde. Er erinnert mich in dieser Beziehung oft an Dane.«

Sie machten sich auf den Rückweg. An der Tribüne trennten sie sich. Helen hatte Finn und Eilis erspäht. Die Kinder hatten ihre Positionen am Zaun wieder eingenommen. Ihre Schwester winkte sie zu sich. Finn nahm Helen gar nicht wahr, er starrte auf die Rennbahn. Als sich die Pferde vor dem Start sammelten, beobachtete sie, wie er nach der Hand seiner Frau griff und sie fest umklammerte.

Die Luft vibrierte. Es war ein sonniger Tag, das Geläuf war trocken, so wie es Diamond Girl mochte. Das war doch ein gutes Zeichen. Und Emma ließ die Stute zuletzt in die Startmaschine hinein. Und schon ging das Rennen los.

Wie zuvor schoss das Feld an ihnen vorbei. Jubel brandete vom Publikum auf der Tribüne auf. Die Kinder riefen Diamonds und Emmas Namen, als sie an ihnen vorbeizogen. Helen wagte nicht zu atmen. Sie versuchte, Diamond mit Emma im Auge zu behalten, aber schon bald verlor sie den Überblick. Das Feld lief dicht zusammengedrängt auf die Hürde am Anfang der linken Kurve zu. Auf der Leinwand erkannte sie Emmas hellblaues Trikot, als die Pferde zum Sprung hochstiegen. Mitten im Pulk. Dann waren sie wieder verschwunden in einem Meer aus Pferderücken und Schweifen und einem Mix aus bunten Shirts der Jockeys. Die Stimme des Ansagers klang monoton, als das Feld aus der Kurve heraus auf die Gegengerade kam. Namen von Pferden reihten sich aneinander. Auch Diamonds Name fiel, aber für Helen war das alles nur ein Hintergrundsummen. Sie versuchte ohne Erfolg, Emma auszumachen. Entweder war sie im Pulk gefangen oder an der Außenseite vor ihren Blicken verdeckt. Erst als das Feld in die ihnen nähere Kurve ging, sah sie die beiden. Sie hatten sich nach vorne gekämpft. Zusammen mit einem schwarzen Pferd führten sie das Feld an. Kopf an Kopf. Helens Blick sprang zwischen Leinwand und Rennbahn hin und her. Der

Ansager überschlug sich: »Diamond Girl zieht von außen an die Spitze, nur Dinner Time kann mithalten.« Der nächste Sprung. Diamond stieg kurz vor dem Schwarzen hoch. Und dann blieb die Zeit stehen. Beide Pferde landeten gleichzeitig, doch in dem Moment, als Diamond den Boden mit ihren Hufen berührte, schien auch ihr Kopf, ihr ganzer Körper nach vorne zu klappen. Alles geschah wie in Zeitlupe. Emma ruckte an den Zügeln, Diamond richtete sich kurz auf. Emma gelang es, abzuspringen. Das Pferd, das gleichauf gelegen hatte, zog vorbei wie ein Expresszug auf der Durchfahrt durch einen Bahnhof. Die nachfolgenden Pferde preschten nach allen Seiten weg, um auszuweichen. Und für einen Augenblick war Diamond nicht mehr zu sehen, auch Emma nicht. Bis das gesamte Feld vorbeigezogen war und aufgewühlte Erde hinterließ, wie ein Wirbelsturm. Staub hing in der Luft. Inmitten dieser trügerischen Stille lag Diamond Girl flach auf dem Boden. Rührte sich nicht. Emma kniete neben ihr. Sie immerhin schien unverletzt. Sie legte ihre Hand auf den Hals der Stute. Beugte sich vor. Kopf an Kopf. Ein Beben fuhr durch Emmas Körper, während Diamond Girl vor ihr lag wie ein gefällter Baum, abgeschnitten von seinen Wurzeln, die ihn mit dem Leben verbunden hatten. Alles stand still. Wie in einer anderen Zeitebene preschten die im Rennen verbliebenen Pferde an der Tribüne vorbei auf das Ziel zu. Helen tangierte das nicht, denn wie das gesamte Publikum war sie erstarrt. Die Jubelschreie hatten sich verflüchtigt. Die Augen aller schienen nur auf Diamond Girl gerichtet zu sein. Ein Krankenwagen hielt mit brüllender Sirene an der Unfallstelle. Zwei Männer stiegen aus, rannten zu Pferd und Jockey. Emma richtete sich auf, sprach mit ihnen, schüttelte den Kopf. Helen merkte, dass sie beide Hände fest auf den Mund gepresst hatte. Finn brach als Erster aus seiner Erstarrung. Er spurtete los. Eilis schloss ihre Kinder in den Arm, die kleinen Köpfe in ihrem Schoß verborgen, von Schluchzen durchgeschüttelt.

Diamonds toter Körper wurde abtransportiert. Das war zu viel für Helen. Sie wandte sich ab. Konnte nicht mehr hinsehen. Tränen standen ihr in den Augen, die sich in denen ihrer Schwester spiegelten. Sie umschlang Eilis, die Kinder sicher in ihrer Mitte. Über ihre Schulter hinweg fiel ihr Blick auf die Tribüne. Inmitten der erstarrten Gesichter trafen ihre Augen die von Sharni. Diese Trauer darin hatte sie schon einmal gesehen. Aber da war noch etwas anderes. Schuld.

Der Einzige, der versucht hatte, Diamond Girl zu retten, war Finn gewesen. Warum hatte Sharni ihn nicht unterstützt?

Dane hätte es getan.

Sharni hatte durchblicken lassen, wie wenig sie von Peter Shaw hielt. Trotzdem hatte sie sich seiner Anordnung gefügt. Was hätte er schon tun können? Er war nicht hier. Sie hätten den Start der Stute verhindern können, und er hätte nichts dagegen tun können. Wie Finn es vorgeschlagen hatte.

Die Worte von Emma kamen ihr jetzt wie der blanke Hohn vor. Das Tier freue sich auf das Rennen. Niemand hatte es gefragt. Wenn Pferde die Wahl hätten, würden sie es doch bevorzugen, frei und ohne Peitschenhiebe über eine Wiese zu galoppieren anstatt auf der Rennbahn, um so lange angetrieben zu werden, bis sie tot umfielen. Aber diese Wahl wurde ihnen verwehrt. All die Missstände, von denen Marie berichtet hatte, hatten sich in diesem einen Rennen kulminiert. Und Helen war Zeugin dessen geworden. Ihr wurde schlecht. Sie konnte Sharnis Blick nicht mehr ertragen. Ihre Gedanken flogen zu Diamond Girl, zu Dane und seinem Eastern Storm, zu Marie und Flying Wilde. Sie vergrub ihren Kopf in Eilis' Schulter und ließ ihren Tränen freien Lauf.

Kapitel 29

Marie stellte das Telefon zurück in die Station. Sie musste das Gespräch mit ihrer Chefin erst einmal verdauen. Es war nicht ungewöhnlich, dass diese aus dem Urlaub anrief, um zu hören, wie es in der Kanzlei lief. Noch dazu hatte Marie sie ja schon selbst kontaktiert, um wegen der möglichen rechtlichen Konsequenzen der Protestaktion nachzufragen. Aber ihr Anruf hatte weder berufliche Gründen noch etwas mit den Pferdepiraten zu tun gehabt. Obwohl, eigentlich ja doch. Denn das, was Helen da erlebt hatte, rechtfertigte die Aktion im Nachhinein, selbst ihre radikale Ausführung.

»Alles in Ordnung?«, fragte Friederike, nachdem diese ebenfalls ein Telefonat beendet hatte. Ein erneutes Klingeln ersparte Marie eine Antwort. Stattdessen formte sie wortlos »später« mit dem Mund und ging in die Küche. Sie brauchte erst einmal Koffein. Der Vollautomat erfüllte seinen Dienst. Schon die Mahlgeräusche halfen ihr dabei, die Gedanken zu ordnen. Der Duft frisch gemahlenen Kaffees tat sein Übriges. Sie atmete ihn ein, verdrängte die Vorwürfe, die Yuna ihr gemacht hatte. Sie hatte ihre Freundin gerade noch davon abhalten können, ihrer Cousine eine Strafpredigt zu halten. Ja, sie hatte es selbst nicht in Ordnung gefunden, dass Cara sie nicht in das volle Ausmaß der geplanten Protestaktion eingeweiht hatte. Aber sie musste ihr recht damit geben, dass sie wahrscheinlich alle einen Rückzug gemacht hätten. Marie zumindest. Ganz bestimmt Jenny, allein schon wegen ihrer Tochter. Bei Charly war sie nicht so sicher. Sie hatte ein Auge auf Paul geworfen. Und der blutige Teil war ja seine Idee gewesen. Es spielte keine Rolle mehr. Es war geschehen, und es schien, als hätte die Aktion Eindruck hinterlassen. Gestern hatte in der *Kölnischen Rundschau* die Nachricht gestanden, dass die Bank überlege, sich als Sponsor zurückzuziehen. Cara hatte den Zeitungsausschnitt in ihre WhatsApp-Gruppe versendet. Die Reaktionen waren unterschiedlich. Jenny schrieb, dass es sich dann zumindest gelohnt hätte und ihre Tochter sogar begeistert wäre. Sie hätte das Ganze sowieso viel besser weggesteckt. Wie eine echte Piratin. Jenny hatte im Auftrag ihrer Tochter das Icon für die Piratenflagge gleich sechsmal hinter ihre Nachricht gesetzt. Für alle sechs Piraten, die an der Aktion teilgenommen hatten. Charly war verhaltener gewesen und hatte ihre Sorge geäußert, dass eventuell doch eine Schadenersatzklage auf sie zukommen würde. Paul hatte sich gar nicht gemeldet. Marie selbst beließ es bei dem Icon der hochgereckten Faust. Denn sie empfand wie Jenny. Ihre Aktion war erfolgreich gewesen. Der mögliche Rückzug des Sponsors änderte noch nichts direkt an den Bedingungen, unter denen die Pferde lebten, war aber ein finanzieller Schlag und brachte das Rennsportbusiness vielleicht dazu, umzudenken. Denn das Geld war hinter allem doch das treibende Element. Nicht Mitleid mit der geschundenen Kreatur, nicht gesunder Menschenverstand. Das machte Marie traurig und zugleich entschlossen. Erst recht nach dem Telefonat mit Helen.

Der Kaffeeautomat gurgelte und entlud die letzten Tropfen in die Tasse. Marie hielt sie sich unter die Nase, sog den Duft ein und nahm einen Schluck. Sollte sie in die Gruppe schreiben und von Helens Erlebnis berichten? Das würde ihnen neue Energie geben. Sie wieder zum Warum bringen, anstelle über die Art und Weise des Protests in Streit zu geraten. Ohne solche Aktionen wie die ihre würde sich nie etwas ändern. Egal wie viele Opfer es gab. Wenn die breite Öffentlichkeit nichts davon erfuhr, würden Sponsoren nie abspringen oder zumindest mehr Tierschutz fordern, damit sie dabeiblieben. Es war möglich, etwas zu ändern. Marie klammerte sich an diesen Gedanken, hielt sich daran fest wie eine Ertrinkende an einem Stück Treibholz. Sie kämpfte darum, nicht in den Strudel der Schreckensnachrichten hineingezogen zu werden, von denen ihre Chefin ihr berichtet hatte. Die bestätigten, dass es in anderen Ländern im Pferderennsport sogar schlimmer zuging als in Deutschland, wo die Regulierungen noch mit am schärfsten waren. Abgesehen von den Skandinaviern, aber die lagen ja in vielen Dingen vorn.

Schon vor Helens Anruf hatte Marie sich schlaugemacht, um sich in Erinnerung zu rufen, warum sie mitgemacht hatte. Was sie aus ihrer Komfortzone herausgeholt hatte. Sie hatte einen Artikel über den Galopprennsport in den USA gefunden. Dort waren in der letzten Saison innerhalb weniger Monate vierzig Pferde auf einer Rennbahn in Kalifornien gestorben. Während der Rennen. Durch Stürze oder Überlastung. Unvorstellbar. Der Gedanke daran zerriss sie. Es reichte, dass sie sich Flying Wilde vorstellte, wie er fiel und sich die Knochen brach. Vor Schmerzen schrie. Sofort kamen ihr die Tränen. Und nun hatte Helen genau das erlebt. Marie schluckte den Kloß in ihrem Hals mit Kaffee herunter, gerade als Friederike in die Küche kam.

»Ist was passiert?«, fragte ihre Kollegin. »Du hast ziemlich entsetzt ausgesehen am Telefon. Ist Helen in Ordnung?«

Marie berichtete in Kurzform, was ihre Chefin erzählt hatte. »Zum Schluss hat sie gesagt, dass ich ihr sagen soll, wo sie unterschreiben soll, um bei den Pferdepiraten mitmachen zu können.« Sie musste lächeln. »Und wir sollen uns keine Sorgen machen, sie würde uns gegen jede Schadenersatzklage der Welt verteidigen.« Ihre Kollegin fiel in ihr Lachen ein. Marie hatte Friederike schon gestern alles von ihrer Aktion erzählt. Hier in der Kanzlei fand sie immer ein offenes Ohr für all ihre Sorgen. Das war von Beginn an so gewesen. Noch ein Grund, warum es Marie schwerfallen würde, hier aufzuhören und ein Studium zu beginnen. Auch diesbezüglich würde sie ihrer Kollegin gern ihr Herz ausschütten. Aber darüber musste sie zuerst mit ihrer Chefin sprechen. Das schuldete sie ihr.

»Das klingt nach Helen«, sagte Friederike. »Gibt es denn schon etwas Neues zu dem Mord in Irland?«

»Darüber hat sie gar nichts gesagt.«

»Ich hoffe nur, sie ist vorsichtig.«

»Dieser Mann, der ermordet wurde, das war der Besitzer des Gestüts, oder?«, fragte Marie, und Frieda nickte. Sie und ihr Mann kannten Helen schon vor ihrer Zeit in Irland. »Aber was hat Helen mit ihm zu tun?«

»Lange Geschichte. Der Ermordete war der Vater ihres Freundes. Als sie in Irland gelebt hat«, erzählte ihre Kollegin.

»Der Freund, der sich umgebracht hat?« Davon wusste Marie. Helen hatte ihr erklärt, dass er der Grund dafür gewesen war, warum sie besonders sensibel reagierte, sobald irgendein Fall mit dem Thema Suizid zusammenhing. So wie letztes Jahr, als einer ihrer Studenten angeblich Selbstmord begangen hatte. Was sich dann als Irrtum herausgestellt hatte. Oliver Schönbom war ermordet worden. So hatte Marie Yuna kennengelernt. Ein Schauer lief Marie über den Rücken. Hätte sie Yuna nicht kennengelernt, wäre sie niemals den Pferdepiraten begegnet.

In diesem Moment läutete ihr Handy. Die Nummer von Paul van Deren ploppte im Display auf.

Kapitel 30

»Wo ist er, Helen?«, fragte Eilis. Trotz des gewölbten Bauches schien ihre Schwester im Sofa zu versinken, wie ein Spatz in der Hand eines Riesen. »Warum tut er uns das an? Nicht mal eine Nachricht hat er geschickt.«

Helen setzte sich neben sie. »Er weiß ja, dass ich da bin.«

Eilis schüttelte den Kopf. »Es ist nicht in Ordnung. Und wenigstens nach den Kindern hätte er sich erkundigen können. Außerdem mache ich mir auch Sorgen um ihn. Dieses Pferd war eines der besten im Stall. Bitte, Helen, du musst ihn suchen.«

Insgeheim stimmte Helen ihrer Schwester zu. Ihr selbst steckte das Erlebnis immer noch in den Knochen. Innerlich zitterte sie am ganzen Körper. Für die Kinder, die eine so enge Verbindung mit der Arbeit ihres Vaters und mit Diamond Girl hatten, war es traumatisch. Aber es half nichts, wenn Eilis zusammenbrach.

»Hör zu, Eilis, Finn wird seine Gründe haben. Wenn wir wieder aufwachen, sieht die Welt schon anders aus, und er ist zu Hause. Die Kinder schlafen endlich, und wir sollten das ebenfalls.«

Aber am nächsten Morgen gab es immer noch keine Nachricht von Finn, Anrufe auf seinem Handy wurden auf die Voicemail umgeleitet. Die Kinder hatte Eilis nicht zur Schule geschickt. Sie ließ sich nichts anmerken, aber es war ihr lieber, sie nicht aus den Augen zu lassen.

Mit ihren eigenen Ängsten und ihrer Wut wollte Helen ihre Schwester nicht belasten. Stattdessen hatte sie, als klar wurde, dass Finn nicht nach Hause zurückgekehrt war und Eilis ihre Bitte, ihn zu suchen, wiederholt hatte, zuerst Marie angerufen. Und war bei ihr auf ein offenes Ohr gestoßen, wie sie es gehofft hatte.

Nach dem Gespräch fühlte sie sich bereit, sich auf die Suche nach ihrem Schwager zu begeben. Der Rennstall war ihr erster Anlaufpunkt. Aber als sie sich dem Gelände näherte, schwanden ihre Hoffnungen, Finn dort oder auf dem Gestüt anzutreffen. Sein Geländewagen war nirgendwo zu sehen.

Die Arbeit schien dagegen normal weiterzugehen, auch wenn eine gespenstische Atmosphäre herrschte. Niemand redete, selbst die Pferde schienen den Verlust einer der ihren zu bemerken. Eine Trainingsgruppe war auf der Aufwärmrunde. Keines der Tiere muckte auf, wie sie es zuvor erlebt hatte. Nervosität lag in der Luft, aber es war eine bewegungslose Aufgeregtheit. Wie die sprichwörtliche Ruhe vor dem Sturm. Nur dass das Unwetter in diesem Fall schon fortgezogen war.

Die Tür zum Stall von Diamond Girl stand offen. Innerhalb der Box bemerkte Helen eine Bewegung. Vermutlich nur einer der Arbeiter, der zugange war, um den Platz für ein neues Pferd vorzubereiten. Das Spiel musste weitergehen. Das war im Pferdesport bestimmt nicht anders als für die olympischen Athleten. In der Hoffnung, doch auf Finn zu treffen, schaute Helen nach.

»Sharni! Du?« Damit hatte Helen überhaupt nicht gerechnet. Sie hatte schon gehört, dass Danes Mutter bei der Pferdepflege mit anpackte, aber sie in dieser Situation mit der Mistgabel in der Hand in einem verwaisten Stall zu sehen, verwunderte sie.

Sharni drehte sich zu ihr um, ein freudloses Lächeln erschien auf ihrem Gesicht. Es war Helen, als gehörte es einer anderen Frau. Nur ein Tag war vergangen, aber sie schien um Jahre gealtert.

»Helen«, sagte sie nur und konzentrierte sich erneut auf die Arbeit. Mit der Mistgabel schob sie das Stroh zusammen. Nur dazustehen, ohne etwas zu tun, erschien ihr falsch, also nahm sich Helen einen der Besen, die bereitstanden, und begann hinter ihr her zu fegen.

»Du musst das nicht tun«, sagte Sharni. »Ich bin es, die versucht, ihre Schuld fortzukehren.«

»Diamond Girl?« Helen warf den Namen in den leeren Stall. Er verflüchtigte sich in der Luft.

Sharni nickte. »Ich hätte es verhindern können. Sie könnte noch am Leben sein. Sollte es sein.«

»Was ist denn eigentlich passiert?«, fragte Helen. Nachdem klar war, dass Finn die Stute nicht alleine lassen würde, hatten sie die Kinder genommen und waren auf direktem Wege nach Hause zurückgefahren. Hatten auf Finn gewartet, doch der war nicht gekommen. Deshalb war Helen nicht klar, was zu Diamond Girls Tod geführt hatte.

Sharni hielt mit der Arbeit inne. Stützte sich auf die Mistgabel und sah Helen an.

»Ihr Herz ist einfach stehen geblieben. Mitten im Sprung.«

»Dann war die Infektion nicht ausgeheilt?« Wie bei menschlichen Sportlern. So etwas wie eine verschleppte Herzmuskelentzündung als Folge einer Erkältungskrankheit konnte bei sportlicher Anstrengung einen Herzstillstand auslösen.

»So sieht es aus. Die Obduktion hat nichts anderes ergeben.«

»Das heißt, Finn hatte von Anfang an recht?«

Sharni nickte, drehte sich um und begann erneut, mit der Mistgabel zu hantieren.

»Jetzt hör doch damit auf, Sharni. Weißt du, wo Finn ist?«

Sharni nahm eine große Ladung Stroh und verfrachtete sie in eine Schubkarre. Einige Halme waren an der Gabel hängen geblieben, und sie schlug sie so am Rand ab, dass es laut schepperte. »Nein!«

Helen berührte Sharni an der Schulter. »Es ist doch nicht deine Schuld. Diamond Girl war doch krank.«

Doch Sharni schüttelte den Kopf. »Ich hätte den Start verhindern können. Sie einfach aus dem Rennen nehmen. Wie Finn es vorgeschlagen hat.«

»Aber dann hättest du dich über die Anordnung von Shaw hinweggesetzt. Hat der etwas gesagt? Hast du ihn gesprochen?«, fragte Helen.

»Der!« Sharni warf die Mistgabel gegen die Schubkarre. »Der feine Herr wird wohl erst wieder bei der Testamentseröffnung das Wort an uns richten.«

Also morgen. Das brachte Helen zurück zu Finn. Ob er dann wieder hier sein würde? Wo war er nur? Warum meldete er sich nicht? Sie versuchte es noch einmal bei Sharni.

»Hast du keine Ahnung, wo Finn sein könnte? Er ist doch gestern mit Diamond Girl weggefahren, oder?«

Sharni hob die Schultern. »Zur Obduktion, nehme ich an. Danach habe ich ihn auch nicht mehr gesprochen oder gesehen.«

»Und woher weißt du das Ergebnis der Untersuchung?«

»Emma ist mit ihm gefahren. Finn hat bei der Obduktion assistiert. Eine Ausnahme. Er hat in der Klinik mal gearbeitet.«

Das musste die sein, in der auch Dane damals aushilfsweise gejobbt hatte. Sie lag bei Galway.

»Und Emma hat dort auf das Ergebnis gewartet und dir davon berichtet?«, fragte Helen.

Sharni nickte.

»Dann ist sie gestern Abend zurückgekommen? Hat sie gesagt, wo Finn nach der Obduktion hin ist? Sind sie zusammen gefahren?«

»Das dachte ich, aber wenn er nicht nach Hause gekommen ist …« Sharni hob erneut die Schultern. »Ich weiß es nicht. Am besten fragst du Emma selbst.«

»Das mache ich. Wo finde ich sie?«

»Drüben auf dem Gestüt, nehme ich an. Vielleicht bei den Jährlingen.«

»Wie geht es ihr?«, fragte Helen und bekam plötzlich ein schlechtes Gewissen, nicht eher danach gefragt zu haben. Aus der Entfernung hatte es zwar nicht so ausgesehen, dass sie sich bei dem Sturz verletzt hatte, aber das konnte auch am Adrenalinschub gelegen haben.

»Körperlich ist sie okay.« Sharni nahm die Griffe der Schubkarre und schob sie hinaus.

Helen nickte. Seelisch hatte der Tod von Diamond Girl alle mitgenommen. Ganz besonders diejenigen, die etwas hätten ändern können. Das sah sie an Sharni ganz deutlich. Emma vermutlich ebenso. Der Einzige, der den Start der Stute verhindern wollte, war Finn gewesen, und der war verschwunden.

»Warte bitte noch einen Augenblick, Sharni.«

Diese setzte die Schubkarre wieder ab. »Was denn, meine Liebe?«

»Meinst du, Finn ist etwas passiert? Oder er hat was Dummes angestellt?« Vielleicht war er wütend geworden, weil niemand auf ihn gehört hatte. Auf Shaw, der über alle Köpfe hinweg bestimmt hatte, auf James, der darauf beharrt hatte, dass Diamond Girl in Ordnung sei. Helen selbst war wütend, wie verzweifelt musste Finn erst sein, da ihm vor Augen geführt worden war, wie ohnmächtig er war, wie wenig Entscheidungsgewalt er hatte.

»Nein, was sollte passiert sein?«, fragte Sharni.

»Ach, schon gut.« Helen beließ es dabei. »Ich spreche mit Emma.«

Bei den Jährlingen fand Helen Emma nicht. Sie war sich nicht einmal sicher, ob sie im richtigen Stallbereich gesucht hatte. Also klingelte sie an der Vordertür zum Haus, um nach ihr zu fragen.

Paddy öffnete die Tür. Von ihm erfuhr Helen, dass Emma nicht da war. Wo sie war und wann sie zurückkam, wusste er nicht. Auch von Finn hatte Paddy nichts gehört. Ohne dass Helen nach James gefragt hätte, fügte er hinzu, dass dieser nicht mal bei der allmorgendlichen Frühstücksbesprechung anwesend gewesen war. Nicht dass ihn das interessieren würde.

Helen wurde nicht schlau aus Paddy. Oder aus seiner Beziehung zu James.

»Shaw ist da. Der hat ja jetzt anscheinend das Sagen. Also wollen Sie vielleicht ihn sprechen?« Paddy ließ die Tür offen stehen und wandte sich ab. Er zeigte auf die Tür zu dem Arbeitszimmer, in dem Shaw bei ihrem ersten Besuch schon residiert hatte. »Da entlang finden Sie ihn.«

Um den Testamentsvollstrecker kümmerte sich Inspektor Bail. Aber Helens Gelegenheit, mit Paddy zu sprechen, war gekommen. Trotz der Dramatik um Diamond Girls Tod und Finns Verschwinden hatte sie Bails Auftrag nicht vergessen. Außerdem wurde sie das Gefühl nicht los, dass alles zusammenhing. Es mochte daran liegen, dass der Kommissar ihr einen Floh ins Ohr gesetzt hatte, wie Finn meinte. Aber es ließ sich nicht leugnen, dass dieser Shaw überall seine Finger hineinsteckte. Und wenn es nur um den Start eines einzelnen Pferdes ging.

»Sag bitte Helen zu mir, Paddy. Wir sind uns früher nie begegnet, aber Dane hat mir von dir erzählt.«

Er blieb auf dem Treppenabsatz stehen und drehte sich zu ihr um. »Helen also.« Er verzog den Mund. »Von mir aus. Was willst du eigentlich hier, Helen? Auch etwas vom großen Kuchen abbekommen?« Er lief ein paar Schritte auf sie zu. Er trug eine Art Morgenmantel über einem weißen Hemd und wirkte darin wie ein Dandy aus einer lang vergangenen Zeit. Er war schlank, fast mager, seine Gesichtszüge waren weich. Oscar Wilde kam ihr in den Sinn. Der Namensgeber des Pferdes, das Marie zu den Pferdepiraten gebracht hatte. Und das erinnerte sie daran, was Dane ihr von Paddy erzählt hatte. Über seine Künstlerseele. Die aber im Moment nicht zum Vorschein kam. Stattdessen insistierte er: »Du hast doch auch eine Einladung zur Testamentseröffnung bekommen.«

Das hatte sich ja schnell rumgesprochen. »Es hat mich total überrascht. Ich weiß nicht, wieso«, versuchte sie zu erklären.

»Also stimmt es.« Er wandte sich wieder ab. Schien resigniert.

»Warte, Paddy. Ich würde dich gerne etwas fragen. Können wir uns einen Augenblick unterhalten?«

»Warum?«

»Du wolltest wissen, was mich hergebracht hat.«

Er blieb stehen.

Helen versuchte, mit Ehrlichkeit an ihn heranzukommen. »Ich bin hier, weil ich glaube, dass Danes Tod kein Selbstmord war.«

Wenn er überrascht war, konnte er es hervorragend verbergen. »Und das fällt dir jetzt ein, nach so langer Zeit?«

Sie holte Luft. »Wenn ich ehrlich bin, ist nicht mir das eingefallen.«

»Sondern?«

Helen blickte zur Tür des Arbeitszimmers, hinter der sich vermutlich Shaw verbarg. Dann zurück zu Paddy. Draußen hörte sie ein Motorengeräusch. Kein Auto, eher ein Rasenmäher. Sie schloss die Eingangstüre, die noch offen stand. »Können wir uns vielleicht irgendwo in Ruhe unterhalten?«

Paddy zuckte mit den Schultern. »Wenn dir der starre Blick vieler kleiner Augenpaare nichts ausmacht und du nicht allergisch gegen Orchideenstaub bist, komm mit.« Er führte sie in den Wintergarten.

Kapitel 31

Helen saß allein am Frühstückstisch. Eilis war unterwegs, um die Kinder in die Schule zu bringen, und Finn immer noch verschwunden. Fast zwei volle Tage schon. Dementsprechend bekam Helen keinen Bissen herunter. Nichts von dem Rührei und dem Bacon, die sie schon gerochen hatte, als sie aufgewacht war. Auch nichts von den herrlich frischen Scones. Eilis hatte ihre Sorge um ihren Ehemann offenbar mit guten Gerüchen aus der Küche zu überdecken versucht. Es gab nicht einmal eine Nachricht von Finn. Von Bail im Übrigen ebenfalls nicht. Seit Helen gestern mit Paddy gesprochen hatte, versuchte sie, ihn ans Telefon zu bekommen. Wie bei ihrem Schwager wurden auch diese Anrufe direkt auf die Voicemail umgeleitet.

Die Uhr im Wohnzimmer der Hogans schlug neun. Die Schläge hallten durch das stille Haus. Helen raffte sich auf. In einer Stunde begann die Testamentseröffnung. Sie leerte zumindest ihre Teetasse, räumte dann den Frühstückstisch auf. Die Scones konnte man am Abend noch essen. Aber was sollte sie mit Ei und Speck machen? Schließlich beförderte sie die gesamte Pfanne in den Kühlschrank. Als Grundlage fürs Abendessen. Sie würde das Kochen heute übernehmen. Spaghetti carbonara. Und bei dem großen Nudelvorrat im Hause

Hogan würde es auch für Finn reichen, wenn er denn wieder auftauchte.

Dann stand sie vor dem Chaos in ihrem Koffer, der immer noch halbvoll auf dem Boden neben Fees Schreibtisch lag. Im Schrank war kaum Platz, und Helen fand es bequemer so. Nun aber fiel ihr der Überblick schwer. Sie hatte in großer Hektik umgepackt. Der Gedanke versetzte ihr einen Stich ins Herz. Was machte Rabe jetzt wohl? Hatte sie nur die Kleidung ausgetauscht oder hatte sie mit der zurückgelassenen leichten Sommerkleidung auch ihr ganzes Bonner Leben hinter sich gelassen? Ein gemeinsames mit Rabe? In der Kanzlei fände sie immer ein Zuhause. Da gab es nicht nur die Arbeit, die sie ausfüllte. Ihr Kanzleipartner Matthias und seine Frau Frieda hatten sie schon nach Danes Tod aufgefangen. Trotzdem begann sie an ihrer Entscheidung zu zweifeln, Rabe und dem Niederrhein den Rücken zugewandt zu haben und stattdessen zurück nach Irland gekommen zu sein. Hatte sie sich nicht nur dicke Pullover eingepackt, sondern auch neue Probleme aufgehalst, statt alte Sorgen hinter sich zu lassen? Die sprichwörtlichen toten Hunde geweckt?

Was sie nicht mitgenommen hatte, war Geschäftskleidung. Nur den schwarzen Hosenanzug für die Beerdigung, die aber in absehbarer Zeit nicht stattfinden würde. Die Polizei hatte O'Brians Leiche noch gar nicht freigegeben. Der Anzug hing an der Außenseite des Kinderkleiderschranks und verdeckte die bunten Zeichnungen von kleinen Elfen oder Feen, den Namensvettern von Eilis' Tochter. Nur das Köpfchen eines dieser Feenwesen lugte über der Schulter der Jacke hervor. Es trug ein Gänseblümchen als Hut und schien sie vorwurfsvoll anzublicken, um von dem Hosenanzug abzuraten. Völlig zu Recht. Den Anzug konnte sie nicht zur Testamentseröffnung tragen. Es würde den Mutmaßungen über sie neue Nahrung geben. Selbst Paddy hatte ja so etwas erwähnt. Man hielt sie für eine Erbschleicherin. Helen schnaufte durch. Den Schuh würde sie sich nicht anziehen. Sie hatte sich nichts davon ausgesucht oder gar auf ein Stück vom Kuchen spekuliert, wie es Paddy ausgedrückt hatte. Im Gegenteil, sie hatte überhaupt keine Ahnung, was sie von O'Brian vererbt bekommen sollte. Und warum.

Schließlich entschied sie sich für eine dunkle Jeans und ein kariertes Blusenshirt und meinte von der Fee am Schrank ein wohlwollendes Lächeln zu erheischen. Bevor sie es sich anders überlegte, schlüpfte sie in Hose und Bluse. Ihre Haare band sie zu einem Zopf, und aus einer Laune heraus und weil sie ihre Namensvetterin so gut beraten hatte, benutzte sie eines von Fees Haargummis. Und zwar eines mit einer knallroten Plastikkirsche als Anhängsel. Dann gäbe es wenigstens etwas Wahres über sie zu tratschen. Und auch wenn es niemandem auffiel, es hob ihre Stimmung, als wäre mit dem Haargummi ein wenig magische Energie auf sie übergegangen. Mit einem Lächeln schaute sie auf die Einladung, um sich zu vergewissern, dass die Testamentseröffnung auf dem Gestüt stattfinden würde. Die Adresse stimmte. Also machte sie sich zu Fuß auf den Weg.

Auf dem Vorplatz vor dem Wohnhaus parkten ein knappes Dutzend Fahrzeuge. Offenbar war jeder der Familienangehörigen mit dem eigenen Auto vorgefahren. Die Entfernung zum Haus der Quinns war die gleiche wie zu den Hogans, aber Farell Quinn war schlecht zu Fuß. Vielleicht waren ja auch noch mehr Unbekannte wie sie geladen. Nur Finns Geländewagen fehlte, was ihrer Stimmung wieder einen Dämpfer verpasste, allen magischen Artefakten zum Trotz. Aber eine andere Überraschung wartete auf sie. Auf ihr Klingeln hin öffnete ihr Inspektor Bail die Tür.

»Ich habe versucht, Sie zu erreichen«, begrüßte sie ihn ohne Umschweife.

»Ja, tut mir leid. Ich habe Ihre Nachricht gehört. Wir müssen reden.« Er warf einen Blick zurück in den Flur, dort, wo die Tür zum Arbeitszimmer lag. »Nachher, okay?«

»Ich habe gestern mit Paddy gesprochen. Er hat sich an etwas erinnert.«

Bail nickte. »Ich habe ebenfalls Neuigkeiten. Aber warten wir die Eröffnung ab. Davon wird abhängen, wie es weitergeht. Sie müssen da entlang.« Er wies ihr den Weg zum großen Salon, auf den sie bisher nur im Vorbeigehen einen Blick hatte werfen können. Dann ließ er sie stehen, denn es hatte erneut geklingelt.

Von der Tür aus schaute sie in den saalartigen Raum. Er erschien ihr wie ein herrschaftlicher Speisesaal. Kronleuchter hingen von der Decke, ein Wandteppich zeigte eine Jagdszene, auf Sideboards standen Schalen mit Obst, eine Vitrine beherbergte Porzellan. Eine lange Speisetafel aus dunklem Holz war an die Kopfseite verschoben, davor waren zwei Blöcke von Stuhlreihen platziert worden, in der Mitte ein Durchgang freigehalten. Helen war nicht die Erste. Direkt vorne an der Türseite saßen Emma und James mit ihrem Vater. Auf der anderen Seite war in der hinteren Reihe ein Platz besetzt. Helen kniff ihre Augen zusammen. Sah sie richtig? Was machte der hier? Wellerman. Der Nachbar der Hogans. Noch bevor sie einen klaren Gedanken fassen konnte, warum in aller Welt der Kerl hier auftauchte, berührte sie eine Hand an der Schulter. Sie fuhr herum.

»Finn!« Sie riss die Augen auf. »Wo warst du?«

»Später. Komm mit. Ich muss dir etwas sagen.« Er zog sie mit sich in den Flur, der zur Küche führte. Dort, wo sie schon einmal mit Sharni gestanden und Bail beobachtet hatte.

Sie wiederholte ihre Frage. »Wo warst du bloß? Warum hast du dich nicht gemeldet? Eilis ...«

»Ja. Ich weiß, Eilis und die Kinder. Aber ich musste nachdenken.«

»Mensch, Finn. Wenigstens eine Nachricht hättest du schreiben können! Sie ist verrückt vor Sorge. Und das in ihrem Zustand.«

Finn fuhr sich durch die kurzen hellen Haare, die auf einer Seite anpappten, auf der anderen abstanden, so als wäre er gerade aus dem Bett gestiegen. Bartstoppeln machten sich auf seinem bisher glatt rasierten Gesicht breit, unregelmäßig verteilt. Er trug noch immer den beigefarbenen Anzug, den er in Ballybrit auf der Rennbahn getragen hatte. Ziemlich verknittert. Er bemerkte Helens musternden Blick.

»So schlimm?« Er versuchte, seine Haare auf der einen Seite zu glätten. »Ich hab im Auto geschlafen.«

»Darf ich?« Ohne eine Antwort abzuwarten, streckte sie ihre Hand nach oben und wuschelte durch seine Haare auf der platt liegenden Seite. Dann ging sie einen Schritt zurück und betrachtete ihn. »Besser. Etwas.« Sie blies Luft aus. »Und jetzt erzähl. Was war los? Warum bist du nicht nach Hause gekommen? Beeil dich, gleich beginnt die Testamentseröffnung.« Sie hatte aus den Augenwinkeln Sharni in den Salon gehen sehen, gefolgt von Dairine und Paddy.

»Wie gesagt, ich musste nachdenken. Ich habe Diamond Girl untersucht«, begann er.

»Ja, das hat Sharni erzählt. Es war ein Herzstillstand. Du hattest also recht. Sie war nicht fit.«

»Das hat sie gesagt?« Finn blickte nachdenklich zur Seite. Auf eines der Bilder, die dort hingen. Helen folgte seinem Blick. Ein schwarzer Hengst vor einer Wiesenlandschaft. In der Entfernung eine dunkle Waldsilhouette. In Öl. Klassisch. Das einzige dieser Art. Die anderen waren Bleistiftzeichnungen. Erst jetzt kam Helen der Gedanke, ob das Zeichnungen von Paddy waren. Es wäre bezeichnend, dass sie abseits hingen, im Flur zur Küche. Nicht dafür bestimmt, Gästen ins Auge zu fallen.

Sie schüttelte den Kopf und wandte sich wieder Finn zu. »Ja, stimmt das nicht?«

Er verzog den Mund. »Ein Herzstillstand. All right. Aber das ist nicht alles. Sharni hat nicht gesagt, was der Auslöser dafür war?«

»Nein. Die Virusinfektion, dachte ich.«

Er hob die Augenbrauen. »Sie war gedopt! Vollgepumpt regelrecht. Vor allem mit Betamethason.«

Auf ihren fragenden Blick erklärte er: »Eine Form von Kortison. In der Regel zur Behandlung von Gelenkentzündungen. Arthritis. Aber egal. Ich bin es, auf den das zurückfallen würde. Ich bin Trainer und behandelnder Tierarzt.«

Helen musste das erst einmal verarbeiten. Sie erinnerte sich an das Gespräch mit Eilis über Doping vor dem Rennen in Galway. »Bist du deshalb nicht zurückgekommen?«, fragte sie.

»Auch. Ich wusste nicht, was Emma erzählen würde. Ich war mir nicht sicher, ob sie mir glaubt, dass ich nichts damit zu tun habe.«

»Aber Emma hat Sharni gar nichts davon erzählt. Sie weiß das noch gar nicht. Wir müssen es ihr sagen.«

»Bist du dir sicher?«, fragte Finn. »Dass Sharni nichts weiß? Oder hat sie es dir nur nicht gesagt?«

Helen zuckte mit den Schultern. »Keine Ahnung. Das ist mir alles zu hoch. Aber warum sollte sie mich anlügen?«

»Das stimmt. Es macht keinen Sinn. Dass Diamond Girl gedopt war, kommt sowieso raus. Die Klinik muss es melden. Ich habe bei der Autopsie nur assistiert. Es wundert mich, dass es noch nicht publik geworden ist.«

»Aber ich verstehe immer noch nicht, warum du nicht zurückgekommen bist. Du glaubst, dass man es dir anhängen würde?«

»Es liegt nahe.«

»Und was würde dir dann passieren?«

Er zog die Augenbrauen hoch. »Ich würde nicht nur meinen Job verlieren, auch die Trainerlizenz. Niemand würde mich mehr anstellen. Und als Tierarzt …« Er sprach den Satz nicht aus. Helen konnte es sich vorstellen. Doping widersprach der Ethik, gerade unter Ärzten. Da spielte es wohl keine Rolle, ob bei Mensch oder Tier.

Trotzdem wunderte sie sich. Offenbar waren die Konsequenzen hart, wenn man beim Doping erwischt wurde. Aber die Kontrollen nicht. Das hatte zumindest Eilis erwähnt. Noch ein Gedanke kam ihr.

»Meinst du, dass O'Brian erfahren hat, dass es Doping in seinem Stall gibt? Das wäre ein Motiv.«

Finn schüttelte den Kopf. »Wie sollte er? Möglicherweise wusste er es, weil …« Auch diesen Satz ließ er im Raum stehen.

»Du glaubst aber nicht, dass er selbst daran beteiligt war?«

Finn schnaubte. »Ich weiß gar nicht mehr, was ich glauben soll. Wir müssen das untersuchen. Alle Pferde im Stall. Am besten zusammen mit deinem Freund von der Gardai. Ich will zeigen, dass ich an der Aufklärung interessiert bin. Wegen des Mordes konnte ich sie schon von mir ablenken. Das hab ich nicht getan, nur um gleich wieder verdächtigt zu werden, weil ich wegen des Dopings der wahrscheinlichste Täter bin.«

Reflexartig wollte sie abstreiten, dass Bail ihr Freund war. Doch dann wurde ihr klar, was er eben gesagt hatte. »Wie meinst du das? Du hast sie von dem Mord abgelenkt?«

Er fuhr sich durchs Gesicht. »Nicht von dem Mord, von mir als Täter. Ich bin nicht stolz drauf. Ich habe nur erzählt, was ich mitangesehen habe. Was andere verdächtiger erscheinen lässt.«

Helen riss die Augen auf, gleichzeitig fühlte sie, wie sich ihre Stirnfalte zu neuen Höhen auftürmte. Also hatte er doch die ganze Zeit etwas verschwiegen. »Was und wer?«, fragte sie.

Er setzte zu einer Antwort an, als Bail in den Flur hineinrief, dass die Testamentseröffnung begann. Finn setzte sich sofort in Bewegung. Helen heftete sich an seine Fersen und betrat hinter ihm den Salon. Sharni hatte sich neben ihren Bruder gesetzt, Dairine und Paddy in die erste Reihe auf der Seite, wo Wellerman saß. Paddy war heute weniger dandylike gekleidet. Er gab mehr den Geschäftsmann, trug einen dunkelgrauen Anzug, ein hellblaues Hemd mit passender Krawatte mit einem feinen Muster. Finn lief außen an der Fensterfront vorbei und strebte die letzte Stuhlreihe auf Sharnis Seite an, passierte dabei Wellerman, ohne ihn zu erkennen. Helen hechtete hinterher und nahm neben ihm Platz, als Peter Shaw schon zu reden begann. Er saß vorne am Tisch in schwarzem Anzug mit weißem Hemd und ebenfalls schwarzer Krawatte. Warum hatte sie sich überhaupt Gedanken gemacht wegen ihrer Kleidung? Von ihr nahm hier kaum jemand Notiz. Alle Aufmerksamkeit gehörte dem Testamentsvollstrecker. Rechts und links war Shaw eingerahmt von den beiden Kommissaren Bail und Tanner. Eine so große Polizeipräsenz bei einer Testamentseröffnung warf Fragen auf.

Shaw begann ohne Umschweife von seinen Papieren abzulesen, die vor ihm auf dem Tisch ausgebreitet waren. Den Kopf starr nach unten gerichtet, würdigte er niemanden eines Blickes.

»Ich begrüße Sie zur Eröffnung des letzten Willens des Verstorbenen Kevin Fitzpatrick O'Brian. Das Testament wurde letztmalig geändert mit der Verfügung vom 25. Juni dieses Jahres.«

Ein Raunen ging durch die Versammelten. Finn beugte sich zu Helen herüber und flüsterte ihr zu: »Das war kurz nachdem er mich zum Leiter des Rennstalls gemacht hat. Er hat es also wirklich getan.«

»Was getan?«, fragte Helen, doch Finn legte den Finger auf den Mund. Deutete auf Shaw, der ohne Unterbrechung mit der Verlesung fortfuhr.

»Ich beginne mit dem Ballyhonny-Gestüt. Der gesamte Besitz umfasst derzeit vierzehn Zuchtstuten, fünf Zuchthengste, sieben Jährlinge, von denen noch fünf in den Verkauf gehen sollen, zwei behält das Gestüt. Sie sollen in Kürze in den angegliederten Rennstall überführt werden. In diesem Jahr sind zehn Fohlen geboren worden. Das Gestüt hält weiterhin fünfzehn aktuelle Rennpferde, von denen zehn im hauseigenen Rennstall trainiert werden, fünf befinden sich derzeit in fremden Rennställen, davon drei in England, eines in Australien und eines in Deutschland.«

Erstmals unterbrach er sich, blickte kurz in den Saal, um anschließend die zum Gestüt zugehörigen Gebäude sowie die Ländereien mit genauen Flächenangaben aufzuzählen. Dazu gehörten auch die Wohnhäuser an der Straße, von denen eines an die Hogans verpachtet war. Selbst das Haus, in dem die Quinns wohnten, gehörte zum Gestüt. Nur Wellermans Haus gehörte ihm selbst, fiel also nicht in die Erbmasse. Das konnte demnach nicht der Grund für sein Kommen sein. Helen schielte zu ihm hinüber. Er starrte nach vorne. Unbeweglich. Er trug dieselben Klamotten, in denen sie ihn bisher immer gesehen hatte. Egal ob er in seinem Garten arbeitete oder das Haus verließ. Beige Cordhose, Weste und kariertes Hemd. Nur seine grauen, etwas zu langen Haare hatte er fein säuberlich gekämmt. Finn hatte ihn zum Glück immer noch nicht bemerkt.

Shaw fuhr fort: »Aus dem Vermögen des Gestüts werden zwei Pferde ausgesondert. Die achtjährige Zuchtstute Storm of Joy und alle ihre Nachkommen erhält Emma Quinn.« Kein Gemurmel bei den Anwesenden. Keine Überraschung. Ein zustimmendes Nicken bei Sharni.

»Der dreijährige Hengst Sea of Storm, aktuell laufend in einem Rennstall in Köln, Deutschland, geht in den Besitz von Helen Freitag über.«

Alle Augen waren plötzlich auf sie gerichtet. Helen schluckte. Sie fand Sharnis Blick. Die lächelte sie an und nickte, wie sie es zuvor bei Emma getan hatte. Bei Sharni war es auch diesmal keine Überraschung. Für Helen schon. Warum bekam sie ein Pferd vererbt? Was sollte sie damit anfangen?

Finn beugte sich wieder zu ihr. »Sea of Storm ist ein direkter Nachfahre von Eastern Storm. Sein letzter Sohn.«

Das hatte Sharni gemeint. So musste es sein. Sie hatte dafür gesorgt, dass ihr Exmann einen Sohn von Eastern Storm, dem Pferd, das Dane vergöttert hatte, an Helen vermachte.

Der Testamentsvollstrecker hielt nicht in seiner Verkündung inne. Mit monotoner Stimme fuhr er fort: »Das gesamte restliche Vermögen des Gestüts erbt Sharni O'Brian. Lediglich bezüglich des Wohnhauses erhalten Dairine O'Brian und Padraig O'Brian ein lebenslanges Wohnrecht.«

Auch das schien keine Überraschung zu sein. Selbst Dairine und Paddy nahmen diese Verkündung als gegeben hin. An dem gemeinsamen Leben im Haus, wie sie sich bisher arrangiert hatten, würde sich nichts ändern. Paddy lächelte seiner Stiefmutter unwillkürlich von der anderen Seite aus zu. Schnell bekam er seine Gesichtszüge aber wieder in den Griff. Schien ganz Geschäftsmann zu sein. Zumindest nach außen hin. Nur Dairine zeigte keine Regung. Sie schien das alles nicht zu interessieren.

Als Nächstes widmete sich Shaw dem Rennstall. Wie zuvor wurden auch hier die zugehörigen Gebäude und Ländereien aufgezählt. Die Spannung im Raum begann sich zu verdichten. Dass Sharni Erbin des Gestüts werden würde, mit Ausnahme von zwei Pferden, war erwartet worden. Jetzt aber würde sich zeigen, ob O'Brian seine zu Lebzeiten ausgesprochene Suspendierung von James Quinn im Testament manifestiert hatte. Die Aufzählungen schienen endlos zu dauern. Helen beobachtete Finn neben sich. Er hatte seine Hände auf die Oberschenkel gelegt und massierte sie oder trocknete die schweißnassen Handflächen.

Bevor Shaw die Entscheidung verkündete, hielt er kurz inne. Knisternde Stille.

»Das gesamte Vermögen des Ballyhonny-Rennstalls geht an Finn Hogan.«

Niemand regte sich. Für einen Moment. Dann brach ein Tumult aus. James Quinn katapultierte sich von seinem Sitz hoch. Sein Stuhl kippte um. Emma neben ihm versuchte ihn zurückzuhalten, er schüttelte sie ab und stürzte direkt auf Finn zu. Der sprang ebenfalls auf. Helen mit ihm. Schon sah sie sich wieder zwischen zwei Kampfhähnen stehen. Der befürchtete Zusammenprall blieb aus. Bail kam zu Hilfe. Er stoppte den Heranstürmenden mit einem gekonnten Schlag an die Schulter und verschränkte dann dessen Arme hinter dem Rücken. James drehte sich erstaunt um, versuchte sich loszureißen. Aber als Paddy hinzueilte und seinerseits die Hand auf die Schulter seines Freundes legte, hörte er auf, sich zu wehren, und zum ersten Mal glaubte Helen zu erkennen, dass die beiden eine innige Freundschaft verband.

»Das ist nicht nötig«, sagte er zu Bail. »Stimmt doch, James? Der Kommissar lässt dich jetzt los.« Mechanisches Nicken. »Wir finden einen Weg.«

Immer bereit, wieder einzugreifen, lockerte Bail seinen Griff. James blieb ruhig, ließ sich lammfromm von Paddy wegführen. Beide setzten sich neben Dairine, die auch diese Unterbrechung nicht aus ihrer Starre gerissen hatte. Hatte sie überhaupt bemerkt, was eben passiert war? Bail nickte Helen zu und begab sich zurück auf seinen Platz neben Shaw. So langsam wurde ihr klar, warum die Polizeipräsenz vonnöten war.

»Bevor wir zum Firmenvermögen der O'Brian Ltd. kommen, schlage ich eine kleine Pause vor«, fuhr Shaw fort, als wäre nichts passiert. Ohne eine Reaktion abzuwarten, erhob er sich und verließ in Begleitung der beiden Kommissare den Salon.

Kapitel 32

Heute Morgen konnte sie sich überhaupt nicht auf die Arbeit konzentrieren. Statt den Schriftsatz zu verbessern, stierte Marie auf den Bildschirm. Ihre Hände verharrten bewegungslos auf der Tastatur. Auf einmal ein Piepgeräusch. Sie schreckte hoch, ein Hinweis war aufgepoppt. *Soll die Feststellfunktion aktiviert werden*? Nein! Sie zog die Finger so schnell von der Tastatur, als hätte sie sich daran verbrannt. Kreuzte das Kästchen fort und atmete durch.

Sie warf einen Blick auf Frieda ihr gegenüber. Aber die war so vertieft in ein Diktat, dass sie nicht mitbekam, dass Marie die Arbeit eingestellt hatte.

Sie gab sich einen Ruck, zog den Ausdruck des Schriftsatzes näher und widmete sich dem nächsten Satz, in dem eine Korrektur auszuführen war. Doch schon drifteten ihre Gedanken wieder zu ihrem Treffen mit Paul van Deren. Für gestern Abend hatten sie sich verabredet. In einer Studentenkneipe. Sie hatte nicht lange überlegen müssen und sofort zugesagt. Nicht wegen Paul, den sie immer noch nicht recht einordnen konnte. Das vorgeschlagene Lokal hatte den Ausschlag gegeben, das Zebulon. Yuna hatte davon erzählt. Marie wollte ohnehin die Bonner Studentenluft schnuppern. Eine Stammkneipe finden. Bei dem Gedanken musste sie schmunzeln. Denn nach dem Besuch dort hatte sie das Zebulon sofort wieder ausgeschlossen. Zu laut und zu eng. Sie hatte die Hälfte der Zeit nicht verstanden, was Paul erzählt hatte. Er studierte im Übrigen Jura. Aber auch die Aussicht darauf, schon einen zukünftigen Kommilitonen zu kennen, verflüchtigte sich schnell. Paul war nahezu fertig mit dem Studium und wäre Jahre über ihr. Falls sie den Schritt ins Juridicum denn gehen würde.

»Erde an Marie«, schallte es von Frieda zu ihr herüber. Sie blickte hoch. Ihre Kollegin starrte zuerst sie und dann das Telefon an. Oh je. Es klingelte. In welche Sphären war sie denn gerade abgetaucht? Sie schob es auf die Luft im Zebulon. Die hatte sie überhaupt nicht vertragen. Es hatte merkwürdig süßlich gerochen. Marie schüttelte sich kurz, warf Frieda ein entschuldigendes Lächeln zu und nahm ab.

»Ich habe nicht lang Zeit, aber das muss ich dir sofort erzählen. Du wirst es nicht glauben!« Die Stimme ihrer Chefin klang anders als sonst. Sie war normalerweise eine total sachliche Person. Unaufgeregt. Gelassen und vernünftig ging sie an die verzwicktesten Situationen heran. Fast emotionslos. Das hatte Marie immer gutgetan, sie geerdet. Helen war in dieser Hinsicht das genaue Gegenteil von Maries Mutter, die gleich in Extreme rutschte. Von himmelhochjauchzend zu dem seit nunmehr zwei Jahren andauernden Gemütszustand zu Tode betrübt. Ob sie je über den Verrat ihres Ehemanns hinwegkäme? Und was würde passieren, wenn ihr Vater aus dem Gefängnis entlassen wurde? Ihre Mutter hatte die Scheidung zwar direkt in die Wege geleitet. Aber dann war auch dieser Aktionismus eingeschlafen, und die Sache dümpelte vor sich hin. Im Gegensatz zu Marie hatte sie sich trotz aller Bitten auch keine Hilfe gesucht.

Marie war gespannt, was ihre Chefin in solch eine ungewohnte euphorische Stimmung versetzt hatte.

»Okay?« Sie dehnte das Wort ihrer Erwartung entsprechend aus.

»Ich habe ein Pferd geerbt. Ein Rennpferd! Und es befindet sich sogar zurzeit in Deutschland. In Köln. In einem Rennstall. Kannst du mal nachsehen, ob es ihm gut geht?« Es sprudelte nur so aus Helen heraus.

»Langsam«, sagte Marie. »Ich komm nicht mit. Dir gehört jetzt ein Rennpferd?«

»Ja, genau. Sea of Storm heißt es. Ein Hengst. Moment.« Ihre Chefin wandte sich vom Telefon ab. Marie hörte, dass sie mit jemandem sprach, konnte aber nichts verstehen.

Dann war Helen wieder am Apparat. »Er ist schwarzbraun. Drei Jahre alt. Du musst ihn dir ansehen, Marie. Kannst du das machen?«

»Okay. Wonach soll ich denn schauen?« Sie verstand nicht, was Helen von ihr wollte.

»Na ja. Nachsehen, wie es ihm geht?«

»Ich kann das doch gar nicht beurteilen. So schnell wird man ja nicht zur Pferdeexpertin.« Marie fühlte sich überfordert. »Aber ich könnte Cara, die Cousine von Yuna, von der ich erzählt habe, fragen. Wie heißt denn der Rennstall?« So weit wusste sie Bescheid, davon gab es in Köln einige.

Ihre Chefin schnaufte durch. »Moment.« Wieder wandte sie sich kurz vom Telefon ab, antwortete dann: »Rennstall Trobenelke. Wenn ich Finn richtig verstanden habe mit seinem irischen Akzent. Aber ich lass es mir noch einmal von ihm aufschreiben und schicke dir eine Nachricht.«

»Okay.«

»Gut. Sonst alles in Ordnung im Büro? Es geht hier nämlich gleich weiter.«

In der Kanzlei gab es nichts Besonderes. Aber Marie hatte eine Frage für ihre Chefin: »Ja, läuft. Was anderes: Ich hab dir doch von diesem Paul erzählt, der das Pferd in unserer Aktion war und dessen Vater im Vorstand der Sponsorenbank sitzt?«

»Ja. Was ist mit dem?«

»Er fragt, ob du ihn vertreten kannst. Er hat die Strafanzeige bekommen, eigentlich zwei. Wegen der Körperverletzung und Hausfriedensbruch.«

»Alles im Zuge der Protestaktion?«, fragte Helen. »Dann übernehme ich liebend gern sein Mandat. Aber hattest du nicht gesagt, dass der anwaltlich durch seinen Vater abgedeckt ist und wir uns für diese Cara bestellen, wenn es dazu kommt?«

»Beide geht nicht?«, fragte Marie.

»Nein. Da müssen wir uns entscheiden. Es gilt das Doppelvertretungsverbot. Das andere Mandat können wir aber an die Kanzlei Duden vermitteln. Die haben einen tollen Strafrechtler. An den habe ich schon öfter einen Mandanten verwiesen, den ich nicht selbst vertreten konnte.«

»Hm.« Marie überlegte. Cara hatte noch keine Strafanzeige bekommen. »Und wenn wir einen der Fälle übernehmen, dann zuerst Akteneinsicht anfordern. Richtig?«

»Ja genau. Vollmacht unterschreiben lassen und Akteneinsichtsantrag. Kann Matthias abzeichnen. Und wenn ich zurück bin, ist die Akte vielleicht schon da.«

»Ja. Super. Danke.«

»Gut. Und du schaust nach meinem Pferd. Bitte? Ich muss Schluss machen. Es geht weiter.«

Damit war das Telefonat beendet. Und Marie blieb die Frage, ob sie Paul zusagen sollte, dass die Kanzlei Freitag & Vettweiß seine Vertretung übernahm, oder ob sie abwarten sollte, ob auch Cara einen solchen Anhörungsbogen bekommen würde, wie Paul ihn ihr gestern gezeigt hatte. Er war sich sicher, dass er die Sache nicht durch die Anwälte seines Vaters unter den Tisch kehren lassen würde. Wenn Maries Kanzlei den Fall nicht übernahm, würde er sich eine andere suchen. Denn er wollte einen Prozess nutzen, um auszupacken.

Eine Nachricht kündigte sich mit einem Pling an. Marie nahm ihr Handy. Sie kam von Helen. Marie gab den Entsperrungscode ein und las.

»Rennstall Traubeneiche. Pferd: Sea of Storm. Bitte wende dich an den Betreuer, der ihn nach Deutschland begleitet hat: Danny Crab.«

Was immer man am Pferdesport auszusetzen hatte – die Namen der Pferde waren allesamt kreativ. Sea of Storm. Das klang gleichzeitig nach stillem See und sausendem Sturm. Ebenso verheißungsvoll wie Flying Wilde. Und der Rennstall kam ihr auch bekannt vor. Sie meinte sich zu erinnern, dass das derjenige war, in dem Cara ihre Ausbildung gemacht hatte. Sogleich scrollte sie durch die Kontaktliste in ihrem Handy und wählte Caras Nummer aus.

Kapitel 33

Sie war Besitzerin eines Rennpferdes. So viel stand fest. Nach der Aufregung, die James verursacht hatte, drang die Erkenntnis nur langsam in sie. Erst während des Telefonats mit Marie war ihr klar geworden, dass dieser Besitz mit Verantwortung verbunden war. Und wie sie damit umgehen würde. Mit dem Rennbusiness wollte sie nichts zu tun haben. Ein Rennen hatte gereicht für ihr ganzes Leben. Sie würde es nie über sich bringen, ihr eigenes Pferd laufen zu sehen. Purer Stress, pure Angst. Für das Pferd und für sie. Sie sah es als Chance. Sie hatte die Möglichkeit, das Leben zumindest für einen Vollblüter besser zu machen. Sea of Storm gehörte ihr. Sie konnte bestimmen, was mit ihm geschah, und er sollte das Leben genießen. Wie Dane es sich für Sea of Storms Vater Eastern Storm gewünscht hatte.

Während sie mit Marie telefoniert hatte, war Sharni zu Finn gekommen. Sie waren ja jetzt so etwas wie Geschäftspartner. Die Pferde des Gestüts, die Sharni geerbt hatte, wurden in Finns Rennstall trainiert. Es gab auch andere, wie den Hengst der alten Dame, aber Sharni war seine Hauptauftraggeberin. Sie unterhielten sich noch, als Helen ihr Telefonat schon beendet hatte. Sie drängte sich nicht dazwischen, obwohl ihr Hunderte Fragen auf den Lippen lagen. Nicht nur zu Sea of

Storm, auch zu dem, was Finn ihr vor Beginn der Testamentseröffnung erzählt hatte. Was hatte er gesehen? Und wen? Und das Doping! Bildete sie es sich nur ein oder war Finn gegenüber Sharni zurückhaltender als gewöhnlich? Es schien Helen, als ob sich eine unsichtbare Mauer zwischen ihnen auftürmte. Fragte er sich, welche Informationen Emma nach der Obduktion an Sharni weitergegeben hatte? Und falls Sharni von dem Doping wusste, ob sie ihn dafür verantwortlich machte? Helen gegenüber hatte sie nichts erwähnt. Diamond Girls Herz sei einfach stehen geblieben, das waren ihre Worte. Merkwürdig. Überall Fragezeichen. Und keines davon ließ sich momentan auflösen, denn gerade kam Shaw zurück. Eskortiert von den beiden Kommissaren, als wären sie seine Leibwächter.

Sharni eilte auf ihren Platz zurück, Helen setzte sich zu Finn, und schon erfüllte die monotone Stimme des Anwalts wieder den Raum, passend zu der trockenen Aufzählung der Vermögenswerte. Nun ging es um den Firmenbesitz. Die Mutterfirma O'Brian Ltd. Zahlreiche Firmen waren unter ihr vereint. Alle Gesellschaftsanteile hatten zu einhundert Prozent in der Hand von Kevin O'Brian gelegen. Es gab darunter Futtermittelhersteller, pharmazeutische Firmen, Immobiliengesellschaften. Grundbesitz. Der Ballyhonny-Golfclub. Helen folgte der Aufzählung der Zahlenkolonnen nur mit halbem Ohr, beobachtete stattdessen die Anwesenden. Dairine schien inzwischen eingeschlafen zu sein. Sie hatte sich kein bisschen bewegt, saß, starr den Kopf nach vorne gerichtet, da, wie eine ihrer Puppen im Wintergarten. James hatte sich nach dem Disput zu Paddy gesetzt und somit zumindest räumlich die Seiten gewechselt. Gab es hier neben der Sitzordnung unterschiedliche Seiten? Sharni hatte ihr gegenüber betont, dass sie und Dairine eine friedliche Koexistenz unter demselben Dach führten und dass sie Paddy fast wie ihren eigenen Sohn ansah. Wie passte die Beziehung zwischen Paddy und James in dieses Konstrukt? Eine Liaison, ja, eine sexuelle Ausrichtung, die sie vor der Öffentlichkeit verborgen hielten. Solange Kevin O'Brian lebte jedenfalls. Vor der Pause war Paddy ihm offen zur Seite gesprungen, aber deutete das darauf hin, dass sie ihre Beziehung nun öffentlich machen würden?

Und dann Paddys Verschwinden? Gestern hatte er Helen davon erzählt, dass er sich inzwischen an damals erinnern konnte, zumindest teilweise. In einem war er sich sicher: Er war nicht freiwillig weggelaufen, es hatte eine Entführung gegeben. An das Gesicht eines Entführers konnte er sich nicht erinnern. Er vermutete, unter Drogen gesetzt worden zu sein. Die ganze Erinnerung war eine große verschwommene Wolke, hatte er gesagt, nur manchmal würden kurze, blitzlichtartige Bruchstücke vor seinem inneren Auge auftauchen. Keines davon je greifbar.

Und dann der Testamentsvollstrecker selbst. Was hatte Bail über ihn herausgefunden? Das war das erste Fragezeichen, das Helen zu streichen gedachte. Sie würde sich Bail schnappen. Direkt nach der Testamentseröffnung, die jetzt wieder Fahrt aufnahm, denn Shaw verkündete nun, dass die Gesamtfirma nicht an einen Alleinerben, also mutmaßlich Paddy, ging, sondern dass eine der Firmen, die Futtermittelfirma, herausgenommen wurde.

»Die gesamten Gesellschaftsanteile der O'Brian Thouroghbred Food Ltd. gehen an Horace Wellerman.«

Ein Aufstöhnen ging durch den Saal. Alle Köpfe drehten sich zu Wellerman um. Finn starrte seinen Nachbarn, den er offensichtlich jetzt erst wahrnahm, ungläubig an. »Was macht der hier? Warum er?«, raunte er Helen ins Ohr, die Hände zu Fäusten geballt.

Doch er kam nicht dazu, seiner Entrüstung weiteren Ausdruck zu verschaffen, denn Shaw redete weiter.

»Das verbleibende Firmenkonglomerat wird in einen Trust verwandelt. Aus dem jährlich erwirtschafteten Vermögen des Trusts erhalten Padraig O'Brian und Dairine O'Brian je einen Anteil von einem Prozent, auszuzahlen in zwölf monatlichen Raten, mindestens in Höhe des gesetzlichen Mindestunterhalts.«

Diese Verkündung ließ Shaw nachwirken.

Eine tödliche Stille hatte sich im Saal ausgebreitet. Helen versuchte zu verstehen, was seine Worte bedeuteten. Wieso ein Trust? Eine Stiftung? Das war praktisch eine Enterbung von Paddy, der mit einem Mindestunterhalt abgespeist wurde, genau wie seine Mutter. Das Ausmaß dieser Verkündung wurde allen, nicht nur Helen, erst langsam bewusst. Die Stille wurde zu einem Flüstern, dann zu einem lauteren Gemurmel. Wer würde die Firmen leiten, wer den Trust verwalten? Die Antwort ließ nicht lange auf sich warten. Shaw räusperte sich.

»Zum geschäftsführenden Verwalter des Trusts wird der Testamentsvollstrecker bestimmt. Meine Person. Peter Shaw.«

Jetzt blieb es nicht mehr bei einem Gemurmel. Ein Tumult brach los. Helen versuchte, Paddys Reaktion zu sehen, doch James, der auf den Gang in der Mitte der Stuhlreihen getreten war, versperrte ihr die Sicht. Er schien unschlüssig, an wem er zuerst seine Wut auslassen sollte, Shaw oder Finn. Sein Blick sprang zwischen beiden hin und her. Dann war es Dairine, die sie alle erstarren ließ. Sie stieß ein Wimmern aus, stetig lauter werdend und schließlich in einen seltsam lang gezogenen Ton mündend. Wie das drohende Miauen einer Katze, die ihr Revier gegen einen Rivalen verteidigte. Paddy, der zeitgleich mit James aufgesprungen war, beugte sich zu seiner Mutter herunter und legte den Arm um sie. Doch ihr Jammern dauerte an, wenn auch leiser. Dann übertönte DI Tanners Stimme alles andere.

»Keiner rührt sich.«

Er war vor den Tisch getreten, Bail neben ihm. Zusammen bildeten sie eine Schutzmauer vor Shaw. In dem Moment, als sich die Tür öffnete und eine Schar uniformierter Polizisten in den Saal strömte, trat Tanner einen weiteren Schritt nach vorne.

»James Quinn und Padraig O'Brian. Ich verhafte Sie wegen des Verdachts des gemeinschaftlichen Mordes an Kevin O'Brian.« Tanner winkte zwei der Uniformierten zu sich, einer davon setzte James fest. Er wehrte sich nicht, schien völlig perplex. Der andere nahm sich Paddys an. In diesem Moment sah Helen, wie Wellerman sich außen an der Stuhlreihe vorbeischlich und durch die Tür verschwand.

»Was hat das zu bedeuten?« Das kam von Sharni, die sich aufgerichtet hatte. Gemeinsam mit Emma, die sich bei ihr eingehakt hatte, trat sie voran. Eine mächtige weibliche Front der Familie.

»Ihr sagt gar nichts, alle beide«, rief Sharni James und Paddy zu. »Bis ich euch einen Anwalt geschickt habe. Einen richtigen.« Sie warf einen verächtlichen Blick zu Shaw.

Helen versuchte, die Aufmerksamkeit von Bail zu erlangen. Als er sie bemerkte, legte er die Hand an seine Wange, Daumen und Zeigefinger ausgestreckt, um einen Telefonanruf nachzuahmen. Helen nickte zur Bestätigung.

Tanner wies zur Tür und bedeutete den Polizisten, mit den Festgenommenen zu folgen. In diesem Moment hörten sie es, leise, aber durchdringend. Durch ein geöffnetes Fenster drangen die Laute hinein. Mit einem Windzug hineingetragen wie auf einer Sänfte. Pfeifen. Eine fröhliche Melodie. Helen kam sie bekannt vor, konnte sie aber nicht greifen. Und dann sah sie den Pfeifenden, wie er draußen am Saal entlanglief. Ein federnder Schritt, die starre Cordweste schwang synchron mit der Bewegung. Der Einzige, der vollends zufrieden aus dieser Testamentseröffnung hinausging.

Helen schüttelte den Kopf. Versuchte, die Melodie loszuwerden, die wegen ihrer Leichtigkeit so fehl am Platz schien. Dann fiel ihr Blick auf Paddy. Sein Gesicht war aschfahl, die Augen weit aufgerissen. Er presste ein Wort heraus. Fauchte es wie eine Katze.

»Vogelfänger.«

Kapitel 34

Cara war sofort Feuer und Flamme. Na klar würde sie Marie mit zu ihrem alten Ausbildungsstall nehmen, damit sie sich das Pferd ihrer Chefin ansehen konnte. Den Anhörungsbogen der Staatsanwaltschaft hatte Yunas Cousine immer noch nicht bekommen. Vielleicht würde das Verfahren gegen Cara auch ohne Anhörung eingestellt werden und sie somit überhaupt keinen Anwalt benötigen. Helens Kanzlei übernahm also das Mandat für Paul. Das Schreiben, mit dem sich Helen Freitag als Rechtsanwältin für ihn bestellt hatte, war schon heraus. Jetzt hieß es, auf die Ermittlungsakte warten. Und falls Cara doch noch einen Anhörungsbogen bekam, gab es ja den anderen Anwalt, den Helen empfohlen hatte. Zunächst einmal trübte nichts die Stimmung, und Marie freute sich darauf, Helens Pferd kennenzulernen.

»Der Rennstall liegt ja genau neben der Rennbahn«, staunte Marie, als sie am Freitagnachmittag direkt nach der Arbeit auf dem Gelände ankamen. Sie war gefahren, hatte Cara auf dem Reiterhof abgeholt. Flying Wilde hatte sie bei der Gelegenheit auch gleich begrüßt. Es ging ihm wesentlich besser. Er musste nachts nicht mehr in die Box, sondern durfte sich nach Lust und Laune auf der Weide austoben. Das tat er auch an diesem Nachmittag, zusammen mit seinen beiden

Freunden von der Nachbarkoppel. Omeprazol sei Dank, waren Caras Worte. Das Medikament, das Flying Wilde bekommen hatte und anscheinend Wunder wirkte.

»Allerdings«, sagte Cara jetzt. Sie hatten ein wenig entfernt auf dem äußeren Teil des Weidenpescher Parkplatzes geparkt und näherten sich dem Rennstall zu Fuß. An einer Stelle gab es einen Überblick über die Rennbahn, die jetzt verlassen dalag. »Es gibt auf dem Gelände auch Trainingsbahnen, eine Grasbahn direkt neben dem Turf und zwei Sandbahnen. So wird die Rennbahn voll ausgenutzt, nicht nur während der paar Rennen im Jahr.« Sie lachte. »Zum Rennjockey habe ich es nie geschafft, aber auf dem Kölner Turf habe ich schon die ein oder andere Trainingsrunde gedreht.«

Sie liefen weiter und erreichten den Rennstall Traubeneiche.

»Komischer Name«, sagte Marie, als sie sich umblickte. »Ich sehe hier nirgendwo Eichen.«

Wieder grinste Cara. »Hat nichts mit dem Baum zu tun, so heißt der Gründer. Er hat sich inzwischen zurückgezogen und den Laden weitergegeben. Aber der Name ist geblieben. Tradition zählt in diesem Sport.«

»Und kommst du mit gemischten Gefühlen zurück? Ich meine, wegen deiner Vergangenheit mit dem Ausbilder«, fragte Marie.

»Iwo. Der ist lange fort. Noch vor mir. Und ich bin nicht im Streit weg. Was gut ist. Das macht es mir möglich, ausgemusterte Pferde von hier zu übernehmen. Die, die keiner mehr will, wenn sie nicht zur Zucht taugen. Manche werden noch als Führpferde für die Jungen eingesetzt. Aber meist geben die Besitzer die Tiere gegen geringes Geld ab. So bin ich an meinen Theo gekommen.«

Sie betraten das Areal. Ein großes Tor stand offen und führte auf einen weit ausladenden Innenhofbereich. Zwei Pferdetransportanhänger und einige Pkws parkten im Hof.

»Ich frag mal nach, wo der irische Gast zu finden ist.« Cara ging voran in das erste Gebäude linker Hand. Nachdem sie ihr hineingefolgt war, kam es Marie vor, als hätte sie eine magische Tür durchschritten, so wie Harry Potter, als er zum ersten Mal auf den Bahnsteig neundreiviertel gelangte. So altbacken das Haus äußerlich wirkte, im Inneren war es hochmodern. Die der Tür gegenüberliegende Wand bestand aus einer riesigen bodentiefen Fensterfront. Der Blick auf die Rennbahn war atemberaubend. Schwarze Ledersofas luden den Besucher ein, das Panorama bequem zu genießen. Die weiß gestrichene Wand über den Sitzmöbeln war mit unzähligen Fotos von Pferden in Postergröße behangen. Alle eingefangen in unterschiedlichen Rennsituationen. Marie blieb stehen und betrachtete die Bilder, während sie auf Cara wartete.

Nach ein paar Minuten kam diese zurück. »Sea of Storm ist im östlichen Stallgebäude untergebracht. Lass uns hingehen, wahrscheinlich sind die Pferde auf den vorgelagerten Koppeln.« Cara blickte auf ihre Uhr. »Sie müssten von der Nachmittagsrunde zurück sein. Wenn er am Rennen am Sonntag dabei ist, wird er nur ein leichtes Training absolvieren.«

Marie trottete ihr hinterher, wieder zurück in den Innenhof und durch einen Durchgang. Es folgten Stallgebäude.

»Siehst du da?«, meinte Cara. »Das ist der Oststall. Auf einem Paddock dahinter werden wir ihn wohl finden.«

Sie liefen mitten durch einen Stall. Als sie wieder nach draußen traten, reihten sich kleine umzäunte Koppeln, Paddocks, wie Cara sie genannt hatte, aneinander. Mehrere Pferde tummelten sich darin, mal zu zweit, meist jedoch allein.

Und Sea of Storm konnte Marie sofort ausmachen. Nicht, weil er so auffällig gefärbt war – dunkelbraune Hengste gab es einige. Aber am Zaun seines Paddocks lehnte ein junger Mann in T-Shirt und Shorts. Er hatte locker ein Bein auf die untere Zaunplanke gestellt und beobachtete das Pferd dahinter. Es wälzte sich genüsslich auf dem Boden. Die Haut des Manns war kalkweiß, wie die Wand in der Empfangshalle eben, und sein Haar so leuchtend rot, dass es keinen Zweifel geben konnte. Das war ein Ire, wie er im Buche stand.

Bevor sich ihre Vorurteile bestätigen ließen, wurden sie ausgebremst. Cara wurde hart von einer Reiterin angegangen, die hinter ihnen aus dem Stall gekommen sein musste. Zum Glück ein rein verbaler Angriff. Körperlich wäre Cara hoffnungslos unterlegen gewesen.

»Du traust dich was«, rief die bullige Frau.

»Monika, hallo«, piepste Cara, offensichtlich überrascht über den aggressiven Tonfall ihrer Bekannten.

»Brauchst nicht so freundlich zu tun. Dein wahres Gesicht haben wir ja jetzt gesehen. Mach dich lieber vom Acker.«

»Mensch, Moni. Das ging doch nicht gegen euch.«

»Ach ja? Wenn der Sponsor abspringt, trifft uns das aber leider ebenso heftig. Außerdem habt ihr das ganze Business angeprangert. Also auch uns. Und du weißt, wir tun hier alles für die Pferde. Alles, was möglich ist.«

Cara gewann ihre Sicherheit zurück. Ein Wortgefecht war ihr Terrain. »Genau! Das ist der Punkt. Wenn ihr konkurrenzfähig sein wollt, dann müsst ihr die Regeln ausreizen wie alle anderen auch. Ich bin nicht so vermessen zu glauben, die Rennen würden jemals abgeschafft, aber an den Umständen kann man schrauben. Wenn keiner die Peitsche einsetzen darf, bleiben die Bedingungen für alle gleich, mit dem feinen Unterschied, dass es den Pferden dabei besser geht.«

Marie war ja schon vorher von Caras Argumenten überzeugt gewesen, war aber jetzt erneut beeindruckt, wie Cara auf Knopfdruck zur Höchstleistung auflief. Vor allem konnte sie sich entsprechend ausdrücken. Spontan. Sie würde eine gute Rechtsanwältin abgeben.

»Als ob der Peitscheneinsatz jetzt das größte Problem wäre«, entgegnete Monika etwas leiser. Auch ihre Körperhaltung verriet, dass Caras Plädoyer bei ihr Eindruck hinterlassen hatte. Sie schien nicht mehr auf direktem Sprung in Richtung auf den Hals ihres Gegenübers zu sein.

»Genau, Moni. Das ist es nicht. Es war nur ein Beispiel. Aber eines, das sich easy erklären lässt. Eines, das auch dem unbedarften Beobachter sofort einleuchtet. Die Substanzen, die den Pferden gespritzt werden, die sieht man ja nicht.«

»Was unterstellst du uns jetzt?« Monika baute sich nun wieder größer vor ihr auf.

»Mensch, doch nicht der Traubeneiche. Ich weiß, dass ihr da gewissenhaft seid. Zumindest seit dieses Arschloch Trommen weg ist.« Cara spie den Namen aus wie saure Milch. Das musste ihr Ausbilder gewesen sein. Das schwarze Schaf.

»Jaja. Aber irgendwas bleibt immer hängen. Du machst es nicht besser.« Monika schüttelte den Kopf. »Verschwinde einfach. Lass uns in Ruhe.« Sie drehte sich ab.

»Warte. Bitte, Moni.« Cara suchte kurz Maries Blick. Sie wollte Monika nicht so gehen lassen. Das war offensichtlich.

»Geh schon. Ich komme klar«, sagte Marie.

Cara lächelte dankbar und hechtete Monika hinterher, die inzwischen wieder im Stall verschwunden war.

Marie atmete durch. Versuchte, die Anspannung loszuwerden. Anzuecken war nicht ihre Sache. Sie kam nicht so gut damit klar wie Cara, die sich nach dem ersten Schrecken schützend vor ihre Überzeugung geworfen hatte, in den Ge-

genangriff übergegangen war. Marie war eher ein Fluchttier. Wie zur Bestätigung zuckte sie zusammen, als sie den Blick des Iren auf sich spürte. Er lehnte jetzt mit dem Rücken gegen den Zaun. Hatte offensichtlich den Streit beobachtet. Cara und Monika hatten Aufmerksamkeit erregt.

Marie nickte ihm zu. Er lachte sie offen an, hob sogar seine Hand zu einem kurzen Gruß, also überwand sie ihr aufkommendes Unbehagen und lief auf ihn zu. Das Pferd im Paddock hinter ihm stand inzwischer wieder und schaute neugierig herüber.

»Hi. Bist du Marie?«, fragte er auf Englisch. »Ich bin Danny Crab. Du bist hier, um dir Sea of Storm anzusehen, richtig?«

Marie schluckte. Das hatte sie noch gar nicht bedacht. Jetzt musste sie ihre tief vergrabenen Englischkenntnisse auspacken. Helen hatte sie offenbar angekündigt, das machte es ein wenig leichter. Erst mal reichte ein »Yes.« Trotzdem merkte sie, wie ihr Gesicht sofort erglühte. Schnell drehte sie ihren Kopf zur Seite, tat so, als ob sie das Pferd beobachtete.

Danny schien es nicht zu bemerken. »Er ist nicht unbedingt eine Schönheit, aber sein Charakter ist umwerfend. Wie bei seinem Vater. Ich hab ihn noch kennengelernt. Er starb in meinem ersten Jahr auf dem Gestüt.«

»Wer?«, fragte sie einsilbig. Sie wusste nicht, wovon er sprach. Und das lag nicht daran, dass er einen breiten Akzent hatte.

»Sea of Storm ist ein Sohn von Eastern Storm. Storm war einer der besten Zuchthengste des Ballyhonny-Gestüts, obwohl er selbst kaum gelaufen ist. Hatte in einem seiner ersten Rennen einen bösen Sturz. Danach war seine Rennkarriere zu Ende. Aber seine guten Anlagen hat er vererbt. Vielfach.«

Das Fragezeichen musste ihr überaus deutlich im Gesicht gestanden haben, denn plötzlich lachte er los. Lauthals. Und voller positiver Energie. Seine Sommersprossen führten Freudentänze auf. »Du hast keine Ahnung, wovon ich spreche, richtig?«

Auch Marie konnte sich nicht mehr halten. Sie stimmte in das Lachen ein und bestätigte seine Vermutung mit einem Kopfschütteln. Von der Verlegenheit, die Marie eben noch gespürt hatte, war nichts übrig geblieben.

Nachdem ihr Lachen verebbt war, rief Danny nach Sea of Storm. Er kam bis an den Zaun gelaufen. Ihm fehlte jegliche Scheu. Er ließ sich von Marie streicheln, schien es sogar zu genießen. Anders als Flying Wilde, der sehr viel zurückhaltender bei Fremden war.

»Geht es ihm gut?«, fragte sie Danny. »Ist er gesund?«

»Oh, er ist absolut fit.« Der Junge nickte. »Er hat eine gute Chance beim Rennen am Sonntag.«

»Er geht am Sonntag an den Start?« Das hatte sie nicht gewusst. Sie fragte sich, ob Helen es wusste. Erwähnt hatte sie diesbezüglich jedenfalls nichts.

»So ist es geplant. Er ist ja für das Rennen nach Deutschland gekommen.« Danny zuckte mit den Schultern. »Da gehörte er natürlich noch dem Ballyhonny-Gestüt. Entscheiden muss das seine neue Besitzerin.«

Marie nickte, konnte ihm aber nichts zu Helens Plänen sagen. »Bist du sein Jockey?«, fragte sie stattdessen.

Danny schüttelte den Kopf. »Nur sein Pfleger für die Reise. Geritten wird er von einem Jockey hier aus dem Rennstall. Wenn es dabei bleibt. Solange ich keine neuen Anweisungen bekomme, mache ich weiter wie gehabt, bereite ihn vor und kümmere mich um ihn.« Er atmete durch. »Ich werde wahrscheinlich ohne ihn zurückfliegen, oder?«

»Ich werde meine Chefin fragen, was mit ihm geschehen soll. Auch, ob er im Rennen starten soll.«

»Very well. Du kannst ihr sagen, ihr Pferd ist in Topform. Es wäre schade, wenn er nicht liefe. Es gibt ein nettes Preisgeld für sie, wenn er gewinnt: fünfundvierzigtausend Euro.«

»So viel?«, fragte Marie. Kein Wunder, dass manche Leute die Tiere in wenigen Rennen ausschlachteten. Wenn es erlaufen hatte, was es gekostet hatte oder am besten noch mehr, konnte man das Pferd ausrangieren. Es hatte seine Schuldigkeit getan. Was mit ihm danach passierte, spielte sicherlich für manche Eigentümer keine Rolle. Marie legte die Hand auf den Widerrist von Sea of Storm, der immer noch interessiert am Zaun stand.

Danny nickte, schien plötzlich jedoch niedergeschlagen. Vielleicht hatte er gehofft, sie könnte ihm mehr zur Zukunft des Pferdes erzählen.

Cara kam zurück. »Bist du so weit?«, fragte sie gereizt. »Können wir los?«

Offensichtlich war das Gespräch mit Monika nicht so gelaufen wie gewünscht.

Marie hatte auch genug gesehen, obwohl sie sich gern noch mit Danny unterhalten hätte. Aber Helens Auftrag war erst einmal erfüllt. Ihrem Pferd ging es augenscheinlich gut. Über die weiteren Anweisungen ihrer Chefin würde Marie Danny Bescheid geben. Sie tauschten die Telefonnummern aus, und Marie verabschiedete sich von ihm. Helens Pferd schien in guten Händen.

Kapitel 35

Dane lag unter der Karosserie seines Landrovers, als er hörte, wie ein Auto langsam über den Schotter in seiner Einfahrt rollte. Wenn das wieder dieser Kommissar war, dann würde er richtig wütend werden. Der sollte sich lieber darum kümmern, Paddy zu finden, statt ihn zu verdächtigen, etwas mit dem Verschwinden seines Bruders zu tun zu haben. Man merkte gleich, dass der aus Dublin hergeschickt worden war. Jeder der lokalen Gardai wüsste, wie abstrus diese Theorie war.

Sich schon eine Entgegnung zurechtlegend, rollte Dane zurück und schaute zur Seite. Nicht der Kommissar. Das war der gelbe Landrover seiner Cousine. Erleichtert erhob er sich, putzte sich die ölverschmierten Hände an dem Lappen ab, der an seinem Gürtel hing, und wartete, bis Emma ausstieg.

Sie kam auf ihn zu und schloss ihn kurz in die Arme.

»Vorsicht! Dreckig«, warnte er.

»Als ob mir das je was ausgemacht hat.« Sie lachte. Freudlos.

»Was machst du hier?«, fragte er.

Sie riss die Augen auf. »Was ist das für eine Begrüßung?«

»Nicht falsch verstehen, ich bin immer froh, wenn du mich besuchen kommst. Aber gerade ist es besser, sich nicht mit mir sehen zu lassen. Es könnte der Verdacht aufkommen, du wärest meine Komplizin. Zumindest wenn es nach diesem Inspektor Bail geht.«

»Ach der.«

Emma wirkte angespannt. Was ja kein Wunder war. Die Sorge um Paddy war allgegenwärtig. Bei allen in der Familie rief er einen Beschützerinstinkt hervor. Mit einer Ausnahme. Dane vermutete, dass Paddy zum Opfer von Machenschaften seines Vaters geworden war, irgendwelchen fehlgeschlagenen Geschäftsdeals. Erboste Geschäftspartner. Aus dunklen Kreisen. Grausamen Regeln der Natur folgend, suchten sie sich als Opfer immer das schwächste Glied aus. Das Fohlen. Und die Familie hatte es versäumt, es schützend in ihre Mitte zu nehmen.

Emma seufzte. »Der soll lieber seine Kraft aufwenden, Paddy zu suchen, statt wahllos Leute zu verdächtigen.«

»Meine Rede. Aber er scheint ja völlig auf dem Holzweg zu sein.«

»Er verdächtigt dich, oder? Jedenfalls fragt er auffällig oft nach dir und deinem Verhältnis zu Paddy.«

Dane nickte. »Bist du deshalb hier?«

»Ja und nein. Ich weiß es ehrlich gesagt nicht.« Emmas Blick fiel auf das Küchenfenster. Helen stand dahinter. Als er vorhin hinausgegangen war, um das Auto zu reparieren, hatte sie beschlossen, einen Kuchen zu backen. Zur Abwechslung nach einem deutschen Rezept von ihrer Mutter.

»Wie geht es ihr?«, fragte Emma.

»Gut. Denke ich. Hoffe ich. Sie macht mich glücklich.«

Ein breites Grinsen huschte über Emmas Gesicht und ließ ihr fröhliches Wesen aufblitzen. »Ich weiß. Das merkt man.«

»Also, warum bist du hier?«, wiederholte er seine Frage. Er blickte auf die Uhr. »Du verpasst den Nachmittagslot nicht für eine Teestunde mit Helen.«

Emma war, wenn es um das Training mit den Pferden ging, unheimlich durchgeplant. Nicht einmal eine schlimme Erkältung hielt sie davon ab, eine Trainingseinheit auszulassen.

»Lass uns reingehen. Zu Helen. Sie sollte auch hören, was ich zu sagen habe. Ich bin mir nicht sicher, aber es könnte sein, dass es mit Paddys Verschwinden zu tun hat.«

»Dann möchte ich nicht, dass sie dabei ist. Erzähl es mir hier und jetzt.«

»Warum willst du sie raushalten? Du brauchst sie.«

Er schüttelte den Kopf. »Nein. Bitte. Da muss ich allein durch.« Es war schwer für ihn, es zu erklären. Er wollte ihre Beziehung nicht mit der dreckigen Wäsche seiner Familie beschmutzen. Das traf es vielleicht am besten.

»Wie du willst.« Sie zuckte mit den Schultern. »Ich dachte immer, das heißt ›in guten und in schlechten Zeiten‹.«

»Als ob du was davon verstehst.« Es klang härter, als er es meinte. Er verstand, warum sie nie eine feste Beziehung führte, außer einem gelegentlichen Flirt. Manche kurz und intensiv. Andere schleppten sich länger dahin, von vornherein aussichtslos, was ihre Seite betraf. Sie hatte einige Herzen gebrochen, es gab schon Mitarbeiter im Gestüt, die deshalb gekündigt hatten. Für Emma gab es von klein auf nur eine Liebe. Die zu den Pferden. Ähnlich wie bei ihm, bis er Helen getroffen hatte. Aber bei Emma umfasste diese Liebe nicht nur die Pferde selbst. Sie liebte auch die Geschwindigkeit und das Siegen. Sie besaß diese Mentalität, immer die Schnellste und die Erste sein zu wollen. »Entschuldigung. Du weißt, wie ich das meine.«

»Schon gut. Und jetzt hör zu, was ich dir zu erzählen habe. Ich brauche deinen Rat.«

Und sie begann zu reden. Dane war froh, dass Helen nichts von alldem hörte. Aber er konnte Emma keinen Rat geben, außer jenen, abzuwarten, ob er etwas in Erfahrung bringen konnte. So schickte er sie unverrichteter Dinge wieder fort. Seine Cousine war sich nicht sicher, ob das, was sie herausgefunden hatte, die Ursache für Paddys Verschwinden war. Dane hingegen schon. Zwei solche Ungeheuerlichkeiten traten nicht zufällig zur selben Zeit auf. Er würde seinen Vater konfrontieren. Von nun an würde Dane die Dinge in die Hand nehmen. Das war er Emma schuldig – und seinem Bruder.

Dane warf den Öllappen mit Wut in die Tonne. Er musste nachdenken. Wie konnte er es am besten angehen?

Zuerst unter die kalte Dusche. Seinen Geist wecken. Er betrat das Haus. Es duftete herrlich nach frisch gebackenem Kuchen. Aber er strebte der Treppe entgegen. Helen streckte im Vorbeigehen den Kopf aus der Küchentür.

»Warum hast du Emma nicht reingebeten? Der Apfelstreusel ist fertig. Das hätte so wunderbar gepasst.«

»Sie musste weg. Zum Training.« Er hoffte, dass Helen ihm das abnahm. »Ich soll dich aber grüßen.« Schnell hastete er die Treppe hoch. Wenn Helen sein Gesicht sah, würde es seine Worte Lügen strafen. Helen würde sich einmischen. Und sich in Gefahr bringen. Das würde er niemals zulassen, und wenn es das Letzte war, was er tat.

Kapitel 36

»Was hast du gemacht?« Eilis war außer sich. Sie warf die Worte Finn an den Kopf, nicht laut. Aber schneidend. Ihre Schwester hatte nicht aus ihrer Haut gekonnt, als Helen Finn im Anschluss an die Testamentseröffnung und allem, was ihr nachfolgte, mit nach Hause gebracht hatte. Ihr erster Impuls war gewesen, ihrem Mann um den Hals zu fallen, vor lauter Erleichterung, dass er wohlbehalten zurück war. Doch dann kam die Wut zurück. Eilis konnte nicht verstehen, warum es Finn nicht möglich gewesen war, ihr zumindest ein kurzes Lebenszeichen zukommen zu lassen. Helen war der gleichen Meinung.

Die Kinder lagen schon im Bett, völlig erschöpft vor Freude darüber, das ihr Vater zurück war. Seitdem aber zeigte Eilis ihrem Mann die kalte Schulter. Lauschte mit versteinerter Miene den Erzählungen über die Testamentseröffnung und sah dabei nur Helen an. Stellte ausschließlich ihr Fragen. Nicht Finn. Erst als Helen von der Verhaftung erzählte, konfrontierte sie ihn. »Es ist also dein Verdienst, dass James und Paddy verhaftet wurden. Herzlichen Glückwunsch. Wie willst du das Sharni erklären?«

Finn zuckte mit den Schultern und versuchte, sich dafür zu rechtfertigen, dass er der Polizei erzählt hatte, was er vor O'Brians Ermordung beobachtet hatte. Er hatte den Verdacht, der auf ihm lastete, endlich loswerden wollen. Um Alternativen zu bieten. James hatte es umgekehrt genauso gemacht. Nur deshalb waren die Gardai doch immer wieder zu ihm gekommen. Und er hatte wiederholt schildern müssen, wie er O'Brian gefunden hatte und um was es bei seinem Streit mit O'Brian kurz vor dessen Ermordung gegangen war.

»Als ob ich den Mord gemeldet hätte, wenn ich es selbst gewesen wäre! Wer macht denn so was? Nicht dass ich Erfahrung hätte … Ich meine ja nur.« Er stotterte. »Ich habe Tanner tausendmal gesagt, dass es bei dem Streit nur um den Start von Diamond Girl ging. Und um nichts sonst. Darum bringt man doch keinen um. Wenn ich jeden Besitzer ermorden würde, der anderer Meinung ist als sein Trainer und meint, es besser zu wissen, dann würden die Leichen ja nur so meinen Weg pflastern.«

»Das ist nicht witzig, Finn«, sagte Eilis trocken. »Und erklärt nicht, warum du deine Freunde verpfeifst.«

Er senkte seinen Kopf. »Bitte, ihr müsst mich doch verstehen. Du, Eilis … Es ist mir alles einfach zu viel geworden. Irgendwann lief das Fass eben über.«

»Und jetzt erzähl mal genau, was du gesehen hast«, bat Helen ihn.

Finn schilderte, dass Kevin O'Brian seinen Sohn quasi in flagranti mit James überrascht hatte. Filmreif. Im Heu. Genauer, im Futterlager beim Rennstall. Erwischt bei dem, was alle wussten, außer der alte O'Brian. Die beiden waren ein Liebespaar. Schon ewig. Finn war über die Szene gestolpert, als er seinen abendlichen Abschlussrundgang gemacht hatte. Er war der Letzte auf der Anlage gewesen, jeder, der noch anwesend gewesen wäre, hätte sonst O'Brians Brüllen gehört. Es war so laut gewesen, dass die Pferde unruhig wurden. Enterben würde er sie. Alle beide. James solle keinen Fuß mehr auf sein Land setzen. Und was Paddy betraf: Den strafte er mit seiner

Geringschätzung. Er hätte keine Erwartungen in ihn. Nie gehabt. Er fühlte sich nicht mal mehr enttäuscht von ihm. Sein Erbe würde er gewiss nicht in solche Hände geben.

»Und dann hat er sie wie räudige Hunde fortgejagt. Mich haben sie nicht bemerkt. Ich habe mich in eine dunkle Ecke im Boxenbereich verzogen.«

»Das heißt aber, James und Paddy wussten davon, dass O'Brian sie aus dem Testament streichen wollte«, stellte Eilis fest.

Finn nickte. »Obwohl sie nicht wissen konnten, ob er es noch vor seinem Tod umgesetzt hat.«

»Fakt ist: Du hast Tanner ein Mordmotiv geliefert«, warf Helen ein.

Finn nickte. »Schon, aber verhaftet wurden sie erst, als Shaw bestätigt hat, dass genau dieser Vorfall der Grund für O'Brians letzte Testamentsänderung war.«

»Immer wieder Shaw.« Helen lehnte sich zurück.

»Wie meinst du das?«, fragte Finn.

Helen erzählte von Bails Vermutung. Dass Shaw schon vor fünfzehn Jahren seine Finger im Spiel gehabt hatte. Und dass der Kommissar der Meinung war, dass es doch eine Entführung gegeben hatte. Dann fügte sie hinzu: »Ich habe mit Paddy gesprochen.«

»Und?«, fragten Eilis und Finn gleichzeitig, schauten sich an, und ein Lächeln huschte über das Gesicht von Eilis. Für einen kurzen Augenblick hatte sie die Wut auf ihren Ehemann vergessen. Doch dann wandte sie sich sofort wieder von ihm ab. Dennoch war das kurze Lächeln wie ein Versprechen.

»Er bestätigt Bails Vermutung. Seine Erinnerung besteht nur aus kleinen Spotlights, aber er ist sich sicher, damals entführt worden zu sein.«

»Wieso haben seine Eltern gesagt, dass er weggelaufen sei?«, fragte Finn.

»Nicht seine Eltern. Nur Kevin O'Brian. Mit Dairine hat Bail nie gesprochen. Wie auch mit Paddy nicht.«

Schwerfällig veränderte Eilis ihren Sitz auf dem Sofa. »Deshalb denkt er, dass Danes Tod kein Selbstmord war. Deshalb ...« Sie stöhnte auf, verzog das Gesicht.

»Honey. Alles in Ordnung?« Finn wandte sich erschreckt zu ihr.

Einen Moment lang schien die Zeit eingefroren. Eilis' und Helens Blicke trafen sich. Eilis schloss kurz ihre Augen, wie um Helen zu signalisieren, dass alles mit ihr okay war. Helen erkannte, dass sie mit sich kämpfte, ob sie sich auch ihrem Ehemann wieder zuwenden sollte. Dann gab sie sich einen Ruck. Ohne ihn anzusehen, nahm sie Finns Hand und legte sie auf ihren Bauch. »Dein Sohn macht sich bemerkbar. Ich glaube, er wird ein ganz schöner Rabauke.«

Und Finn schien selig. Seit er wieder zurück war, hatte Helen ihn nicht so entspannt gesehen. Sie fragte sich, wie es gewesen wäre, hätten sie und Dane ein Kind gehabt. Damals undenkbar. Sie war viel zu jung gewesen, Dane zwar um einiges älter, aber ebenfalls in einer völlig neuen Station in seinem Leben angekommen. Wollte sich etwas aufbauen. Vielleicht ein eigenes Gestüt. Und mit Rabe? So weit waren sie in ihrer Beziehung längst nicht.

Eilis unterbrach sie in ihren Gedanken. »Magst du dein Patenkind kennenlernen, Helen?«

»Ich weiß nicht.« Helen war überrumpelt. Natürlich freute sie sich wahnsinnig, dass ihre Schwester sie zur Patentante machen wollte. Und sie kam gut mit Kindern klar, keine Frage. Sie fühlte sich wohl in ihrer Nähe. Aber der Kontakt mit Babys, insbesondere, wenn sie sich noch im Mutterleib befanden, war erschreckend neu für sie.

Eilis spürte ihre Unsicherheit. »Komm schon. Du kannst nichts falsch machen.«

Wie zuvor bei Finn nahm ihre Schwester ihre Hand und legte sie auf ihren gewölbten Bauch. Zuerst keine Bewegung. Dann auf einmal doch. Mit zwei kurzen Stößen gegen ihre Handfläche begrüßte sie ihr Patenkind. Welch seliges Gefühl. Sie genoss den Augenblick, in dem die Welt vollkommen in Ordnung war.

»Ihr wisst nun, wer in Zukunft das Sagen hat im Haus«, scherzte Eilis. »Ich höre aber schon jetzt auf ihn. Für mich ist es Zeit. Ich lege mich schlafen.«

Finn wollte seiner Frau helfen, vom Sofa aufzustehen, doch Eilis nahm stattdessen Helens Hand. Er wollte sie nach oben begleiten, doch auch das lehnte Eilis ab, schob allerdings versöhnliche Worte hinterher, bevor sie sich zurückzog.

»Du bist mir noch einige Antworten schuldig, aber nicht mehr heute. Und ich glaube, ihr beiden habt jetzt Dringlicheres zu besprechen.«

Finn nickte, und so war es auch. Bisher waren immer nur mehr Fragen aufgekommen. Helen hoffte, dass Finn Antworten für sie hatte. Zuerst platzte aber er mit einer Frage heraus. »Wen meinte Paddy damit: Vogelfänger?«

Aber das war genau eine der neuen Fragen, die Helen nicht beantworten konnte. Sie meinte, Furcht in Paddys Augen gesehen zu haben, und Erkenntnis. Er hatte von den Erinnerungsfetzen, die ihn manchmal überkamen, gesprochen. Flashbacks aus der Zeit seiner Entführung. Musik konnte eine Erinnerung wiederbringen. So viel psychologische Kenntnisse besaß sie. Dazu musste sie nicht einmal den Psychologen und gleichzeitigen Kollegen Petersen von der Hennefer Hochschule zu Rate ziehen. Wellerman hatte eine Melodie gepfiffen. Nun ja, zumindest hatte derjenige, der so fröhlich gepfiffen hatte, Wellermans Weste getragen. Wenn diese also niemand geklaut hatte, war es Wellerman gewesen. Und ihr war diese

Melodie bekannt vorgekommen. Sie wusste nur von einem Stück, in dem ein Vogelfänger eine Rolle spielte. Papageno aus der Zauberflöte.

»Moment. Mir ist da gerade etwas eingefallen«, sagte sie zu Finn und nahm ihr Handy. Sie suchte die Musikapp, fand sie, gab die *Zauberflöte* ein. Wo war es? Der erste Auftritt des Vogelfängers. Da. Sie ließ das Stück spielen.

»Das ist es«, sagte Finn. »Das hat jemand gepfiffen. Gleich nachdem Paddy festgenommen wurde.«

»Genau. Und ich weiß, wer gepfiffen hat.« Sie machte eine Pause. Keine dramatische, sondern eine, die ihre Angst davor ausdrückte, wie Finn auf den Namen reagieren würde. »Dein Lieblingsnachbar.«

»Der?« Finn blieb ruhig, er lachte sogar. Kurz und trocken. »Jetzt könnte ich sagen, immer wieder Wellerman. Aber was heißt das? Wir wissen ja nicht einmal, ob Paddy darauf reagiert hat.«

»Doch, er hat genau darauf reagiert. Die Melodie ist aus der Zauberflöte von Mozart. Es ist die Erkennungsmelodie des Vogelfängers.«

»Das hat Paddy gesagt!«

Helen nickte. »Stimmt. Ich muss mit ihm sprechen.«

»Das ist gerade nicht so einfach.«

»Auch richtig. Nächste Option. Ich muss mit Bail sprechen.« Sie griff nach ihrem Handy.

»Warte. Wir müssen erst noch etwas anderes klären. Oder besser ich. Bevor wieder alles auf mich zurückfällt.«

»Das mit dem Doping bei Diamond Girl? Glaubst du, das hat was mit dem Mord zu tun?«

»Es wäre ein Skandal, wenn es öffentlich wird. Falls sich herausstellt, dass Diamond Girl kein Einzelfall war. Der Ruf des Gestüts wäre ruiniert. Eine homosexuelle Beziehung seines

Sohnes ist dagegen Peanuts. Da hat sich auch in Irland schon etwas getan.«

»Trotzdem hat O'Brian sein Testament geändert, wie er es angedroht hat.«

Finn nickte. »Da hast du recht. Lass mich dennoch erst die Pferde im Rennstall untersuchen, um zu sehen, ob es noch weitere Dopingfälle gibt.«

»Okay. Wie lange dauert das?«

»Geht schnell. Ich weiß ja, wonach ich suchen muss.« Er fuhr sich mit den Händen durchs Gesicht. »Aber ich muss es gleich morgen früh machen. Die Substanzen sind nicht ewig im Blut nachweisbar.«

»In Ordnung. Ich komme mit.«

»Unter einer Bedingung: Wir halten Eilis da raus.«

Damit war Helen nicht einverstanden. Er hatte seiner Frau mit seinem Verschwinden schon genug Aufregung beschert. »Dane hat mich damals auch ausgeschlossen. Und du weißt, wie das ausgegangen ist. Vielleicht hätte ich helfen können. Was immer der Grund für seinen Tod war.«

»Du warst aber nicht in der sechsundzwanzigsten Schwangerschaftswoche. Und glaub mir, dieses Mal ist es schwerer für sie als bei Fee und Rea.«

Das machte Helen nunmehr Angst. Mit einem unguten Gefühl ging sie schlafen.

Kapitel 37

Am nächsten Morgen waren sie die Ersten im Rennstall. Der Himmel war von Wolken überzogen, die Sonne gerade aufgegangen. Ein diffuses Licht lag über den Weiden, die Grashalme waren schwer vom Tau. Helen war erst spät in der Nacht in einen unruhigen Schlaf gefallen. Ihr Unterbewusstsein spielte ihr mit trügerischer Leichtigkeit hinter jeder Windung in ihren Träumen die Melodie des Vogelfängers vor. Mehrmals schreckte sie nach Luft schnappend aus dem Schlaf auf. Als der Wecker von Fee sie weckte, fühlte sie sich erschlagen. Da half es auch nicht, dass es keinen Klingel- oder Summton gab, sondern das Lachen einer Fee unterlegt mit einer zuckersüßen Musik. Davon hatte sie in der Nacht schon genug gehört. Das nächste Mal würde sie ihren Handywecker benutzen.

Missmutig trottete sie hinter Finn her, unfähig, einen klaren Gedanken zu fassen. Die feuchte Luft legte sich auf ihr Haar. Auf ihrer Wollweste verwoben sich winzige Tröpfchen mit den Fasern. Schweigend erreichten sie den Rennstall.

»Du kannst mir assistieren«, sagte Finn, der sich im Rehabilitationsbereich, dort, wo sie Diamond Girl begegnet war, mit Spritzen, Kanülen und Röhrchen sowie Desinfektionsmittel und Einmalhandschuhen eindeckte. »Ich nehme den Tieren das Blut ab, du müsstest den Kopf fixieren.«

Helen riss die Augen auf.

»Ist kein Problem. Die meisten halten still. Sie sind es gewohnt, und so früh am Morgen schlafen sie ja noch fast.«

»So wie ich.« Es sollte kein Scherz sein, doch Finn verstand es wohl so. Denn er lachte.

»Während ich die nächste Abnahme vorbereite, beschriftest du das Röhrchen mit dem Namen des Pferdes.«

Helen nickte. Das klang eher nach einer Aufgabe, die sie meistern konnte.

»Wir gehen die Pferde der Reihe nach durch«, erklärte Finn weiter.

Helen folgte ihm in die erste Box, die eine Stute namens Diana beherbergte. Sie hatte einen genauso schlaftrunkenen Blick wie sie. Finn legte das Halfter an. Er zeigte Helen, wo sie festhalten musste, um den Kopf des Pferdes stillhalten zu können. Sie hatte gerade ihre Hände sortiert, da suchte er bereits nach der Halsvene, desinfizierte die Stelle und führte die Nadel ein. Das Blut floss in die Kanüle. Die Stute hielt still, schien den Einstich gar nicht zu merken, und schon war Finn fertig und reichte Helen das Röhrchen. Sie beschriftete es. Und los ging es zur nächsten Box.

Die Pferde schienen es wirklich stoisch hinzunehmen. Finn hatte offensichtlich magische Hände. Oder die Vene war bei den Pferden besser zu finden als beim Menschen. Hier lief es jedenfalls problemloser ab als jede Blutabnahme bei Helen selbst. Ihre Venen hatten die Angewohnheit, sich vor der Nadel zu verstecken. Was sie schon alles beim Arzt hatte veranstalten müssen, damit sie sich zeigten! Finn würde das nicht passieren. Jedenfalls nicht bei Pferden.

»Du untersuchst das Blut der Tiere regelmäßig, oder? Warum ist dir dieses Dopingmittel dann nicht früher aufgefallen?«

Finn zuckte mit den Schultern. »Es gehört nicht zu den normalen Untersuchungen. Ich mache ja keine Dopingprobe, sondern suche nach Krankheiten, Mangelerscheinungen und so etwas. Ohnehin zeigt sich dieser Wirkstoff, den ich gefunden habe, eher im Urin als im Blut. Es ist eine Art von Kortison. Und nur einer aus der Gruppe der Kortisole kann im Plasma nachgewiesen werden. Dafür dann aber über eine längere Zeit. Unser Glück.«

»Und wie kommt er da rein? Also, wie ist er verabreicht worden?«, fragte sie.

»Das ist unterschiedlich. Betamethason ist wie gesagt ein Kortison, das zum Beispiel bei Arthritis eingesetzt wird. Und es kann dann entweder direkt in ein betroffenes Gelenk injiziert werden oder in Form einer Salbe aufgetragen werden.«

»Dann kann das also im Prinzip jeder gemacht haben.«

»Genau.«

Das machte es problematischer, festzustellen, wer derjenige war, der für das Doping verantwortlich war.

»So, und nun finden wir erst einmal heraus, ob Diamond Girl ein Einzelfall war«, sagte Finn, während Helen gerade das letzte Röhrchen mit dem Namen Roller Coaster beschriftete, jenes Pferd, das Finn zur Vorbereitung auf den Prix de l'Arc de Triomphe trainierte.

»Und was, wenn nicht?«, fragte Helen.

»Dann können wir auch herausfinden, wer hier dopt, je nachdem welche Pferde betroffen sind. Zum Beispiel unser Arc-Kandidat. Das würde mich schon sehr wundern, wenn er ein positives Ergebnis zeigt. Mit ihm arbeitet niemand außer mir, er bekommt sein eigenes Futter, ebenfalls von mir, nicht von unserem Futtermeister. So sind Lady Dunninghams Anweisungen.«

»Das heißt, je nach den unterschiedlichen Verantwortlichkeiten für jedes Pferd könntest du etwas herleiten.«

»Es kann sich zumindest ein Muster zeigen. Aber dazu muss ich jetzt die Proben auswerten.« Er begab sich in ein an die Reha-Station angrenzendes Zimmer, das an ein Behandlungszimmer in einer Tierarztpraxis erinnerte. Nur der Tisch in der Mitte fehlte logischerweise, die großen Untersuchungs- und Behandlungsgeräte waren alle in der Reha-Halle.

»Wie lange dauert das?«, fragte Helen.

Er zeigte ihr ein Gerät. »Hiermit kann ich drei Plasmaproben gleichzeitig untersuchen. Dauert ungefähr fünfzehn Minuten. Bei dreißig Pferden …«, er machte eine Pause und schluckte, »… neunundzwanzig … sind die Proben in zwei Stunden durch.«

Er befüllte das Analysegerät mit den ersten Röhrchen. »Du brauchst nicht zu warten. Du könntest Eilis Gesellschaft leisten. Wäre mir lieb. Dann könnt ihr in Ruhe zusammen frühstücken.«

»Und du?«, fragte Helen.

»Ich muss ja alle fünfzehn Minuten die Röhrchen wechseln. Ich bleibe also hier. Hole mir gleich meinen Kaffee.«

Helen war es recht. Der morgendliche Wachmacher fehlte ihr. Normalerweise ging ja nichts ohne Kaffee. Aber hier tat es auch ein starker Schwarztee.

Nach einer guten Stunde und mit einem reichhaltigen irischen Frühstück versorgt, kehrte sie zurück. Eilis schien es besser zu gehen. Im Gegensatz zu Helen hatte sie gut geschlafen, nachdem ihr Mann zurück war. Zwar war der Ärger zwischen ihnen noch nicht ganz verflogen, und Finn würde sich mit Sicherheit noch einiges von ihr anhören müssen, aber Helen war sich sicher, dass die beiden es schaffen würden, sich wieder zusammenzuraufen. Dass Eilis ihrem Mann verzeihen würde. Dank des Zaubers des neuen Lebens.

Die Sonne hatte sich inzwischen zumindest teilweise durch die Wolken gekämpft. Dunst lag in feinen Schleiern über den Wiesen. Die ersten Pferde wurden durch das Rund des Trainingsgeländes geführt. Helen spürte, wie aufgeregt sie war. Ob Finn schon etwas herausgefunden hatte? Die Tür zum Behandlungszimmer war geschlossen. Sie klopfte.

»Herein«, schallte es, und sie betrat das Zimmer.

»Helen, schau dir das an. Es fehlen noch drei Durchgänge, die letzten neun Proben, aber bereits jetzt kann man eine Auffälligkeit feststellen.« Er deutete auf das vor ihm liegende Blatt Papier.

»Das heißt, Diamond Girl ist kein Einzelfall?«

»Überhaupt nicht. Schau hier. Ich habe die bisherigen Ergebnisse in eine Tabelle gelistet.«

Helen blickte über seine Schulter und las die Spaltenüberschriften. Finn hatte die Ergebnisse auf das Wesentliche reduziert: Nummer – Pferdename – Betamethason pos/neg – Besitzer – Betreuer. Darunter gab es neunundzwanzig nummerierte Zeilen. Zwanzig waren ausgefüllt. Zehn positiv auf Betamethason getestet. Ausschließlich Pferde im Besitz des Ballyhonny-Gestüts. Und bei neun dieser Pferde war der Name des Betreuers ein und derselbe.

»Das ist ein deutliches Ergebnis. Oder?«, fragte Helen.

»So würde ich das auch sehen. Wir sollten die letzten Proben noch abwarten. Aber danach muss Sharni davon erfahren.«

»Und wir müssen die Polizei hinzuziehen. Ich rufe sofort Inspektor Bail an.«

Egal was die restlichen Proben für ein Ergebnis zeigten: Sie hatte seine Nummer schon gewählt.

Kapitel 38

»Warte bitte, Cara. Da muss ich gerade noch rangehen.« Marie öffnete Cara die Autotür mit der Funkfernbedienung. Cara hatte Marie stehen gelassen und war zum Parkplatz vorangegangen. Sie schien stocksauer zu sein. Was hatte diese Moni ihr an den Kopf geworfen? Bevor Marie ihr Auto ebenfalls erreichte, klingelte ihr Handy. Ihre Chefin.

Marie schmunzelte. »Hallo, du Ungeduldige. Ich hätte dich schon noch angerufen. Habe deinem Pferd gerade einen Besuch abgestattet. Bin noch am Rennstall«, begrüßte sie die neue Pferdebesitzerin.

»Sehr gut, Marie. Aber es gibt eine Planänderung.« Helen klang gehetzt.

»Was ist los? Willst du nicht zuerst von Sea of Storm hören?«

»Später. Du bleibst jetzt erst mal dort. Kathi Voss ist unterwegs zu dir, zusammen mit einem Tierarzt. Es muss eine Dopingprobe bei meinem Pferd gemacht werden.«

Marie versuchte, das Gehörte einzuordnen. Wusste aber nicht recht, wie sie Kathi Voss, Dopingprobe und Sea of Storm unter einen Hut bringen sollte.

»Okay? Kannst du das noch mal wiederholen?«, fragte sie.

»Bleib einfach da. Kathi kann dir alles erklären. Und wenn ihr das Ergebnis habt, rufst du mich sofort an. Am besten schickst du mir ein Foto von dem Testergebnis.«

»Was für ein Testergebnis?«

»Ich muss Schluss machen. Warte auf Kathi Voss. Sie wird gleich da sein.«

Helen hatte aufgelegt. Marie starrte auf ihr Handy. So langsam sickerten die Worte in ihr Bewusstsein. Das Wesentliche war klar. Warten und dann die Verantwortung an die Polizei abgeben, denn Kathi Voss war Kommissarin bei der Bonner Polizei und gleichzeitig die Schwester des Freundes ihrer Chefin. Marie kannte sie gut, weil sie leitende Ermittlerin in dem Mordfall an der Hennefer Hochschule gewesen war.

»Können wir endlich? Mir wird heiß.« Cara stand neben der offenen Beifahrertür. Die Sonne knallte.

Marie schüttelte den Kopf. »Geht nicht. Lass uns in den Schatten gehen.« Unter dem Dach des Eingangsgebäudes müsste es welchen geben.

»Wieso? Wir wollten doch los.«

»Wir müssen noch auf die Polizei warten.«

»Bitte was?« Cara starrte sie an.

»Eine Polizistin kommt mit einem Tierarzt, um eine Dopingprobe bei Sea of Storm zu entnehmen«, antwortete Marie, in der Hoffnung, alles richtig verstanden zu haben. »Ich muss sie zu ihm führen.«

Cara verschränkte die Arme. »Du vielleicht. Ich geh da bestimmt nicht wieder rein. Vor allem nicht, um eine Dopingprobe zu nehmen. Die lynchen mich doch.«

»Ich hätte dich aber gerne dabei. Du bist die Expertin. Und Doping war eines der Probleme, gegen die wir protestiert haben.«

Cara nickte. »Schon. Aber ich kann es mir nicht mit der Traubeneiche verderben. Weiß eh nicht, ob das noch zu kitten ist. So wie Moni mich abserviert hat. Verstehst du?«

»Aber du hast ja nichts damit zu tun. Und ich bin auch nur der Bote.«

»Das glaubt mir doch keiner. Unangemeldete Dopingüberprüfung!« Cara schüttelte den Kopf.

In diesem Moment fuhr ein Polizeiwagen vor. Das musste Kathi Voss sein. Der Wagen parkte neben ihnen. Ein uniformierter Polizist saß am Steuer. Auf der Beifahrerseite erkannte Marie Kathi Voss. Noch bevor der Fahrer den Motor abgestellt hatte, stieg sie aus. Etwas später öffnete sich die hintere Tür des Polizeifahrzeugs. Eine Frau, pechschwarze Haare, groß und schlank, trat heraus und zog eine kofferartige knallrote Tasche hinter sich vom Rücksitz. Eindeutig die Veterinärin.

»Marie. Hallo. Long time no see. Hat Helen dich informiert?«, begrüßte Kathi Voss sie.

»In etwa. Hab ich das richtig verstanden, es gibt eine Dopingprobe?«

»Yep. Das ist Dr. Shadid. Sie wird die Probe entnehmen. Führst du uns zu dem Pferd?«

Marie nickte. »Hier entlang.« Sie ging voraus, Kathi Voss und die Tierärztin im Schlepptau. Cara blieb stur am Auto stehen. Bewegte sich keinen Millimeter.

Die Kommissarin trug unglaublich kurze Shorts und ein Tanktop. Wenn man sie kannte, passte das Outfit auch für einen Einsatz. Trotzdem glaubte Marie, dass ihre Chefin sie aus dem Feierabend geholt hatte. Ein Notfall. Aber warum? Sie konnte ja verstehen, dass Helen wissen wollte, ob ihr Pferd gedopt war. Oder generell unter Medikamenten stand. Beim Pferdekauf war es nicht unüblich, eine solche Überprüfung vor dem Kauf zu machen, um Folgeschäden auszuschließen. Das hatte sie irgendwo gelesen. Nun hatte ihre Chefin Sea of Storm aber schon geerbt. Daran würde ein positives Dopingergebnis nichts mehr ändern, warum also diese plötzliche Eile?

Marie führte die beiden durch den Hof am Stall vorbei in den Paddockbereich. Sea of Storm war nicht mehr zu sehen.

Auch Danny Crab nicht. Dafür kam diese Monika vorbeigelaufen. Sie führte einen Schimmel hinter sich her. Marie fragte sie nach Helens Pferd und seinem Pfleger. Ein misstrauischer Blick war die Antwort. Zumindest war Kathi Voss nicht als Polizistin zu erkennen. Aber Monika erkannte eine Tierärztin, wenn sie sie sah. Spätestens an dem Arztkoffer. Dennoch wies sie ihr stumm den Weg zum Stall.

Fast alle Boxen waren jetzt besetzt, und Marie hätte den Hengst so schnell unter vielen nicht wiedererkannt, aber der leuchtende Rotschopf Danny war erneut leicht auszumachen. Er schloss die Tür zu einer Box.

»Hast du noch etwas vergessen?«, fragte er.

Sie schüttelte den Kopf. »Nein, aber meine Chefin möchte, dass eine Dopingprobe bei Sea of Storm genommen wird.«

Dr. Shadid trat hinzu. »Ist das der Patient?«, fragte sie, und als Marie ihr dies bestätigte, bat sie Danny, ihr zu assistieren. Während der Prozedur wich Marie zurück. Ihr wurde zwar nicht schlecht, wenn sie Blut sah, aber der liebste Anblick war es ihr auch nicht.

»Was soll das alles?«, fragte Marie die Kommissarin, die ebenfalls nicht erpicht darauf war, die Prozedur mitzubekommen.

Kathi Voss seufzte. »Offenbar jagt Helen wieder Mördern hinterher oder in diesem Fall Dopingsündern. Es gibt einen Dopingfall in dem irischen Gestüt, wo der Kerl da herkommt, also das Pferd. Und der Bursche wohl auch.« Sie grinste. »Jedenfalls will sie jetzt wissen, ob ihr Pferd ebenfalls betroffen ist. Das ist die Kurzfassung. Und schnell muss es natürlich gehen.«

»Hört sich dramatisch an. Aber es gibt genug Fälle, in denen ein gedoptes Pferd bei einer sportlichen Höchstleistung gestorben ist.«

Kathi Voss nickte. »So ist es wohl geschehen bei einem Rennen in Irland.«

»Oh, das muss bei dem Rennen gewesen sein, das Helen gesehen hat.« Marie überlegte laut.

»Offenbar weißt du mehr als ich. Mich ärgert nur, dass sie immer freitags auf solche Ideen kommt. Ich musste mein Date absagen, und es ist nicht das erste Mal, dass ich meine Freundin versetzen musste. Wenn sie erfährt, dass ich stattdessen mit der Tierärztin unserer Polizeihundestaffel unterwegs bin, wird sie mir die Hölle heiß machen.«

»Mit Dr. Shadid?«, fragte Marie.

Kathi lachte nickend. »Außerdem kümmert sie sich um die berittene Truppe. Insofern ist sie vom Fach. Helen kann von Glück sagen, dass ich sie ganz gut kenne und deshalb ihre private Nummer habe. Und sie war auch nicht erpicht darauf, Überstunden zu machen.«

Die Dopingprobe war schnell entnommen. »Fertig?«, fragte Kathi.

Dr. Shadid nickte. »Noch kann ich dich aber nicht zu deinem Date entlassen. Ich muss die Probe analysieren. Dazu müssen wir in meine Praxis fahren.«

Die Polizistin stöhnte auf. »Wenn es nur das Date wäre, aber wir waren zum Essen verabredet. Ich schiebe ganz schön Hunger. Aber mir bleibt mir wohl nichts anderes übrig. Helen wartet darauf, dass ich ihr das Ergebnis durchgebe.«

»Das heißt, ich kann jetzt erst mal nach Hause?«, fragte Marie dazwischen.

»Ich wüsste nicht, warum wir alle hungern sollten«, antwortete die Kommissarin.

»Können Sie ihr denn sagen, dass sie mir dann auch Bescheid gibt?«

Kathi Voss versprach es ihr. Dann machten sich Ärztin und Polizistin auf den Weg. Marie hörte noch, wie Kathi Dr.

Shadid fragte, ob sie nicht wenigstens ein paar Hundekekse in ihrer Praxis hatte.

Marie blieb mit Danny zurück. »Was ist passiert?«, fragte er. »Warum eine Dopingprobe?«

Sie erzählte ihm, was sie wusste. Er hingegen war überrascht, denn von dem Tod der Stute des Ballyhonny-Gestüts während des Rennens in Galway war ihm noch gar nichts bekannt.

»Wie furchtbar! Sie war keines der Pferde, die ich betreut habe, dennoch … Sie war eine der großen Hoffnungen des Gestüts. Ein sehr ausgeglichenes Gemüt hatte sie. Ganz anders er hier.« Er deutete auf die Box von Sea of Storm.

Marie musste an Flying Wilde denken. Temperamentvoll war er auch, nur scheuer.

Danny wirkte wirklich erschüttert. »Es sind so schlimme Dinge passiert, seit ich hier bin. Erst O'Brian, dann Diamond Girls Tod und jetzt ein Dopingfall. Sharni muss am Boden zerstört sein.«

»Du kennst die ganze Familie?«, fragte Marie.

Er nickte. »Auf dem Hof fühlt man sich gleich zu Hause. Da macht es keinen Unterschied, ob man einfacher Arbeitsreiter ist wie ich oder Besitzer. Emma Quinn zum Beispiel, die Nichte von Sharni O'Brian. Sie ist jeden Tag beim Training, mistet genauso die Ställe aus wie wir alle.«

Marie konnte das familiäre Arbeitsverhältnis nachvollziehen. In der Kanzlei war es ja nicht anders. Helen war mehr als eine Chefin, und Friedas Ratschläge hatten ihr schon so oft über schwierige Phasen hinweggeholfen. Sollte sie das wirklich aufgeben? Musste sie es, wenn sie ein Studium begann? Dabei dachte sie an Danny, der allein nach Deutschland gekommen war. Sich nicht über die vergangenen Ereignisse mit seinen Freunden und Arbeitskollegen austauschen konnte.

»Wo übernachtest du eigentlich? Im Hotel?« Sie würde sich gerne noch länger mit ihm unterhalten. Ihn zu seiner Arbeit befragen. Auch dazu, wie er zu den Bedingungen im Galoppsport stand. Zum Peitscheneinsatz, zum Doping. Sie glaubte, dass ihm sehr an den Pferden lag, aber wie ließ sich das miteinander in Einklang bringen?

»Nein, ich habe hier im Rennstall ein Zimmer zur Verfügung gestellt bekommen.«

Marie war kurz davor zu fragen, ob sie nicht zusammen etwas essen gehen sollten, doch der Mut verließ sie. Außerdem wartete Cara am Auto. Und mit ihr die Missionierungsoffensive. Sie würde Danny mit Sicherheit hart angehen als jemanden, der mitten im Business steckte. Das würde nicht gut gehen. Also verabschiedete Marie sich von ihm. Er bat darum, über das Ergebnis des Dopingtests informiert zu werden, und Marie versprach es ihm. Sie würde ihn anrufen, sobald sie selbst Bescheid wusste.

Kapitel 39

Das Gestüt lag im Dunkeln. Selbst im Haus brannten nur vereinzelte Lampen. Die Wege waren Dane so vertraut, dass er kein Licht brauchte. Er könnte sie mit geschlossenen Augen gehen. Dennoch war ihm alles fremd. Er gehörte nicht mehr hierher. Es traf ihn an diesem Abend so klar wie nie zuvor: Nur für Paddy war er wiedergekommen. Er musste seinen Vater zur Vernunft bringen. Er hatte sich bei Emma erkundigt, ob er zu Hause war. Und sie hatte ihm bestätigt, dass sich der Vater seit Paddys Verschwinden jeden Abend in sein Arbeitszimmer zurückzog. Statt seiner Frau Trost zu spenden, mit der Familie zusammenzustehen, zog er es vor, allein zu sein oder seinen Anwalt zu konsultieren.

Jetzt kam das Dane entgegen. Er konnte ihm unangemeldet gegenübertreten. Die Überraschung nutzen, um ihn in einem unaufmerksamen Moment zu erwischen, in seinem Arbeitszimmer. Seiner Bastion, in der er sich schon immer verschanzt hatte, wenn ihm die Familie zu nahe kam. Zutritt verboten. Außer, er zitierte explizit jemanden zu sich.

Dane nutzte die Hintertür, um ins Haus zu gelangen. Wenn er klingelte, würde er das Überraschungsmoment verlieren, obwohl sein Vater mit Sicherheit nicht damit rechnete, dass er es war, der vor der Tür stand. Und er wollte ihn kalt erwischen. Die einzige Chance, zu ihm durchzudringen. Einen Schlüssel besaß er nicht mehr. Aber die Küchentür war nie verschlossen. Niemand Unbefugtes würde dort eindringen. Seine Mutter hatte ihr Reich mit einem Schutzzauber belegt. Solche Geschichten kursierten in Ballyhonny über sie. Sharni, die Druidin. Seine Mutter sonnte sich im Licht der Erzählungen, die sie mit den alten Kräften in Verbindung brachten. Und es lag auch ein wenig Wahrheit darin. Sie besaß nicht nur ihr umfangreiches Wissen über die heimischen Pflanzen, es kam ein Gespür für die Natur hinzu. Sie nahm es wahr, wenn etwas aus dem Takt war und welches Mittel in dem Fall Heilung versprach. In Bezug auf Pferde hatte sie dieses Gespür an ihren Sohn weitergegeben. Waren das die alten Druidenkräfte? Dane sprach lieber von seiner Intuition. Er hatte sie nie hinterfragt. Für ihn war sie wie eine normale Sinneswahrnehmung. Oder eine Kombination aller seiner Sinne. Manchmal roch er eine Entzündung in einem der Gelenke von Storm. Oder fühlte eine leichte Erhöhung der Temperatur. Was immer es war – weder er noch seine Mutter konnten einen Schutzzauber über eine Tür legen oder erspüren, was mit Paddy passiert war. Aber genau darum war er hier.

In der Küche brannte kein Licht. Das beruhigte ihn. Es wäre nicht ungewöhnlich, Sharni um diese Zeit noch dort anzutreffen. Die Küche war ihre Zuflucht. Ihre Bastion. Er öffnete die Tür. Sog den vertrauten Duft der Kräuter ein, verweilte aber nicht. Er würde sich nicht abspeisen lassen. Er würde es angehen, bevor ihn der Mut verließ. Er hielt nicht eher an, bis er vor der Tür zum Arbeitszimmer stand. Ein feiner Lichtschein schlich sich vorsichtig durch den winzigen Schlitz unter der Tür hindurch. Sein Vater war da. Automatisch hob er seine Hand, um zu klopfen. Hielt dann aber abrupt inne. Keine Ankündigung, rief er sich in Erinnerung. Hineinstürmen.

Dane atmete durch. Ein irrationaler Gedanke drängte sich ihm auf, dass sein Vater es war, der einen Schutzzauber über seine Tür gelegt hatte. Er schüttelte den Kopf. Das bezeugte nur, wie sehr Dane das »Zutritt verboten« seines Vaters verinnerlicht hatte. Immer noch. Es war Zeit, es ein für alle Mal abzustreifen. Er drückte die Klinke hinunter und trat ins Zimmer.

Es war niemand da. Kevin O'Brian saß weder an seinem bulligen Schreibtisch noch holte er ein Buch aus dem Regal. Der geschwungene Polstersessel mit dem kleinen Beistelltisch stand vereinsamt in der Ecke vor dem Fenster. Dort nahm der Vater seinen Tee, während er die Zeitung las.

Wo war sein Vater? Nur die Leuchte am Pult brannte und warf einen Lichtkreis auf die Tischplatte. In diesem Spotlight lag ein Blatt Papier. Perplex umrundete Dane den Schreibtisch. Sein Name stand oben auf dem Blatt. Eine handschriftliche Notiz. Ihm brach der Schweiß aus.

Dane. Hilf mir! Komm morgen Abend zum Hexenkopf. Allein. 20 Uhr. Zuletzt noch ein *PS*. Paddys Initialen! Ein P für Paddy und ein S für Sommers, der Mädchenname von Dairine. Schon immer hatte sein Bruder alle seine Zeichnungen mit diesen Initialen signiert. Ein stiller Protest gegen seinen Vater, dessen Namen er zumindest dort ablegen konnte. Dane nahm das Blatt hoch, hielt es schräg unter das Licht. Auch die geschwungene Handschrift wirkte echt.

Dane presste sich die Notiz an die Brust und verließ das Zimmer. Plötzlich fühlte er sich beobachtet. Offenbar war er es, der überrascht wurde. Nicht sein Vater. Eine Falle. Aber eine, der er nicht entgehen konnte. Natürlich würde er zum Treffpunkt gehen. Sein Bruder brauchte ihn.

Hinaus nahm er die Vordertür. Bevor er sie erreichte, sprach jemand seinen Namen.

»Dane!«

Er drehte sich um. »Mutter!«

»Was machst du hier? Warum hast du dich nicht bemerkbar gemacht?«

»Vergiss, dass ich hier war.«

»Hast du mit ihm gesprochen?«

»Er ist nicht da.« Dane griff blind zur Tür. Tastete, bis er das kalte Messing des Türknopfs spürte. Ließ sie dabei nicht aus den Augen. Ahnte sie etwas? Nein. Sie würde nie einen Menschen, den sie liebte, in Gefahr bringen.

»Ich muss los.«

Der Blick seiner Mutter fiel auf die Notiz, die er immer noch an seine Brust gepresst hatte. »Was ist das?«

»Nichts.« Dane steckte sie in seine Hosentasche. »Ich rufe dich an«, sagte er, bevor er den Türknopf drehte und hinaus in die Nacht stürmte.

Kapitel 40

Inspektor Bail legte Finns Liste zurück auf den Tisch. Die restlichen Proben hatten das bisherige Ergebnis bestätigt. »Das sieht eindeutig aus«, meinte er folgerichtig.

»Es gibt eine weitere Person, die ebenfalls Zugang zu allen positiv getesteten Pferden hat. Brigg, unser Futtermeister. Auch wenn ich ihm das nicht zutraue, aber ...«, Finn machte eine Pause, »ihr auch nicht.«

Helen hatte sie ebenfalls anders eingeschätzt. Es gab eine Möglichkeit, den Futtermeister auszuschließen, hatte Finn ihr erklärt. Roller Coaster, das Pferd von Lady Dunningham, war erwartungsgemäß nicht positiv. Neben dem Arc-Kandidaten gab es einen weiteren Hengst, den Brigg schon lange nicht mehr versorgt hatte: Sea of Storm, Helens Pferd. Dies alles erläuterte sie Bail, der nach ihrem Anruf sofort gekommen war.

»Wir haben eine Dopingprobe in Deutschland veranlasst. Das Ergebnis müsste jeden Augenblick kommen.« Sie schaute auf ihr Mobiltelefon. Es war über zwei Stunden her, seit sie Kathi gebeten hatte, sich um den Dopingtest zu kümmern.

Bail nahm sich noch einmal die Liste zur Hand. »Was ich nicht sehe, ist eine Verbindung zum Mord an O'Brian.« Er hatte recht, aber sie hatte eine entsprechende Andeutung gemacht, um sicherzugehen, dass er kam. Er konnte sich nicht beschweren, das Gleiche hatte er doch auch mit ihr veranstaltet, damit sie nach Irland kam. Und wie er hatte auch sie im Gefühl, dass beides zusammenhing.

»Und zum Tod von Dane«, ergänzte Helen. Dann war die Musik wieder in ihrem Kopf. Das Pfeifen. Der Vogelfänger. Konnte das die Verbindung sein? »Hat die Vernehmung von Paddy etwas ergeben?«

Bail zuckte mit den Schultern. »Ich war nicht dabei.«

»Ich muss mit ihm sprechen. Ich glaube, er hat sich an etwas erinnert, kurz bevor er verhaftet wurde.«

»Offiziell schwierig. Aber Sie könnten bei Mrs. O'Brian nachfragen. Sie hat ihn gestern schon besucht.«

»Sharni oder Dairine?«, fragte Helen.

»Sharni O'Brian. Zusammen mit dem neuen Anwalt. Er hat Eindruck hinterlassen. Ich glaube, mein Kollege wird die Haft nicht lange aufrechterhalten können. Was hat das erste Gespräch mit Paddy vorgestern Abend denn eigentlich ergeben?«

Sie hatte Bail davon noch gar nicht berichtet. Die Geschehnisse hatten sich überschlagen. Jetzt gerade war etwas Zeit, so lange, bis das Ergebnis aus Deutschland kam. Sie erzählte, dass Paddy bestätigt hatte, was Bail schon vermutet hatte. Er erinnerte sich, entführt worden zu sein. An nicht viel mehr. »Aber jetzt hat diese Melodie etwas hervorgerufen. Nur was, weiß ich nicht.«

»Welche Melodie?«, fragte Bail.

»Ein Pfeifen. Die Melodie des Vogelfängers aus Mozarts Zauberflöte. Wellerman, der die Futtermittelfirma geerbt hat, hat sie gepfiffen. Er ging draußen am Speisesaal an den offenen Fenstern vorbei. Genau in dem Moment, als Paddy und James verhaftet wurden.«

»Außerdem hat er als Einziger – außer Shaw natürlich – von dem Firmenerbe profitiert. Das muss etwas zu bedeuten haben«, warf Finn ein.

Zwar war Finn nicht unvoreingenommen, was seinen Nachbarn betraf, aber da traf er den Nagel auf den Kopf. Es war wirklich merkwürdig, dass Wellerman ohne jede offensichtliche Beziehung zum Firmenimperium einen ganzen Firmenanteil vermacht bekommen hatte. Und das, obwohl er doch angeblich einen Hass auf Kevin O'Brian hegte, wegen dessen Affäre mit seiner Frau.

»Es ist auffällig. Von O'Brian kam diese Zuwendung bestimmt nicht, die beiden konnten doch nicht gut miteinander«, meinte Helen.

Finn schüttelte den Kopf. »Du meinst aber nicht die angebliche Affäre zwischen Wellermans Frau und Kevin O'Brian?«

»Ich weiß, du glaubst nicht daran.«

»Es ist nur ein Gerücht. Vermutlich hat Wellerman es selbst in die Welt gesetzt, um zu erklären, warum seine Frau ihn verlassen hat. Ich glaube, die ist einfach nur abgehauen, weil er ein Scheißkerl ist.«

Helen ärgerte sich, dass sie das Gespräch auf Wellerman gebracht hatte, solange Finn da war. »Ist doch auch egal. All das erklärt immer noch keine Verbindung zwischen O'Brians Tod, Paddys Entführung und ob auch noch das Doping damit zusammenhängt.«

Bail hatte der Gerüchteküche schweigend zugehört, aber jetzt hakte er ein. »Außer, man nimmt das hinzu, was ich über Shaw herausgefunden habe.«

Helen merkte, dass sie im Eifer ihrer Entdeckungen wegen des Dopings und der Vermutungen über Paddys Entführung ganz in den Hintergrund gedrängt hatte, dass ja auch Bail etwas ermittelt hatte.

»Und was ist das?«, fragte sie.

Bail warf einen fragenden Blick auf Finn, der sich wieder seinem Computer zugewandt hatte.

»Finn kann alles hören. Sollte es sogar. Finn kennt die Strukturen hier besser als wir.«

Bail zog die Schultern hoch. »Ich gebe zu bedenken, dass Ihr Schwager persönliche Fehden auszutragen hat. Ohne seine Aussage gäbe es keine Festnahme.«

Finn wandte sich abrupt um. »Erst als Shaw meine Aussage bestätigt hat, haben Sie gehandelt. Sonst wäre ich doch immer noch der Hauptverdächtige.«

Helen schlug auf den Tisch. Das brachte niemanden weiter. »Das reicht. Wir sind schon wieder bei Shaw gelandet. Raus mit der Sprache, Bail. Was haben Sie herausgefunden?«

Der Kommissar begann zu erzählen. Shaw war in einen Wettskandal in Dublin verwickelt gewesen. Nicht persönlich, aber er vertrat später vor Gericht seinen Bruder, der mit Manipulation von Pferderennen solch horrende Summen durch Wetten auf Außenseiter kassiert hatte, dass sogar ein Wettbüro daran pleiteging.

»Und jetzt halten Sie sich fest: Alle diese Außenseiterpferde, die gewonnen haben und auf die Shaws Bruder bei traumhaften Quoten gesetzt hatte, waren gedopt.«

»Ich erinnere mich daran«, meinte Finn. »Ist etwa zwanzig Jahre her. Ich war gerade mit dem Studium fertig. Ein Außenseitersieg beim Irish Derby, bei dem sich nachher rausstellte, dass das Pferd gedopt war. Ein Riesenskandal.«

Bail nickte. »Das Derby war das eine Rennen zu viel. Dort ist es aufgeflogen, und man hat einige vorherige Rennen mit Außenseitersiegen überprüft. Es stellte sich heraus, dass alle Siegerpferde aus nur zwei Ställen kamen.«

»Aber die Rennen lagen bestimmt zu lange zurück, um Spuren des Dopings bei den Pferden nachzuweisen.« Finn tippte auf die Aufstellung. »Soweit ich mich erinnere, war das eine Substanz, die lediglich in Haaren noch mehrere

Monate nachweisbar ist. Im Urin oder Blut maximal drei bis vier Tage.«

»So ist es. In den Haarproben hat man bei zweien der Gewinnerpferde Spuren gefunden. Es führte immerhin dazu, dass ein paar Pferdepfleger in den beiden Rennställen entlassen wurden. Vor Gericht war nur die positive Dopingprobe des Siegers im Derby verwendbar. Aber auch hier gab es nur Konsequenzen für den Rennstall. Nicht mal dem Eigentümer konnte man nachweisen, dass er Kenntnis vom Doping hatte.«

»Und Shaws Bruder ebenfalls nicht, nehme ich an?«, fragte Helen. »Wurde er freigesprochen?«

Bail nickte. »Vor Gericht ja.«

Helen blickte ihn fragend an.

»Der Besitzer des Wettbüros fand, dass es genügend Beweise gab, um Gregory Shaw zu richten.« Bail formte mit der Hand eine Pistole. »Er hat ihn erschossen.«

In die seinen Worten folgende Stille schrillte der Klingelton von Helens Handy. Vor Schreck ließ Helen es fallen. Bückte sich hektisch, hob es zitternd auf. Im Display erschien der Name von Kathi Voss. Sie nahm den Anruf an und hörte schweigend zu.

»Danke, Kathi. Du hast etwas gut bei mir. Wieder einmal.«

Nach dem kurzen Telefonat blickten Finn und Bail sie erwartungsvoll an.

»Positiv«, sagte Helen wie in Trance. Obwohl klar war, was das bedeutete, konnte sie es nicht begreifen. Dane hätte seine Hand für sie ins Feuer gelegt. Hatte ihr seine Pferde anvertraut.

Finn sprach das Offensichtliche aus. »Dann ist es eindeutig.« Er atmete durch. Auch ihn traf diese Nachricht sichtlich. »Was machen wir jetzt?«, fragte er mit rauer Stimme.

Bail antwortete: »Es ist an der Zeit, Emma Quinn zu befragen.«

Kapitel 41

»Danny?« Marie wiederholte seinen Namen. Sie wusste nicht, ob er sie verstanden hatte. Sie war soeben zurück nach Bonn gekommen, lief aber noch am Bertha-von-Suttner-Platz entlang. Kein Parkplatz in der Nähe ihrer Wohnung. Alle Anwohnerparkplätze belegt. Die Straßenbahn fuhr vorbei. Es war laut, noch dazu war ihre englische Aussprache nicht die beste.

Endlich antwortete Danny. »Ich habe verstanden. Die Dopingprobe ist positiv. Ich bin … es ist ein Schock.«

Genau wie sie empfand. Helen hatte angerufen, gerade als sie aus dem Auto ausgestiegen war. Es gab keinen Zweifel. Sea of Storm war gedopt. Irgendein kortisonhaltiges Mittel war ihm zugeführt worden, das auf der Dopingliste der verbotenen Substanzen ganz oben stand. Das hieß auch, dass er keinesfalls beim Rennen am Sonntag starten konnte, egal wie Helen sich entschieden hätte.

»Danny, es gibt noch etwas, das ich dir sagen muss. Meine Chefin möchte, dass ich Sea of Storm nach Bonn hole. Er soll keine Rennen mehr laufen. Nie mehr.«

Wieder machte sich Stille am anderen Ende der Leitung breit.

»Hm. Wann holst du ihn?«, fragte er endlich.

»So schnell wie möglich. Morgen früh, geht das? Ich muss erst einen Transport organisieren.«

»Was passiert dann mit ihm? Wird er zur Zucht eingesetzt?«, fragte er.

»Das weiß ich nicht. Nur Rennen soll er nicht mehr laufen«, antwortete Marie.

Danny schwieg. Erklärte dann, dass er die Papiere fertig machen würde. Den Equidenpass mit dem Stammbuch und die medizinische Akte, die für jedes Rennpferd geführt wurde, außerdem den Futterplan.

»Und dann werde ich mir einen Flug nach Hause buchen«, schloss er.

»Danny?«, fragte Marie. »Wenn es so eine medizinische Akte gibt, müsste da nicht was zu diesem Dopingmittel drin stehen?«

»Bestimmt nicht. Sea of Storm ist nicht verletzt, hat keine Probleme mit den Gelenken. Wenn er so eine Medikation benötigt hätte, wüsste ich es. Ich kann mir nicht vorstellen, wie er damit in Berührung gekommen sein soll. Und dass es überhaupt Doping auf dem Gestüt oder im Rennstall von Ballyhonny gibt. Das macht keinen Sinn. Das hätte Sharni nie zugelassen.« Er seufzte. Ihm schien klar, dass Marie nichts von alledem kommentieren konnte. Stattdessen stellte er eine konkrete Frage: »Wie viele Pferde sind überhaupt betroffen?«

»Sorry, Danny, das weiß ich alles nicht.«

Er brummte ins Telefon. Er tat Marie leid. Gleichzeitig würde sie sich gerne intensiver mit ihm austauschen. Sich den ganzen Rennsport von jemandem erklären lassen, der mittendrin war. Zwar hatte Helen sie nicht darum gebeten, aber sicherlich würde auch sie gerne mehr über die Eigenheiten von Sea of Storm erfahren. Und sie spürte, dass Danny sicher gerne von ihm erzählen würde.

»Danny? Hast du heute Abend noch etwas vor?«, fragte sie vorsichtig. Sie war nicht gut darin. Und sie wollte nicht, dass er auf falsche Gedanken kam. Auch haderte sie mit sich, schon wieder die Strecke bis nach Weidenpesch fahren zu müssen. Und zurück.

»Außer meinen Flug buchen, nein. Warum?«

»Vielleicht könnten wir etwas zusammen essen?«

»Willst du?«, fragte Danny.

»Ich könnte in einer Dreiviertelstunde wieder da sein. Hunger hab ich auch.«

Er lachte befreit. »Okay. Hier gibt es ein griechisches Restaurant in der Nähe. Ganz gut. War ich schon ein paarmal. Was anderes kenne ich nicht.«

»Klingt doch fantastisch.«

Eine Stunde später saßen sie bei einem Griechen mit dem klassischen Namen griechischer Restaurants in Deutschland: Hellas Grill. Marie war es recht. Mit Gyros und Pommes konnte man nichts falsch machen.

»Erzähl mir von Sea of Storm«, hatte Marie gebeten, und es stellte sich heraus, dass Danny ein echtes irisches Plappermaul war. Begeistert erzählte er von seiner Arbeit im Ballyhonny-Rennstall. Er war seit fünf Jahren dort. Hatte eine Ausbildung im Rennstall gemacht. Momentan war er als Arbeitsreiter tätig, was so viel hieß, dass er die Pferde im Training ritt. Ursprünglich hatte er vorgehabt, Jockey zu werden, aber das war in Ballyhonny schlecht möglich. Sie hatten mit Emma und James Quinn zwei feste Jockeys. Andererseits hatte er seine Arbeit mit den Pferden, so wie sie war, lieben gelernt. Und wollte sie nicht mehr missen.

»Ich werde Sea of Storm vermissen. Ich habe ihn betreut, seit er mit einem Jahr vom Gestüt in den Rennstall gewechselt ist.

Zwei Jahre war ich täglich mit ihm zusammen. Täglich!« Er schaute betrübt drein und stocherte lustlos in seinem Gyros herum.

»Es tut mir leid. Wenn du magst, halte ich dich auf dem Laufenden, was ihn betrifft. Okay?«, bot Marie an.

Er lächelte. »Das wäre schön. Weißt du, Marie, abgesehen von Sea of Storm bin ich froh, schell wieder nach Hause zu kommen. Aber ich habe auch Angst, dass nichts mehr wie vorher ist. Es ist so viel Schreckliches passiert.«

Sein Chef war ermordet worden. Eine Stute im Rennen gestorben, vermutlich, weil sie gedopt war, und jetzt ein ganzer Dopingskandal. Ein Glück, dass Sea of Storm vorher getestet worden war, bevor er möglicherweise ins Rennen gegangen wäre. Marie wollte gar nicht wissen, was alles hätte passieren können.

»Hast du diese Stute, die gestorben ist, auch trainiert?«

»Diamond Girl? Nein. Aber sie war in derselben Trainingsgruppe wie Sea of Storm.«

Marie nickte mitfühlend. »Ich kann verstehen, dass du dir Sorgen machst. Aber es wird bestimmt alles wieder gut.« Es klang hohl, obwohl sie es von Herzen so meinte. Sie wusste nicht, wie sie ihn sonst trösten konnte.

Er schüttelte den Kopf. »Ich kann das alles nicht glauben. Doping in Ballyhonny. Das ist so wie Schlangen in Irland. Das kann es nicht geben.«

»Wieso? Gibt es die etwa nicht bei euch?«, fragte Marie lachend, da sie es für einen Witz hielt.

Danny aber blieb ernst. »Nein. Wusstest du das nicht? Die Legende sagt, dass unser heiliger St. Patrick alle Schlangen aus Irland vertrieben hat. Fakt ist, es ist nicht eine einzige Schlangenart bei uns beheimatet.« Jetzt schloss er seine Lektion doch mit einem kleinen Lächeln ab. Das passte so viel besser zu ihm als so ein ernstes Gesicht.

»Das wusste ich nicht. Aber ich mag es, wenn du lachst«, schlüpfte es unwillkürlich über Maries Lippen. Sie merkte, dass sie rot anlief.

Danny nickte. »Ich weiß.« Sein Grinsen wurde breiter. »Wie ein Leprechaun sehe ich aus. Sagt man mir oft. Fehlt nur noch ein grüner Hut. Aber leider gibt es gerade gar nicht viel zu lachen.«

Das stimmte. Die Schlangen hatten sie vom Thema abgebracht. »Du hast gesagt, dass Doping so gar nicht nach Ballyhonny passt. Wie meinst du das?«

»Wegen Sharni O'Brian.« Danny druckste herum. »Nicht dass du denkst, ich bin *craiceáilte,* also verrückt. Wir nennen sie unsere Druidin. Sie kennt sich mit allen möglichen Kräutern aus, hat immer zuerst ein Naturmittelchen parat, wenn sich ein Tier verletzt hat oder einer von uns. Ich hab mich mal dumm angestellt. Ganz am Anfang, als ich dabei war. Mich hat es voll vom Pferd geworfen bei einem Sprung im Training. Nichts gebrochen zum Glück. Aber eine üble Quetschung, dort, wo mich ein Huf erwischt hat. Ihre Salbe ...« Er hob Daumen und Zeigefinger an den Mund und machte ein Kussgeräusch.

Marie grinste. Wenn er so erzählte, war er eine echte Einmannshow. Gesichtsgymnastik inklusive. »Und das passt mit Doping nicht zusammen, stimmt's?«

»Genau das. Und sie ist der heimliche Boss, auch im Rennstall. Alle wissen, zuerst Sharni um Rat fragen. Natürlich nur, was die Pferde des Gestüts angeht. Die Fremdeinsteller nicht.«

»Und Sea of Storm ist auch ein Pferd vom Ballyhonny-Gestüt gewesen?«

Er nickte. »Ich hab sein Medikamentenbuch mitgebracht.« Er beugte sich hinunter zu seiner Tasche, die er am Boden abgestellt hatte. Er entnahm ihr eine lederne Aktenmappe, zog einen Schnellhefter daraus hervor und reichte ihn Marie. Es sah aus wie die komplette Krankenakte des Pferdes. Jedenfalls reichte sie zurück bis zum Jahr 2016.

»Siehst du, die ist nicht sehr dick.«

Das stimmte. In diesem Jahr gab es nur einen Eintrag im Februar. Und den Eintrag verstand sie sogar. Omeprazol. Das Medikament, das auch Flying Wilde bekommen hatte.

»Er hatte eine Kolik?«, fragte Marie.

Danny blickte erstaunt auf. »Hey, du weißt ja doch eine Menge über Pferde.«

Marie schüttelte den Kopf. »Nicht wirklich. Nur hatte gerade eines der Tiere auf dem Reiterhof in Niederkassel, also dem neuen Zuhause von Sea of Storm, eine Kolik. Und er hat auch dieses Medikament bekommen.«

»Bei Sea of Storm war es keine Kolik. Zum Glück. Nur ein beginnendes Magengeschwür. Aber du verstehst, was ich meine. Bei uns bekommen die Pferde nur das Nötigste.«

Marie nickte. »Wegen dieser Sharni. Aber das Doping hat ja anscheinend nicht sie durchgeführt, sondern eine Emma?« Sie versuchte, sich an den Nachnamen zu erinnern, Helen hatte ihn erwähnt, aber er fiel ihr nicht mehr ein.

Danny atmete durch. »Emma Quinn. Sie ist die Nichte von Sharni. Sie ist ein toller Jockey. Auch bei ihr kann ich es nicht glauben. Sie hat Diamond Girl geritten.«

»Kennst du sie gut?«, fragte Marie.

»Genauso gut wie die Pferde, mit denen ich täglich arbeite. Sie ist unser Hauptjockey, ist aber auch bei den normalen Trainingseinheiten dabei. Und auf die Nachkommen von Eastern Storm hat sie besonders geachtet. Sea of Storm hat sie nur nicht selbst trainiert, weil er in der gleichen Trainingsgruppe mit einem anderen Sohn von Eastern Storm war. Der ist aber mittlerweile zu alt für Rennen und verkauft worden.«

Marie atmete durch. »Und dir ist nichts aufgefallen?«

Danny schob seinen Teller etwas von sich weg. Er war noch halbvoll. »Was war schon normal in letzter Zeit? Wir haben die Spannungen alle gemerkt. Seit O'Brian den Cheftrainer ausgetauscht und den Alten in Rente geschickt hat. Emmas Bruder hat von ihm Hausverbot bekommen. Emma stand zwischen den Stühlen. Natürlich war sie anders. Angespannt. Wie wir alle.«

Marie nickte, während sie die letzte Fritte in den Mund steckte. Lecker, aber sehr salzig. Sie leerte ihre Sprite in einem Zug.

Danny zuckte mit den Schultern. »Deshalb hat sie sich auch nicht um den Transport von Sea of Storm gekümmert. Mir war es recht so, Sharni ist stattdessen eingesprungen. Der Junge regt sich auf, sobald er in eine Transportbox soll. Ist ihm zu eng. Und im Flugzeug ist das noch mal schlimmer. Sharni hat ein paar Mittelchen zur Beruhigung parat. Und wieder rein pflanzlich. Ich sag ja, sie kennt sich aus. Sea of Storm war ruhig wie ein schlafendes Kätzchen, als wir in Deutschland gelandet sind. Nur die Nacht vorher war hart. Er wusste, dass es auf eine große Reise ging. Aber am Morgen begannen die Kräuter endlich zu wirken. Ist im Endeffekt alles perfekt gelaufen.«

Das stellte sich auch Marie unangenehm vor. Die Tiere zusammen mit Koffern, alles dunkel, womöglich kalt. Marie dachte daran, wie sich manche der Pferde gewehrt hatten, wenn sie vor dem Rennen in die Startbox geführt wurden. War ja klar. So festgesetzt, konnten sie nicht fliehen, wenn sie Panik bekamen.

»Da können die Pferde sich auch bestimmt schwer verletzen. Oder? Wenn sie anfangen, gegen die Gitter zu treten?«, fragte sie.

Danny nickte »Beim Transport sind schon fiese Unfälle passiert. Deshalb war ich froh, Sharni an meiner Seite zu haben.«

Es war spät geworden. Marie hatte die Rückfahrt nach Bonn noch vor sich. Und dann stand morgen der Umzug von Sea of Storm an, vor dem sie jetzt einen Heidenrespekt hatte. »Hast du noch etwas von dem Beruhigungsmittel da?«, fragte sie Danny.

»Ja, war für den Rückflug vorgesehen. Aber den gibt es ja nicht mehr.«

»Ist das etwas, das ins Medikamentenbuch geschrieben werden muss?«

Danny schüttelte den Kopf. »Nein. Rein pflanzlich. Natürlich stehen auch einige der Naturmedikamente auf den Dopinglisten. Aber die Inhaltsstoffe in Sharnis Tropfen sind unbedenklich. Da achtet sie drauf. Und falls mal etwas dabei ist, was verboten ist, wird es im Buch vermerkt. Aber ist auch egal. Wenn er sowieso keine Rennen mehr läuft, muss das nicht mehr festgehalten werden.«

Marie ging nicht darauf ein. Es war jetzt eben so. Damit musste Danny klarkommen. Es gab ja noch andere Pferde im Stall. Und sie würde sich gut um Sea of Storm kümmern. »Gibt es sonst noch etwas? Was mag er gerne? Oder irgendwelche Unverträglichkeiten?«

»Nein. Außerdem sollte deine Chefin auch alles Notwendige gesagt bekommen. Ist sie nicht sogar verwandt mit unserem Trainer?«

Marie lachte. »Nicht direkt. Er ist ihr Schwager.«

»Na, dann sitzt sie an der Quelle. Finn kennt alle Pferde, als wären sie seine eigenen. Egal, ob vom Ballyhonny-Gestüt oder von fremden Eigentümern. Er hat sich einen Namen über die Grenzen von Irland hinaus gemacht.«

Marie war vollgefüllt. Mit Gyros und Informationen. Beides musste sie verdauen. Genügend vorbereitet fühlte sie sich immer noch nicht, um die Verantwortung für den Transport eines Pferdes zu übernehmen. Aber Cara war ja dabei.

Sie verabschiedete sich von Danny und bedankte sich bei ihm. Die Unterlagen würde er ihr morgen zusammen mit dem Pferd übergeben.

»Und falls du später noch mal Fragen hast: Du hast ja meine Nummer.«

Kapitel 42

Sie fanden Emma bei den Zuchtstuten. Sie saß im Mittelgang auf einem Strohballen und beobachtete eine Stute ihr gegenüber im Stall, die ihr Fohlen säugte. Helen erinnerte sich an die Testamentseröffnung. Auch Emma hatte ein Pferd geerbt. Ebenfalls eine Nachfahrin von Eastern Storm. Das verband sie mit ihr. Helen deutete Finn und Bail an, etwas zurückzubleiben, und trat zu Emma.

»Ist sie das?«, fragte sie. »Storm of Joy?«

Emma fuhr sich durchs Gesicht und hob dann den Kopf. Nickte. Ihr Blick streifte an Helen vorbei zu Finn und dem Kommissar.

»Dann wisst ihr es? Er hat es direkt vermutet«, sagte sie, stand auf und lehnte sich auf die Brüstung am Stall ihrer Stute. »Stimmt doch, Finn?«, rief sie zu ihm hinüber. Resigniert. Fast unbeteiligt. »Schon als das Ergebnis der Obduktion da war.«

Finn kam heran. »Du schienst nicht überrascht zu sein«, sagte er.

War das so? War das der wirkliche Grund, warum er zuerst Abstand gewinnen musste? Hatten die Dopingproben bei den übrigen Pferden nur seinen Verdacht bestätigt?

Emma seufzte. »Ich war noch nie eine gute Schauspielerin. Dane hat immer sofort gemerkt, wenn ich nicht die Wahrheit gesagt habe. Schon als wir Kinder waren.«

Helen merkte, wie ihr Puls hochging. Emma sagte das so nüchtern. Als wäre das alles kein großes Ding.

»Wie konntest du das machen? Wenn Dane noch lebte ...« Sie brach ab.

»Aber das tut er nicht. Lange nicht mehr. Und schon vorher hat er uns, hat er mich mit all dieser Scheiße hier alleingelassen. Er ist einfach abgehauen. Ich musste sehen, wie ich zurechtkomme.«

»Indem du Doping verabreichst? Den Pferden, die Dane dir anvertraut hat?« Helens Stimme überschlug sich.

Finn wurde laut. »Du warst nie allein, Emma. Ich war da. Sharni. Selbst dein Bruder ...«

Emma ließ ihn nicht ausreden. »Ihr versteht nicht, wie es war. Wie das alles angefangen hat. Ich konnte mich niemandem anvertrauen. Es hat mich zerfressen.« Sie verschluckte sich und begann zu husten. Helen hielt ihren Reflex, ihr auf den Rücken zu klopfen, zurück. Sie war zu entsetzt über Emmas Lügen. Aber sie verstand nun, dass diese Kälte, das Abgestumpfte nur eine äußere Haut war. In Emma brodelten die Gefühle.

Helen erinnerte sich plötzlich wieder an die Szene vor fünfzehn Jahren. »Was hast du damals zu Dane gesagt? Als du auf seinen Hof gekommen bist. Das war zu der Zeit, als Paddy entführt war.«

Emma holte tief Luft, nachdem ihr Husten verebbt war. Sie schaute Helen in die Augen. »Du erinnerst dich daran?«

Natürlich erinnerte sie sich daran. Alles aus diesen letzten zwei Wochen in Danes Leben war in ihr Gedächtnis eingebrannt wie die Rillen in einer Vinylplatte. Die Interpretation dieser Erinnerung war das Problem.

»Etwas war anders nach eurem Gespräch. Ich habe es gleich gemerkt. Und einen Tag später war er tot. Wie sollte ich das vergessen?« Helens Stimme versagte fast.

»Es ist meine Schuld.« Emma schlug sich die Hände vors Gesicht.

Helen hielt es nicht mehr aus. Sie wollte sie schütteln. »Was?«

»Danes Tod. Wenn ich ihm nichts erzählt hätte, wäre er vielleicht noch am Leben.«

Und endlich wurde Emma konkret, berichtete in allen Einzelheiten, was passiert war. Und je mehr sie sprach, desto befreiter wirkte sie. Sie trug dieses Wissen schon fünfzehn Jahre mit sich. Allein.

»Einen Tag, nachdem Paddy verschwunden war – das war der Tag, an dem Sie zum ersten Mal auf dem Gestüt auftauchten, Inspektor …«, Emma zeigte auf Bail, anklagend, »in diesem Durcheinander nahm Onkel Kevin mich beiseite. Er hatte eine ungewöhnliche Bitte. Das irische Derby stand kurz bevor. Und ich sollte unsere Starstute Sky is the Limit reiten. Sie war Topfavorit. Ich war so stolz, dass ich sie reiten durfte.«

Finn war näher gekommen. »Ich erinnere mich gut. Sie war in Topform, auch im Training. Ich habe nie verstanden, warum sie nicht gewonnen hat.«

Emma nickte. »Oh, sie hätte gewonnen. Leicht. Das war es, was Onkel Kevin von mir wollte. Ich durfte nicht gewinnen.«

»Aber warum?«, fragte Finn.

»Onkel Kevin hat sich selten erklärt. Sicherlich nicht mir vor fünfzehn Jahren, unerfahren und naiv wie ich war. Natürlich habe ich nachgefragt. Es machte keinen Sinn. Das Preisgeld war auch damals schon hoch für einen Sieg beim Derby.«

»Wie hoch?«, fragte Helen.

Finn antwortete. »Um die siebenhunderttausend Euro.«

Helen schluckte. Sie hatte jetzt schon mehrfach von den hohen Gewinnen gehört, es erschien ihr immer noch unfassbar. Aber sie erinnerte sich daran, dass Dane von den ständigen Geldsorgen seines Vaters gesprochen hatte, weil er sich bei Investitionen gerne mal übernommen hatte. Das hatte er damals gegenüber Bail in einer seiner Befragungen gesagt. Wenn Kevin O'Brian aber in Geldnöten war, machte es umso weniger Sinn, auf ein solch hohes Preisgeld zu verzichten, wenn die Chancen so gut waren, dass sein Pferd gewann.

Emma nickte. »Eine Summe, die dem Gestüt gutgetan hätte. Ich hab es nie verstanden, warum Onkel Kevin mich zum Verlieren angehalten hat. Er schien selbst unter Druck zu stehen.«

»Die Entführung seines Sohnes?«, warf Bail ein. »Das würde Sinn machen. Wer hat denn stattdessen gewonnen?«

»Danger hieß das Pferd«, antwortete Emma.

Finn ergänzte: »Es war im Besitz einer Familie, mir fällt der Name nicht ein. Wohl aber der des Rennstalls, von dem es trainiert wurde. Bringlewood. Ich hab mich damals ein wenig nach einem Job bei einem anderen Rennstall umgehört, nachdem Dane fort war. Seitdem war es nämlich nicht mehr dasselbe bei uns gewesen. Deshalb kann ich mich ganz gut an den Namen erinnern. Aber dieser Derbysieg war ihr größter Erfolg. Danach hat man nicht mehr viel von ihnen gehört. Na ja, wir kommen vom Thema ab.« Er wandte sich an Emma: »Wieso, Emma? Doping widerspricht allem, wofür Ballyhonny steht. Unsere Pferde brauchen das nicht. Diamond Girl …« Ihm versagte die Stimme.

Emma blieb eine Antwort schuldig. Aber Bail meldete sich plötzlich zu Wort. »Sagten Sie, der Rennstall hieß Bringlewood?«

Finn nickte bestätigend.

»Das war einer der Rennställe, die in den Wettskandal ein paar Jahre zuvor verwickelt waren.« Bail schlug sich gegen die Stirn. »Natürlich, nach dem Tod seines Bruders hat er das Gleiche hier ein letztes Mal durchgezogen.«

Finn fand seine Stimme wieder. »Nur dass ihm diesmal Sky is the Limit im Weg war. Selbst ein gedoptes Pferd war nicht schnell genug für sie. Also musste er sie anders ausschalten.«

»Indem er Paddy als Druckmittel entführt hat«, ergänzte Helen. Und dann fuhr ihr der Schreck in die Glieder. »Emma, was genau hast du Dane erzählt an jenem Tag?«

Emma hatte dem Austausch stumm gefolgt, zuckte zusammen, als Helen sie ansprach. »Ich verstehe nicht. Von wem redet ihr?«

»Von Peter Shaw natürlich«, antwortete Helen. »Also, was hast du Dane erzählt? Am besten Wort für Wort. Hast du ihm gesagt, dass du absichtlich verlieren solltest?«

Emma nickte. »Und dass ich befürchtete, dass sein Vater durch Paddys Entführung unter Druck gesetzt worden war.«

»Hat er gesagt, was er tun wollte?«

»Seinen Vater zur Rede stellen. Und bevor du fragst: Ich weiß nicht, ob er das getan hat. Ich habe ihn nach diesem Besuch nicht mehr gesprochen. Obwohl ...« Emma machte eine Pause. »Er hat mich noch einmal angerufen und gefragt, wann er seinen Vater antreffen könne.«

»Und?«, fragte Helen ungeduldig.

»Ich hab ihm gesagt, dass er sich in dieser Zeit, als Paddy verschwunden war, jeden Abend in seinem Arbeitszimmer verschanzt hat.«

Helen fragte sich, was das zu bedeuten hatte, wollte nachhaken, kam aber nicht dazu, weil Bail die Befragung übernahm.

»Zurück zu Ihnen, Mrs. Quinn, ich glaube nämlich nicht an Zufälle. Wie hängen Sie und Shaw zusammen?«

Emma riss die Augen auf. »Wieso? Ich hab nichts mit ihm zu tun. Seit damals ist sein Einfluss auf meinen Onkel immer stärker geworden, und jetzt nimmt er uns alles weg. Meinem Bruder und Paddy.«

Bail ließ sich nicht so abspeisen. Er schüttelte den Kopf. »Sie hatten schon damals eine Ahnung, dass Shaw Kevin O'Brian unter Druck gesetzt hat. Dass er hinter der Entführung von Paddy stand. Aber Sie wollten sich nicht von ihm vereinnahmen lassen. Sie haben den Spieß umgedreht.«

Sie schüttelte den Kopf und ließ sich zurück auf den Strohballen fallen, blieb aber stumm.

Finn ging zu ihr und berührte sie an der Schulter. »Emma, hat er dir das Betamethason besorgt? Hat er dich dazu angehalten, unsere Pferde zu dopen?«

Noch immer sagte sie nichts. Finn setzte sich neben sie. »Emma, ich weiß, du würdest das niemals freiwillig tun.«

Sie rückte von ihm ab. »Ach ja? Würde ich das nicht? Was weißt du schon von mir? Nach meiner Niederlage mit einem Topfavoriten war meine Karriere zu Ende, bevor sie richtig begonnen hatte. Ich brauchte Erfolge, überraschende Erfolge, mit Pferden, von denen man es nicht erwartete. Bei denen ein guter Jockey den Unterschied machen kann.«

Bail sprach wieder: »Sie haben Shaw erpresst? Mit Ihrem Wissen über das Derby, damit er Ihnen hilft, Ihren Ruf wiederzuerlangen?«

Emma lachte auf. »Erpresst? Wohl kaum. Ich hatte Angst vor ihm. Dem Einzigen, dem ich von der Manipulation des Rennens erzählt habe, den hat er umgebracht. Und er hat mich das spüren lassen, dass es mir genauso ergehen würde wie Dane, wenn ich nur ein Wörtchen davon gegenüber irgendwem verlauten lasse.«

Emmas Worte klangen in der folgenden Stille nach, und ihre Bedeutung setzte sich nur langsam in Helens Bewusstsein, formte sich zu Gedanken.

Aber es war Bail, der sie aussprach. »Sehe ich das richtig: Sie haben vor fünfzehn Jahren Ihrem Cousin von der geplanten Rennmanipulation berichtet, die Ihnen von seinem Vater angeordnet worden war? Und er wollte einschreiten. Und Sie vermuten, dass Shaw, der eigentliche Initiator, ihn deshalb umgebracht hat? Haben Sie dafür Beweise?«

»Beweise?« Sie stieß ein abfälliges Lachen aus.

»Ist das wahr? Emma?«, fragte Helen. Ihr Kopf schien zu bersten. »Und trotzdem hast du all die Jahre von ihm profitiert? Hast dich von ihm mit Dopingmitteln versorgen lassen, damit du deine Karriere aufbauen konntest? Von dem Mann, von dem du glaubst, dass er für den Tod von Dane verantwortlich ist?« Helen taumelte zurück.

Emma versuchte, sich zu rechtfertigen. »Ich hatte Angst vor ihm. Und das zu Recht. Ihr seht doch, was passiert, wenn man ihm nicht mehr nützlich ist oder ihm gefährlich wird. Onkel Kevin ist tot.«

»Sie haben sich Kevin O'Brian anvertraut?«, fragte Bail.

»Blödsinn. Nein. Aber Shaw hat endlich erreicht, was er die ganze Zeit wollte. Nachdem Onkel Kevin das Testament zu seinen Gunsten geändert hatte, brauchte er ihn nicht mehr. Erst hat er Dane ausgeschaltet, jetzt Paddy enterbt. Und das Erbe gehört ihm. Ein Trust, dass ich nicht lache.«

»Sie wollen also sagen, Shaw hat Kevin O'Brian umgebracht?«

»Wer sonst? Und es passt doch. Dann hat er noch meinen Bruder und Paddy ans Messer geliefert. Zusammen mit dir übrigens, Finn. Das hast du wirklich toll hinbekommen.«

Finn sprang auf. »James hatte den Verdacht auf mich gelenkt. Ich habe nur …«

»Hört auf! Das bringt doch nichts.« Helen griff nach Finns Hand und drückte sie. »Inspektor, reicht Emmas Aussage für eine Verhaftung von Shaw?« Sie ahnte seine Antwort schon, bevor er den Kopf schüttelte.

»Wohl kaum. Und mit Verlaub, sie hat mit ihm all die Jahre zusammengearbeitet, hat Pferde gedopt. Das ist Betrug. Das alles macht sie nicht zu einer glaubwürdigen Zeugin. Ich würde überprüfen, ob Shaw vom Gewinn des Außenseitersieges profitiert hat. Eine Verbindung zu diesem Rennstall besteht indirekt über seinen Bruder. Aber dass das Pferd gedopt war, ist nicht mehr nachzuweisen. Selbst wenn man nach fünfzehn Jahren den Geldfluss nachvollziehen könnte, gäbe es keinen Beweis, dass es nicht rechtmäßig geflossen wäre. Momentan gibt es nur Emmas Aussage, und der einzige weitere Zeuge für die Manipulation ist tot.«

»Was ist mit diesem Wellerman? Weißt du etwas über ihn, Emma? Arbeitet er mit Shaw zusammen?«, fragte Helen.

Emma schaute sie entgeistert an. »Wer? Nein. Keine Ahnung.«

Sie schienen der Lösung so nah. Doch Shaw ließ sich nicht greifen. Aber es gab ja noch einen Zeugen von damals. Paddy. Und dann sprang ein Gedanke Helen an, wie eine Katze ihre Beute.

»Emma, hast du irgendetwas davon Sharni erzählt?

Kapitel 43

»Wie meinst du das, du kannst nicht fahren?« Marie war schon verwundert gewesen, dass sie Cara nicht im Hof angetroffen hatte, wo sie sich verabredet hatten. Dort war ihr aber nur Peter über den Weg gelaufen, der sie auf den Stall verwiesen hatte. Sie fand Cara beim Ausmisten von Flying Wildes Stall. Das Pferd war nicht da. Es war wohl auf der Koppel.

»Du siehst doch, ich bin beschäftigt«, beantwortete Cara ihre Frage, ohne sich aufzurichten.

»Aber so war unsere Verabredung. Du hast gesagt, wir können Sea of Storm mit eurem Transporter aus dem Rennstall holen und ihn hier unterbringen, Cara.«

»Du kannst den Transporter ja nehmen, sagt doch keiner etwas anderes.«

Wie stellte sie sich das vor? Marie traute sich weder zu, allein ein Pferd von A nach B zu transportieren, noch den Pferdetransporter überhaupt zu fahren. Sie war sich nicht einmal sicher, ob man dazu nicht einen Lkw-Führerschein brauchte, so groß war das Teil. Auf ihren entsprechenden Einwand meinte Cara nur, dass Marie sie dann wohl falsch verstanden hatte. Sie würde keinesfalls den Rennstall Traubeneiche betreten, nicht, solange sie dort nicht erwünscht war. Und sicherlich nicht, um ein Pferd abzuholen, dem Doping nachgewiesen wurde. Es würde auf sie zurückfallen, dass es eine unangemeldete Überprüfung gegeben hatte, obwohl das gar nichts mit ihr zu tun habe. Marie war kurz davor, in Tränen auszubrechen. Danny wartete auf sie, damit sie Sea of Storm übernahm. Er hatte einen Rückflug für den Nachmittag gebucht. Und Helen verließ sich auf sie, dass sie sich um ihr Pferd kümmerte. Doch dann kam überraschend Hilfe.

»Gibt es ein Problem?«, fragte Paul, der mit einem Mal neben Marie stand. Er lächelte sie an. Sie war einfach nur froh, ihrer Wut gegenüber Cara Luft machen zu können.

»Kann man wohl sagen! Cara hält sich nicht an unsere Verabredung.« Marie schnaufte und richtete ihre nächsten Worte in Richtung Stall. »Sie wollte mir helfen, das Pferd meiner Chefin aus dem Rennstall in Köln abzuholen und hierherzubringen. Mit dem Transporter. Aber sie fühlt sich nicht dazu in der Lage.«

Paul nickte. »Das ist alles? Ich kann dich fahren.«

»Wirklich? Das wäre ja fantastisch!« Sie war kurz davor, ihm um den Hals zu fallen.

»Klar. Absolut kein Problem. Und du kannst mir erzählen, wie es in meiner Strafsache nun weitergeht.«

Paul war bereit, sofort loszufahren. Unterwegs erzählte er. Sein Vater verlangte zwar, über seine Schritte ohne Ausnahme informiert zu werden, solange das Ermittlungsverfahren gegen ihn lief, aber Dina von Deren kümmerte diese Anordnung ihres Ehemanns eher wenig. Marie wunderte sich, dass sich Paul überhaupt bei ihr abgemeldet hatte. Er war schließlich erwachsen. Wie viel Paul von dieser Anordnung seines Vaters hielt, hatte er ja schon bewiesen, indem er sich eine eigene anwaltliche Vertretung gesucht hatte. Nur um den Schein gegenüber dem Vater zu wahren, war er mit seiner Mutter und seinem Bruder heute auf den Reiterhof gekommen.

»Außerdem gefällt es mir hier«, erzählte er. »Erst auf diesem Reiterhof habe ich Gleichgesinnte getroffen, wie Cara. Und wir haben ja nicht nur die Rennpferde. Die sind eher das Steckenpferd meines Vaters.« Er lachte, während er in durchaus rasantem Tempo auf die Autobahn auffuhr. Marie hielt sich am Türgriff fest, als es in die Kurve ging. Paul schien es nicht zu bemerken. »Im wahrsten Sinne des Wortes«, fuhr er fort.

»Musst du mit dem Transporter nicht langsamer fahren?«, fragte Marie vorsichtig.

»Nein, ist ein Dreieinhalbtonner. Die haben keine Geschwindigkeitsbegrenzung, und noch haben wir ja keinen tierischen Fahrgast. Also keine Sorge, wir werden pünktlich ankommen.«

Er hatte sie offensichtlich nicht richtig verstanden, dass es die Geschwindigkeit an sich war, die ihr Sorgen bereitete, nicht, ob sie es rechtzeitig schaffen würden. Er erzählte jedenfalls nahtlos weiter bei gleichbleibend hohem Tempo.

»Wir haben also zusätzlich drei Reitpferde. Das Reiten ist die Passion meiner Mutter. Peter liebt es auch. Und selbst ich steige natürlich auch gerne mal in den Sattel.«

Auf der A 559 drosselte Paul das Tempo, Baustellen und Blitzer sei Dank. Marie entspannte sich wieder und konnte an der Unterhaltung teilnehmen.

»Stimmt es, dass dein Vater bei der Bank arbeitet, die das Rennen gesponsert hat?«, fragte sie.

»Was man so Arbeit nennt. Er sitzt im Aufsichtsrat.«

»Und wird die Bank jetzt wirklich als Sponsor abspringen?«

»Na ja. Mein Vater wird alles dransetzen, dass das nicht passiert. Er war es, der das Sponsoring vermittelt hat. Das Rennen, bei dem wir protestiert haben, war lange Zeit von einer anderen Bank gesponsert worden. Die musste aber abspringen. War eine Privatbank, die in die Insolvenz gegangen ist. Und die meines Vaters ist dann als neuer Hauptsponsor eingesprungen.« Er blickte kurz zu ihr herüber, konzentrierte sich aber zum Glück schnell wieder auf die Straße.

»Du kannst dir vielleicht vorstellen, dass es nicht gut angekommen ist, dass sein Sohn bei dieser Protestaktion dabei war. Ob das ausreicht, dass sie abspringen, wage ich zu bezweifeln. Aber …« Er setzte zu einem Überholvorgang an und unterbrach seine Erklärung. Vor ihnen tuckerte ein langsamer Lastwagen. Dann sprach er weiter.

»Ich hoffe, dass von Seiten der Bank vielleicht ein paar Bedingungen gestellt werden, wenn das Sponsoring weiterlaufen soll.«

»Das wäre ein Erfolg.« Marie wünschte es sich. Dann hätte ihre Aktion einen Sinn gehabt.

»Ja, das wäre es. Deshalb will ich aber den Druck aufrechterhalten. Durch mein Ermittlungsverfahren. Ich will keine Einstellung gegen Geldbuße. Bis vor Gericht will ich gehen, damit ich gehört werde und das Ganze schön in der Presse hochgehalten wird. Meinst du, deine Chefin macht da mit?«

Normalerweise wäre Marie sich nicht so sicher. Paul unterschied sich sehr von Helens sonstigen Mandanten. Sie hatte es sich zur Aufgabe gemacht, eher den kleinen Leuten zu helfen, die unverschuldet etwa durch Unfälle in finanzielle Not geraten waren und an der schleppenden Zahlung durch Versicherungen zerbrachen. Paul gehörte zu einer völlig anderen Klientel. Aber es gab ja andere Opfer, für die Paul kämpfte.

»Ich glaube schon. Es dient ja einer guten Sache. Außerdem hat sie gerade selbst erlebt, wie es im Pferderennsport zugeht.« Marie erzählte von dem Tod der Stute bei dem Rennen in Galway. »Und sie hat ein Rennpferd geerbt.«

»Und das holen wir gerade ab, ja?«, fragte Paul.

»Genau. Meine Chefin will nicht, dass er noch Rennen läuft. Außerdem ist er wohl gedopt. Eine verzwickte Sache. Da hängt sogar ein Mord mit dran.«

»Wow. Das wird ja immer interessanter. Ich bin gespannt auf diesen Hengst. Ein Ire, richtig?«

Marie bestätigte das. Sie erzählte das, was sie von Danny über das Gestüt und den Rennstall erfahren hatte.

»Die Iren haben einige der besten Zuchten, wenn man es denn nach den Erfolgen in den ganz großen Rennen bemessen will«, meinte Paul. »Flying Wilde ist übrigens auch ein Ire.«

Marie grinste. »Ja, ich weiß. Hat Cara erzählt.«

Die dreiviertelstündige Fahrt verging bei ihrer Unterhaltung überaus schnell, und Marie war erstaunt, als Paul auf den Innenhof des Rennstalls Traubeneiche fuhr. Danny hatte Sea of Storm bereits reisefertig gemacht. Er persönlich übernahm es, den Hengst in den Transporter zu führen, tätschelte ihn zum Abschied und flüsterte dem Tier etwas ins Ohr. Was, das blieb sein Geheimnis, und Marie fragte nicht nach. Ein paar Ratschläge hatte er aber noch für sie.

»Am liebsten verbringt er seine Zeit draußen auf der Wiese«, erzählte er. »Du hast gesehen, wie genüsslich er sich auf der Koppel hier im Dreck gewälzt hat. Das ist seine Welt.« Marie erinnerte sich. Und in dieser Beziehung würde sein neues Zuhause das reinste Paradies für ihn sein, versicherte sie Danny.

Er lachte. »Falls er aber zurück in den Stall soll, kann er schon mal zicken. Da hilft nur eines, um ihn anzulocken. Du musst mit seinem Futtereimer rütteln. Richtig Krach machen. Das ist nämlich seine zweitliebste Beschäftigung: Essen.«

Marie nickte. Sea of Storm wurde ihr immer sympathischer. Mit dem Hinweis darauf, dass auch der Futterplan in den Dokumenten enthalten war, überreichte Danny Marie die Ledermappe, die er schon bei ihrem gemeinsamen Besuch beim

Griechen dabeigehabt hatte. Neben dem Futterplan, der entsprechend angepasst werden musste, falls er keine Rennen mehr bestreiten würde, und dem Medikamentenplan enthielt die Tasche vor allem das Stammbuch.

Zum Abschluss umarmte Danny sie kurz. Marie stieg zu Paul nach vorne ins Auto. Im ausladenden Seitenspiegel sah sie, wie Danny ihnen noch nachschaute, bis sie nicht mehr zu sehen waren.

Auf der Rückfahrt sprachen sie weniger. Manchmal spürte man, wie sich Sea of Storm im Fahrzeug bewegte. Teilweise hörte es sich so an, als stieße er mit dem Huf gegen die Wand. Paul beruhigte sie. Das sei ganz normal. Und es könne nichts passieren, denn im Transporter war das Pferd ja gesichert. Wie mit einem Sicherheitsgurt. Derweil schlug Marie die Ledermappe auf. Den Plastikhefter mit den medizinischen Informationen kannte sie schon. Daneben gab es einen weiteren Schnellhefter. Sie warf nur einen schnellen Blick hinein. Es war der Futterplan. Das Stammbuch interessierte sie mehr. Schon der lederne Einband sah sehr edel aus. Sie zog das Büchlein aus der Tasche.

»Oh. Schau mal, Paul.« In den Deckel des Büchleins war eine Klarsichthülle eingelassen, darin die Zeichnung eines Pferdes. Eine Seitenansicht, aber der Kopf des Tieres blickte nach vorn. Daran erkannte Marie, dass es nicht Sea of Storm darstellte, denn das abgebildete Pferd hatte eine Blesse, während Sea of Storms Stirn ohne Abzeichen war. Marie schlug das Buch auf, um zu sehen, ob es der richtige Stammbaum war, wenn das falsche Pferd abgebildet war. Aber die erste Seite beruhigte sie, denn dort war der Name Sea of Storm mit Geburtsdatum und Ort aufgeführt. Darunter folgte die Herkunftsfolge, von rechts nach links aufgebaut. Ganz links standen die Namen der Elternpferde, wie sie Danny ihr schon genannt hatte. Der Vater Eastern Storm, die Mutter Danesun. Ebenfalls mit Geburtsdaten.

Paul hatte einen kurzen Blick auf das lederne Buch geworfen. »Da hat sich aber jemand Mühe gegeben«, sagte er.

»Ist das nicht ungewöhnlich?«, fragte Marie. »Dass da ein Bild von einem anderen Pferd dabei ist. Müsste das nicht eines von Sea of Storm sein?«

Paul zuckte mit den Schultern, ohne diesmal den Blick von der Straße zu wenden. »Generell ist ein Bild oder Foto überhaupt nicht die Regel. Denn in welchem Alter soll das Pferd abgebildet werden? Die Färbung ändert sich gerne mal vom Fohlen bis zum erwachsenen Tier. Und meistens werden die Pferde ja samt Stammbaum in recht jungem Alter verkauft.«

»Das heißt, das könnte doch eine Zeichnung von Sea of Storm sein?«

Paul schüttelte den Kopf. »Nein, dass sich eine Blesse zurückbildet, das gibt es nicht. Schau doch mal nach, ob hinten etwas draufsteht.«

Marie zog vorsichtig die Zeichnung nach oben. Dabei fiel ihr zuerst eine Signatur am unteren rechten Rand auf, die zuvor vom Lederrahmen verdeckt gewesen war. *PS*. Aber sonst enthüllte die Vorderseite nichts weiter. Sie zog weiter an dem Blatt, bis sie es ganz in der Hand hielt. Zuerst fühlte sie an dem Papier. Es war dick, von solcher Qualität, wie sie selbst es für Aquarellzeichnungen verwendete. Dabei fiel ihr ein weiteres Blatt Papier in die Hände, welches anscheinend hinten an der Zeichnung geklebt hatte. Ein einfacher Notizzettel. Ein paar Worte nur. Aber mit derselben Signatur wie auf der Zeichnung.

Kapitel 44

Gestern Abend hatte Helen Sharni nicht angetroffen. Laut Emma war sie zum Kräutersammeln fortgegangen. Das hatte irgendetwas damit zu tun, dass Neumond gewesen war und die kurz danach geernteten Kräuter besonders potent sein sollten.

Bail meinte, dass Emmas Dopingvergehen nicht seine Baustelle war, und Finn bestätigte, dass es ohnehin eine offizielle Untersuchung geben würde, allein schon wegen Diamond Girls Tod. Wie sie sich darüberhinaus verhalten würden, müsste dann im gesamten Familienrat entschieden werden. Emma preschte vor, wollte sofort die Verantwortung übernehmen. Doch auch das machte im Alleingang wenig Sinn und würde vor allem nicht helfen, dass der Rennstall unbeschadet aus dem bestimmt aufkommenden Skandal herauskommen würde. Finn hielt sie also davon ab.

Am Abend zogen sich daher zuerst einmal alle zurück. Gemeinsam passierten sie den Wintergarten, der im Dunkeln lag. Dennoch fühlte Helen sich beobachtet von den zahlreichen Puppenaugen. Sie schüttelte sich und war froh, als sie den vorderen Hof erreichten. Allein hinter dem Arbeitszimmerfenster brannte Licht. Emma hatte angemerkt, dass sich Shaw dort eingenistet hatte wie eine Spinne in ihrem

Nest und genüsslich am Blut ihrer eingesponnenen Opfer saugte, namentlich James und Paddy. Daraufhin schauderte es Helen noch mehr. Bail hatte nur ein Kopfschütteln für sie übrig. Nachdem er vom Hof gefahren war, verließen auch Emma, Finn und Helen das Gestüt. Am Ende der Einfahrt verabschiedeten sich Finn und Helen von Emma.

Helen fiel sofort ins Bett, zog die Decke über den Kopf und wartete auf den Schlaf, der nicht recht kommen wollte. Ihre Gedanken sausten herum. Sie kamen ihr vor wie penetrante Mücken, deren Summen sie jedes Mal wieder aufweckte. Es gab zu viele offene Fragen.

Am Morgen war sie früh wach, konnte nicht sagen, ob sie überhaupt Schlaf gefunden hatte. Sie war die Erste in der Küche. Die Kinder mussten heute nicht in die Schule und konnten ausschlafen. Das nutzte wohl auch Eilis, um einmal länger im Bett zu bleiben. Finn war aber mit Sicherheit schon bei der Arbeit. Jedenfalls fand sie eine halb geleerte Kaffeetasse in der Spüle stehen. Die Versorgung der Pferde unterschied nicht zwischen Alltag und Wochenende. Also deckte Helen den Tisch für vier und wagte sich an die Zubereitung von Scones. Theoretisch kannte sie das Rezept, war aber aus der Übung. Genau genommen seit fünfzehn Jahren. Auch in Deutschland backte sie sich manchmal die süßen kleinen Brötchen, griff dann der Einfachheit halber immer zu einer Fertigbackmischung aus dem English Shop am Friedensplatz in Bonn. Nur dort gab es die Clotted Cream zu kaufen, die unbedingt zu den Scones dazugehörte. Nun holte sie das Rezeptbuch von Eilis hervor, eine dicke Kladde handschriftlicher Rezepte, welche zwischen Kochbüchern von Jamie Oliver eingepfercht war. Die Sammlung war Helen gleich aufgefallen und hatte ihr ein Lächeln aufs Gesicht gezaubert. Eilis hatte nie davon erzählt, dass sie ein Faible für den nackten Koch hatte.

Während sie die Zutaten abwog und miteinander vermengte, wanderten ihre Gedanken immer wieder zu Sharni. Die hatte auch ihre ganz eigenen Rezepte. Das vom Stew etwa, Danes Leibspeise. Und nicht zu vergessen ihre medizinischen Salben und Tinkturen. Wofür sie kein Rezept zu haben schien, waren die Eskapaden in ihrer Familie. Emma hatte erzählt, dass sie Sharni erst nach der Testamentseröffnung in ihren Deal bezüglich des Dopings mit Shaw eingeweiht hatte. Als es zu spät war und sich Shaw selbst zum Treuhänder des Trusts benannt hatte und nun über die Firmenanteile herrschen konnte, wie er wollte. Außerdem hatte er dafür gesorgt, dass Paddy und James verhaftet worden waren. Auch wenn sie, nach Bails Auskunft, wohl vorerst nicht länger festgehalten werden konnten. Vielleicht würde Paddy schon heute freigelassen werden, und Helen konnte ihn endlich fragen, an was genau er sich erinnert hatte. Und wenn nicht, hatte vielleicht Sharni bei ihrem Besuch in der Untersuchungshaft etwas erfahren.

Inzwischen hatte sie Teigbällchen geformt und diese mit einer Mischung aus Eigelb und Milch glasiert. Als sie das Backblech in den Ofen schob, kamen Fee und Rea die Treppe hinuntergestürmt, als veranstalteten sie ein Wettrennen. Rea schaffte es als Erster an den Herd, griff nach der Pfanne, die an der Wand hing. »Ich mache Eier und Speck, Eier und Speck.«

Fee fiel in den Singsang ihres Bruders ein: »Eier und Speck, Eier und Speck.«

Helen war froh, als Eilis in die Küche kam und die Rasselbande zurechtwies. »Nicht an den Herd, Kinder. Zuerst Müsli und dann an den Tisch, hungrige Meute.«

Sie holte das Müsli und die Cornflakes aus dem Küchenschrank und stellte beides zusammen mit einer Flasche Milch auf den Tisch, gefolgt von zwei Schalen. »Das macht die Raubtiere erst mal satt. Sonst verschlingen sie zu viele Eier. Und du bist ein Schatz, dass du mit den Scones schon angefangen hast.«

Helen warf einen Blick in den Ofen. Die Brötchen gingen schon auf und begannen braun zu werden. »Ich glaube, sie sind mir gelungen. Das Aussehen passt jedenfalls. Wenn sie auch noch schmecken, kann ich mir dann ein Foto von dem Rezept machen?«

Eilis lachte. »Natürlich. Brauchst du doch nicht fragen. Mach einfach.«

Helen suchte nach ihrem Handy. Fand es auf dem Küchentisch, wo sie es vor dem Backen abgelegt hatte. Sie hatte eine Nachricht bekommen. Von Marie. Ob es Probleme mit der Abholung ihres Pferdes gab?

Helen öffnete sie. *Sea of Storm gut im Reitstall angekommen, aber schau mal, was ich in seinen Unterlagen gefunden habe,* hatte Marie geschrieben. Vor einer halben Stunde. Es folgten zwei Fotos. Es dauerte, bis sie geladen waren. Helen blickte ungeduldig auf den sich drehenden Pfeil. Dann ploppte das erste auf. Sie sog scharf die Luft ein. Das Bild eines Pferdes. Sie kannte die Zeichnung. Gut. Es war Paddys Porträt von Eastern Storm. Unverkennbar. Auch die Signatur erkannte sie in diesem Augenblick wieder. *PS.* Es war die gleiche wie auf denen, die im Flur vor Sharnis Küche hingen. Dort hatte sie vergeblich nach der Zeichnung von Eastern Storm gesucht. Die, die Dane so geliebt hatte. Wieso war sie bei den Unterlagen ihres Pferdes gelandet? Dann das zweite Foto. Ein Brief, nein, eher eine Notiz. Von Paddy. Jedenfalls hatte sie die gleiche Signatur. Es war eine Nachricht an Dane! Ein

Treffen, ein Treffpunkt. Am Hexenkopf. Am Tag von Danes Tod.

»Was ist los?« Eilis' besorgte Frage drang wie aus weiter Ferne nur langsam zu ihr, gestört durch das Rauschen des Blutes in ihren Ohren. Helen schüttelte sich kurz. »Ich muss sofort mit Sharni sprechen.«

Sie stürzte aus dem Haus, ihr Handy fest umklammert.

Kapitel 45

Helen bewunderte einen Augenblick den Türklopfer. Zum ersten Mal bat sie an der Vordertür um Einlass. Darum hatte sie ihn zuvor nicht bemerkt. Ein passendes Stück. Messing, vermutete sie aufgrund der leicht grünlichen Färbung des Metalls. Ein Pferdekopf zuoberst, darunter ein Hufeisen als Klopfer. Sie erinnerte sich, dass das Haus ursprünglich ein Pfarrhaus gewesen war. Also war der Türklopfer wohl im Nachhinein von den O'Brians passend für ein Gestüt angebracht worden. Nach einem kurzen Innehalten betätigte sie den Klopfer und wartete.

Sie vernahm von drinnen kein Geräusch. Überhaupt keine Regung. Sie klopfte noch einmal. Hoffte, dass nicht alle schon ihrer Arbeit irgendwo auf dem Gelände nachgingen. Wahrscheinlich stand die erste Pause nach getaner morgendlicher Arbeit bereits an.

Helen wandte sich ab und überlegte, den Weg am Wintergarten vorbei zu nehmen und in den Ställen nach Sharni zu suchen, da öffnete sich die Haustür. Dairine. Sie schien an ihr vorbeizublicken und rückte auch nicht zur Seite, um sie einzulassen.

»Ist Sharni da? Ich muss sie dringend sprechen«, sagte Helen und trat von einem Fuß auf den anderen.

Endlich schien Dairine zu bemerken, dass jemand vor der Tür stand, die sie gerade geöffnet hatte. Nun musterte sie Helen mit einem kühlen Blick. Die Witwe war sich treu geblieben, trug einen pechschwarz glänzenden Hausanzug aus Satin. »Scheint nicht da zu sein.«

Helen nickte. »Ist sie bei den Pferden?«

Dairine zuckte mit den Schultern.

»Es ist wirklich wichtig. Hast du eine Ahnung, wo ich sie finden kann?« Ein kleiner Hinweis würde ihr schon helfen. »In der Küche?«, fragte Helen weiter. Die Klingel konnte man dort hören, mit dem Türklopfer war es vielleicht anders.

Dairine trat in aller Ruhe zur Seite. »Schau selbst nach. Ich bin schließlich kein Dienstmädchen.«

»Danke.« Helen huschte an ihr vorbei.

Ein Murmeln von Dairine ließ sie sich noch einmal umdrehen.

»Aber auch nicht viel besser.« Sie schlurfte davon. Sie trug keine Schuhe, nur eine Art weiße Pantoffeln, die wie Fremdkörper an ihren Füßen hingen und sich unpassend von dem schwarzen Satinhausanzug absetzten.

»Warte mal, Dairine«, sagte Helen. Sie tat ihr plötzlich leid. Es schien, als hätte sie durch den Ausschluss aus dem Testament auch all ihre Würde verloren. Ihren Stolz. Dairine drehte sich um. Es fiel ihr sichtlich schwer, die Augen offen zu halten. Überhaupt aufrecht zu stehen. Sie erschien Helen kleiner, nicht wie eine Frau, die sie selbst um mindestens eine Kopflänge überragte, sowohl in Zentimetern als auch Dairines Meinung nach im Ansehen. Die Ehefrau von Kevin O'Brian. Dem Kevin O'Brian, der sich über sein Gestüt erhoben hatte und geschäftlich in den sogenannten besseren Kreisen angekommen war. Und der sie nun fast mittellos zurückließ.

»Es tut mir leid.« Helen hatte bisher keine Gelegenheit gehabt, ihr zu kondolieren. »Mein Beileid«, wiederholte sie es deutlicher.

Ein Zucken in Dairines Gesicht. Sie schien irgendwoher neue Energie gefunden zu haben. »Kannst dir deine höhnischen Worte sparen. Selbst du hast abkassiert im Testament. Wie hast du ihn um den Finger gewickelt?« Sie deutete mit einer abfälligen Bewegung hinter sich zu O'Brians Arbeitszimmer. Aber sicherlich meinte sie nicht ihren verstorbenen Mann. Helen war erst nach seiner Ermordung in Ballyhonny angekommen. Seither residierte dort ein anderer.

»Du meinst Shaw?«, fragte Helen deshalb.

»Wen sonst, alle haben sich offenbar bei ihm eingeschleimt und ihn bequatscht und umsorgt. Vielleicht hätte ich das auch tun sollen. Selbst Sharni. Bringt ihm seinen Morgentee ins Arbeitszimmer. Wahrscheinlich spinnen sie ihre Fäden nun zusammen, um mich auch noch aus dem Haus herauszubekommen.«

Dairine war nicht sie selbst, sonst wüsste sie, dass Sharni niemals mit Shaw gemeinsame Sache machen würde. Sie standen doch alle auf einer Seite und Shaw auf der anderen. Aber Helen merkte, dass jetzt nicht mit Dairine zu reden war. Nicht in vernünftigen Bahnen.

»Ist Sharni noch bei ihm?«, fragte sie stattdessen.

Dairine zuckte mit den Schultern. »Ich weiß nur, dass alles in Ordnung war, solange du nicht hier warst. Hast schon Dane verhext damals. Immer wenn du da bist, passieren schreckliche Dinge. Verschwinde.«

Helen taumelte zurück vor der Wucht ihrer Worte. Das Mitleid verpuffte. Ebenso jegliches Ansinnen, mit ihr über Maries Entdeckung – die mutmaßliche Nachricht von Paddy – zu sprechen. Dairine war seine Mutter, sie kannte seine Handschrift. Aber außer ihrer Verbitterung schien nichts mehr von ihr übrig zu sein. Sie war nicht verzweifelt, weil ihr Ehemann gestorben war und ihr Sohn verhaftet, sondern weil sie nicht in seinem Testament bedacht worden war. Mit einem Mindestunterhalt abgespeist. Und wie ein angeschossenes Tier schlug sie um sich und traf jeden, der in ihre Nähe kam.

Helen ließ sie ziehen. Sie hatte sich schon umgedreht und schlurfte von dannen, in Richtung ihrer Zuflucht, dem Wintergarten. Das Ungetüm, das ihr Mann eigens für sie erbaut hatte, das Einzige, was ihr geblieben war, vollgestopft mit ihren Puppen und den Orchideen, die stolz und ungebrochen aufragten, die noch nicht gefallen waren so wie ihre Schöpferin.

Erleichterung strömte durch Helen, als Dairine aus ihrem Blickfeld verschwand. Sie atmete durch und wandte sich ihrem eigentlichen Anliegen zu: Sharni zu finden.

Ob sie überhaupt bei Shaw gewesen war oder hatte sich Dairine das zusammengesponnen? War sie sogar jetzt noch dort? Helen schüttelte den Kopf. Dann hätte Sharni doch das Klopfen gehört. Das Fenster zum Arbeitszimmer lag schließlich direkt neben der Haustür. Außerdem machte es keinen Sinn. Sharni würde ihm nie Tee bringen.

Trotzdem schadete es nicht, nachzuschauen. Falls Sharni nicht mehr dort war und sie stattdessen auf Shaw treffen würde, konnte sie selbst überprüfen, ob er ihr in die Augen sehen konnte. Oder ob er ohne jedes Gewissen war. Und sie hätte ja einen guten Vorwand, um ihn aufzusuchen. Sie könnte etwas zu ihrem Erbe erfragen. Zwar wusste sie, dass die Unterlagen ihres Pferdes in Deutschland waren, aber sicherlich war ihm das unbekannt. Also konnte sie nach einer Besitzurkunde fragen. Und selbst, wenn sie keinen solchen Vorwand hätte, war die Versuchung einfach zu groß.

Sie ging zum Arbeitszimmer, klopfte. Und merkte, dass die Tür gar nicht im Schloss war, denn durch ihr Klopfen sprang sie auf und öffnete sich einen Spaltbreit. Eine gut geölte Tür, trotz ihres Alters. Helen konnte nicht widerstehen und schaute hinein.

Und sah Shaw. Über dem schweren Schreibtisch zusammengesunken. Mit dem Kopf auf der Arbeitsplatte. Helen stieß die Tür ganz auf.

»Mister Shaw?«

Er regte sich nicht.

Sie lief in das Zimmer, um den Schreibtisch herum. Legte die Hand auf seinen Rücken. Rüttelte ihn.

»Mister Shaw«, sagte sie noch einmal. Keine Regung. Aber sein Rücken hob und senkte sich leicht, merkte sie jetzt, da sie ihn berührte. Er atmete. Neben ihm auf dem Schreibtisch stand eine leere Tasse Tee, nur eine Pfütze am Boden war übrig. Eine weitere ihm gegenüber, ebenfalls leer. Und die Teekanne noch warm. Also hatte Sharni wirklich Tee gebracht. Unter Shaws Stirn lag etwas. Ein Brief? Zumindest ein handschriftlich beschriebenes Papier. Zuerst griff Helen allerdings nach dem Telefonhörer und wählte die Notrufnummer.

Viel mehr als: »Mann ohnmächtig, keine äußeren Verletzungen erkennbar, Atmung da, aber schwach«, konnte sie nicht mitteilen. Sie solle die Atmung überwachen und ihn in die stabile Seitenlage bringen.

Helen rief nach Dairine. Mehrfach. Verdammt, warum kam sie nicht? Also zog sie Shaw allein vom Stuhl herunter. Versuchte, ihn zu halten, so schwer er auch war. Schaffte es, ihn halbwegs sanft auf den Boden gleiten zu lassen. Das Papier, auf welchem sein Kopf geruht hatte, glitt mit ihm von der Tischplatte, segelte hin und her und landete unter dem Tisch. Stabile Seitenlage. Geschafft. Jetzt nur noch die Atmung kontrollieren und wenn nötig beatmen und Herzmassage. Sein Brustkorb hob und senkte sich weiterhin. Während sie neben ihm kniete, rief sie erneut nach Dairine. Allerdings immer noch vergeblich. Helen schielte auf das Blatt Papier unter dem Schreibtisch.

Die Atmung war weiter schwach, aber regelmäßig. Sie musste dem Notarzt die Tür öffnen. Schon hörte sie die Sirene. Sie stand auf, langte im Vorbeigehen unter den Schreibtisch und nahm das Schreiben mit.

An der offenen Tür stehend, begann sie zu lesen. Schon bei den ersten Zeilen wurde ihr klar, dass sie sofort Bail anrufen musste.

Kapitel 46

Der Regen peitschte gegen das Fenster. Der Wind ließ die Läden klappern. Kein Wetter, um den Klippen zu nahe zu kommen. Doch was blieb ihm übrig? Ein paar Vorkehrungen würde er dennoch treffen. Er hatte Helen zu einem Bad überredet, sodass er freie Hand hatte. Sich sicher war, dass sie ihm nicht folgte. Hatte Eastern Storm und Tyra in den Stall gebracht, alles so weit möglich abgesichert. Denn er wusste, der Ostwind würde sich zu einem Sturm entwickeln. Und Stürme von Osten waren die heftigsten. Er nahm sich ein Blatt von Helens Briefpapier. Streichelte darüber. Jede Woche ein Brief für ihre Mutter in Deutschland. Nun schrieb er darauf für sie ein paar Zeilen. Er konnte nicht mit Worten umgehen wie sie. Sie würde sie dennoch verstehen. Falls es nötig wurde und er nicht zurückkehren würde. Zum Schluss las er noch einmal die Notiz, die ihn zu Hilfe rief. Zwanzig Uhr am Hexenkopf. Er blickte auf die Uhr. Noch eine gute halbe Stunde. Es war Zeit aufzubrechen. Ein letztes Mal verglich er die Initialen auf der Zeichnung mit denen auf der Notiz. Es war eindeutig Paddys Handschrift. Auf der Notiz wenig stark, so als hätte sein Bruder nicht genügend Druck auf den Stift ausüben können. Die Linien etwas feiner. Aber der Schwung in den Buchstaben war der gleiche. Kleine geschwungene Kreise am P unten und am S oben. Wie die Ösen einer Nadel.

Dann nahm er Paddys Zeichnung von Eastern Storm von der Wand und öffnete den Rahmen, faltete Paddys Notiz und seine eigene zusammen. Beide legte er hinein. Verschloss ihn wieder, aber so, dass er aufspringen würde, sobald man das Bild von der Wand nahm. So präpariert, hängte er es an seinen Platz über dem kleinen Schreibpult im Kaminzimmer zurück.

Zuletzt nahm er seine Wachsjacke von der Garderobe und trat hinaus in den Regen. Doch die Tür wurde vom Wind erfasst und schlug heftig zu. Verdammt. Hoffentlich hatte Helen es nicht gehört. Oder glaubte, dass es nur einer der Läden gewesen war. Er konnte es nur hoffen. Er zog die Kapuze über den Kopf und schlug den Weg von seinem Hof zur Steilküste ein.

Er musste gegen den Wind anlaufen. Regentropfen peitschten in sein Gesicht. Bald hatte er dennoch den Küstentrail erreicht, ein von Steinplatten gesäumter Hohlweg. Hier brach die Kante steil ab, unter ihm das Meer, das wütend gegen die Felsen schlug, oben der Sturm, der ihn zum Meer hin drückte. Er fühlte sich gefangen zwischen den Kräften der Natur. Nur der Wille, seinem Bruder zu helfen, schien ihn von dem Abgrund zu trennen. Doch wie verrückt war er, zu glauben, zu hoffen, dass er das mit dieser Aktion erreichen konnte? Eine Falle, ganz sicher. Aber gerade mit dieser Offensichtlichkeit verband er seine Hoffnung.

Dann ragte plötzlich der Wehrturm vor ihm auf. Er erreichte die Plattform. Lief auf den Turm zu, umrundete ihn. Rief gegen den Sturm an, ob jemand da sei. Niemand. Keine Menschenseele. War dies der Treffpunkt? Oder war mit der Notiz tatsächlich der Felsen gemeint? Von hier aus sah er ihn vor sich, etwas unterhalb des Turms. Wie der Kopf einer alten

Frau, die auf das Meer hinausschaut. Schon Jahrhunderte trotzte er der Witterung, meistens der salzig-feuchten Luft vom Ozean, seltener den eisnassen Winden vom Land wie heute Nacht. In der Mitte war der Fels gebrochen, wusste Dane; von hier aus war der Spalt nicht zu sehen. Er war ein Zeichen dafür, wie der Fels mit der Zeit verwitterte und so langsam seine Form änderte. So wurde er kleiner, vernarbter. Fratzenartiger. Bis er irgendwann, lange nach Danes Zeit, zu einem Stumpf zusammengeschmolzen wäre oder vielleicht frostgesprengt in einer Entladung zerfiel und ins Meer stürzte. Gerade war er nur eine schwarze Silhouette vor einem dunkelgrauen Hintergrund. Wie eine Fata Morgana ohne Sonnenlicht. Dane sah den Felsen nur, weil er wusste, dass er da war. Er wandte sich ihm zu, betrat unbefestigtes Gelände. Tastete sich mit den Füßen vor. Über blanken Fels, mit Moos überzogen, von Grasbüscheln zersetzt. Ein Pfad im Mondlicht nicht erkennbar. Aber er war da, führte direkt auf den Spalt inmitten des Felsens zu. Aber hier gab es keinen Hohlweg mehr, nicht einmal einen fadenscheinigen Zaun. Dann erreichte er den Felsen. Betrat die kleine Schlucht in seinem Inneren. Hier, geschützt von den Wänden zu beiden Seiten, war es dunkler. Die Spalte dort, wo sie sich zum Meer hin öffnete, zeichnete sich heller vor seinen Augen ab. Er berührte die Felswand, wie um sich zu vergewissern, dass sie wirklich da war. Stützte sich an ihr ab und tastete sich näher ans Ende der Schlucht. Von hier aus konnte er das tobende Meer sehen, bis zum Horizont, der wie ein hellerer Streifen zu erahnen war. Dort versprach ein mondheller, wolkenloser Himmel Wetterbesserung.

Doch hier toste der Sturm laut und unbeugsam. Wind zischte durch die Spalte, blies ihm entgegen. So stark, dass seine Kapuze ihm vom Kopf wehte. Und dann nahm er hinter sich plötzlich ein anderes Geräusch wahr. Vom Anfang der Spalte.

Fast sanft tönte es gegen den Wind. Ein Steinchen musste sich gelöst haben, klickerte den Hang hinunter, Stein auf Stein. Dane schwang herum und sah eine Gestalt. Sie trat in die Engstelle zwischen die Felswände hinein. Kam auf ihn zu. Musste außen am Hexenkopf auf ihn gewartet und im Schutz eines der vorgelagerten Felsbrocken beobachtet haben, wie er die Schlucht betrat. Nun war er gefangen. Hinter ihm das Meer, vor ihm dieser Mann. Rechts und links nackter Fels.

»Sie?«, rief er ihm entgegen, und in seinem Kopf fügte sich, langsam wie das Klick und Klack des Steinchens, ein Bild zusammen. Vor ihm stand einer der Pächter des Gestüts – Wellerman – Klick – Shaw – Klack – der Anwalt seines Vaters, er hatte Wellerman eines der frei stehenden Wohnhäuser samt Land vermittelt.

»Es ist nicht persönlich«, rief Wellerman ihm zu. Er kam einen Schritt näher, und er hielt eine Pistole in der Hand. Dane wich zurück. Näher zum Meer. Zum Abhang. Schon innerhalb der Felsschlucht senkte sich der Boden. Bald gäbe es nichts mehr, woran er sich stützen konnte. Doch er vergaß nicht, warum er überhaupt hier war.

»Wo ist mein Bruder?«, schrie er ihm entgegen. »Wo ist Paddy?«

»Keine Sorge, der ist bald wieder daheim.« Er machte einen nächsten Schritt auf Dane zu. Die Pistole weiterhin auf ihn gerichtet. Dane konnte nicht weiter zurückweichen. Hinter ihm lauerte nur noch die Abbruchkante. Er spürte sie. Nein, er spürte die Leere hinter sich. Also streckte er die Hände nach vorne. Als ob er eine Kugel mit ihnen abwenden könnte. Was machte das Ganze für einen Sinn?

»Warum?«, rief er, und in diesem Moment verkürzte Wellerman den Abstand in zwei schnellen Schritten auf null, beide Arme nach vorn gestreckt, wie ein Rammbock. Dane hatte nur Augen für die Pistole, versuchte, sie ihm aus der Hand zu schlagen. Er wusste nicht, ob es ihm gelungen war, denn in diesem Augenblick traf es ihn mitten auf der Brust. Ein Schlag? Eine Kugel? Es spielte keine Rolle. Die Luft blieb ihm weg, sein Herz stolperte, er stolperte zurück in die Leere. Es gab nur noch die Weite des Ozeans. Warum? Sagte er, dachte er. Paddy.

Helen.

Storm.

Den Aufschlag spürte er nicht mehr. Sein Herz hatte schon aufgehört zu schlagen.

Kapitel 47

Schon beim zweiten Klingeln ging Bail ran. Helen war so überrascht, dass sie dem Kommissar den letzten Satz, den sie gerade gelesen hatte, unvorbereitet an den Kopf warf. »Ich habe ihn vergiftet.«

»Bitte was?«, fragte Bail.

»Nein, nicht ich. Shaw. Nein. Er hat niemanden vergiftet. Shaw ist vergiftet worden.« Sie merkte selbst, wie unverständlich ihre gestotterten Worte klangen, musste Bail aber für den Moment eine Erklärung schuldig bleiben, da die Sanitäter eintrafen.

»Augenblick«, rief sie ins Mobiltelefon und hielt es sich dann an die Brust, während sie einem der Ersthelfer schilderte, dass es sich bei dem Notfall um eine Vergiftung handelte. Das Gift kenne sie nicht, vermutlich ein pflanzliches, aber sicherlich sei es mit dem Tee verabreicht worden. Sie führte die Sanitäter zu Shaw, die ihn samt Teekanne mitnahmen.

»Entschuldigung. Da bin ich wieder. Sind Sie noch dran?«

»Allerdings«, brummte Bail. »Was in aller Welt ist da bei Ihnen los?«

»Ich weiß gerade nicht, wo ich anfangen soll.« Helen setzte sich auf die Eingangsstufen, legte den halb gelesenen Brief auf ihren Beinen ab.

»Wie wäre es mit dem Beginn?«, schlug Bail vor.

Also erzählte Helen, wie sie Shaw gefunden hatte – und bei ihm einen Brief von Sharni. »Sharnis Brief ist ein Geständnis. Sie gesteht, dass sie Shaw vergiftet hat, weil sie ihn für den Mord an Dane verantwortlich macht, es dafür aber nicht genug Beweise gibt, sodass sie ihn nicht dem Gesetz anvertrauen kann, sondern selbst richten musste.«

»Aber wieso weiß sie es dann, wenn es keine Beweise gibt?«, entgegnete Bail.

»Erkläre ich später, es gibt noch etwas. Die Vergiftung von Shaw ist nicht alles. Sharni gesteht in dem Brief auch die Ermordung von Kevin O'Brian, obwohl sie es nicht als Mord bezeichnet. Wohl eher so etwas wie Totschlag.«

»Bitte was? Sie hat Kevin O'Brian erstochen?«

»Ja.« Helen suchte die Stelle in dem Brief. »Paddy hat sich ihr anvertraut, nachdem sein Vater ihm mit der Enterbung gedroht hat. Sie wollte ihren Exmann zur Vernunft bringen, hat ihn zur Rede gestellt. Er hat sie ausgelacht, und da hat sie mit einem ihrer Kräutermesser zugestochen.« Helen atmete durch. Die Szene tauchte vor ihrem inneren Auge auf. Das Lachen von O'Brian musste sich in diesem fatalen Moment mit Sharnis vermeintlichem Wissen, dass ihr Exmann für den Tod von Dane verantwortlich war, vermischt haben. So erklärte es Sharni jedenfalls in dem Brief. Dass dem nicht so war, dass nicht O'Brian, sondern Shaw der Schuldige war, hatte sie erst erkannt, als es zu spät war.

»Was hat sie mit dem Messer gemacht? Wir haben alle Messer auf dem Gelände auf Blutspuren untersucht und nichts gefunden.«

»Sie hat es über die Klippen ins Meer geworfen.« An der Stelle, wo Dane den Tod gefunden hatte. Aber das erwähnte Helen nicht.

»Also, wenn ich das jetzt richtig verstanden habe, hat Sharni O'Brian ihren Exmann im Affekt erstochen. Aber warum denkt sie, dass Shaw Dane ermordet hat? Das habe ich doch so richtig verstanden? Das ist der Grund, warum sie ihn vergiftet hat, oder?«

»Moment, ich lese es vor.« Helen strich den Brief auf ihren Knien glatt und begann zu lesen.

> *»Als nach der Testamentseröffnung klar wurde, dass Shaw als Treuhänder über das ganze Vermögen verfügen konnte und sowohl James als auch Paddy damit enterbt worden waren, hat sich Emma mir endlich offenbart und mir alles erzählt: von dem Rennen, das sie verlieren musste, und davon, dass sie sich damals Dane anvertraut hat.«*

Helen ließ ein paar Zeilen aus, in denen Sharni Emma direkt ansprach und sie bat, der Familie und auch der Polizei alles im Einzelnen zu erzählen. Die nächsten Sätze las sie wieder vor.

> *»Aber erst als ich mit Paddy im Gefängnis gesprochen habe, wurde mir klar, dass Shaw der Drahtzieher sein musste, der sowohl für Paddys Entführung als auch für Danes Ermordung verantwortlich war. Denn Paddy erinnerte sich plötzlich an seinen Entführer, und der ist eng mit Shaw verbandelt. Aber es gibt keine Beweise für Shaws Schuld, nicht genug jedenfalls, um ihn zu verurteilen. Ich musste ihn selbst richten. Ich habe ihn vergiftet.«*

Helen machte eine Pause, las die nächsten Zeilen für sich, denn weiter hatte sie den Brief selbst noch nicht gelesen. Und dann fanden sich auch bei ihr die einzelnen Stückchen des Rätsels zusammen und formten sich zu einer Wahrheit. Da gab es die Notiz, die Marie bei den Unterlagen des Pferdes gefunden hatte und die sie ihr heute Morgen auf das Handy geschickt hatte. Da war das Rennen, das Emma verlieren musste. Und schließlich kamen die gepfiffene Melodie und Paddys Erinnerung an seinen Entführer hinzu.

»Helen. Sind Sie noch da?«, fragte Bail.

»Sie müssen herkommen, Bail. Sharni hat genau die gleichen Schlüsse gezogen wie wir. Dass Shaw hinter der Entführung von Paddy steckt, weil er O'Brian unter Druck gesetzt hat, damit er seine Stute dieses Rennen verlieren lässt. So weit waren wir ja auch schon. Aber Dane muss dieser Wahrheit auch so nahegekommen sein, dass Shaw ihn hat umbringen lassen.«

»Wie kommen Sie darauf?«

»Es gibt eine Notiz. Und ich denke, Sharni kannte diese Notiz auch. Aber das erkläre ich Ihnen, wenn Sie hier sind. Jetzt müssen Sie erst mal kommen und Shaws Handlanger verhaften. Den Entführer von Paddy und vermutlich den Mörder von Dane.«

»Wen?«, fragte Bail.

»Horace Wellerman.«

»Hm«, brummte Bail wieder, und dann: »Okay. Ich komme. Aber erst einmal, um mich um Sharni zu kümmern. Schließlich hat sie zwei Morde gestanden.«

»Sie ist nicht hier.«

»Das lassen Sie mal meine Sorge sein. Bleiben Sie, wo Sie sind, Helen. Ich bin unterwegs.«

Bail hatte aufgelegt, und Helen konnte sich dem Rest von Sharnis Brief widmen. Es ging damit weiter, dass mit Shaws Tod die richtige Erbfolge wiederhergestellt sei. Paddy würde die Firma übernehmen können. Was Gestüt und Rennstall anging, hatte Sharni alles in ihrem eigenen Testament verfügt, das in der Küche in dem Geheimfach neben dem Lüftungsschacht über dem Kamin verwahrt sei.

Helen hielt inne. Warum sprach Sharni von ihrem Testament? Und dann wurde es ihr langsam klar. Angespannt las sie weiter. Die letzten Zeilen im Brief waren an sie selbst gerichtet.

> *Der letztgeborene Sohn von Eastern Storm gehört ja nun dir. Er ist Danes letztes Vermächtnis. Du entscheidest über seine weitere Zukunft. Wenn er keine Rennen mehr bestreiten soll, ist das deine Entscheidung. Aber Dane würde es gefallen, wenn mit Sea of Storm die männliche Linie nicht zu Ende gehen würde.*

Der Brief endete mit einem für Sharni ganz typischen Satz.

Möge der Hafer euch immer stechen, lebt euer Leben, wie es euch gefällt, aber haltet die Familie in Ehren. Alles wird nun gut. Sharni.

Helen sprang auf. Auf dem Tisch hatten zwei Teetassen gestanden. Beide leer. Sharni würde sich niemals einsperren lassen. Ihr Brief war nicht nur ein Geständnis, sondern auch ein Abschiedsbrief.

Plötzlich stand Dairine hinter ihr. Nach all den Sirenen, nach Helens Rufen, keine Reaktion, und nun, da es wieder still war, tauchte sie auf. Aber es war ja noch nicht alles vorbei. Helen wusste, wo es Sharni zum Sterben hinzog. Die Klippen, an denen Dane gestorben war. Hag's Head. Der Hexenkopf. Ein paar kurze Anweisungen an Dairine, sie solle Bail sagen, wohin Helen unterwegs war. Dann spurtete sie los. Vielleicht kam sie noch nicht zu spät.

Kapitel 48

Die Sonne brannte schon wieder, obwohl es nicht mal Mittag war. Doch das war nicht der Grund dafür, dass Paul schwitzte. Sea of Storm sträubte sich mächtig, als er versuchte, ihn rückwärts aus dem Transporter die Rampe herunterzuführen. Irgendwie bekam er es hin, ohne das Pferd oder sich selbst zu verletzen. Man erkannte seine Erfahrung im Umgang mit Pferden. Marie war froh, ihn dabei zu haben.

»Hat einen ganz schön eigenen Kopf, der Herr«, meinte Paul, als er es geschafft hatte und der Hengst sicher im Hof stand. Sea of Storm schüttelte sich noch einmal heftig, beruhigte sich aber schnell, nachdem er aus dem beengten Transporter befreit war. Danny hatte ja gesagt, dass er die Enge in den Transportboxen überhaupt nicht ertrug. Cara winkte ihnen von den Ställen her zu. Auf ihrem eigenen Terrain war sie wieder zu jeder Hilfe bereit. Sie hatte eine Box in der Nähe seines Landsmanns Flying Wilde freigemacht. Nicht direkt nebenan, sie hatte gemeint, man müsse erst einmal sehen, ob die zwei sich verstanden, aber immerhin im gleichen Stallbereich.

»Wow, ein toller Bursche. Man sieht, dass er voll im Training steht«, sagte Cara, als sie die Zügel von Paul entgegennahm. Marie bedankte sich bei ihm.

»Gerne. Eine Hand … und so weiter. Wir hören voneinander, nehme ich an.« Und schon war er weg.

Allein mit Cara und Sea of Storm, fragte Marie, woran man den Trainingsstand des Pferdes erkennen konnte.

»An der Ausrichtung der Muskeln«, erklärte Cara. Sie fuhr mit der Hand an den Strängen entlang. So erkannte es selbst Marie. Sie waren alle nach vorne ausgerichtet.

»Im Vergleich wird es ganz deutlich. Mit einem Vorher- und Nachher-Foto. Bei Flying Wilde sieht man schon jetzt einen kleinen Unterschied. Bei Theo hab ich das leider nicht gemacht.«

Marie nickte mechanisch. Bei der Erwähnung eines Fotos wanderten ihre Gedanken wieder zu der Zeichnung, die sie beim Stammbaum von Sea of Storm gefunden hatte. Sie hatte ja selbst Erfahrung im Zeichnen von Tieren und sah sofort, dass Talent dahintersteckte. Und sie erkannte Ähnlichkeiten zu Sea of Storm. In seinen Augen blitzte Temperament. Ein eigener Kopf, wie Paul es bezeichnet hatte. Das Bild konnte Eastern Storm zeigen, seinen Vater. Sie würde Danny anrufen und fragen.

Als sie in den Stallbereich kamen und es dunkler wurde, obwohl er licht- und luftdurchflutet war, scheute der Hengst.

»Können wir ihn nicht auf die Koppel bringen? Zu Flying Wilde?«, fragte Marie, die Worte von Danny noch im Ohr.

Doch Cara verneinte. Erst müsse er in die Box, seine neue Umgebung kennenlernen. Dort sein Futter bekommen. Marie trug einen Eimer des extra für ihn zusammengestellten Futters, das Danny ebenfalls mitgegeben hatte. So schnell durfte man die Ernährung nicht umstellen. Das brauchte Geduld, wie alles in seinem neuen Leben. Seine Karriere als Rennpferd war beendet, aber was aus ihm werden würde, musste sich erst ergeben. Wenn ihre Chefin zurück war.

»Sein Betreuer hat gesagt, dass er am liebsten draußen auf der Weide ist«, versuchte Marie es noch einmal.

»Dann wird er sich hier wohlfühlen. Aber wie gesagt, alles zu seiner Zeit. Vertrau mir.«

Cara brachte ihn in seine Box. Marie ließ es sich nicht nehmen, das Futter in seinen Trog in der Box einzufüllen. Essen war ja auch eine Lieblingsbeschäftigung von ihm, und zu ihrer Freude langte er sofort zu.

»Siehst du, das magst du.« Sie berührte ihn sanft am Hals. Er hatte diesbezüglich überhaupt keine Scheu und ließ sich auch nicht beim Essen stören. »Und bald lernst du deine neuen Freunde kennen.«

»Du wirst ja noch zur richtigen Pferdeflüsterin«, scherzte Cara. »Komm. Wir lassen ihn jetzt erst mal in Ruhe.«

»Können wir ihn heute denn noch rauslassen?«, fragte Marie.

»Gib ihm mal ein, zwei Stündchen, dann probieren wir es, okay? Außerdem müssen wir sehen, ob er sich mit den anderen versteht. Vor allem mit den anderen Hengsten. Aber mit Flying Wilde könnte es gehen. Der ist ja ein Wallach. Warten wir ab.« Sie liefen gemeinsam zum Außenplatz, wo Cara sich erst einmal verabschiedete. Sie hatte gleich eine Reitstunde zu geben. »Und du und Yuna, ihr seid heute ja auch noch dran. Wenn du willst, kannst du Flecki und Daisy schon holen«, rief sie ihr im Weggehen zu.

Na klar, kein Problem. An die Reitstunde hatte sie überhaupt nicht mehr gedacht. Sie hatte die Reitstunden bei der ganzen Aufregung rund um die Protestaktion, Flying Wilde und Sea of Storm völlig verdrängt. Hatte sich noch nicht entschlossen, ob sie überhaupt weitermachen wollte. Mit dem Reiten. Nicht dem Kümmern um ihre neuen Freunde. Da blieb sie dran, komme, was wolle. Sie lächelte in sich hinein. Komme, was wolle war einer der Lieblingssprüche ihrer Oma.

Sie setzte sich auf eine der Bänke und nahm sich noch einmal den Stammbaum vor. Zeichnung und Notiz waren lose eingelegt. Nachdem sie angekommen waren, war es mit dem Ausladen so schnell gegangen, dass sie alles einfach hineingelegt und die Mappe zugeschlagen hatte. Nun mühte sie sich ab, die Zeichnung wieder in das Fenster vorne an der Ledermappe einzuschieben. Merkte dabei, dass noch ein Stück Papier in dem Fach steckte, das es schwierig machte, die anderen Blätter, ohne sie zu knicken, einzuführen. Sie versuchte es zuerst zu entfernen. Es hatte sich in einer Naht verkeilt. Endlich gelang es ihr, und sie zog es vollständig heraus. Es war zur Hälfte geknickt, das Papier dicker als der Notizzettel. Marie faltete es auf. Ihre Augenbrauen schnellten in die Höhe, und ihre Hand suchte automatisch nach dem Mobiltelefon in ihrer Hosentasche. Nicht, um eine Nachricht zu senden. Diesen Brief musste sie ihrer Chefin erst persönlich ankündigen.

Kapitel 49

Helen stellte das Auto neben Sharnis ab. Auf der Fahrt über den engen, von einer der typischen Bruchsteinmauern gesäumten Schotterweg war sie sich nicht mehr sicher gewesen, dass sie Sharni hier finden würde. Erst als sie ihren Jeep hier abgestellt fand, wusste sie, dass sie mit ihrer Vermutung richtiglag. Helen stieg aus. Atmete durch, denn der verfallene Wehrturm vor dem Hexenkopf war bereits zu sehen. Vor blauem Himmel eingebettet in grüne Wiesen, bot der Anblick jedem Maler der Romantik eine perfekte Kulisse. Sie näherte sich ihm von einer anderen Seite als damals. Nur von hier aus kam man mit dem Auto nah genug heran. Über den Pfad entlang der Steilküste konnte man ihn nur zu Fuß erreichen. Durch einen mit Steinplatten künstlich angelegten Hohlweg, der Wanderer und Touristen vor einem Absturz schützte. Neben Danes altem Hof lag ein Seiteneinstieg in diesen Wanderpfad, nur von Danes Land aus zu erreichen. Seine Schafsweiden hatten bis an den Pfad herangereicht.

Schlagartig stiegen die Erinnerungen in Helen hoch, auf jenem Pfad war sie Danes Spuren gefolgt, seinen letzten. Sie schluckte. Von hier aus musste sie diesen Weg nicht mehr beschreiten. Und heute gab es weder Sturm noch Regen. Ein freundlicher Tag. Schon am Morgen hatte die Sonne ins Küchenfenster hineingeblinzelt. Schäfchenwolken grasten am blauen Himmel. Nur ein feiner Windhauch schlich sich vom Meer herein. Trügerisch. Trotzdem verfiel sie in einen Laufschritt, wie damals. Die gleiche Dringlichkeit trieb sie an.

Doch dann verlangsamte sie ihr Tempo wieder, weil ihr Handy klingelte. Es war Bail.

»Ich bin vor dem Haus. Niemand macht auf. Wo sind Sie?«, fragte er. Dairine war offenbar wieder abgetaucht zu ihren Puppen und den Orchideen. In möglichst kurzen Sätzen erzählte Helen, wohin sie unterwegs war, um zu verhindern, dass sich Sharni das Leben nahm. Ein Anklopfen in der Leitung ließ sie einen Augenblick innehalten. Ein anderer Anruf. Das musste warten. Erst fragte sie Bail, ob er wusste, was und wo der Hexenkopf war. Er bestätigte dies, schließlich war es der Platz, an dem man Dane vor fünfzehn Jahren gefunden hatte. Nach dem Sturm. Er war nicht direkt ins Meer gestürzt. Eine vorstehende Steinkante hatte den Sturz abgefangen.

Bail sagte zu, sich sofort auf den Weg zu machen. Helen steckte das Handy wieder ein und beschleunigte ihren Schritt. Es war nicht mehr weit, noch eine Biegung. Auf der Freifläche vor dem Turm befanden sich einige Wanderer, Touristen. Einer hatte sich flach auf den Boden gelegt. Den Kopf auf den verschränkten Armen ruhend, die Augen geschlossen, genoss er die wärmenden Sonnenstrahlen, denn direkt hier an der Küste blies der Wind schon wieder stärker. Ein Zittern lief durch Helens Körper. Wo war Sharni? Im Turm? Nein, bestimmt nicht, zu viel los. Sie würde niemanden um sich haben wollen. Also dort. Helen ließ ihren Blick nach links zum Felsen unterhalb des Turms schweifen. Genau an die Stelle, an der Dane in den Tod gestürzt war. Der Hexenkopf. Hag's Head. Helen schlug den Trampelpfad ein. Grashalme und Moose von menschlichen Füßen oder von tierischen Hufen zertreten. Darunter schaute beige, trockene Erde hervor, durchsetzt von nacktem Fels. Schon bevor sie den Felsen und die kleine Schlucht in seiner Mitte erreichte, sah sie Sharni. Sie saß rechts vom Hexenkopf an einem vorgelagerten Felsen, der bizarr zum Meer hin gekippt war, wie die steinernen Finger eines Riesen. Mit dem Rücken gegen die Steinwand gelehnt, hielt sie den Blick nach vorn aufs Meer gerichtet und auf die lang gezogenen Klippen, die sich wie die Sichel des zunehmenden Mondes in den Meereshimmel streckten. Der Steilabfall lag direkt vor ihr. Ein, maximal zwei Meter war ihre Sitzfläche breit, bevor sie abfiel, erst in behäbigen, moosbedeckten Schritten, dann nahezu senkrecht, sodass eine Leere vor ihr klaffte, zweihundert Meter über dem Meer. Helen hielt die Luft an. Setzte einen Fuß vor den anderen, die Augen auf Danes Mutter gerichtet. Dann rutschte ihr Fuß weg. Kleine Kiesel flitschten fort. Sie fing sich schnell wieder. Die Steinchen rollten ein Stück den Hang hinunter.

Als Helen wieder aufblickte, hatte Sharni den Kopf in ihre Richtung gedreht. Ein leises Lächeln umspielte ihren Mund. Helen lief auf sie zu.

»Ich habe gehofft, dass du kommst.« Sharnis Stimme war so schwach, dass ihre Worte vom Wind fortgetragen wurden. Helen setzte sich neben sie, spürte den harten Fels an ihrem Rücken. Klammerte sich daran fest. Vor ihnen nur wenig Boden und viel Himmel, mehr Atlantik.

Sharni legte eine Hand auf ihr Knie.

»Ich habe deinen Brief gefunden«, sagte Helen.

Sharni nickte. »Dann ist er tot?«

»Nein. Ich habe die Ambulanz gerufen. Sie haben Shaw ins Krankenhaus gebracht.«

Wieder nickte Sharni. Tätschelte Helens Knie, wie bei einem kleinen Mädchen, dem man sagen möchte, alles wird gut. »Es wird ihm nicht helfen.«

»Im Tee war Gift? Was für eines?«, fragte Helen. Sie könnte den Ärzten Bescheid geben. Vielleicht konnten sie Shaw dann noch retten. Und Sharni wäre nicht für seinen Tod verantwortlich.

»Ein sehr potentes. Belladonna.« Sharni lächelte.

»Warum, Sharni? Die Polizei war ihm auf der Spur. Bail hat seine Vergangenheit aufgedeckt.«

»Bail!« Sharni spie seinen Namen förmlich aus.

»Er ist nicht so übel. Er hat eingesehen, dass er damals falschlag.«

»Nein. Shaw wäre freigesprochen worden. Es gab keinen anderen Weg. Ich musste es tun. Nicht nur um Danes willen. Du kannst es nicht verstehen.«

Doch Helen glaubte zu wissen, warum. »Wegen Emma?«

Sharni drehte ihr ruckartig den Kopf zu. »Du weißt davon?«

Helen nickte. »Finn hat das mit dem Doping herausgefunden. Wir haben mit Emma gesprochen. Sie hat es zugegeben.«

Sharni packte ihr Knie plötzlich fester. »Ihr werdet sie nicht bloßstellen. Ihr müsst alles auf Shaw schieben. Und das ist nicht einmal falsch. Emma hätte das nie gemacht, wenn Shaw nicht gewesen wäre.«

Das stimmte wahrscheinlich sogar. Aber würden Emma und James, Paddy und Dairine wirklich einfach weitermachen können, wie sie es sich vorstellte? Ohne sie? Auch wenn sie dafür gesorgt hatte, dass die beiden Unruheherde ausgeschaltet waren: Shaw mit seinen Intrigen und O'Brian mit seinem Erfolgsstreben und der Ignoranz gegenüber den Gefühlen seiner Söhne. Trotzdem bezweifelte Helen, dass damit alle Streitigkeiten aus dem Weg geschafft waren. Sharni war doch diejenige gewesen, die alles zusammengehalten hatte. Was würde James sagen, wenn er von dem Doping erfuhr und dass seine Schwester ihm auf diese Weise den Rang als Starjockey abgelaufen hatte?

Was Paddy, wenn ihm klar wurde, dass Emma gemeinsame Sache mit dem Mann gemacht hatte, der für seine Entführung und für den Tod seines Bruders verantwortlich war?

»Von mir aus kann es so gehen. Bail interessiert sich nicht für das Doping. Und Finn wird damit umgehen können. Er wird ein Auge auf Emma haben. Aber was wird Paddy tun? Und James?«

»James wird für seine Schwester alles tun, genauso wie Emma für ihn.« Sharni lehnte den Kopf an die Felswand.

Helen war nicht überzeugt. »Sharni, sie brauchen dich. Lass mich dich zurückbringen. Bitte. Der Tee war noch warm, Shaw kann noch gerettet werden. Und das mit Kevin ist einfach passiert. Du wolltest nur mit ihm reden, ihn zur Vernunft bringen. Es war bestimmt ein Unfall, nicht? Mit einem guten Anwalt … Sharni?« Sie war so still geworden. Hatte die Augen geschlossen. Helen berührte sie leicht an der Schulter. »Sharni?«

Ein Lächeln erschien auf Sharnis Gesicht. »Du hast recht. So war es. Aber für mich ist es trotzdem zu spät, genauso wie für Shaw.« Nur ein Flüstern. »Und es ist gut so. Versprich mir nur, dass Wellerman zur Rechenschaft … Mit Paddys Aussage …«

»Ja. Ja, das verspreche ich.«

Helen rüttelte sie jetzt. Stand auf, zog an ihrem Arm. »Sharni. Komm, steh auf. Lass mich dich ins Krankenhaus bringen.«

Doch Sharni schüttelte den Kopf. Wandte all ihre restliche Kraft auf, um Helen wieder zu sich herunterzuziehen. Helen kniete sich. Hielt ihr Ohr an Sharnis Mund.

»Du musst ihn jetzt gehen lassen.« Sharni atmete ein und aus. Und mit diesem letzten Atemzug sprach sie seinen Namen.

»Dane.«

Kapitel 50

Sie saßen gespannt am Tisch in der Küche der Hogans. Die Scones, die Helen eigentlich fürs Frühstück gebacken hatte, standen auf der gedeckten Tafel. Eine Kanne frischer Dreamy Creamy Galway Tee daneben. Finn griff nach einem der süßen Brötchen, aber Eilis klopfte ihm auf die Finger. »Jetzt warte doch den Augenblick.«

»Was?«, grummelte er, ließ aber von dem Scone ab.

Sie warteten auf Bail. Und darauf, zu hören, was er über Wellermans Reaktion sagte. Hatte er gestanden oder musste er sich den erdrückenden Beweisen geschlagen geben? Fakt war, dass er eben verhaftet worden war, und Eilis, Finn und Helen hatten es beobachtet wie Kinder, die versuchten, einen Blick auf den Weihnachtsmann zu erhaschten, wie er die Geschenke brachte. Sie hatten drinnen vor der Haustür gestanden, um durch das im oberen Bereich der Tür eingelassene Fenster zu beobachten, wie Inspektor Tanner den Nachbarn eigenhändig zum Auto führte. In Handschellen. Helen musste sich auf die Zehenspitzen stellen, um etwas zu sehen. Bail sicherte quasi den Rücken seines Kollegen, doch der sonst so aufsässige Nachbar schien sich in sein Schicksal ergeben zu haben und ließ sich ohne Widerstand mit gesenktem Kopf abführen. Sobald das Polizeifahrzeug abgefahren war, kam Bail auf den

Eingang der Hogans zu, und die drei Beobachter zogen sich schnell zurück. Eilis begann den Tee einzuschenken, als Finn nach den Scones langte. Und Helen überlegte noch, warum Bail so lange für das kurze Stück brauchte, als es klingelte. Sie sprang auf.

»Ich gehe.« Mit wenigen Schritten war sie an der Tür und öffnete dem Inspektor. Er hielt Papierblätter hoch. Zusammengerollt wie eine Schatzkarte.

»Für Sie. Nur Kopien. Das Original muss erst einmal bei den Akten bleiben.«

Helen ließ ihn vorbei und schloss die Tür. »Was ist das denn?«

»Na, der Brief von Sharni O'Brian. Da waren ja auch ein paar persönliche Worte an Sie enthalten.« Er reichte ihr die Papierrolle. »Sind zwei Exemplare. Eins für die Familie.«

»Danke«, sagte Helen.

Eilis schickte ihm ein: »Bitte setzen Sie sich doch«, entgegen. Nur um gleich, nachdem er eben dieses getan hatte, mit der Frage nachzulegen, auf deren Antwort sie alle gespannt waren. »Hat Wellerman gestanden?«

Bail war kurz nach Sharnis letztem Atemzug am Hexenkopf angekommen, fast gleichzeitig mit dem Krankenwagen. Der Notarzt hatte nur noch Sharnis Tod feststellen können. Sharni hatte recht behalten. Noch an den Klippen hatte Helen dem Inspektor den Brief überreicht und ihm alles erzählt. Auch von den Vorwürfen, die sie sich selbst machte. Sie hätte Danes Mutter früher miteinbeziehen müssen. Vielleicht hätte diese sich ihr dann geöffnet. So hatte Sharni ihre eigenen Schlüsse gezogen aus dem, was Emma und Paddy ihr erzählt hatten. Mit ihrer Abneigung gegen Shaw hatte sie nicht hinter dem Berg gehalten. Aber wie schon Dane fünfzehn Jahre zuvor hatte sie es vorgezogen, allein zu handeln. Niemanden ins Vertrauen zu ziehen. Entgegen dem, was sie selbst ihr Leben lang gepredigt hatte. Den Zusammenhalt. Gemeinsamkeit macht stark. Ja, noch in ihrem Abschiedsbrief, den Helen jetzt wieder in Händen hielt, hatte sie es doch geschrieben.

Kevin O'Brians Tod kam Helen nicht geplant vor. Wieder stand ihr die Szene, die zum Tod von Sharnis Exmann geführt hatte, bildlich vor Augen. Dieses Mal aus Sharnis Perspektive. Danes Vater kannte Helen im Grunde nur aus den Erzählungen über ihn. Aber auch die passten ins Bild. Seine Uneinsichtigkeit, sein Starrsinn.

Die Vergiftung von Peter Shaw lag anders. Das war ein planvolles Vorgehen aus niederen Beweggründen gewesen. Vor allem aus Rache. Und das machte Helen traurig und wütend. So kam Shaw irgendwie davon. Jedenfalls, wenn er nicht überlebte, denn dann musste er sich keinen Fragen mehr stellen. Und alle blieben ohne Antworten zurück. Fast genauso wütend machte es Helen, dass Sharni sich das Leben genommen hatte. Weil sie sich genauso entzog, weil sie alle um sich herum mit genau denselben Fragen alleinließ. Einzig mit den Erklärungen in einem zweiseitigen Brief. Helen warf die Papiere auf den Tisch.

»Alles in Ordnung?«, fragte Bail.

Helen nickte. Der Inspektor hatte den offenen Fall von vor fünfzehn Jahren um Danes Tod abschließen können. Ob sie das ebenfalls konnte? Dieser letzten Weisheit, die Sharni ihr mit auf den Weg gegeben hatte, konnte sie zustimmen. Mit ihrem Verstand. Doch was sagte ihr Herz? Vielleicht konnte bei dieser Aufarbeitung nun auch Bail helfen, indem er von Wellerman berichtete.

»Ich bin nur müde«, sagte sie, »und genauso gespannt auf Ihre Antwort auf Eilis' Frage. Wie hat Wellerman reagiert? Und wie Ihr Kollege Tanner?«

Tanner als leitender Ermittler hatte ja bisher in eine völlig andere Richtung ermittelt. Tanners Verbindung zu Shaw war nicht geklärt, weshalb Bail ihn nicht sofort nach Sharnis schriftlichem Geständnis informiert, sondern es zuerst mit Paddys Aussage untermauert hatte. Gemeinsam mit Bail war Helen zurück zum Gestüt gefahren. Sie hatten die Familienmitglieder zusammengerufen. Paddy und James waren inzwischen aus der Untersuchungshaft entlassen worden. Die Nachricht von Sharnis Tod und ihr Brief hatten alle komplett aus der Bahn geworfen. Emma am meisten. Sie zog sich schluchzend zurück. Vielleicht empfand sie genauso wie Helen. Erst hatte Dane sie verlassen, jetzt hatte Sharni sie allein mit allen Problemen zurückgelassen. Wegen des Dopingvergehens würde sie keinen leichten Stand haben in der Familie. Bail bat Paddy um eine Aussage, ohne die anderen. James wollte ihm nicht von der Seite weichen, doch Paddy selbst bat ihn darum. Seit der Testamentseröffnung gab es keine Unstimmigkeiten mehr zwischen ihnen. Der ganze Zwist zwischen den beiden war lediglich der Eitelkeit von James entsprungen, der sich nach seiner Suspendierung nichtsnutzig vorkam und es nicht ertragen konnte, auf die Hilfe von Paddy angewiesen zu sein. Für die Befragung aber war es Paddy lieber, der Polizei allein Rede und Antwort zu stehen, denn er machte sich Vorwürfe, dass das, was er seiner Stiefmutter anvertraut hatte, sie erst dazu bewogen hatte, Shaw zu vergiften.

Bail deutete auf die vor ihm stehende Teetasse. »Darf ich?«

Eilis antwortete: »Aber sicher, deshalb steht sie ja da.«

Er nippte am Tee und begann dann zu erzählen. »Tanner hat schnell eingelenkt. Die Beweise und die Motivlage gegen Wellerman waren erdrückend. Ein durch Paddys Aussage untermauertes Geständnis. Alles sehr viel plausibler als diese Theorie, die ihm Shaw ins Ohr gepflanzt hat, dass es einzig und allein um das Erbe ging und deshalb entweder James und Paddy ein Motiv hätten oder sogar Sie, Mister Hogan, weil Sie sich den Rennstall nicht mehr streitig machen lassen wollten.«

Helen nickte. »Obwohl das Motiv ja schon mit dem Erbe zusammenhing. Insofern hatte er recht.«

Bail blickte Helen erstaunt an. »Ja, aber Sie glauben doch auch, dass es ohne die Vorgeschichte mit Paddys Entführung und Danes Tod weder zum Mord an O'Brian noch zur Vergiftung von Shaw gekommen wäre?«

»Natürlich, es ist genauso, wie Sie es vermutet haben. Der Ursprung der ganzen Tragödie liegt fünfzehn Jahre zurück«, versicherte Helen ihm, denn genau das hatte Paddys Befragung ergeben. Wellerman war der Entführer gewesen. Paddy hatte sich in dem Moment an ihn erinnert, als er Wellerman die Melodie des Vogelfängers hatte pfeifen hören. Eine Oper, die er in- und auswendig kannte, weil sie zu seinem Geigenrepertoire gehörte. Als Helen ihm dann noch die Notiz gezeigt hatte, die Marie bei den Unterlagen des Pferdes gefunden hatte, warf Paddy die plötzliche Erinnerung fast um. Er tastete nach einem Stuhl, zog ihn heran und setzte sich. Begrub das Gesicht in den Händen und stöhnte auf. Ja, er habe diese Notiz geschrieben, Wellerman habe ihn dazu gezwungen. Er erinnerte sich jetzt genau. Wie der Stift ausgesehen hatte, ein roter Kugelschreiber, wie seine Hand zitterte, als er schrieb, was Wellerman ihm diktierte. Und wie Wellerman ihn für seine brave Mitarbeit belohnt habe. Er habe seinen Bruder ans Messer geliefert für ein Glas Milch. Und dann war Wellerman pfeifend mit der Notiz in der Hand aus dem Zimmer gegangen und hatte wieder verriegelt. Danach verblasste die Erinnerung. Womöglich war die Milch mit Schlafmittel versetzt gewesen. Paddy hatte nicht geahnt, dass er soeben das Todesurteil für seinen Bruder unterschrieben hatte.

Der Bogen von Wellerman zu Shaw war leicht zu ziehen gewesen, vor allem für Sharni, die alles über die Organisation des Gestütes und seiner Ländereien wusste. Das Haus neben dem der Hogans war zuerst an Wellerman verpachtet und ihm später übereignet worden. Und Shaw hatte ihn überhaupt erst als neuen Pächter ins Gespräch gebracht. Sie waren zusammen in die Gegend gezogen, stammten beide aus der Nähe von Dublin.

Bail stellte die Teetassen ab. »Ich habe noch etwas herausgefunden, bevor wir ihn konfrontiert haben. Wellerman hat seinen Namen geändert, bevor er hierherkam. Hat den Mädchennamen seiner Mutter angenommen. Sein vorheriger Name war Murphy.« Er blickte erwartungsvoll in die Runde.

Bei Helen klingelte es nicht, aber Finn klopfte plötzlich auf den Tisch.

»Ich glaube es nicht. War das nicht der Name eines dieser Dopingsünder im Fall von Shaws Bruder?«

Bail bestätigte das. »Sie haben ein gutes Namensgedächtnis, Mister Hogan. Respekt. Genauso ist es. Ein Horace Murphy war bei einem der Rennställe beschäftigt, die in den Doping- und Wettskandal verwickelt waren, wegen dem Shaws Bruder angeklagt war.«

»Ein weiterer Nachweis, dass eine Verbindung zwischen Shaw und Wellerman bestand«, stellte Helen fest. »Was hat Wellerman gesagt, als Sie ihn damit konfrontiert haben?«

Bail lachte freudlos auf. »Er ist eingebrochen wie eine baufällige Hütte unter einer Abrissbirne. Hat die Entführung von Paddy zugegeben, aber fast genauso schnell hinterhergeschickt, dass Shaw ihn damit beauftragt habe. Shaw habe ihm Geld versprochen. Besser gesagt, Besitz an dem von ihm bewohnten Haus. Er war praktisch arbeitslos, konnte mit den paar Schafen kaum die Pacht erwirtschaften. Und Shaw hat ihm mehr in Aussicht gestellt, wenn er seine Arbeit gut machte.«

»Hat er ja jetzt auch bekommen. Er hat doch diesen Firmenanteil geerbt«, warf Eilis ein.

Helen brannte darauf, etwas anderes zu erfahren. »Was ist mit Dane? Hat er zugegeben, ihn von der Klippe gestoßen zu haben?«

Auf ihre Frage folgte Stille. Ein Schaf blökte irgendwo in der Entfernung. Vielleicht eines von Wellermans Tieren.

»Er hat gesagt, es sei ein Unfall gewesen«, sagte Bail endlich. »Er sollte Dane im Auftrag von Shaw einschüchtern, ihm Angst machen, damit er sich nicht weiter einmischte.«

Helen schüttelte den Kopf. »Aber Dane hat das nicht mit sich machen lassen. Und er hat ihn die Klippe runtergestoßen.«

Bail atmete durch. »Er sagt, es sei umgekehrt gewesen. Er habe sich nur gewehrt, weil Dane sich auf ihn stürzen wollte. Dabei hätte Dane plötzlich die Balance verloren, sei nach hinten weggekippt und die Klippe runtergestürzt.«

Nein, das glaubte sie nicht. »Ein Unfall?«, flüsterte sie. Es musste anders gewesen sein. Shaw hatte den Tod von Dane in Auftrag gegeben, um seinen Einfluss bei Kevin O'Brian und den Anteil am Kuchen größer zu machen. Daran glaubte sie. Wollte daran glauben. Aber sowohl Wellerman als auch Shaw würden einen Mord oder Mordauftrag niemals zugeben, und Beweise gab es keine. Blieben als Anklagepunkte die Entführung und Körperverletzung mit Todesfolge. Womöglich wären diese Delikte sogar verjährt. Es war zum Verzweifeln. Das durfte nicht wahr sein.

»Etwas anderes zu beweisen wird schwierig werden, aber letztendlich muss eine Jury entscheiden«, sagte Bail.

Helen seufzte. Doch dann kam ihr noch ein Gedanke. »Aber Shaw kann mit Wellermans Aussage angeklagt werden.« Eine solche Beschuldigung mit allen weiteren Indizien, die sie zusammengetragen hatten, würde ihn zumindest von seinem

Amt als Treuhänder aushebeln. Und das Firmenerbe würde an Paddy gehen.

»Einen Toten kann man nicht mehr anklagen«, sagte Bail. »Kurz vor Wellermans Verhaftung kam die Nachricht aus dem Krankenhaus. Shaw ist an den Folgen der Vergiftung gestorben.«

Sharni hatte auch in dieser Hinsicht recht behalten. Und der gleiche Grundsatz galt genauso für sie. Auch Sharni konnte man juristisch nicht mehr für ihre Taten zur Rechenschaft ziehen. »Der Fall Kevin O'Brian ist also abgeschlossen, und alles konzentriert sich jetzt nur noch auf Wellerman. Ihre Arbeit ist getan«, sagte Helen.

»Nicht ganz, wir müssen die Lücken schließen, die Ermittlungen richtig dokumentieren. Ich habe bisher nur inoffizielle Erkundigungen eingeholt. Und die Zeugenaussagen müssen ordentlich aufgenommen werden. Aber ja, im Prinzip schon.«

»Was passiert denn jetzt mit dem Firmenerbe?«, fragte Finn.

Bail blickte zu Helen, die an seiner statt antwortete. »Wie ich es verstanden habe, entfällt mit dem Tod des Trustverwalters, ohne dass seine Nachfolge geregelt ist, der Trust ganz, und die alte Erbfolge tritt ein. Also, Paddy als einziger lebender Nachkomme wird Erbe.«

»Und was ist mit dem Gestüt?«, fragte Eilis.

»Und dem Rennstall?«, schob Finn unmittelbar hinterher.

»Der Rennstall ist nicht von Sharnis Tod tangiert, da bleibt es meines Erachtens bei der Verfügung von Kevin O'Brian. Und die Gestütsnachfolge wird in Sharnis Testament geregelt sein, aber so, wie ich ihren Abschiedsbrief verstanden habe …«, Helen legte ihre Hand auf die vor ihr liegenden Papiere, »bleibt es in ihrer Familie.«

»Farell, Emma und James«, sagte Finn. »Das wird interessant, insbesondere mit James.« Er verzog den Mund.

»Ach komm.« Eilis legte den Arm um Finns Schulter. »Du bist immer gut mit ihm klargekommen.«

»Ja, solange ich ihm nicht vor die Nase gesetzt wurde.« Finn griff nach einem Scone, verputzte ihn pur in zwei Bissen.

»Na, man könnte meinen, du bist schwanger«, sagte Eilis kopfschüttelnd.

»Ich muss los. Habe Tanner versichert, dass ich gleich nachkomme. Er will mich beim weiteren Verhör von Wellerman dabeihaben.« Der Inspektor rückte seinen Stuhl zurück, wandte sich aber noch einmal an Helen. »Ich konnte Tanner noch nicht vollständig informieren über alles, was wir gemeinsam herausgefunden haben.« Er betonte das »gemeinsam«.

Helen schüttelte den Kopf. »Ich bin ja überhaupt nur hier, weil Sie von Anfang an die richtigen Schlüsse gezogen haben.«

Bail nickte und erhob sich. Sie begleitete ihn zur Tür.

»Brauchen Sie noch etwas von mir? Morgen mache ich mich auf den Heimweg.« Sie hatte nicht mehr damit gerechnet, dass sie ihren gebuchten Rückflug antreten konnte.

Bail drehte sich zu Helen um und reichte ihr die Hand. »Diese Notiz von Paddy im Original, wenn Sie mir die zusenden könnten. Ist schließlich ein Beweismittel. Rein digital ist das schwierig. Wir bräuchten das Original.«

»Na klar, mache ich. Auch wenn es am Ende wohl auch bei Ihnen in der Asservatenkammer landet.«

Bail lachte, hielt noch immer ihre Hand. »Danke, dass Sie mir vertraut haben. Das war nicht selbstverständlich, nach allem.«

»Ich bedanke mich. Ohne Sie wäre niemals die Verbindung zu Danes Tod hergestellt worden, und ich würde immer noch glauben, er hätte Suizid begangen.«

Ob sie damit würde abschließen können? So oder so hatte ihr Freund sie nicht einbezogen in die Entscheidungen, die zu seinem Tod geführt hatten. Dane loslassen sollte sie, das hatte Sharni ihr mit auf den Weg gegeben. Das waren ihre letzten Worte gewesen.

Helen beobachtete den Inspektor, wie er in sein Fahrzeug stieg und losfuhr. Und dann schlich sich ein kleines Lächeln auf ihr Gesicht. Vom Nachbargrundstück aus würde es zumindest vorerst keine Beschwerden mehr über zu nah an der Grenze abgestellte Autos geben.

Kapitel 51

»Du bleibst also dabei?«, fragte Yuna. »Schließlich war der Reitunterricht dazu da, dass wir etwas zusammen unternehmen.«

Marie und Yuna hatten sich ein Eis vom Kaiserplatz mitgenommen und schlenderten am Hauptgebäude der Universität vorbei. Es war ein heißer Tag gewesen und auch am Abend immer noch so warm, dass sich gefühlt alle Studenten der Bonner Uni auf der Hofgartenwiese versammelt zu haben schienen. Marie schleckte an ihrem Pistazieneis, nickte und nuschelte ein zustimmendes »Mhmh«.

»Ist das jetzt auf dein Eis bezogen oder eine Antwort auf meine Frage?«, scherzte Yuna. Doch Marie hörte die Ernsthaftigkeit in der Stimme ihrer Freundin. Sie hatte ein schlechtes Gewissen. Das Reiten war Yunas Vorschlag gewesen, um ein gemeinsames Hobby zu finden. Stattdessen war Marie so sehr mit den Pferdepiraten, mit Flying Wilde und Sea of Storm beschäftigt gewesen, dass sie Yuna fast weniger gesehen hatte als vorher.

»Ich möchte mit dir zusammen Reiten lernen, sollte das heißen«, versicherte Marie ihrer Freundin. »Obwohl du das gar nicht mehr lernen musst.« Als sie vorhin auf dem Reiterhof zu Yuna gestoßen war, saß diese schon auf ihrer Daisy und drehte Runden auf dem Reitplatz, als hätte sie nie etwas anderes gemacht. Marie hatte es genau eine halbe Runde länger auf ihrem gutmütigen Flecki ausgehalten als beim letzten Mal. Trotzdem hatte sie sich fest vorgenommen, das Reiten zu lernen. Denn das gehörte dazu, wenn man bei den Pferdepiraten war. Ihre Meinung. Aufgedrängt hatte es ihr niemand.

»Blödsinn«, widersprach Yuna ihr. »Ich bin bisher nur im Schritt geritten, so wie du. Der getrabte Part, den Daisy mir untergejubelt hat, hat mich ganz schön durchgerüttelt.«

Sie kamen am Alten Zoll an. Der Biergarten war voll besetzt, und auch auf der Wiese davor tummelten sich die Menschen. Manche hatten sich sogar Picknickdecken mitgebracht. Marie und Yuna fanden eine Lücke und setzten sich auf den Rasen. Vom Rhein wehte eine leichte Brise herüber, und der Schattenwurf der Bäume hinter ihnen war so lang, dass er das Fleckchen erreichte, auf dem sie einen Platz gefunden hatten. So konnte man es aushalten. Marie atmete durch. Schweigend leckten die beiden Freundinnen an ihrem Eishörnchen.

Yuna nahm den Gesprächsfaden wieder auf. »Du willst also weiter beim Reiten bleiben und auch diese Tierschutzvereinigung meiner Cousine unterstützen. Hast du denn dann überhaupt noch Zeit zu studieren?«

»Du klingst wie meine Mutter«, entgegnete Marie lachend. Aber es war etwas Wahres dran. Trotzdem würde sie weder das eine noch das andere aufgeben. Die Arbeit mit den Pferdepiraten hatte sie darin bestärkt, es mit dem Jurastudium zu versuchen. Ihr Plan ging sogar weiter. In der späteren Praxis wollte sie sich auf Natur- und Tierschutzrecht spezialisieren. Um dann solche Organisationen wie die Pferdepiraten rechtlich zu beraten. Eine Traumvorstellung. Und Yuna hatte sie darin bestärkt, ihre Träume zu verwirklichen.

»So war das gar nicht gemeint«, sagte ihre Freundin mit ernsterem Gesicht. »Ich finde das toll, was du alles Neues anpacken willst. Oder schon machst. Ich frage mich sogar, ob ich nicht auch mal etwas ändern sollte.«

Marie blickte erstaunt zu Yuna. »Du meinst jetzt aber nicht das Badminton, oder?« Sie sagte es scherzhaft.

Doch ihre Freundin seufzte.»Es nimmt schon sehr viel Zeit in Anspruch. Zumindest, wenn ich das Niveau halten will. Und bald bin ich fertig mit dem Studium. Vielleicht ist es auch für mich Zeit für etwas Neues.«

»Du wirst schon das Richtige für dich finden.« Davon war Marie überzeugt. Yuna brauchte dazu niemanden, der sie anstieß, im Gegensatz zu ihr. »Ich hoffe dagegen auf die Unterstützung von Helen. Ich kann das nicht ohne sie durchziehen. Aber schließlich ist sie jetzt auch Besitzerin eines Pferdes, das aus dem Rennsport kommt.«

»Hat sie sich inzwischen gemeldet?«, fragte Yuna. Marie hatte ihr von dem weiteren Brief, den sie bei den Unterlagen von Sea of Storm gefunden hatte, erzählt.

Marie schüttelte den Kopf. »Hat nicht zurückgerufen. Ich weiß nicht einmal, ob sie wie geplant morgen zurückkommt.«

»Willst du es ihr direkt sagen? Das mit dem Studium?«

Ein Pärchen, das ein Stück vor ihnen entfernt gesessen hatte, war aufgestanden und stellte sich auf dem Kiesbereich zwischen Biergarten und Wiese auf. Sie begannen sich mit Schlägern, die Marie an Tischtennisschläger erinnerten, etwas größer vielleicht, einen Ball zuzuspielen. Der Ball war eine hohle mit Löchern durchsetzte Plastikkugel. Es ging hin und her, und plötzlich flog der Ball zu ihnen herüber. Yuna fing ihn auf. Die blonde schlanke Frau kam auf sie zu, und Yuna warf den Ball zurück.

»Was ist das für ein Spiel?«, fragte sie interessiert.

»Heißt Pickleball. Ein Trend aus den USA, hier noch ziemlich unbekannt. Willst du mal probieren?«

Yuna blickte erwartungsvoll zu Marie.

»Auf gar keinen Fall«, winkte Marie ab. »Aber mach du nur.« Sie konnte sich gut vorstellen, dass so etwas sofort Yunas Interesse weckte. Vor allem, wenn sie mit dem Gedanken spielte, mit dem Badminton aufzuhören. Yuna schien trotzdem noch unentschlossen, doch dann klingelte Maries Handy. Sie blickte auf das Display und zurück zu ihrer Freundin.

»Wirklich, ich muss sowieso telefonieren.« Sie zeigte ihr das Display. »Es ist Helen.«

Yuna grinste und gesellte sich zu den beiden Spielern.

Marie atmete durch, bevor sie ranging. »Endlich. Ich hab mir schon Sorgen gemacht«, begrüßte sie ihre Chefin und versuchte, dabei fröhlich zu wirken, denn ihr steckte plötzlich ein Kloß im Hals. Wie sollte sie ihr von dem Brief erzählen?

»Tut mir leid. Ich konnte mich nicht früher melden. Ist viel passiert. Aber du hattest versucht, mich zu erreichen. Ist etwas mit meinem Pferd?«, fragte Helen. Sie klang müde.

»Sea of Storm geht es gut. Er ist sicher im Reitstall angekommen und hat schon einen Freund gefunden.« Marie ließ sich gern von dem Brief ablenken. Sie konnte ihn Helen auch noch geben, wenn sie hier war. Stattdessen erzählte sie von dem Pferd. Cara hatte den Hengst nach einer kurzen Eingewöhnungsphase in der Box, die genau die Dauer von Maries und Yunas Reitstunde umfasst hatte, schon auf die Koppel gelassen. Noch abgetrennt von den anderen. Und auch zwischen ihm und Flying Wilde war noch ein Zaun gewesen, aber wie Cara gehofft hatte, funktionierte es zwischen den beiden. Die beiden hatten über den Zaun hinweg sofort die Nähe zueinander gesucht. Sie schienen zu merken, dass sie das gleiche Schicksal geteilt und nun beide ein neues Zuhause in Caras Reitstall gefunden hatten.

»Das ist richtig toll. Danny hat nämlich erzählt, dass Sea of Storm am liebsten auf der Weide ist.«

»Und wer ist Danny?«

»Der, an den ich mich wenden sollte. Er hat Sea of Storm nach Deutschland begleitet und sich um ihn gekümmert und auf das Rennen vorbereitet.«

»Also jemand vom Ballyhonny-Gestüt?«, fragte Helen.

»Wohl eher vom Rennstall. Er hat das Pferd im Training geritten. Und er war ziemlich schockiert, als er von dem Doping erfahren hat.«

»Ja, das hat hier alle schockiert.«

»Danny konnte gar nicht glauben, dass das diese Emma Quinn gewesen sein soll. Er hat wohl eng mit ihr zusammengearbeitet«, erzählte Marie.

Helen entgegnete nichts. Im Vergleich zu ihrem letzten Telefonat war ihre Chefin recht schweigsam. Marie fragte: »Kommst du bald zurück? Um dir Sea of Storm selbst anzuschauen? Er ist wirklich ein tolles Pferd. Du wirst ihn lieben.«

Marie hörte Helen durch das Telefon lachen. Das gefiel ihr schon besser.

»Na, du scheinst ja schon ganz vernarrt zu sein. Aber ja, ich komme morgen wie geplant nach Hause.«

»Hat sich denn alles geklärt? Das mit dem Mord und so?«, fragte Marie vorsichtig. Sie wusste, dass Yuna es ihr übel nehmen würde, wenn sie ihrer Chefin nicht alles haarklein entlocken würde. Vielleicht würde Yuna ja wirklich mal ihren Roman über Helen Freitag schreiben.

»Ja, das hat es wohl. Ich hatte dir doch von Danes Mutter erzählt. Sie heißt Sharni.«

Marie nickte. »Ja. Muss eine tolle Frau sein. Danny hat fast schon von ihr geschwärmt.«

Helen seufzte ins Telefon. »Sie ist tot. Sie hat sich selbst vergiftet und einen Abschiedsbrief hinterlassen, in dem sie den Mord an ihrem Exmann zugibt. Seinen Anwalt hat sie ebenfalls vergiftet.« Sie räusperte sich. »Entschuldige, dass ich dir das so ins Gesicht werfe. Aber es hat mich alles ziemlich mitgenommen.«

»Was?« Marie war konsterniert. Konnte Helens Worte nicht wirklich begreifen. Sofort dachte sie an Danny. Dass Sharni tot war, würde ihn hart treffen. Er hatte erzählt, dass sie der heimliche Boss war und fürsorglich mit allen. Den Menschen und den Pferden. Niemand konnte so gut mit ihnen umgehen, wirkte so beruhigend auf sie wie Sharni. Das passte doch nicht zusammen, dass sie eine Mörderin sein sollte. Aber da war noch etwas anderes, was ihr in Helens Schilderung nicht recht gefiel. Nein, gefallen war nicht das richtige Wort. Es war wie ein Jucken am Rücken, das man nicht lokalisieren konnte und egal, wo man sich kratzte, nicht die juckende Stelle traf. Da war ein Widerspruch.

»Wann ist dieser Gestütsbesitzer noch mal umgebracht worden?«, fragte Marie.

»Warum?«, entgegnete Helen, fuhr aber direkt fort: »Das war am Donnerstag, bevor ich hierhergekommen bin, früh am Morgen, also eigentlich noch Mittwochnacht.«

Genau. Jetzt wusste Marie, was nicht stimmen konnte. »Das war doch der Tag, an dem dein Pferd hier nach Deutschland gekommen ist. Das hat Danny mir erzählt.«

»Ja, und?«, fragte Helen.

Maries Herz begann zu klopfen. »Dann kann es Sharni nicht gewesen sein.«

»Was redest du da? Sie hat einen Abschiedsbrief hinterlassen, in dem sie es gesteht.«

»Trotzdem kann sie es nicht gewesen sein. Sie war die ganze Nacht bis zum Morgen bei Sea of Storm. Gemeinsam mit Danny. Sie haben ihn auf den Flug vorbereitet. Du musst wissen, dass dein Pferd das Reisen in so einer engen Box gar nicht mag.« Es sprudelte nur so aus Marie heraus.

Plötzlich unterbrach Helen sie. »Stopp. Marie! Weißt du, was du da sagst?«

»Ja. Vielleicht hat Sharni gestanden, aber es ist unmöglich. Es sei denn, sie war an zwei Orten gleichzeitig. Frag doch Danny. Danny Crab. Er ist heute wieder nach Irland zurückgekehrt.«

Kapitel 52

»Wo bleibt er denn?«, flüsterte Helen Finn zu, obwohl niemand in der Nähe war, wenn man von den Pferden absah, die verschlafen in ihren Boxen standen. So wie an dem Tag, als sie die Dopingproben entnommen hatten. Sie meinte Inspektor Bail. Sie hatte ihn gleich gestern Abend noch angerufen. Sie hatten sich für den frühen Morgen im Rennstall verabredet. Bevor er diese Nachricht weitergab, wollte er das Alibi von Danny Crab persönlich bestätigt hören.

»Er wird schon kommen. Er hat noch eine Viertelstunde, und Danny ist auch noch nicht da.« Finn fuhr sich durch die Haare. »Ich hätte es wissen müssen. Nein, ich wusste es. Eigentlich sollte Emma mit zum Flughafen fahren, ihr ging es aber nicht gut, und Sharni ist eingesprungen.«

»Aber sie hätte ja zwischendurch zurückkommen können«, sagte Helen.

Finn schüttelte den Kopf. »Mitten in der Nacht von Ballyhonny bis Dublin und wieder zurück. Unwahrscheinlich.«

»Aber nicht unmöglich.« Helen blickte auf ihre Armbanduhr. Ihr eigener Flug ging am Nachmittag.

Doch Finn schien nicht überzeugt. »Ich war froh, als du erzählt hast, dass Sharni es war.« Er hob die Hand. »Das hört sich jetzt schrecklich an, ich weiß. Aber mit ihrem Geständnis hatte der Irrsinn ein Ende. Und jeglicher Verdacht ist von mir abgefallen. Ich schäme mich nicht, es zu sagen. Es war so eine Erleichterung, endlich konnte ich wieder durchatmen. Um meinetwillen, vor allem aber wegen Eilis und der Kinder. Vielleicht habe ich es deshalb verdrängt. In mir begraben. Dass Sharni zur Tatzeit nicht hier war. Es gar nicht gewesen sein kann.«

»Jetzt sei mal nicht so hart mit dir.«

Finn schüttelte den Kopf. »Deiner Angestellten ist es direkt aufgefallen.«

»Nun warten wir erst einmal ab, was dieser Danny zu sagen hat.« Gerade als Helen es ausgesprochen hatte, hörte man ein Auto. Von ihrer Position an den Pferdeboxen war der Parkplatz nicht einsehbar. Eine Tür schlug zu. Schritte im Kiesbett, die näherkamen. Dann bog Bail um die Ecke. Sie lief auf ihn zu.

»Ich hätte nicht gedacht, dass wir uns so schnell wiedersehen«, begrüßte er sie.

Helen kräuselte ihre Stirn. »Glauben Sie mir, das macht mir keinen Spaß. Aber wenn Sharni Kevin O'Brian nicht umgebracht hat, dann läuft immer noch ein Mörder hier frei herum. Ich hoffe nur nicht, dass wir komplett bei null anfangen. Was ist mit dem Mord an Shaw? Können wir das Geständnis jetzt auch nicht mehr für bare Münze nehmen?«

»Nun mal langsam.« Bail schaute sich um. »Wo ist dieser Zeuge? Bevor wir irgendwelche Schlüsse ziehen, möchte ich sichergehen.«

»Danny Crab ist noch nicht da«, informierte ihn Helen.

Finn trat zu ihnen. »Ich habe ihm Bescheid gegeben. Er muss jeden Augenblick hier sein. Normalerweise hätte er heute einen freien Sonntag. Die sind selten in unserer Branche.«

»Haben Sie Tanner schon etwas gesagt?«, fragte Helen.

Bail schüttelte den Kopf. »Auch da möchte ich erst sicher sein.«

»Also, was ist nun mit Shaws Vergiftung?« Helen zweifelte an allem. Gerade noch hatte sie mühsam die Ereignisse in ihrer Vergangenheit aufgeschlüsselt und neu zusammengesetzt, sodass sie einen Sinn ergaben. So tragisch sie waren, hatte sie doch begonnen, sie zu akzeptieren. Und nun war ihr der Code mit einem kurzen Telefonat mit Marie wieder abhandengekommen.

Bail nickte. »Da gibt es nichts mehr dran zu rütteln. Das Gift war im Tee, so viel ist sicher, und nur Sharnis Fingerabdrücke waren sowohl auf der Kanne als auch an beiden Tassen. Sonst nur Shaws an seiner eigenen Tasse.«

»Die kann man abwischen«, warf Helen ein.

Doch bevor Bail ihr antworten konnte, deutete Finn zur Einfahrt. Sie folgte seinem Blick. Auch der Kommissar drehte sich um. »Ist er das?«, fragte er, und Finn nickte.

»Gut. Eins noch zu dem Gift«, sagte Bail. »Wir haben in Sharni O'Brians Kräutersammlung eine ganze Reihe von Pflanzenteilen der Tollkirsche gefunden. Getrocknete Beeren und Blätter, die den höchsten Giftanteil haben. Damit ist aller Wahrscheinlichkeit nach der Tee gebrüht worden.«

»Sharni hatte alle möglichen Kräuter, das ist nicht ungewöhnlich«, meinte Finn.

»Ja. Aber wir haben diese ins Labor geschickt, um sicher zu sein. Die Konzentration der Substanzen in der Pflanze ist wohl sehr unterschiedlich, je nach Standort und so weiter. Ich kenn mich da nicht aus.« Er warf die Hände in die Luft. »Dafür haben wir Experten. Die sagen, die Zusammensetzung ist wie ein Fingerabdruck. Wenn die mit denen im Tee übereinstimmt, dann besteht absolut kein Zweifel mehr.« Der Inspektor war leise geworden. Denn Danny Crab kam nun direkt auf sie zu.

Ein junger Bursche. Und ein Rotschopf wie Helen, seine Haarfarbe noch intensiver als ihre. Er war voller Sommersprossen. Unwillkürlich huschte ein Lächeln über ihr Gesicht.

»Finn. Hallo. Was gibt es?«, fragte der Bursche.

»Keine schönen Nachrichten, fürchte ich.« Behutsam erklärte er, was am Vortag geschehen war. Dass Sharni tot war. Danny schwieg, aber in seinen Augen konnte Helen das Entsetzen sehen. Er schluckte hart. Er hatte Sharni gemocht, so wie Marie es erzählt hatte. Wie alle. Dann setzte Bail ihn von dem Geständnis an Shaws Vergiftung und an dem Mord an O'Brian in Kenntnis.

Sofort fand Danny seine Stimme wieder. Zuerst krächzte er. »Das …« Er räusperte sich. »Das kann gar nicht sein. O'Brian ist ermordet worden, da war ich gerade mit Sea of Storm im Flieger. Und die ganze Nacht war Sharni bei mir. In Dublin. Am Flughafen. Hat sich um das Pferd gekümmert.«

Bail schaltete sich ein. »Sind Sie sicher, Mister Crab? Sie war ohne Unterbrechungen bei Ihnen? Sie haben nicht vielleicht mal geschlafen oder ausgeruht und nicht mitbekommen, dass sie zwischendurch verschwunden war?«

»Absolut sicher. Sea of Storm war die ganze Nacht unruhig. Wir waren beide ununterbrochen bei ihm.«

»Danke, Mister Crab«, sagte Bail. Und zu Helen gewandt: »Dann muss ich jetzt Tanner hinzurufen.«

Kapitel 53

Inspektor Tanner war innerhalb von einer halben Stunde da. Das war nur möglich, wenn man die Geschwindigkeitsbegrenzung nicht beachtete. Denn Helen wusste, dass die Polizisten ihre Einsatzzentrale in der Nähe von Galway aufgeschlagen hatten. Die halbe Stunde wäre allein für die Fahrtzeit draufgegangen. Doch Tanner stand vor ihnen wie aus dem Ei gepellt, so als hätte er nur auf den Anruf seines Kollegen gewartet. Während Bail immer noch verschlafen dreinblickte und in Jeans und zerknittertem Poloshirt aufgetaucht war, stand er voller Elan, in seinem passgenauen Anzug und mit frisch rasiertem glatten Babyface vor ihnen. Sein gewollt ernster Ausdruck stand in krassem Gegensatz dazu. Das Kinn vorgestreckt, bedachte er Bail mit einem Blick, der ihm zu sagen schien, dass er also doch die ganze Zeit richtiggelegen hatte.

»Können wir?«, sagte Tanner und lief an ihnen vorbei. Sie hatten am Parkplatz vor dem Haus auf ihn gewartet. Er hatte seinen Kollegen gewarnt, nicht wieder einen Alleingang durchzuziehen. Er sei es, der die Fragen stellte. Bail hatte ihn mit trommelnden Fingern erwartet. Helen hatte die Geste inzwischen als Reaktion in angespannten Situationen gedeutet. Helen konnte ihm seine Nervosität nicht verdenken. Er hatte die richtigen Schlüsse gezogen. Der Mord an Kevin O'Brian hing mit Danes Tod zusammen. Aber sie hatten sich alle zu leicht mit Sharni als Mörderin zufriedengegeben, die sich selbst durch ihr Geständnis als Täterin angeboten hatte. Nicht nur Finn hatte verdrängt, dass Sharni ein Alibi hatte, auch Helen hatte ihren Abschiedsbrief nicht hinterfragt, obwohl Sharni am Hexenkopf ihr nur allzu leicht zugestimmt hatte. Ihr nach dem Mund geredet hatte, was den Mord an Kevin betraf.

Bail nickte. Er deutete auf die Haustür, um seinem Kollegen den Vortritt zu lassen. Der schritt voran. Selbstsicher und entschlossen, seinen Fall zu lösen. Die Entführung und Danes Tod, das hatte ihn von Anfang an nicht interessiert, diese Verbindung hatte nur Bail hergestellt. Jetzt wäre er es, der den Mord an Kevin O'Brian aufklären würde. Denn so viel war für ihn sicher, der Mörder befand sich unter dem Dach dieses Hauses. Und sowohl Bail als auch Helen gaben ihm diesmal recht. Sharni hatte den Mord an Kevin O'Brian gestanden. Um jemanden zu schützen. Das war weder Shaw noch Wellerman. Auf diese beiden war Helen in einer ersten Reaktion angesprungen. Doch das machte keinen Sinn. Niemals würde Sharni für diejenigen die Schuld auf sich nehmen, die sie für den Tod ihres Sohnes verantwortlich machte. Es musste jemand aus der Familie sein. Und Tanner war sofort auf seine beiden Hauptverdächtigen zurückgekommen. James und Paddy. Energisch betätigte er den Hufeisentürklopfer. Und als nicht unmittelbar eine Reaktion kam, die Klingel hinterher.

Paddy öffnete. Blickte konsterniert, als er die versammelten Polizisten und Helen vor der Tür stehen sah. Tanner schob ihn beiseite und verschaffte sich Zutritt zum Haus. »Da haben wir ja schon einen Verdächtigen. Ich würde es begrüßen, wenn Sie einmal die ganze Familie zusammenrufen.«

»Wir sind alle hier. Warum stören Sie uns in unserer Trauer, Mann? Was wollen Sie denn noch?«

Doch Tanner hörte ihm schon nicht mehr zu und preschte an ihm vorbei. Paddy blickte Hilfe suchend zu Helen. »Was hat das zu bedeuten?«

Bail folgte Tanner. Helen blieb stehen, legte die Hand auf Paddys Schulter. »Sharni kann Kevin nicht umgebracht haben. Sie hat ein Alibi.«

»Was?« Paddy schaute den Polizisten nach. Dann verstand er, was los war. »Das heißt, wir sind wieder verdächtig? James?« Er rannte in den Salon, dorthin, wo die Testamentseröffnung stattgefunden hatte und Tanner soeben abgebogen war. Als Helen folgte, sah sie, dass sich die gesamte Familie an der großen Tafel versammelt hatte, an der nur drei Tage zuvor Shaw gesessen und das Testament verlesen hatte und die nun wieder das Zentrum des Raumes bildete.

Tanner war an den Tisch getreten, um den der alte Farell und seine Kinder Emma und James saßen sowie Dairine. Tanner stützte seine Hände auf und blickte in die Runde der schweigenden Gesichter.

»Da haben wir Sie ja alle zusammen.« Nacheinander musterte Tanner jeden Einzelnen.

James begehrte zuerst auf. »Was soll das?« Er rückte vom Tisch ab, wollte aufstehen. Doch Paddy trat neben ihn. »Bleib. Es ist etwas passiert.«

»Ist denn noch nicht genug passiert?«, fragte Farell mit gebrochener Stimme. Er wirkte in sich zusammengefallen. Hatte jegliche Kraft verloren. Auch er hatte sich auf seine Schwester gestützt, wie sie sich alle auf sie verlassen hatten. Aber jetzt begehrte er auf. Er war nun das Familienoberhaupt. Er straffte seine Schultern, um sich Tanner entgegenzustellen. Auch seine Stimme klang fester. »Können wir nicht in Ruhe um meine Schwester trauern? Sie sehen doch, dass wir versuchen, nun alles ohne sie zu regeln.«

Auf dem Tisch verteilt lagen Geschäftsunterlagen zum Gestüt. Jedenfalls konnte Helen die Schrift auf einem Ordner erkennen mit dem Titel *Zuchtbuch* und dem aktuellen Jahrgang. Daneben lagen Sharnis Testament und ihr Abschiedsbrief, den Helen gestern Abend noch bei Paddy abgegeben hatte. Tanner war mitten in einen Familienrat geplatzt. Für ihn gerade richtig, dass alle wie auf dem Präsentierteller versammelt waren. Er beachtete Farell gar nicht, sondern ging sofort James an.

»Sie …«, er deutete mit dem Finger auf ihn, »erklären mir jetzt noch einmal genau, wo Sie in der Nacht von Mittwoch auf Donnerstag letzter Woche gewesen sind.«

»Das ist doch lächerlich«, antwortete ihm Paddy. »Sie kennen unsere Aussagen. Daran hat sich nichts geändert. Er war bei mir.«

Tanner nickte wissend. »Sie bleiben also dabei, Sie geben sich gegenseitig ein Alibi?«

James stand auf. »Was soll das überhaupt? Ich denke, der Fall ist geklärt. Meine Tante hat den Schweinehund umgebracht.« Er klopfte auf ihren Brief. »Und glauben Sie mir, ich kann nachvollziehen, warum. Sie hat uns von dem Tyrannen befreit.«

Paddy zog James zurück. »Sei still.« Und zu Tanner: »Wir sagen jetzt gar nichts mehr ohne unseren Anwalt.«

Stattdessen erhob sich Farell mühsam von seinem Stuhl. »Ich bin ein einfacher Mann. Verstehe etwas von Pferden, nicht viel vom Geschäft und erst recht nichts von der Juristerei, aber würden Sie die Freundlichkeit besitzen, uns einmal aufzuklären, um was es Ihnen geht? So viel habe ich kapiert: Sie scheinen meinem Sohn und meinem Neffen etwas vorzuwerfen. Nur was, das habe ich noch nicht verstanden?«

Bail preschte nun vor, stellte sich neben Tanner. »Das ist richtig. Mein Kollege hat vergessen, Ihnen die notwendigen Informationen zu geben.« Er blitzte Tanner mit einem durchdringenden Blick an. »Es hat sich herausgestellt, dass Sharni O'Brian ein Alibi für die Tatzeit des Mordes an Kevin O'Brian hat.«

Farrell ließ sich auf seinen Stuhl zurücksinken. Aber James machte einen Schritt nach vorn. »Und Ihnen fällt nichts Besseres ein, als direkt wieder mich zu verdächtigen. Sie platzen hier rein, versuchen uns zu irgendwelchen Aussagen zu veranlassen, ohne uns zu belehren, ohne uns die Möglichkeit zu geben, unseren Anwalt hinzuzuziehen?« Er drehte sich zu Paddy. »Ruf an.«

»Es tut uns leid, aber …«, begann Bail.

Doch Tanner unterbrach ihn. »Das können Sie haben. James Quinn und Padraig O'Brian, ich verhafte Sie wegen des dringenden Tatverdachts, Kevin O'Brian ermordet zu haben. Sie haben das Recht zu schweigen …«

Ein spitzer Schrei stoppte Tanner in seiner Belehrung, gefolgt von den Worten: »Aufhören! Sofort aufhören« in derselben hysterischen Stimme. Helens Blick war unwillkürlich auf Dairine gefallen, doch der Aufschrei kam von Emma, die neben ihr saß und bisher geschwiegen hatte. Nun durchzog ein Schluchzen ihren ganzen Körper. Sie schlug die Hände vors Gesicht. Schüttelte den Kopf und wimmerte: »Das darf alles nicht wahr sein. Nicht wahr sein.«

Sowohl die beiden Polizisten als auch jeder andere im Raum, selbst Dairine, starrten ungläubig auf Emma.

Ihr Vater legte die Hand auf ihre Schulter. »Liebes. Alles wird gut. Das wird sich aufklären. Wir lassen nicht zu, dass dein Bruder und Paddy für etwas bestraft werden, das sie nicht getan haben.«

Jetzt richtete sich Emma wieder auf. Ihr Blick war entschlossen. Sie wischte sich die Zornestränen vom Gesicht und tätschelte die Hand ihres Vaters.

»Genauso ist es. Ich lasse das nicht zu. Nicht noch einmal lasse ich zu, dass jemand meine Schuld auf sich nimmt. Und ich sage gleich, ich wusste nicht, was Sharni vorhatte. Dass sie Shaw töten würde, um dann auch die Schuld für den Mord an Kevin auf sich zu nehmen.« Emma unterbrach sich. Blickte nacheinander jeden ihrer Familienangehörigen an. Sie sprach zu ihnen, nicht zu Tanner oder Bail.

»Sharni sagte, sie regelt es. So wie sie immer alles geregelt hat. Sofort als sie vom Flughafen zurückkam, habe ich es ihr gestanden. Dass ich es gewesen bin, der Kevin getötet hat. Mit einem von ihren Messern. Und warum.«

»Kind. Sei doch still«, mahnte Farell seine Tochter.

Und auch James trat neben sie. »Vater hat recht. Kein Wort mehr. Paddy hat den Anwalt gerufen.«

Doch Emma strich die Hand ihres Vaters ab und wich vor ihrem Bruder zurück. »Nein!« Sie schüttelte energisch den Kopf. »Ich kann das nicht mehr. Ich bin es, die diese Familie kaputtmacht. Den Ruf des Gestüts. Des Rennstalls. Ich habe Sharni das alles erzählt, bevor ich mich der Polizei stellen wollte. Aber sie hat mich nicht gelassen. Sie sagte, es würde alles gut werden. Ich solle nur stillhalten. Aber das geht nicht mehr. Alles, was ich Dane versprochen habe, habe ich mit Füßen getreten.«

Sie blickte zu ihrem Vater. »Verzeih mir. Aber ich will keine Lügen mehr. Dinge, die ich getan habe, auf Tote schieben. Damit kann ich nicht leben.«

»Aber warum?«, fragte Paddy. »Warum hast du meinen Vater getötet?«

Emma schluckte. »Shaw hat es mir erzählt. Und hatte keine Ahnung, dass er damit sein eigenes Schicksal besiegelte. Er hat mir erzählt, dass Kevin sein Testament ändern würde, dass er James und dich, Paddy, enterben würde wegen eurer Abnormalität.«

Paddy riss die Augen auf. Emma nickte. »Ja, das waren die Worte deines Vaters. Ich war so töricht zu glauben, ich könne ihm drohen. Erst habe ich ihn angefleht, es nicht zu tun. Aber er hat nur gelacht. Wenn ich euer Verhalten gutheißen würde, dann solle ich mich vorsehen, dass ich nicht auch enterbt werde.«

Emma blickte aus dem Fenster, wo ein paar Jährlinge auf die Weide geführt wurden. Bei ihrem Anblick stiegen ihr die Tränen in die Augen. Helen hatte das Bedürfnis, sie in den Arm zu nehmen, zu trösten. Danes Cousine begriff, dass sie gerade dabei war, all das, was sie liebte, zu verlieren. Doch dann wurde ihr Blick wieder entschlossen.

»Dann habe ich ihm von dem Doping erzählt. Ich würde es auffliegen lassen, wenn er nicht zur Besinnung käme. Wenn er es sich nicht noch einmal überlegen würde. Ihr hättet seinen Blick sehen sollen. Er hat mich verachtet. Und er hat gesagt, dass ihn das Gestüt einen Dreck interessiere, der Rennstall sowieso. Ich solle losgehen und es ruhig allen erzählen. Es sei ihm egal. Das alles sei ihm schon lange egal. Seine Firmen waren das, was den ganzen Laden am Laufen hielt. Er steckte viel mehr Geld in das Gestüt, als es einbrachte. Ich war so wütend. Ich weiß nicht, wieso ich das Messer mitgenommen habe. Nicht, um ihn umzubringen. Vielleicht, um mir Mut zu machen, ihm überhaupt gegenüberzutreten. Aber dann hatte ich es plötzlich in der Hand. Und als er es sah, hat er gelacht. Laut gelacht. Da habe ich zugestochen.«

Stille folgte Emmas Worten. Ungläubige Stille. Wie lange dauerte sie an? Vielleicht eine Minute, vielleicht nur ein paar Sekunden. Helen konnte es nicht sagen. Für sie war es, als ob die Zeit stillstünde. Viel weniger wegen dem, was Emma getan hatte, als wegen der letzten Worte von Kevin O'Brian. Denn sie sah Dane vor sich. Wie diese Worte seines Vaters auf ihn gewirkt hätten. Er hatte das Lebenswerk der Familie negiert. Das Gestüt, mit dem alles angefangen hatte, an dem das Herzblut aller gehangen hatte. Danes zuallererst. Dem es das Herz herausgerissen hatte, es zu verlassen. Dieser Teil von ihm war immer unerreichbar für Helen gewesen. Er hatte ihn zurückgelassen. Hier in seinem Zuhause. Das sein Vater mit Füßen getreten hatte.

Nicht nur Helen, alle waren wie erstarrt. Selbst Tanner. Also kam Emma um den Tisch herum. Die Arme mit den Handflächen nach vorn gestreckt, bereit, Handschellen angelegt zu bekommen. »Sie können mich jetzt verhaften.«

Tanner reagierte zuerst. »Das wird nicht nötig sein.« Er schob ihre Arme vorsichtig herunter. Berührte sie leicht am Oberarm und führte Emma hinaus.

Kapitel 54

»Welcher von beiden ist es?«, fragte Helen. Marie hatte sie mit zum Reiterhof in Niederkassel genommen. Sie standen an einer Koppel, lehnten am Zaun und beobachteten die beiden Pferde, die gemeinsam über die Wiese galoppierten. Voller Lebensfreude. Aus freien Stücken, ohne dass sie angetrieben wurden.

»Der etwas heller gefärbte«, antwortete Marie. »Der andere ist Flying Wilde. Auch irischer Herkunft. Er ist nach Oscar Wilde benannt.«

Helen erinnerte sich. Es war wegen der helleren Fesseln, sodass es aussah, als trüge er Socken und Knickerbocker, die auch sein Namenspatron so gerne getragen hatte.

»Die beiden sehen vertraut miteinander aus. So als würden sie sich ewig kennen.«

»Ja, nicht wahr?« Marie lachte, wurde dann aber ernster. »Er soll doch keine Rennen mehr laufen? Sea of Storm, meine ich?«

Wirklich Gedanken über seine Zukunft hatte Helen sich noch nicht gemacht. Nach Emmas Geständnis hatte sie gerade noch Zeit gehabt, Finn und Eilis auf den neuesten Stand zu bringen und ihrer Schwester zum wiederholten Male zu versichern, dass sie zur Taufe ihres Patenkindes wiederkommen würde. Natürlich würde sie das. Und nein, die Ereignisse hatten sie nicht abgeschreckt, zurück nach Irland zu kommen. Die Liebe zum Land würde nicht sterben. Niemals. Außerdem hatte sie gelernt, Dane besser zu verstehen, indem sie in seine Welt eingetaucht war. Auch wenn manches für immer im Dunkeln bleiben würde.

Dann galt es zu packen. Das zumindest ging recht schnell, da sie ihren Koffer ja nie ganz ausgeräumt hatte. Die Fahrt nach Dublin dauerte zwei Stunden, obwohl am Sonntag der Verkehr erträglich war. Sie hatte den Flieger gerade noch erreicht. Normalerweise hätte sie sofort Rabe angerufen, als sie zu Hause ankam. Ihr erster Gedanke, als sie deutschen Boden betrat, gehörte ihm. Ob es ihm auch so gehen würde und ob es bedeutete, dass sie Dane jetzt gehen lassen konnte? Dafür war es zu früh. Und zu früh, Rabe damit zu konfrontieren. Ihre Mutter war unterwegs, um eine Freundin in Süddeutschland zu besuchen. Sie kostete das Leben aus, solange sie mobil war und der Parkinson, den man ihr im letzten Jahr diagnostiziert hatte, sie noch nicht im Griff hielt. Es war genau das Richtige.

Trotzdem fühlte Helen, dass sie Gesellschaft brauchte. Also rief sie Marie an, die sie hierher eingeladen hatte, um ihr Pferd zu sehen. Anfangs war sie skeptisch gewesen. Ob es das war, was ihr in diesem Moment guttun würde? Nun aber, da sie die beiden Pferde auf der Weide sah, verflogen ihre Bedenken. Und Maries vorsichtige Nachfrage war keine Frage, die Helen sich stellte. Nicht, nachdem sie den Tod von Diamond Girl auf der Rennbahn hatte miterleben müssen.

»Auf keinen Fall.«

»Das habe ich gehofft.« Marie atmete erleichtert aus.

»Bist du sicher? Oder bist du der Meinung, er sollte noch nicht in den Ruhestand gehen? Dein Danny hat so etwas auch gesagt.«

»Absolut. Ich finde, kein Pferd sollte Rennen laufen. Und er ist nicht mein Danny«, setzte sie hinzu.

»Aber irgendetwas liegt dir trotzdem auf dem Herzen?«, tastete sich Helen vor.

Marie seufzte, klammerte sich mit den Händen an ihrem Rucksack fest. »Ich weiß nicht, ob das jetzt der richtige Augenblick ist. Du bist ja gerade erst zurück.«

Helen stemmte die Hände in die Hüften. »Raus mit der Sprache. Was ist los?«

Marie druckste zuerst, aber nach einem mahnenden Blick von Helen eröffnete sie ihr, dass sie überlegte, Jura zu studieren. Sie wollte aber die Kanzlei und speziell Helen nicht im Stich lassen. Wollte weiterhin in der Kanzlei arbeiten. Stundenweise. Fürchtete aber, dass das zu wenig sei und Helen an ihrer Stelle dann eine andere Vollzeitkraft einstellen würde. Diese Bedenken konnte Helen schnell wegwischen.

»Dich gehen lassen? Auf keinen Fall. Du bleibst schön bei uns. Das bekommen wir schon hin. Und ein Jurastudium finde ich eine hervorragende Idee. Wie bist du zu diesem Entschluss gekommen?«

Ein Lächeln huschte über Maries Gesicht. »Zuerst fand ich es nach der Prüfung einfach schade, dass die Berufsschule vorbei ist. Das Lernen hat mir viel mehr Spaß gemacht als in der normalen Schule. Und dann kam das mit den Pferden dazu und all die rechtlichen Schwierigkeiten, die eine Arbeit im Tierschutz so mit sich bringt. Tiere gelten gesetzlich als Sachen. Dann die Anklage, der Paul sich jetzt ausgesetzt sieht.«

»Verstehe«, sagte Helen. »Ist die Akte schon da?«

Marie schüttelte den Kopf. »Noch nicht. Aber weißt du, das hat sich dann immer weiter verfestigt. Ich könnte mich im Tier- und Umweltschutzrecht spezialisieren.«

»Klingt sehr durchdacht. So viele Gedanken hab ich mir im Vorfeld meines Jurastudiums damals gar nicht gemacht. Aber ich hatte ja auch keine Erfahrung im Gegensatz zu dir jetzt mit der abgeschlossenen Ausbildung.« Sie seufzte. »Und jetzt brauche ich erst mal deinen Rat bei Sea of Storm, da bist du ja jetzt schon Expertin, ganz ohne Studium.«

Marie lachte. »Na ja, Expertin ist zu viel gesagt. Wenn du trotzdem meinen Rat hören willst, dann lass ihn doch einfach hier. Danny hat gesagt, er mag es am liebsten, so viel wie möglich draußen auf der Weide zu sein. Und das kann er hier haben. Man könnte ihn natürlich zum Reitpferd umtrainieren. Das dauert aber.«

»Willst du ihn reiten?«

»Oh nein. Bestimmt nicht. Da bin ich noch komplett am Anfang.«

»Aber ich habe ja noch weniger Ahnung«, meinte Helen.

»Dafür gibt es ja Cara. Du weißt, die Cousine von Yuna. Sie ist schon dabei, Flying Wilde zu resozialisieren.«

Helen nickte. Und dachte daran, was Sharni ihr für das Pferd mit auf den Weg gegeben hatte. »Züchtet diese Cara auch Pferde?«

Marie schaute sie erstaunt an. »Keine Ahnung. Wieso?«

»Ach, weißt du, Marie, dieses Pferd da ist ein Sohn von Eastern Storm. Das Pferd meines damaligen irischen Freundes. Sein Herzenspferd sozusagen. Und na ja, ich würde die Linie gerne nicht mit ihm aussterben lassen.«

Marie nickte und schaute plötzlich wieder ernst drein. »Du willst sicher den Stammbaum und das alles haben. Den braucht man bestimmt auch, um zu züchten. Außerdem muss ich dir noch etwas geben.«

»Ja, richtig. Du kennst Eastern Storm ja von der Zeichnung auf dem Stammbaum. Und ich muss diese Notiz von Paddy an Inspektor Bail schicken. Für den Prozess.«

Marie nahm ihren Rucksack herunter. Stellte ihn sich vor die Füße und zog eine eine Ledermappe, auf der zuvorderst Paddys Zeichnung von Eastern Storm steckte, heraus. Sie reichte sie Helen. Vorsichtig strich Helen mit der Hand über das Bild und seufzte.

»Ich habe nicht gedacht, dass ich das noch einmal wiedersehen würde.«

»Hier ist die Notiz.« Marie reichte ihr auch diese. Sie räusperte sich. »Ich habe aber noch etwas in der Mappe gefunden. Zusammen mit der Notiz hinter der Zeichnung.«

Helen blickte auf. Schaute auf das weitere Papier, das Marie ihr entgegenhielt. Sie erkannte es sofort. Das war ihr altes Briefpapier.

Marie war das Ganze anscheinend unangenehm. Denn sie redete unaufhörlich weiter. »Ich wollte dich darauf vorbereiten. Deshalb hatte ich angerufen. Aber als du nicht rangegangen bist und auch nicht sofort zurückgerufen hast, habe ich gedacht, das wäre ein Zeichen. Ich sollte es dir erst geben, wenn du wieder zu Hause bist und du es in eigenen Händen halten kannst.«

Mit zitternden Fingern nahm Helen den Brief entgegen. Das erste Wort war *Honey*. Dane hatte sie immer so genannt. Eine Seite. Auch das passte. Er war nie ein Mann vieler Worte gewesen.

Honey, wenn du das liest ... Helen konnte nicht weiterlesen. Tränen waren ihr in die Augen gestiegen, so schnell, dass sie nichts mehr erkennen konnte. Sie presste den Brief an ihre Brust.

»Es tut mir leid«, sagte Marie. »Das wollte ich nicht.«

Helen schüttelte ihren Kopf. »Nein. Es ist gut.« Und das war es. Dane hatte sie nicht ohne eine Erklärung verlassen.

Marie nickte. »Willst du nicht zu Ende lesen?«

»Später«, antwortete Helen. Was genau darin stand, war nicht wirklich von Bedeutung. Dass es einen solchen Brief gab, bedeutete hingegen alles. Hätte alles bedeutet, wenn sie ihn damals gefunden hätte. Doch zu überstürzt war sie nach Deutschland zurückgekehrt. Hatte nichts mitgenommen. Außer Fragen. Es konnte nur eine Person gewesen sein, die den Brief gefunden und ihr auf diesem Wege hatte zukommen lassen. Fünfzehn Jahre später. Sharni.

War das von Anfang an ihre Intention gewesen, als sie sich dafür eingesetzt hatte, dass Helen dieses Pferd erbte? Sharni konnte nicht wissen, dass Helen nach Irland kommen würde. Dass Bail die Ermittlungen zu Danes Tod wiederaufnehmen würde. So hätte sie trotzdem sichergestellt, dass Helen die Wahrheit erfuhr. Dass Dane keinen Suizid begangen hatte.

Dieser Brief aber bedeutete noch so viel mehr. Er würde ihr helfen, Dane gehen zu lassen. Doch wie der Brief Helen mit fünfzehn Jahren Verspätung erreicht hatte, würde für immer offenbleiben. Dieses Wissen hatte Sharni mit ins Grab genommen.

Als ob er es in diesem Augenblick bemerkt hatte, dass er den Briefträger gespielt hatte, kam Sea of Storm auf Helen zugelaufen. Blieb ein paar Meter vor dem Zaun stehen. Wippte mit dem Kopf, als würde er sie begrüßen. Dann stob er wieder davon und suchte die Nähe seines neuen Freundes.

KBV KRIMINALROMAN

Herbert Pelzer

NIEMAND

Taschenbuch, 352 Seiten
ISBN 978-3-95441-608-0
14,00 EURO

Langsam kriechen die Schatten der Vergangenheit heran

Als an einem Wintertag ein ausgesetzter Säugling auf den verschneiten Feldern am Nordrand der Eifel gefunden wird, tauft man den Jungen auf den Namen Martin Niemand – sein Schicksal scheint vorherbestimmt. Doch dank seines unbändigen Willens und der fürsorglichen Zuwendung einiger Dörfler gelingt es ihm, zu einem erfolgreichen Mann heranzuwachsen und eine Familie zu gründen. Dann fallen die Bomben, und das Glück findet ein jähes Ende.

Als Martins Sohn Kaspar Jahre später aus der amerikanischen Kriegsgefangenschaft zurückkehrt, steht er fassungslos vor den Trümmern seines Elternhauses, und obwohl auch er sich bemüht, sein Leben zum Guten zu wenden, gerät es zu einer Achterbahnfahrt: Er betätigt sich als Schwarzmarkthändler, schuftet in der Brikettfabrik und verfällt als Brauereiarbeiter dem Alkohol.

Eine Leiche, die eines Tages vor seinem Wohnhaus gefunden wird, weckt grausame Erinnerungen. Es ist nicht der erste geheimnisvolle Tote im Umfeld seiner Familie. Kaspar sieht keinen anderen Ausweg, als im zwielichtigen Milieu der Dürener Nordstadt unterzutauchen …

»Ein Dutzend Tote und eine rabenschwarze Stimmung.«
(Aachener Zeitung zu »Es wird jemand sterben«)